無底洞

NARRATE YOUR CRIME

무저갱

潘市連 著

尹嘉玄 譯

前言

那便是狩獵者的方式。

他會戴著一張面具走來，沒有任何圖騰、幾近蒼白的詭異面具。由於整張臉都被面具遮住，所以無法讀到面具背後的表情，因此，不論看多久都還是不能適應，只會加深恐懼，每一次面對都宛如全新體驗。

妻子和孩子至今都不曉得我經歷了哪些事，他們只能從我身上的傷勢來判斷我失蹤的那幾個月應該經歷了不尋常的事情。雖然他們提議尋求警方協助，可我卻病態的反對這項提議。居然要報警，別說笑了，這傢伙隨時都有可能再度找上門，絕對是會把我重新囚禁在幽暗地下室的那種人。

下班回家的路上，我失去了意識。

醒來後已經一絲不掛，醜態百出。

就連內褲和襪子也都被扒光，手腕和腳踝上分別綁著束線帶，已經陷進皮肉裡，滲著血水。我坐在一張椅子上，那是一張木椅，沒有輪子，又大又硬，椅背歪斜，可以明顯感受到臀部和腰部傳來劇烈疼痛，感覺那張椅子是專門設計來讓人受苦的，真的是，相當，有效地使人不舒服。

即使是事隔多年後的今天，我依然會夢到當時的情景，那是一場不用睡著也會作的惡夢。被嚴刑拷問的記憶無預警地與現實重疊，包括那間地下室特有的焦慮氣息、挑高的天花板，以及冷到發寒的空氣……一切都厭惡至極。在那間只有一盞微弱燈泡的地下室裡，沒有時間概念，只有暴力循環。我被毆打到失去意識，與意志力毫無相關地再度甦醒，然後又再度被打到頭破血流；血液和傷口，拷問和刃器，令人不寒而慄的各種工具，反覆上演。直到瀕臨死亡之際，就會對我執行比暴力更狠毒的事情——治療。

我整個人癱軟無力。

這傢伙會逐漸中止暴力。

他伸長脖子來觀察我，宛如在聞氣味似地把臉湊過來，用眼睛舔舐我每一處。每每只要想到面具背後那雙嗜血的眼神，就會令人不寒而慄，彷彿被數十隻蟑螂爬滿全身卻動彈不得的感覺。

這傢伙打開地下室的門走了出去，接下來，換身穿綠色制服的女子一個接一個走進來，清一色都戴著同樣的白色面具。我頭髮直豎，雖然沒有人向我搭話，卻能明顯感受到面具後方透露出的強烈厭惡。女子們將我躺平，手勢猶如在觸摸穢物。她們一舉一動十分熟稔，彷彿不只操作過一兩次。我躺在濕冷的床上，她們開始替我治療，技術比大學附設醫院的醫生們還要純熟幹練。不久後，傷口癒合，接下來，又重新對我施暴。

在這傢伙抵達前，通常會經過幾個階段。

首先，遠處挑高的地下室入口大門會先砰一聲響起，那是厚重鐵門被打開的聲響，接下來會傳來咔嚓、咔嚓、咔嚓、咔嚓的解鎖聲響，光從聲音實在難以估計究竟鎖了多少顆鎖頭；再來是走下階梯的腳步聲，維持著不疾不徐、始終如一的步伐節奏，因此，我也無從察覺這傢伙的心情狀態；踩完一部分的階梯後，又會再度傳來砰一聲巨響，那是打開中間鐵門的聲音，接著同樣是一連串的解鎖聲，咔嚓、咔嚓、咔嚓、咔嚓，他再度邁開步伐，用腳步聲劃破空氣。在他走下長長階梯的期間，我則是靈魂乾涸，沉浸在極度嚴重的恐懼裡，想起至今被他施予的暴力，不由自主地抽噎。當「拜託救救我」這句話從嘴巴上咬著的物體間流竄出來，分拆成各別單字時，砰，傳來最後一聲開門巨響。脫口而出的句子被咔嚓、咔嚓、咔嚓、咔嚓聲淹沒，滲進地板裡。這傢伙開始踩著階梯走下來，我變得更加憔悴，瑟瑟發抖，等疲憊不堪的身軀連傷口都遺忘時，這傢伙就會跨越門檻正巧抵達。

「求求你了，到底為什麼要這樣對我？」

我試著用被他硬生拔掉、所剩無幾的牙齒拋出疑問，然而，礙於嘴上咬著一個防止咬舌自盡的東西，導致這句話變成了純粹的慘叫聲。「至少給我個理由！到底為什麼要這樣對我？」

這傢伙其實早已知道我在說什麼，只是選擇默不作聲而已。他走到了靠在牆面的桌子，脫去上衣，掛在衣帽架上，換上一套塑料衣，那是他的工作服——為了避免沾到我的血液、口水和尿液。他拆掉手錶，換了一雙鞋，然後朝我走來。他站著俯視我，每次只要想像面具後方的表情，就……算了，還是不要想像比較好，光是面對那張慘白的面具，就足以令人窒息，腳趾也會自動彎曲抓地。

「說出你的罪行。」

他開口了。

這是他唯一會對我說的話。

我嘆氣，嘆完之後無奈地笑了。

我已經不記得這齣戲碼上演過多少回，只記得一開始我是反問他：「我犯了什麼罪？我只不過是走在下班回家的路上，你是如何把我綁架來這裡的？你到底是誰？」他不發一語地看著我，過不久，便摧毀了我的耳朵。

我沒有任何關於格鬥的素養，但我還是看得出來，這傢伙的拳頭絕對是專業級，這點是毋庸置疑的。他有著充分能使我斃命的力氣和技術，快狠準地朝我的臉部、腹部、腰間、膝蓋出拳，毫無半點猶豫。我開始噴出胃液，糞便、尿液也四濺。那是一連串精算過不會使我當場斃命的暴力，一點一滴啃蝕、消滅著我。

接下來輪到工具上場，他故意在我面前將刮鬍刀、榔頭等工具一字排開，好讓我親眼看見，也刻意讓我聽見磨刀霍霍的聲響，然後從我的腳尖開始，在我自己也遺忘已久的部位深處，留下傷痕。我的喉嚨早已沙啞，分不清是哭還是笑的嗓音和痛苦呻吟混合在一起。

每到用餐時間，這傢伙就會給我養分，通常是液體，在我的手臂注射點滴，並自行拿出食物來用餐——炸物、中華料理、肉類、蔬菜類、高卡路里食物，還會吃一條巧克力棒當點心。我知道他為什麼要這麼做，他是在告訴我，等他吃完這些食物補充完卡路里以後，會再重新拷問我。因此，他會刻意在我面前背對著我用餐，透過即時錄影畫面觀察我，並將面具由下往上掀開至嘴巴的位置進食。寬廣的後背像極了一頭野獸。用餐完畢，他就會對著吊點滴的我再度亮刀。

「說出你的罪行。」

只要我癱軟無力，他就會重新拷問。

自第二次起，我嘗試回答，身體有多痛就會變得多麼誠實。我直覺地吐露了幾個良心不安的事件；我身為上司，卻濫用職權欺負新進女員工，不斷對她威脅欺壓，甚至使對方精神崩潰，晚上還叫去高級酒吧，送對方昂貴名酒作為禮物以示安慰，隔天又重啟霸凌，無止境的反覆，彷彿虐待成癮似地將其徹底毀掉，並帶去汽車旅館侵犯，當成我的玩物任意擺布，等公司察覺有異時再將其資遣，至今幹過這種壞事約莫四次。

白色面具不發一語專注聆聽，他站姿端正，雙手交疊於前，在沒有任何圖案的蒼白面具後方俯視著我。我結束了這場沒來由的告解，「應該是因為這些原因吧，就是在等我親口承認這些事情吧？」他沒有回答。噗，刀刃直接往我的身體刺了進來，緊接著又是一頓毒打，打到神智不清，意識模糊；那是宛如雷陣雨般，來得措手不及又凶猛的痛苦。「給我個痛快，殺了我吧。」當我懇求他殺掉我時，身穿綠色制服的女子們又列隊走了進來。

「說出你的罪行。」

第三次回答時，我坦承自己大學時期曾和一群同學圍毆過流浪漢、把學妹先灌醉再強姦；當兵時也霸凌過長相帥氣又有能力的學弟。第四次回答時，則是把過去在重考補習班幹過的壞事全盤托出。第五次回答時，我招認了國、高中時期的惡行。第六次回答時，則脫口而出國小時期的各種無聊惡作劇，甚至就連兒時在社區雜貨店裡偷過一顆糖的小事也說了出來。

「說出你的罪行。」

已經沒有罪行可說了。「難道像我這樣的垃圾誕生在這世界上，也算是一種罪行？」我反問。這已經不曉得是第幾次叫我說出自己的罪行了，也分不清這是第幾次對我施暴。

他沉默不語，站了許久，用他的不發一語來拷問我。好不容易，他終於鬆開了交疊的雙手，開始採取行動。他彎下腰，把臉湊到我耳邊，張動著面具背後的雙唇，直接將聲音插進我耳裡。

「在那之中。」

如今，我已經被他釋放。

我重返社會，但沒有向任何人提起這段遭遇，將來也打算隻字不提。我一輩子都不會忘記他的嗓音，至死都會活在那份恐懼裡，苟延殘喘。我無時無刻環顧四周，確認有沒有人在監視我、觀察我，或者把我重新囚禁在那間地下室裡。我除了吃飯和睡覺以外，什麼事都做不了。大家還以為我變成了低能兒，但我也束手無策。

真正令我抓狂的是，自始至終，我依然不曉得自己究竟為什麼會被關進那間地下室裡，到底是其中的哪一件事？誰？唯一可以確定的是，答案絕對在我犯過的罪行當中。我一直活在假如嘗試自殺就會有人阻撓的恐懼裡、惡夢中，所以既然死不了，就只能苟且偷生。我依然在被拷問，依然在那間地下室裡，依然坐在那張椅子上。

鼓動

戰鬥者

1

我聽過一句話：

「每個人都有一種天賦，

只是沒機會察覺罷了。」

2

當時是處於人生的凌晨時分，心想著總有一天黎明會到來，卻始終沒有盼到；心想著船到橋頭自然直，卻從未實現。

寒冷的天，暖爐裡的煤油已見底。為了趕走瞌睡蟲而開著的電視，正顯示著新聞字幕跑馬燈——鄰近地區發生地震，首爾地區也能明顯感受到餘震。才剛讀完那一連串字幕，地上就傳來轟一聲巨響，層架上的碗盤出現晃動。

今天是只想窩在家中的日子。本來是每週上班六天、一天工作十二小時唯一能休息的一天，老闆卻打來要我去上班。發放工資的人所提出的「請託」或「約定」，總是帶有一份強迫感，打從一開始就沒打算考慮我的意願。結果才剛出門，便發現原來當天有寒流。

比起嚴寒和地震，更令人煩心的是要持續不間斷工作到下一個休假日。在這間店裡，休假日也要去上班就表示那天直接取消休假的意思，額外的補休或加班費等補償機制則是理所當然似地不提供，況且，這間店從一開始就沒有幫員工加入四大保險，老闆是個徹底遺忘勞動基準法的人。

「電話不通。」

從廚房裡走出來的秋瑛聳了聳肩。

「本來想打電話給我爸的。」

她是被人以「阿姨」稱呼的小姐，現年三十五歲，只比我大兩歲。雖然有著漂亮的名字和親切的性格，以及光聽一次就令人難忘的稚嫩嗓音，但只要待在廚房裡工作一天，就得被叫廚房阿姨一天。我們的處境相同，因為找不到工作，才會在這種餐廳裡忍氣吞聲。

「我猜應該是因為電話量突然暴增的關係，畢竟剛才有地震，先別擔心，等一下再撥打看看吧。我來開暖爐。」

我從椅子上起身。

秋瑛馬上搖頭。

「這要是被老闆早上進來看見，一定會被他罵說：『又沒客人，幹嘛浪費煤油！』今天的營業額也很糟，我最受不了的事情就是被他罵完還要幹活，倒不如忍受寒冷。」

「那就說是我開的吧。」

「要是這間店的代表可以替老闆來收錢的話該有多好，至少代表不會囉哩叭唆，也不會一直重複說同樣的話，讓人無法下班。」

那是一間專賣河豚湯的餐廳，一碗只賣五千韓元。隨餐附贈的小菜有涼拌豆芽、海帶、泡菜，以及可以拌飯吃的醬料。有時候會有比較健談的客人詢問：「這樣的價格，老闆究竟賺什麼？」每次遇到這種情形，我也只能面帶微笑地用「就是說嘛」來應付，畢竟以工讀生的立場，也難以用「羊毛出在羊身上，便宜自有便宜的道理」來回應客人。

店裡用的河豚其實早已臭掉，湯頭是用工廠大量生產配送的，也不曉得裡面的成分究竟是什麼，肯定不是對身體有益的東西。張貼在店內外牆壁上的斗大字樣——「誠心誠意熬煮出來的湯頭」是最完美謊言，「總是用心維持店內整潔」也全是屁話。男女共用的廁所有著揮之不去的菸味，黏附在餐廳地板上的污漬則是不論用什麼方法都無法徹底清除乾淨。

驚人的是，在如此不起眼的小店裡，竟存在著各式各樣的職稱。老闆是一名有錢的寡婦，當初就是她構思了這門生意，寡婦整天帶著一名年紀比她小很多的小白臉，他是男老闆，寡婦的二十七歲兒子則是這間店的代表。一開始得知這些頭銜時，坦白說只覺得荒謬無語，實際上他們的關係也是錯綜複雜，寡婦對於好不容易送去美國留學的兒子老是不學好而苦惱，兒子則是對於媽媽的男朋友和自己同歲倍感壓力，男友更是被一直不願接受求婚的寡婦搞得心急如焚。總之，都是一些算是有在認真過日子的人。

「聽說代表又換車了。」

「那他原本的那輛保時捷呢？」

「不知道，聽說這次買的這台要價三億韓元。」

「三億！」

「真是神經病，客人在這裡吃五千韓元的餐點，他卻開那輛三億韓元的車來，客人看了會作何感想？果然是討厭鬼，連員工最低薪資都不保障。」

我在這間廉價河豚湯餐廳裡被人以「夜間大叔」來稱呼，那是我的名字。從傍晚十點工作到隔天早上九點，負責收拾餐桌、洗碗、打掃、倒廁所垃圾，有數不盡的雜事要處理，月薪卻只有區區一百三十萬韓元。各方面都很廉價。只要是經常被人說「沒天分、沒資質」的人，都很適合來打這份工。

「等一下！好像又有動靜了，對吧？」

「別在意，愈是這樣會愈焦慮。」

「雖然已經是衰到不能再衰的人生了，但還是不想死在這間店裡。你也趕快找其他工作，離開這裡吧。」

「妳也是啊，姊。」

「我已經沒機會了。」

「別說這種話。」

要不是那該死的傢伙，這種爛店我根本連正眼都不會瞧一眼。秋瑛嘆了一口氣。她有著一輩子都難以擺脫的陰影——懵懂無知的年紀，和當時的男朋友拍攝性愛影片，結果在她單方面向男方提出分手之後，男方因為惱羞成怒，一氣之下將影片放到了網路上，用這種卑鄙無恥的方式來報復她。

該部影片在當時不知為何掀起了一陣轟動，在網路上迅速流傳開來，變成無人不知的當紅影片，秋瑛無意間成了知名人物，認出她的那些噁男也不分線上或線下，不停騷擾糾纏她。聽說她接受了好長一段時間的精神科治療，才好不容易從那件事情裡走出來，但是一晃眼，年齡的數字開頭早已增加。儘管她後來接受現實、想盡辦法找工作，但是不論走到哪裡，都還是會有人認出她。消息往往會在公司內瞬間傳開，社內的男性大部分都是用意圖不軌的眼光靠近她，甚至就連超過花甲之年的警衛大叔也是。「既然都把我當妓女了，就不該有想要免費上床的念頭吧。」這是那天秋瑛向我吐露過去的遭遇時所說過的話。

因此，秋瑛選擇在這間餐廳工作，她知道自己只要躲在廚房裡工作，就可以純粹當個「廚房阿姨」，而不再是性愛影片女主角。她滿意這樣的身分，卻又對於這樣的自己感到不甚滿意。基於衛生，她必須天天戴著口罩，不斷重複熬煮湯頭、清洗河豚、挑揀豆芽。她說自己活著並不是因為想活，而是覺得就這樣死掉太冤，所以試著活下去；畢竟世事難料，說不定有一天會感嘆，當初那麼努力活下去是對的。

「妳別再想那個傢伙了。」

「沒客人的時候偶爾還是會想起。」

「那是因為缺乏噪音，還有暖氣。」

我走到暖爐前，按下開關鍵，接下來，一股嗆鼻的煤油味直竄鼻孔。「這樣會被老闆……」秋瑛話說到一半，欲言又止。隨著室內的寒意逐漸緩和，她也決定不再多說什麼。不知是否因為腳踝變暖所以心情也跟著變好，秋瑛一直把腳尖抬起又放下。我推著餐車，去將每一桌的水瓶統統收集起來。其實一半以上都已經補滿水了，但就只是想起身走動一下。

「後來我就開始厭惡男性了。」

「都叫妳不要再想那些事了。」

「我會把所有男人都看成是那個該死的傢伙。早知道就不該和他交往，這樣就不會拍那種影片，也不用和親戚們斷絕往來，我爸更不會因為這件事打擊太大而就此倒下。」

「停，停。太沉重了。妳要鑽牛角尖到什麼程度？」我一臉抗拒。「不要老是想往深處走，只要靠近一步，就會難以抽身。」我從口袋裡掏出了一張紙鈔放在櫃檯，「我請妳喝一瓶可樂，心情會好一點的。」

「喔！先生，等等！」

我才剛打開冰箱門，便立刻關上。由於這是一棟老舊建物，所以餐廳的廁所是設在店外，和二樓的KTV共用，因此，經常會發生KTV客人找錯路，走到餐廳來找廁所的情形，現在也正巧有一名客人喝得醉醺醺，一推開餐廳大門就想要朝放在角落的大米脫褲解放。

「這裡不是廁所喔！麻煩到外面去找廁所。」

「不是廁所……？」

「走出去才會看見，在右手邊。」

「可是，我是這裡的常客欸。」

「我知道，您每次來都會說這句話。」

「我才剛到，聚餐完想要來高歌一曲。」

「拜託您去廁所尿吧。」

「我都說我是這裡的常客了！這服務也太糟糕了吧！」客人打了個酒嗝。「要是不希望我誤闖這裡，就換掉這扇門啊，長得也太像廁所門了吧。」這位大叔渾身散發著濃濃酒氣和廉價刮鬍泡的味道，踉踉蹌蹌地走了出去。「這工作實在沒辦法做下去了。」我抱怨著。秋瑛語帶安慰地表示：

「聽說那位大叔上廁所也有怪癖？」

「他會尿在洗手台裡，一邊照著鏡子。」

「噁，好討厭。」

「看來要掃第二次廁所了，天氣還這麼冷。」

「用水大概沖一沖就好了。」

「不行，會有尿騷味殘留，要用力刷洗乾淨才行。之前拿出來的漂白水都用完了，」我取出一罐可樂和一個塑膠杯，「我去倉庫拿一桶新的漂白水喔！」此時，吵雜的聲響劃破了漆黑的凌晨，那是車子引擎聲，一輛高級進口車正在往這裡行駛而來。正當我心想「這輛車是打算直接衝破大門進來嗎？」的時候，車子驚險停了下來，一側輪胎開到人行道上，另一側則是亂停在馬路上。

「那是我們代表換的新車？」

我凝視著門外。

飽受驚嚇的秋瑛皺起眉頭。

「應該是……客人吧。好像是。」

叮鈴，掛在玻璃門上的鈴鐺發出聲響。駕駛人下車，步履蹣跚地走進餐廳裡。叮鈴、叮鈴，他只有把腳伸進餐廳裡，整個人趴在門上，害鈴鐺響個不停。叮鈴、叮鈴，是一名身穿短袖T恤的男子，竟然在如此寒冷的夜裡只穿一件短袖。他骨瘦如柴，有著五顏六色龍紋身的手臂看上去十分纖細。

但是比起身形，他的眼睛更引人注目，因為明顯不太尋常。眼球血管似乎有爆裂，不僅通紅，還一直在流淚，光看就覺得非常痛，他卻好似沒有知覺。而且眼珠像是塗了黏著劑一樣固定著，完全不會轉動。

「嘻嘻，嘻嘻嘻。」

男子發出詭異笑聲，聽起來不太像是他刻意發出的聲音，而是從喉嚨下方某處自行流露出的音色，宛如一隻惱人的昆蟲。「嘻嘻嘻，嘻嘻嘻嘻。」男子身體大幅搖晃，好不容易關上大門，長長的黃色口水，從咬著下唇的上排牙齒間流了下來。

「打包，外帶。」

男子用手背擦去口水，在日光燈的照射下，手背上的口水顯得閃閃發亮。我努力隱藏內心緊張，用幾近正常平穩的口氣問道：

「請問要外帶什麼餐點呢？」

「河豚湯。」

「您要哪種口味的河豚湯……？」

「給我，河豚湯，快給我。」

「您要原味還是辣味？」

「河豚湯。」

「呃……那個……」

「就是河團湯啦！他媽的！」

男子沒來由地大聲怒吼，看起來像是痛到哀號的樣子。他的臉部肌肉嚴重扭曲，用指甲粗魯地抓著頭皮，然後拔下了一大撮頭髮，頭皮還因此而流了幾滴血，滴答、滴答，滴在地上，但他似乎還是感受不到疼痛。

「報、報警……，是不是應該報警？」

飽受驚嚇的秋瑛緩緩起身。

「妳先進去吧。」我叫秋瑛先去廚房裡。

「你打算怎麼辦？」

「還能怎麼辦，準備外帶啊。」

「可是他的狀態很糟耶。」

「他要什麼就給他，這樣才能趕快把他送走。」

「欸，可是……」

「他還沒做出任何會被開罰的事情，所以就算叫警察來，頂多也只是和他聊一聊，將他請回，這樣的話說不定之後還會再回來找我們麻煩。除非警察會一直留守在這裡保護我們，但妳也知道不可能有這種事。」

當今社會到處都是瘋子，基於一些荒謬理由而發生的社會案件層出不窮，在火車站前天天都有人死掉，包括這間餐廳對面的夾娃娃店也是，同樣發生過駭人聽聞的血腥命案。

據傳當時是有一名精神異常的傢伙臨時起意，直接拿刀走進那間夾娃娃店裡，刺死了一對正在夾娃娃的情侶。事後經過警方調查發現，殺人動機竟是「我如此不幸，那兩個人卻洋溢著幸福微笑」，然而，事實上，那對情侶的生活過得比那名凶手還要窮困艱辛，那天他們只是難得出來散心，沒想到竟然遭遇死劫。儘管如此，嫌犯還是沒有展現半點反省的態度，只說了一句「不，我比他們更痛苦。」

我之所以會被錄取為大夜班大叔，其實也是受那起事件影響，一直以來，這間餐廳都是雇用上了年紀的阿姨來值大夜班，但是自從發生那起命案以後，老闆認為治安不佳，所以才會改請男性來顧夜間時段。

「老闆這是什麼神邏輯，」面試時我暗自嘲笑，「對方都亮刀攻擊人了，哪裡還分男女，當然都會被亂刀砍死。我又不是受過專業防身或武打訓練的，就算真受過訓練，也不會願意領這點錢在這裡做這份工。」

我深吸一口氣，故意扯高嗓音詢問。「請問刷卡還是付現？」

男子用力吸了一下鼻子。

「卡，用卡，刷卡。」

「那麻煩給我您的信用卡，我開收據給您。」

「來……你這裡，您麻煩過來，這裡。」

男子咬字不清，發音詭異，半語和敬語也混雜著使用，彷彿根本不清楚自己在說什麼，他的發言對於這間餐廳裡的任何人來說，都是陌生語言。當我小心翼翼地走向他時，男子突然露出了詭異笑容。

「拿去，來，卡片這裡有，您麻煩收下。」

我接過信用卡，在刷卡機上輸入消費金額。

「原味一碗，加上外帶餐具，總共是六千韓元。」

「車、車上，那女的呢？」

「什麼？」

「那女的，要吃的，在哪裡？」

「我不太明白您的……」

「嘿，欸嘿，我操你媽的！」

男子又開始流口水。這次有一顆白色物體也隨著口水流了下來。那是一顆牙齒，原來是牙齒掉了。男子看著那顆牙齒好一會兒，於是將嘴巴張到最大，把手伸進去，一顆一顆搖晃確認，沒有一顆是完好的。我不自覺蹙眉，連忙低頭掩飾。

「大叔。」

男子叫住我。

「現在，現在你是……對著我，皺眉嗎？」

我瞬間豎直頭髮，可以明顯感受到男子對我充滿敵意。他那不懷好意的氣息直抵我的人中，

「不是的。」我望向櫃檯旁的擦手巾，「感覺您會需要這個，所以……」

「少在那邊跟我裝蒜，你這狗、狗娘養的東西。」

「如有冒犯到您，十分抱歉。」

「你是覺得，我、我他媽的，看不起我嗎！」

「我願意鄭重向您道歉。」

「你會打架嗎？打架，會不會？請問您會打架嗎？」

「實在對不起。」

我立刻彎腰鞠躬道歉。

男子搖搖晃晃地走了過來。

「我操你媽的，混帳東西。」

「對不起，對不起。」

「罵髒話，我罵你髒話，我也對不起。」

男子突然彎下腰，額頭正好對準櫃檯猛力撞了下去，整個人昏倒在地。我心想，這人還真多事。「您還好嗎？」我連忙攙扶男子起身，也因此，我可以近距離聞到男子的體味，甚至清楚看見他身穿的褲子後方口袋，有著一只女性皮夾和一把菜刀，與此同時，我也感到受自己的鼠蹊部逐漸變得僵硬。

「一碗原味外帶好嘍！」

秋瑛在後方出菜。

「請準備外帶餐盒。」

「好，」我簡短回應，「我這就來。」然而，我的雙腿一直不聽使喚，「是啊，要來準備，準備餐盒，是的，要把餐盒先準備好才行。」嘴巴上也不由自主地脫口而出這些毫無意義的廢話。嗶哩哩，嗶嗶，對面的夾娃娃店裡傳出了惴惴不安的旋律。

「客人。」

眼前這名男子，我正在攙扶的這名男子，根本就是個瘋子。要是我現在將他放下，然後去打包食物，他說不定馬上就會亮刀，從他目前為止展現出來的言行舉止來看，有很高的機率會這麼做。「我該如何是好？該怎麼做才對？」

不知情的秋瑛再度催促。「在幹嘛呢？趕快來準備打包用的餐盒啊！」

我只要伸出手，就能抓到那把刀。但是抓到之後呢？他一定會質問我為什麼要亂動他的刀子，大鬧一場，那我有辦法阻擋得了他嗎？內心突然燃起了一把無名火，這人到底為什麼要帶菜刀出門，難道是要在這裡掏出來使用？不是的話，那是打算用在哪裡？然後為什麼有女性皮夾？從哪裡來的？哪裡，到底是哪裡？我千頭萬緒，短時間內浮現出好幾萬種念頭，宛如將腦袋剖開，把大腦浸泡在風雨交加的大海，很鹹，又很刺痛。猶豫不決的期間，男子突然抓著我，翻了個身。

「河團，河團湯呢？」

完了。

我錯失奪走刀子的機會。

男子身穿的T恤衣襬直接蓋住了菜刀的握柄，而且還移到伸手搆不到的地方。我渾身僵硬地將目光停留在他的刀子上，不用照鏡子也知道，我的心情全寫在臉上。

「我馬上……過去。」

「快，快點！趕快，去工作。」

「我馬上為您打包。」

「在那間，夾娃娃店裡，有死人吧？」

「什麼？」

「一男一女。」

好冷，也好沉重，我是指流竄進嗅覺裡的空氣，變得冷冽。我呆呆地張著嘴巴，望著男子。

「在夾娃娃店，裡面，被刀子，刺死，像這樣。」男子用手比劃著，朝虛空中刺去。「不知道，嗎？」霍霍，又往我的眼球刺了過來。他流露出詭譎笑容。

「用刀子，砍死，兩個人。」

「客人，那個……」

「看起來很幸福，比我幸福，所以殺了。」

「……」

「我也，不太幸福。大叔，你幸福嗎？」男子說完隨手抓了抓屁股。咕嚕，我吞下一口唾液。他的手挪到腰後方，往插著菜刀的口袋方向移動。他雙眼緊盯著我，不停用手抓癢。啪，在男子粗魯的動作下，皮夾不慎掉落在地。

「我在問你話啊！大叔，你幸不幸福？」

「皮夾……掉了，從您的口袋。」

「幸不幸福啦，操你媽的，幸福，對吧？」

「客人，拜託了。」

「那位阿姨呢？她幸福嗎？」

男子把矛頭指向了秋瑛。

秋瑛遲疑了一下，簡短答道：

「不幸福。」

「為什麼，不幸福？妳怎麼了？」

「發生了一些事，也沒錢。」

「喔～原來。貧窮，是悲哀。」男子擦拭眼角，原本沾著口水的手背，這次又沾上了眼淚。

「我也，很窮。我媽吃，好多苦。」男子突然悲從中來，潸然淚下。比起荒謬無語，我更慶幸他的手終於離開屁股。哭，總比咆哮好。我偷瞄了秋瑛一眼，她似乎也和我是一樣的想法。

「不過，為什麼，拍影片？」男子說道。

秋瑛立刻皺緊眉頭。

「什麼？」

「妳不是有拍，影片？性愛啊！」

「我不明白……您在說什麼。」

「聲音，很特別，是妳，沒有錯，娃娃音。」

「您認錯人了。」

「摘下口罩。」

男子作勢要走進廚房。

情急之下，我張開雙臂，立刻上前阻止。

「客人，您不能這樣。」

「滾開。」

「您的餐點準備好了，請帶走吧。」

「我叫你，滾喔。」

「他媽的！我叫你不准動她！」

「你這，王八蛋！竟敢對我飆髒話？」男子向後退了一步。他惡狠狠瞪著我，並掏出口袋裡的那把菜刀。「一群，狗東西，又，看不起我？」刀刃直接對著我的頸部，不停顫抖的刀尖，彷彿立刻就要刺向我的喉結。「我要，殺光你們。」男子說道。「我要瘋狂地，亂刺，像上次那樣。」

上次？我突然感到呼吸困難。嗶哩哩，嗶嗶，對面的夾娃娃店照慣例響起了同樣的旋律，聽聞聲音的男子開始詭笑。嘿嘿，嘿嘿嘿嘿。「和上次，一樣耶。會流，好多好多，血喔，刺進去的話。」我突然精神恍惚，感覺視線變得模糊。噗噗，男子一邊拿著菜刀比出向前刺的動作，一邊竊笑。噗噗噗，「要再試試看嗎？」這時，男子突然整個人癱軟，一把扶住了我的肩膀，拿著菜刀的手也向下垂落。

「……好該，停手了。」

男子用粗糙的手掌撫摸我的臉頰。

「影片，流出後，會，很辛苦。在吃過苦的，女人面前，我不殺人，不能幹這種事。我去上廁所，你把湯，放我車上。哪裡有，廁所？」男子撿起掉落在地上的皮夾。

「走到冰箱旁推開門就會看到了。」我好不容易擠出嗓音，完全是陌生老人的音色，和我平時說話的聲音截然不同。「謝啦。」男子推開後門走了出去。這下我才終於鬆了一口氣，全身無力，扶著櫃檯。我彷彿終於明白，什麼叫做走過鬼門關一回。

「你還好嗎？」

秋瑛從廚房裡跑了出來。

「快點報警吧，嗯？」

「嗯，還是報警好了。」

「他說對面夾娃娃店發生的那起雙屍命案也是他弄的。」

「小聲一點，不要被他聽到了。這瘋子帶了一把菜刀進來，電話，可是電話……」

「怎麼了？」

「還是不通。」

「都是地震害的。」我先抓著秋瑛往廚房裡推，「妳，妳先進去，既然他看到妳有想起自己的母親，應該至少不會傷害妳。」我的思緒一團亂，話也亂講一通。「把他要的東西趕快給他吧。」我從櫃檯後方的層架上取出塑膠桶，裝了一些水芹菜。他奶奶的，居然用刀子指著我。我連忙裝了一些醬料，撒上海苔，和河豚湯一起裝進了塑膠袋裡。雖然自認是個一事無成的人，但也毋須讓我經歷這種鳥事吧。

「大叔，我看你也老大不小了，為什麼還在這個時間打工呢？」被無禮的客人問這種問題也已經問到厭煩，「工作呢？不找正式的工作嗎？」「智障喔？問那什麼問題，就是因為找不到才在這種地方打工啊。」當著我的面這樣談論也已經不是第一次了。我也有努力過。每次聽到有客人問我那些無禮問題，都會有一股衝動想要撕爛對方的嘴。我有努力過，真的非常努力，但是不管做什麼都沒有天分、沒有資質，能怎麼辦？

其實就連「努力」，也是要由對努力有天分的人去做才行。我因為家境貧困，所以從小就是做苦工，功課不好，什麼都不會，進了一所沒沒無聞的技職高中。當兵時，我得到「看得出來很努力，所以更令人同情」的評語；退役後在辦公室裡上班，卻理所當然似地沒有讓我轉正職。後來去應徵服務業，以面相不佳為由接二連三地落榜。原本下定決心不要再對工作挑三揀四，什麼都可以試試看，於是去應徵了保全工作，最後卻以工作態度不佳為由慘遭解雇。我從未停滯不前，也沒有遊手好閒，儘管飽受挫折，也盡可能去嘗試做點事情，然後一轉眼發現自己已經年過三十，門檻愈來愈高，工作也愈來愈難找，最終只好在這種爛店裡打零工。我的人生本來就命運多舛了，我咬牙切齒，要是當初想做的事情至少有一件是順利的，就不會落得需要經歷今天這種鳥事的下場了。滾，即使沒有你出現，我本來就很想死了，所以別回來。

「把這該死的河豚，立刻……」

我打開男子的車門。

與此同時，發現後座竟載有一名女子。

她的嘴巴被膠帶封住，手腳都被繩子綑綁，整張臉看上去有被人毒打過的痕跡，全身佈滿著大大小小的瘀青。嗚！嗚！女子一看到我，便嘗試呼救，嗚！嗚！嗚———！她拚了命地向我眨眼、掙扎，她正在努力向我求救，我相信任誰都能一眼看出她的意思。

「立刻……」

我倉皇失措地放下打包好的餐點。車子內部的景象簡直慘不忍睹，不僅臭氣熏天還滿是垃圾，酒瓶、針筒、不明藥丸也散落一地，車內呈現一片狼藉。嗚！當女子扭動身體時，我看見她的褲子上沾有紅色血跡。我幫她撕去嘴巴上的膠帶，於是她語帶哽咽地對我說：

「他一整天拖著我在市區裡閒晃，說回家以後要殺了我，所以讓我死前好好兜兜風。拜託你了，救救我，不能讓那傢伙重新回到車上。可以嗎？」女子大喊。「你有在聽我說話嗎？可不可以幫幫忙？」

我轉頭望向餐廳外場，空無一人，男子尚未出來。這時，地上又再度傳來轟一聲巨響，一片蕭條的社區玻璃窗開始搖晃。果然今天不應該出來上班的。再加上凜冽寒風吹來，還增添了一份驚悚感。「好可怕。我好害怕，太恐怖了。那個傢伙精神異常，還帶著一把刀。」我從圍裙口袋裡掏出手機。「謝謝。」女子淚流滿面。「謝謝你，非常感謝。」但是電話始終撥打不通。

「打不通。」

「店裡有其他電話可以使用嗎?」

「不是機器的問題,是地震的關係。」

「先逃吧。」我幫她解開手上的繩子。「妳都撐到現在了,再撐一下就好,堅強一點。」女子拚命點頭。「等一下會有一名女子從餐廳裡出來,她是我同事,妳和她一起去派出所,沒問題吧?」話一說完,女子就急忙將腳上的繩索解開。我重回店內。叮鈴,掛在門上的鈴鐺發出了聲響,聽起來格外不祥。

「姊,妳先出去。」

「出去?去哪裡?」

「情況好像比我們想像中還要糟糕,非常的糟,趕快穿上外套出去,那輛車後座有一名受傷女子,妳帶她去派出所,去請警察來一趟。」

「什麼……?」

「沒時間了,快走。」我說,「動作快。」和秋瑛擦身而過之後,我便朝廁所方向走去。

唧——隨著身後的廁所門一關上,全身上下的神經也瞬間繃緊,寒毛直豎。出事了,終究還是出事了。濃濃的血腥味瀰漫在冬夜冰冷的空氣中,我長吐一口氣,先是冒出一團白色煙霧,隨即消失無蹤。問題來了,現在秋瑛應該正在和車上的女子一同走在街上,直到警方抵達前,我必須把男子留在這裡,或者乾脆搶走他的車鑰匙。這絕對不是一件容易的事情,勢必會引發激烈的肢體衝突。要是這傢伙對我拔刀相向的話,我該如何應對?此生從未與人有過肢體衝突的我,怎麼可能……這時，小便斗傳來了嘩啦啦沖水聲，內心焦急的狀態下，我不自覺地邁開了腳步，反正一直被動等待也不是辦法。

「那個，客人……」

我走到門檻前，頓時全身僵硬。

死了。腹部還深深插著一把刀。

在刺進最後一刀前似乎已經刺過好幾刀，到處都是血。原本滿是髒腳印的廁所地板，早已積滿暗紅色的鮮血，看不見任何腳印。他正在那裡失去體溫，在我眼前冷卻——那是多次走錯廁所的KTV客人。

「該死的，神經病。」

男子連站都站不穩，雙眼注視著遺體。

「竟然，在洗手台，小便，他媽的。」

他詭異地笑著，緩緩把頭轉向我。

「那是，什麼表情，混蛋。又，皺眉。」男子低吼。我答不出話。情況早已超出預料範圍，而且還徹底偏移。「幹嘛，皺眉？」男子擋在我面前，「你，是不是，瞧不起我？」男子問道。他應該不是真心想聽我的回答。「你從剛才，就一直，鄙視我。」男子緩緩從遺體的腹部拔出刀子，「現在，那位，拍影片的女生，不在喔！」於是開始朝我正面走來。啪噠，啪噠，踩在滿是血水的地板上。

「我要，殺了你。」

男子舔著舌頭。

「殺死你，心情會變好，嘻嘻，嘻嘻嘻嘻。」

皮包骨的手臂朝我伸直，滴答，刀刃上有血滴落下，在廁所燈的折射下，刀片閃閃發亮，還映照出我這張嚇到慘白的臉。刀子要刺進來了，刀尖即將刺穿我的肌膚，進到我的體內。「不可以！」男子舉起手，就在那一瞬間，我朝他衝了過去，重擊他的身體。轟！正巧餘震來襲，男子後腦勺撞上牆壁時發出的痛苦呻吟也剛好被餘震聲音掩蓋掉了。

「你，你……！」

男子滑倒在地。

「你，我要，把你……」

他跌坐在地上，對著我伸長手。

「你竟敢打我，推我！」

刀子在撞擊時不慎掉落在洗手台下有尿液的地方。「刀，我的刀！」男子拚命掙扎，試圖奪回那把刀子，宛如一隻巨大的毛毛蟲般扭動身軀。我一定要先拿到才行。我被自己一閃而過的念頭嚇了一跳。拿到之後，要做什麼？我不知所措，身上的衣服也被血染紅，都怪男子跌倒時濺起血水，噴得我滿身都是。我照著鏡子，鏡子裡的那張面孔，是我至今從未見過的模樣，是一種表情陌生、散發著截然不同氣息的生物。

那是我生平第一次。

彷彿找到天職的感覺。

推倒男子時的觸感遲遲沒有離開我的手掌，男子的後腦勺撞上牆壁時所發出的聲響也一直迴盪在耳邊。因自己施力所引發的作用力不僅甜蜜，還很溫暖，原本盤踞腦海的混亂與恐懼也瞬間消失無蹤，變得無比寧靜，宛如先被暴風襲擊，卻不小心進到暴風眼的感覺。那是成癮的跡象，是起點。我擦去臉頰上沾染到的血水，並用指尖嘗試搓揉血液，不錯，甚至舒服。有一種為了躲避猛獸或尋找獵物而披著一層保護色的感覺。還想再試試看，再去有肢體衝突，想扭打成團，把自己弄得遍體鱗傷，癱軟無力。好想把臉埋在惡臭的地板上。

「你幸福嗎？」

我不自覺地脫口而出這句話。上半身傾斜的男子終於用手指觸摸到刀柄，我一腳將他踹了回去，轟！轟！餘震接二連三。男子的瞳孔出現了情感，那是「恐懼」，截至剛才為止一直在我眼裡的東西，所以很容易被看穿。我彎下腰，撿起刀子，像一條在泥地裡爬行的蛇，朝男子爬去；抑或是像一隻下水道裡的鱷魚。噗！我把刀子插進男子的腹部，拔出來，亮給男子看，再輕輕貼在他的肌膚上，慢慢地，轉動摩擦，然後一把用力推了進去。今天是原本不用上班的日子，休假日。

狩獵者

1

霍華德・菲利普斯・洛夫克拉夫特（Howard Philips Lovecraft）曾說：

「人類最古老的情感是恐懼，
人類最強烈的恐懼是未知。」

2

昨晚發生地震。

聲音震耳欲聾，綿延不絕，宛如有巨人或相當於巨人的某種生物在抓著床角用力搖晃。床頭櫃上的夜燈掉落，我被吵醒後，發現時間顯示在鬧鐘響起的一小時前。「真是的。」我短嘆一口氣，難得睡得如此深沉卻被打斷。

最近一直深受失眠所苦，老是覺得身體疲倦，眼皮很重，肩膀、頸部和臉部也不停被柏油拉扯。主治醫生用一副稀鬆平常的口吻說是壓力導致，叫我要多運動、多喝水，減輕壓力就會好，他似乎也知道這些話都是狗屁，所以笑了出來，急忙接下一句，「但是哪有人活著沒壓力呢？我看您應該有做充分的運動，飲食也會自行看著辦……那我就開藥給您吧。」

「這麼早起啊。」

妻子將手臂環抱在我的腰上。

「嗯，剛好睡醒。」

我輕吻她的額頭，「再去多睡一會兒。」並輕撫她的髮絲，「去躺著吧。」妻子繼續將胸口貼近我，「不要。」她平常是個不太會撒嬌的人。當我心想，「難道是受地震影響」時，她輕咬了一下我的下腹部，「啊。」我發出一聲呻吟，於是她便把臉湊到了更下面，「乖乖別動。」

「妳想要？」

「讓你想要。」

「可是妳不是不太喜歡……在凌晨的時候做？」

「今天還好，剛好心血來潮。」

「快點。」妻子其實是個性慾滿強的人，還沒觸碰到她，身體就已經開始冒汗，也熱得發燙，彷彿要把汗水統統蒸發似地。「射在裡面吧。」妻子在我耳邊輕聲細語，「就是這樣，繼續……」她緊貼著我的身體，一副不打算放開我的樣子，「真的可以嗎？」我重複確認。她其實不喜歡體內射精，因為她討厭體內一直有精液流出的感覺。「今天可以，快，我想體驗那種感覺。」妻子舉起雙手，摟住我的脖子。「好。」我回答。轟！餘震把房間震得搖搖晃晃，在這聲巨響中，我感受到我的鼠蹊部逐漸流失力氣。完事後，妻子馬上睡著，宛如掉進漆黑的泥沼，發出深沉的喘息聲。她看起來很幸福，一臉安心的表情。我幫妻子蓋好棉被，便從臥室裡走了出來。

您今天有睡飽嗎？

期盼熟睡的日子能盡快到來。我擔心您的睡眠是否因昨晚地震而受影響，據說這是近十年來最大規模的地震，在我小時候都還不用擔心會有地震的問題呢！總之，今天也挑選了幾則新聞給您，相信對您會有所幫助。

——專為您所設計的退休計畫方案

——四十五歲中年男子需要養成的十二種習慣

——不能遺忘的釜山隱藏景點

——比誰都要提早知道的今日資訊

我一邊腳踩飛輪，一邊閱讀電子郵件。著名的motivator是專門為我提供最新消息的資訊刊物，雖然一期要繳不少費用，但仍有其價值。「表現不錯。」我把內容記在腦海裡，「聽說這間公司年收入超過十位數韓元，嗯，既然收這麼高的價格，就該有這種水準。」我用力踩起飛輪，「付出多少苦勞，就會得到多少代價；付出多少金錢，就該得到多少成果。」我的心情變得清爽許多，跳下飛輪，灌了幾口冰水。我固定每天喝兩公升水，這是我給自己制定的無數條生活規則之一。

洗完澡後，我換上一套西裝，我習慣每天送洗，所以光是衣服就足以佔滿一個房間。今天是星期三，配銀色領帶吧。我從星期一至星期五，每天都有當天專屬的西裝，光是身穿符合當日的西裝，就會有一種已經把當天變成屬於自己的一天的感覺，也會產生正向信念，認為凡事都會順心如意。對於和我一樣從事這種行業的人來說，這樣的自信是不可或缺的。

我走去廚房，打開冰箱，先喝下一口橄欖油，再啃起清洗乾淨的蘋果。連皮一起吃的蘋果可以補充前一晚流失的膳食纖維，橄欖油則能供給肝臟能量，使我的身體變得更加強壯、清潔體內。這是維持了將近十年的飲食習慣，除了在工作現場不得已會更換飲食菜單，不然其他情況一定都是恪守自己設定的飲食菜單。

「我出門嘍！」我對著臥房簡短道別，平時妻子會送我到玄關門口，目送我出門去上班，再轉身回去盥洗、做瑜伽。現在因為睡得太香沉，所以我輕輕地帶上了玄關大門。

我們兩人琴瑟合鳴，從未吵過架，甚至就連小口角都從未有過。妻子幾乎都會依著我的決定去做，我也凡事尊重妻子。週末出去外食或者去賣場裡採買時，都會收到許多鄰居投以羨慕眼光。

「太太好漂亮，你真有福氣。」甚至還有不認識的阿姨會主動這樣向我搭話。「是啊，我實在太幸運。」我笑著附和。聽說那些阿姨也曾主動向我妻子搭話，「我看妳先生開的是名車，他做什麼工作啊？」妻子同樣也只是面帶笑容地附和，「就只是普通上班族而已。」

「次長，抱歉上班途中打擾您。」

開車途中，徐文吉課長打了一通電話給我。

「您可能一進公司就會經歷一場風暴。」

我無奈地輕笑一聲。

麻煩事來得可真快。

「怎麼了？又有什麼事？」

「聽說韓代理沒去出席和顧客約好的會議，目前已經人間蒸發，聽他底下的組員說，從週末就聯繫不上，理事現在被社長叫去K得滿頭包。」

「會議開天窗了？」

「我一直嘗試聯絡他，但他都沒接電話，傳簡訊也不回，不曉得到底是怎麼回事。今天韓代理原本還要負責幫最終錄取者進行新人教育訓練。」

「難道是遭逢變故？」

「這倒不至於，上週五第二小組有和韓代理一起聚餐喝酒，聽說當時他的狀態就已經很糟了，最近的確看起來不是很好，很痛苦的樣子……」

「但也不能把事情搞砸吧。」

「總之，我知道了。」我逐漸放慢車速。「我先幫您備一杯咖啡。」徐文吉嘆了一口氣。

「好，才一大早就需要咖啡因提神。」前方似乎是發生車禍，馬路被車子擠得水洩不通。我用指尖敲了敲方向盤。「一杯美式，麻煩你了。」徐文吉一口答應，「是，收到！」掛上電話後，我把頭向後仰。韓代理，韓智碩，你這小子，我們現在有一堆事要做，你到底怎麼了？我被搞得心煩意亂。負面念頭一旦出現，就會失控蔓延。我急忙調高廣播音量，車內傳出每天早上都會固定收聽的廣播節目。

3

……因殺人與性侵兒童案等，造成社會極大恐慌的罪犯盧男勇，即將在一個月後服滿刑期，重返社會。目前多數的釜山市民都對此呈現憤怒與擔憂的反應，從上週起以大學生為主所發起的示威活動，也正在釜山火車站前舉行。民眾批評法官判決不合理，要求刑期應該加重的聲浪愈演愈……

4

「次長，早上好。」

「好冷啊，您吃過早餐了嗎？」

一抵達辦公室，同事們就紛紛捎來問候。「大家早安，已經吃過嘍！」我脫下上衣，掛在椅子後方的衣架上。看見辦公桌上的文件時，心情瞬間變得憂鬱，一身精心打扮失去了其效果，空腹吞下的橄欖油和蘋果也沒能發揮功效。好累。最近一直覺得很疲倦，疲勞感遲遲沒有離開憂鬱症。

「咖啡幫您備妥了。」

徐文吉面露微笑。

「辛苦了。」我拿起杯子，手卻被燙到。

「你還有繼續嘗試聯絡智碩嗎？」

「有，但他乾脆直接關機。」

「我看他這人挺有本事的，沒想到也有讓人失望的本事。」

「是啊，不管怎樣至少都應該接電話……」

「喂！現場一組！」此時，金理燦理事急急忙忙開門走了進來。他有著像鬼一樣犀利的眼神，再加上罹患咽喉癌，所以音色十分粗獷，宛如聲帶位置掀起一陣沙塵暴似地，屬於沙漠的嗓音。「你們是這樣做事的嗎？」金理燦蹙眉，他自從被會長叫去以後就一直板著一張臉。

「喂！次長！」

「是，請說。」

「我在問你話呢，沒聽見嗎？你們是這樣做事的嗎？」

「很抱歉，實在沒臉見您。」

我向他鞠躬道歉，其他職員也連忙跟著一起彎腰鞠躬。「操！一群半吊子，做事做成這樣還想領薪水！」金理燦氣呼呼地說道。他大步走向我，砰！厚實的手掌直接往我的桌面一巴掌拍了下來。

「你還喝得下咖啡？」

「不好意思。」

「韓智碩代理跑哪去了？」

「目前聯絡不上他。」

「不是你底下的人嗎？到底是怎麼管理屬下的？」

「我會負責收拾善後的。」

「韓智碩代理負責的客戶是高萬壽社長，你知道吧？」

「是。」我回答。

「他居然敢讓這場會議開天窗！」金理燦咬牙切齒。

「聽說他本來是跟客戶約午餐時間碰面，結果又主動聯絡客戶，說要改成凌晨見面，你應該知道，高社長的作息都是晚上工作白天睡覺吧？」

「我知道。」

「那你自己想想看，工作了一整晚，累都累死了，只想回家休息，但是都和你家的韓智碩約好了，能怎麼辦？只好拖著沉重疲累的身軀，穿過黑暗，前往赴約。結果呢？不論怎麼等都等不到人，連電話也不接。」

「……」

「我都這把年紀了，還需要被會長叫去羞辱是不是？喂，你自己表現出色可是沒有用的，要會帶領底下的人才叫做有本事，要是底下的人紀律渙散，看在老闆眼裡，你也絕對不會是有能力的人。」

「我會謹記在心。」

「然後我說你啊，坦白說我看你最近的狀態實在很糟，簡直就像一顆爛掉的白菜，瞧你那副德性，太沒勁了。聽說你最近失眠還去看醫生，是嗎？難道連個壓力都管理不好嗎？那也算是能力之一啊。好好表現啊，至少要對得起自己領的薪水吧。」金理燦發洩完心中怒火便走了出去。

「不好意思，會再向您報告最新進展。」我對著金理燦的背影再度鞠躬，直到皮鞋聲轉彎消失後才抬起上半身站直。其他員工一臉不知所措，紛紛查看彼此的臉色。我噗哧一笑。

「最終面試合格者的教育訓練是十點開始嗎？」

「是，我會幫忙進行。」

「不，那應該是我來處理的事情，我就進去講重點，趕快把這件事處理掉好了。然後不用再聯絡智碩了，留個訊息就好，繼續做你們本來該做的事。」

「早知道就拜託他泡冰咖啡了。」我坐在椅子上，喝著已經涼掉的咖啡。才喝下一小口，就覺得苦澀不堪。空氣十分乾燥，想打開加濕機，卻發現機器早已在運轉。

5

「大家早，很高興認識各位。」

我隆重開場。

「辛苦了，這麼冷的天還要來參加教育訓練。我看好像還有人是從其他地區過來的，既然都來到釜山了，不妨順便看看海、吃些生魚片再回去吧。」

現場總共有七名男性，五名女性。

清一色都帶著炯炯有神的雙眼。

「首先，恭喜各位通過層層測驗與面試，現在在座的各位都是面試最終合格者，目前正在進行的是新人教育訓練，其實比較像說明會吧，正式教育是等各位到職後才會進行，畢竟在獨當一面之前，實戰才是訓練。所以各位不必這麼緊張，」我試著擠出一抹微笑，「放輕鬆即可。」

「原本是韓智碩代理負責進行這場教育訓練，我想，只要是對這個產業多少有關注的人，一定都有耳聞過這個名字，正是各位熟知的那位韓智碩。他賺到可觀的收入，也拉攏到非常多客戶，他是公司有史以來表現如此出色的第二人。喔，對了，第一人正是站在各位面前的在下我本人。」我用拳頭輕敲自己的胸膛，「是的，我就是傳說中的那位次長。」

「韓智碩代理因個人私事不克出席，今天將由我來代替他進行，所以原本預定三天兩夜的行程，會濃縮在今天一天內結束，我只講重點，不重要的都會快速帶過。畢竟我還有很多事要忙，各位也都有各自的人生，其餘時間就在釜山安排觀光吧。因為等正式上班以後，就不會再有時間玩樂了。」

我望向桌上備好的飲料，選了一瓶零卡路里的傳統茶，打開瓶蓋。「我是說認真的，以後下班回到家只會想睡覺，什麼事都不想做。來吧，那就正式開始了。」

「相信各位也知道，我們公司從來不公開招募員工，都是透過獵人頭方式挖角人才。我們會徹底調查清楚，哪裡有人才、有著怎樣的實力與成績，經過層層評估，才會提出面試邀請，所以光是接到我們公司的電話，就表示你已經是人中豪傑。實際上，光是收到我們公司的面試邀約，就很容易得到其他公司的工作機會，我相信各位應該也早有耳聞這項事實。所以要對自己感到自豪。」我舉起手指。

「世上最悲慘的事情莫過於有能力的個人身處在無能的團體裡，不論印在名片上的個人多麼優秀，只要公司不夠響亮，就難以彰顯價值。所以我們只採獵人頭的方式，為的就是網羅全國各地優秀人才，以確保這個團體的優秀性；換言之，我們在挖掘人才這方面算是投入非常多的心血，然後再讓如此煞費苦心請來的人進行測驗，剔除出局。」

當我這麼一說，在座的新人哄堂大笑。「我知道測驗難度很高，但是各位應該也會希望同事具備值得信賴、依靠的能力，」我將手掌放於胸前，「最重要的是，想證明自己就是那個值得信賴並獲得認可的人吧。」新人聽完一致點頭。

「各位在各自的領域早已是嶄露頭角的人，接下來，身為我們公司的一員，希望各位也能締造出亮眼成績，累積漂亮履歷。在職場生活裡最重要的是——」

「咳咳。」這時，也許是不小心被自己的口水嗆到，坐在前排的一名男子突然開始咳嗽。「咳咳，咳咳。」他咳到滿臉漲紅，與此同時，也很在乎周遭其他人的眼光。坐在一旁的新人幫他輕拍後背。「很好。」我拿了一罐飲料給該名男子。

「在職場生活裡最重要的就是這個，尊重同事。我的說明剛才被這位男子突如其來的咳嗽打斷了，我和各位都用掉了一些原本不在預期內的時間，但我們都沒有互相責怪，而是相互照顧。」

「不好意思。」男子表示抱歉。

「沒關係。」我輕拍男子的肩膀。

「我們公司只看成果，所以只要能拉攏愈多客戶，就愈能享有財富、名譽和尊敬。要是成績不佳，相對來說就會比較抬不起頭。我們都是一群鯊魚，在同一片海洋捕獵，所以彼此之間自然是競爭關係，但同時又是夥伴關係，因為在困難繁重的工作中，能夠體會彼此的苦處，成為彼此支柱的人，同樣也只有我們。」

「嗯。」新人們點頭表示贊同。

「千萬別瞧不起或嘲笑彼此，要一同成長才是。這就是我要說的重點。話說回來，我知道各位第一眼看見我們公司時一定會感到有些失望。」

我低聲笑著。

「明明聽說很有名，薪水也很高，怎麼建築物卻這麼老舊，辦公室也小不啦嘰的，窗外沒什麼風景可言，附近甚至連一間便利商店都沒有，美食名店？這裡壓根沒那種東西。我猜在我進來前，大家內心一定都充滿懷疑，這真的是那間鼎鼎有名的公司嗎？我說得沒錯吧？」

新人們緩緩張口表示驚訝。

我從口袋裡掏出皮夾，放在桌上。

「這邊這些卡片，是會員卡，消費不到一定額度根本不會核發的卡片。然後這邊這些是我加入的俱樂部會員券，這應該不用我多作說明，各位也知道不是阿貓阿狗都能加入的吧。」

「我開的是名車，」我十指交叉，繼續說道，「開出去會讓周遭駕駛都敬而遠之的那種車。」

「我的妻子也是，她有一輛普通人工作一輩子都買不起的名車。是的，各位從我身穿的這套西裝應該就能看出我是個有錢人，接下來各位在這間公司工作，也會和我一樣致富。」

「不對哦，應該很難和我一樣。」我半開玩笑地補了一句，「因為我天賦異稟。不過別擔心，各位一定能賺到讓平時討厭你的小人肚子痛死的程度。」

「當然，前提是要先付出努力才有錢賺。各位，我的體脂肪一直都是維持在不到百分之五的程度，這是為了在必要時刻釋放出必要的能量，為了不讓自己墮落，為了讓客戶信賴。除此之外，我每個月平均閱讀二十本書，每天早上都會確認晨間資訊，與其說是為了擴充思想，不如說是為了達到更高次元、讓客戶藉由與我的廣泛交談，進而獲得精神上的滿足。我經常動腦思考，自行研究並了解各領域的知識，從中檢視有無可以運用的知識。我用不聰明的腦袋土法煉鋼，至今都是如此。」

「我絕對不是在自吹自擂，」我加強語氣說道，「而是要提醒各位，像我這樣的人，如果要爬到這樣的位置，就要下這麼多工夫。」

「重要的是技術，要透過不斷進步取得獨創方式。雖然我已經創造並持有完美技術，但要一直思考有無可以補強的部分，沒有終點。要把目標設定得夠高，讓自己精益求精才行。」

我確認了一下手錶。

重新整理了衣著。

「以上是給接下來要準備同舟共濟的各位一些建言，接下來請做好會辛苦、痛苦、煩惱、忍耐的準備，隨時保持閱讀、熟記、研究、學習，習得技術並研發，創造屬於自己的完美方式並永續保存，然後看著日漸累積的財富和心滿意足的客戶表情，陶醉在自戀的日子裡。以上，辛苦大家來上教育訓練。」

6

「江泰啊，是大哥啦，今天能幫我準備午餐便當嗎？」我一邊走出公司，一邊講電話。我在對方的餐廳已經是老主顧了，吃了好幾年的午餐。老闆長得很像職業摔角選手，每天凌晨都會採買新鮮食材，用他那一手好廚藝來料理烹煮。我對於他那細膩的手藝和粗獷的面相呈鮮明對比很是滿意。「大哥要吃，當然得做。」江泰用沉穩的嗓音回答。

「又接到臨時任務了嗎？」

「我屬下跟客戶爽約，他媽的，現在還給我搞失蹤，所以我要去找客人賠罪。」

「天啊，這樣失眠怎麼可能會好。」

「是啊，我現在根本離不開胃腸藥，一天不知道吞下多少藥丸，光吃那些藥就飽了。」

「那我今天幫您做一份特製便當好了，雞胸肉配番茄、洋蔥、香蕉，最後再淋上神秘醬汁，吃完保證能讓流失掉的元氣統統補回來，那話兒也一柱擎天，威武雄壯。」

「難道神秘醬汁是壯陽藥？」

我拿到便當以後，直接在車上用餐。有錢有什麼用？在賓士車上吃飯總比在手拉車上吃飯舒服吧。我扭開礦泉水瓶蓋，灌下冰涼的白開水。飯後用漱口水清潔口腔，並確認文件。

高萬壽社長，負責人是韓智碩代理。目前經營一間工廠，是個全心全意投入工作，不走旁門左道的人。員工對他有著高度信任，也積極雇用外籍勞工。他的太太因病早逝，他獨自撫養小孩，但是小孩因遭遇校園霸凌而不幸成了殘障人士，一輩子只剩一條腿能走路，身心也留下了難以抹滅的傷痛。他想要送個禮物給小孩。

「OK，了解。」我闔上文件，「看來他找對人了。」我吐掉漱口水，把乾嘔出來的口水也一併吐掉。「韓智碩，盡做一些蠢事，竟敢放這種客戶鴿子。」我走下車，往高萬壽的住宅方向走去，手上拎著事前準備的高級禮品組，恭敬地站在門前等待。聽說高萬壽上午都會回家補眠，再去工廠上班。現在是他即將要出門的時間。

「高社長您好。今天早上是我們的員工失禮了，十分抱歉。」我鞠躬道歉。「不不，沒事，沒事。」高萬壽連忙揮手。「雖然這點東西難以作為補償，但還是希望您能收下。」我遞出那袋禮品組。「哎唷，真的不需要這樣。」高萬壽似乎是感到不太好意思，尷尬地抓了抓腰間。

「別站在那裡，進來說話吧。」

高萬壽把原本關上的大門重新打開。「謝謝。」我向他致謝，並跟隨在後。不愧是資產家，住宅面積相當大，庭院的布置也令人印象深刻，一眼看上去就是由專業人士操刀管理。我坐在能夠一眼看見內院的寬敞客廳裡，努力試圖緩和高萬壽的心情。

「是的，以上就是他為什麼沒有前往赴約的理由，雖然實在難以向您啟齒，但畢竟還是不能對客戶說謊，所以再次向您致上最深的歉意。」

「真是，評價這麼好的人怎麼會……」

「我不會再讓這種事情發生，但我也心知肚明，即便這樣向您保證，產生裂痕的信賴也難以修復，所以今天我有特地為您準備一項頗具魅力的提議。」

「什麼提議？」

「此刻起，我會把韓智碩代理從您的事業中排除，並由我來代替他全權負責您的所有大小事，這不會讓您多花一毛錢，就能夠享受到貴賓級的服務。」

「可是，這樣不會太給你添麻煩嗎……？」

高萬壽的口氣明顯溫和許多，一直緊皺的眉頭也終於變得平順一些。這也不難猜想，因為我的服務價格出了名的高，比韓智碩高三倍以上，對高萬壽來說絕對是賺到；用這種方法處理顧客投訴，對我們公司來說自然也是賺到。

唯一有損失的人是我。

增加了許多沒有酬勞的工作事項。

然後又因此而壓力倍增。

「那以後就麻煩你了。」

「謝謝，您就放心把事情交給我處理吧。」

「剛才，你說產生裂痕的信任終究是難以修復的，對吧？我一直好奇想問……那麼，已經失去一次信任又重新攜手共進的人，又該怎麼說呢？」

「就是維持著已經失去信任的狀態一同向前邁進，因為只要存在記憶，瓦解的信任也會一直存在，這種情形純粹只是受傷的那一方願意再提供一次機會給對方而已，我個人是這麼認為的。」

「那看來等過一段時間，等我有辦法再次提供機會時，也想和韓智碩先生當面聊聊。」

「正是因為您有如此寬宏大量的胸懷，才會廣結善緣。雅量和饒恕，在當今時代是多麼稀有罕見的品德啊！我會再主動與您聯繫，請您留步。」

唉，累死了。我坐上車，發動引擎。工作量愈來愈多。我又感受到腹部一陣刺痛。我打開包裝，吞下胃腸藥。趕快下去，沿著食道快點下去吧。讓我從這番痛苦中解脫。我掏出手機，打開行事曆。一天又一天，全都是密密麻麻的行程，沒有一天是空的，連喘口氣的時間都沒有。

「我該把今天新接的工作塞在哪裡才好呢？實在找不到任何空檔能硬塞進去，完全沒有，怎麼找都沒有。」

都說上了年紀以後會很常自言自語，等年紀再大一點，還會整天叨唸個不停，我就是這樣，無意間發現自己又在喃喃自語，抱怨著悲慘的現實。「親愛的，原來你也會變老。」妻子看我這樣覺得有趣，我卻只覺得心煩意亂。還是來處理事情吧！我關掉手機行事曆，準備打電話給金理燦理事。

「嗯，吃飯了嗎？」

他說話的口氣和平常一樣，雖然一直都是宛如沙漠般的嗓音，但至少語調是心平氣和的。金理燦只要生氣就會罵人，然後去抽一根細菸，彷彿每吐一次煙就會消去一件煩惱似地，憤怒指數會急速下滑。等他抽完菸，氣消了，也就沒事了，脾氣來得快，去得也快，所以我很喜歡像他這樣的人，比起會記仇，事後再對你秋後算帳，金理燦這種人還比較好應付。

「尊敬的大哥，我打這通電話主要是有事情要向您報告，也想順便聽聽您帥氣的嗓音。剛才已經見過高萬壽社長了，事情有妥善解決。」

「哎呀，我的小兔崽辛苦啦！」

「抱歉一早就給您添麻煩了，還請您大人大量，不記小人過吧。」

「啊？我早就忘了欸，你也別放心上，抱歉對你說了那些難聽的話，再怎麼生氣有些話還是不該說，你也知道我就是這種性格，對不起啊，乖弟弟。」

「哎唷……您太客氣。」

我拍著馬屁。

金理燦乾咳了一下。

「我寄了一盒韓牛鮮肉禮盒去你家。」

「韓牛？」

「我看你最近身子虛弱，聽說還有去看醫生，讓我很擔心，所以選了個上等肉，回家記得拿來烤著吃、煮著吃，好好補一補。」

「我本來也正好在想著要找一天來吃牛肉，多虧大哥讓我有口福了，我會煮一頓大餐來吃的。愛你喔！大哥！」

接下來要和其他客戶開兩場會議，還要再見另一位客戶向對方報告目前事情處理的最新進度。我需要寫一份報告，也要計算人力成本，還要採購備品、處理貸款事宜……「唉。」我用額頭去撞方向盤，等待交通號誌燈轉變時，無意間發現路上多出好多車輛。你們都是要開去哪裡呢？去工作？去休息？綠燈一亮，所有車子一致發出引擎聲響，不過，轟隆作響的車子怎麼清一色都看起來很疲倦。「職場生活就是如此啊，」我踩下油門，「所謂職場生活不就是如此嗎。」

7

「韓代理，是我。」傍晚九點，我滿臉疲倦敲著門。「開門吧，我知道你在裡面。」我用拳頭拍打大門，「快開門，我一整天可被你害慘了，你知道嗎？」於是，大門發出嗶嗶聲響，被解鎖了。韓智碩露出了身影，他垂頭喪氣，像行屍走肉一樣，兩眼空洞無神。

「次長。」

他一見到我便開始哽咽。

「次長，次長……」

「喂，你這小子。」我嘆了一口氣。

「我快瘋了。」韓智碩不停啜泣。

「先進去再說吧。」我把手上的啤酒遞給他。

「你平常是喝健力士這個牌子，對吧？」

韓智碩住在釜山單價最高的公寓頂樓，屋內有豪華景觀，在夜色朦朧的房間內，韓智碩像個受傷的野獸般蜷縮著。幾套襯衫和領帶散落在床上，桌上則擺著一堆拿出來卻沒吃的餐點，早已失去溫度，看樣子應該只有用筷子翻動過而已。

「我本來是要去上班的，一直都有打算進公司，但最後實在沒有辦法走出家門，因為太害怕了。」

韓智碩用衛生紙拭淚。

「我一直在作惡夢，好害怕，只要一想到現場就會倍感窒息。走到街上，會覺得彷彿所有人都在盯著我看、評論我、對我指指點點的感覺……根本抬不起頭。前幾天我去賣場採買，推著推車，但是心臟實在跳太快了，所以直到賣場打烊前，我一直都坐在某張椅子上，真的是痛苦到要死。」

我不發一語地聽著。

韓智碩繼續向我吐苦水。

「根本沒完沒了啊，幹我們這行都沒有退休年齡不是嗎？在一間不允許退休的公司裡，要一直做這份工作到死，對我來說實在太痛苦了。次長您當然沒有這樣的困擾，工作得心應手，因為就像您常說的，您已經有一套屬於自己的獨創方式，就連技術也都已經純熟，所以沒什麼事情能難得倒你，可我不是，我自己也心知肚明還差遠了，能夠感受到自己已經到達天花板，但是周遭的人都還以為我很厲害，所以對我期望很高，我連個可以喊苦的人都沒有，真的快瘋了，再這樣下去一定會瘋掉。次長，我該如何是好？次長……」

他一口氣把心裡的委屈全說了出來。

韓智碩長嘆一口氣。

一直默不作聲的我，終於開口說道：

「好了嗎？」

「什麼？」

「我問你都說完了嗎？」

「呃……那個……」

「我因為你捅出的婁子，多了一大堆無薪工作，一整天都不能處理我自己的事情，都在幫你擦屁股。理事一大早還被會長叫去罵到臭頭，同事們也都暫時擱下手邊工作，一直在幫你收拾善後，高萬壽社長甚至犧牲睡眠在等你。那麼你這傢伙，是不是應該在說這些灰心喪志的話之前先說抱歉才對？要是你還是個人類不是畜生的話啦，你說是不是？」我咬牙切齒。「抱、抱歉……」韓智碩嚇得臉色發白，連忙調整好坐姿。「你，給我仔細聽清楚了。」我一把抓起韓智碩的衣領，用力扭轉。

「我沒有任何義務要聽你發牢騷、無理取鬧，我是公司裡的一員，是次長，只要把事情處理好即可。儘管如此，我還是特地前來找你，默默聽你說完這一長串的屁話，那是因為我認為，既然都已經誕生在這世上，就應該給你一次機會——不再懦弱的機會。」

「是是是……」

「你覺得我工作得心應手？因為已經有一套屬於自己的獨創方式？沒什麼事情能難得倒我？韓智碩，你算哪根蔥啊，憑什麼把我賣命達成的事情說得一副像是不勞而獲？你認為我是搭電梯坐到今天這個位置嗎？我可是拉著血屎爬上來的，我的屁眼也千瘡百孔。堂堂男子漢，這點責任心都沒有還有臉哭，你看看你自己，看啊！」

我抓著他站起身。

把他拖到窗戶邊，將臉推向玻璃窗。

「這裡能看見傍晚的大海，還能看見日出和日落，就算有海嘯把釜山淹沒，你也不會被淹死。放煙火時，你可以直接看見紅通通的煙花在你眼前炸開，開著捷豹去超市採買，結果居然在這間最頂級、可以叫傳播妹來跑趴的房間裡，哭得一把鼻涕一把眼淚，然後說什麼？快瘋了？」

「對不起，是我的錯，十分抱歉。」

「那你就別幹了。我會幫你一把，讓你順利離開。但是你過去賺到的、即將入戶頭的，統統都要先吐還給公司。我會幫你安排一間垃圾考試院當作你的退休禮，你可以去那裡哭個過癮，住在一間冰箱裡的泡菜隨時會消失，還能聽見隔壁無業遊民打手槍的房間裡，讓你在那裡哭個夠！」

「是我該死，次長。」

「自私自利的傢伙。」我一把將他拋向地板，重摔在地。「懇請您原諒。」他像個過去一直在房間裡取暖，卻突然被扔回雪地裡，才想起遺忘已久的寒冷的人。他重新調整了一下身上的衣服。「三天，不，四天，哎呀算了，他媽的，老子就直接給你一個星期！」我俯瞰著韓智碩。

「我給你一個星期，去安排一趟旅行，看看美景，吃點好料，讓你自己去想清楚。如果還要繼續工作，下禮拜我們公司見，要是沒見到你，我就當作你不幹了，這是我對你釋出的最大善意，千萬別聯絡公司，我會自己看著辦。」

「先走嘍！」我轉身準備離去。
「這、這麼快就要離開？」韓智碩連忙爬起身。
我把腳套進皮鞋裡，「很忙，還有很多事要處理。」
「非常感謝您特別關照。」
「下禮拜公司見嘍，可以的話。」
「您現在是要回家嗎？」
「不，要去現場，我也該做我自己的事了。」

8

「嗯，親愛的。」我一邊和妻子通電話，一邊把車停好。「今天應該也會很晚回家，累的話就先去睡，不要等我喔！」似乎快要下雨了，空氣裡充滿濕氣。烏雲覆蓋天空，月光朦朧輕柔。「最近怎麼老是這樣，難道是有什麼重要的事情？」我把醫生開給我的藥放入口中，「嗯，等事情處理完就馬上回去。」我掛上電話，現場一如往常寧靜。位於距離都市遙遠處的茂密森林，坐落在某個角落的漆黑建物，應該沒有人知道有這種地方。我走下車，取出書包和禮盒。輸入密碼後，我走了進去，映入眼簾的是好幾個巨大的入口，以及無數片鐵門和門後方的長長階梯。

職場生活，職場生活……。我從其中一個入口走了下去。其實我可以理解智碩，他一定承受了不少壓力，但是要在江湖上混，可不能用這種處事態度。我掏出鑰匙，打開鐵門。咔嚓、咔嚓、咔嚓，我解開一些鎖頭，再往下走。真是生活大不易的年代，每個人都在咬牙苦撐。我都已經提醒過多少次了，趁精神還未崩潰前，一定要先找到排解壓力的方法。每當皮鞋踩在階梯上時，都會發出渾厚的聲音。走到一半左右的時候，我敲了敲側面的休息室門，那扇門緩緩打開，可以看見裡面有醫生和護士的身影，正準備要換上綠色制服。我走進去，關上門，「今天也很高興見到各位，這麼冷的天還特地前來這裡，實在是辛苦了。我已經幫各位多匯了一些獎金到戶頭裡，那是我個人的小小心意。」女子們發出哇的讚嘆聲，高興地輕輕拍手。「各位先看個電視在這裡等我一下，冰箱裡也有吃的可以盡情享用。」我重新開門，保持沉默，走下階梯。咔嚓、咔嚓、咔嚓，打開鐵門。深長的地下室，抵達前我從背包裡取出面具戴上，那是一張沒有任何色彩和圖案的白色面具。

「求你饒了我，拜託了。」男子一見到我，便馬上向我求饒，希望我能放他一條生路。他操著一口不標準的發音，因為我把他的上排牙齒全拔光了。所剩無幾的下排牙齒也會在今天全部消失。「為什麼要這樣對我？到底為什麼？」我沒有理會男子的提問，直接脫下上衣，掛在直立式衣架上。我換上塑料衣，也換了一雙鞋。「你問我為什麼？」我在心中嘲笑，「因為你連豬狗都不如。整天性侵自己的親生女兒，還讓女兒墮胎四次。早該付出代價的傢伙。你的孩子們帶著好不容易存到的積蓄跑來我們公司，直接指名我，要我對你施予人類能夠經歷的最大痛楚，他們是我珍貴的客戶。」我故意走到男子面前，讓他看見我將工具一字排開。我的出場費很高，因為有一套獨創的方式可以使人瘋掉。這是一套既完美又成熟的技術。隱藏在面具後方的我的眼神，充滿著憎恨與厭惡。「拜、拜託……」臉上滿是刮鬍刀痕的男子，開始一點一滴被我摧毀。

那就，準備上工嘍。
我低聲說了一句：
「說出你的罪行。」

看守者

1

伯特蘭・羅素（Bertrand Russell）曾說：

「與其精神正常地活在謊言裡，

寧願選擇精神異常地活在真相裡。」

2

不過，也可以精神異常地活在謊言裡啊。

這樣不僅更有趣，心裡也更舒適。

3

「抱歉，我不是有意冒犯，但實在是第一次看到那種眼睛，所以才會不自覺……，不對，這樣說聽起來也很失禮，總之，再次向您說聲抱歉，我絕對沒有要找您麻煩，我何必呢，我甚至是打從心底非常尊敬老師您。」

「聽說這種眼睛叫做『四白眼』，原來還有專屬名稱，這也是我第一次聽說，難怪覺得與眾不同。雖然不確定這樣形容會不會很冒失，但是在我看來是滿帥的，男人之間不是多少都會有一些隱約較勁嗎？比方說，為了不被對方的氣勢壓倒而故作凶狠，不論是刻意擺動頭部、頸部用力等，都會做一些耍酷的動作，但是老師您應該不需要做這些舉動，因為光是這雙眼睛就能不動聲色地震懾別人，當然，我相信也是因為您渾身散發著一股特有氣質的關係。啊？這絕對不是在阿諛奉承，對於我們這種已經一蹶不振的人來說，老師您可是傳說級的人物！」

「您請坐，我幫您把外套取下，喔，您不想脫外套嗎？好的，沒問題。果然傳聞所言不虛，您的打扮很時髦呢。我聽說黑色西裝和長大衣是老師您的象徵，喔對，還有紳士帽也是，我因為個子矮小，實在難以消化這種穿衣風格，要是貿然嘗試，一定會淪為大家的笑柄，出門一趟應該能把街上的灰塵統統掃回來，至少要像老師您這種身高，才有辦法撐得起長大衣。您多高呢？應該有一百九十公分以上吧？一百八十七公分？哇，難怪剛才您朝我走過來時，簡直就像一名男模走在伸展台上。都說不是在恭維了，我只是對於您的來訪感到雀躍而已。」

「關於與您同行的那位我也有聽說了，但是因為他的資料沒有您的多，所以目前還沒有完整掌握，頂多只知道有一名約莫十歲的少年會和一名身穿黑色長大衣的老紳士一同前來。想請問一下該如何稱呼他才好呢？好的，那我就先稱呼他為助理好了。我看您的長相真的好英俊喔，要是我也有這種長相，人生應該會很幸福。」

「冰箱裡有啤酒，要喝一杯嗎？其他還備有蒜頭原汁和甘露茶。其實這些都是聽說您要來而特地精心準備的。您要喝蒜頭原汁嗎？好的，沒問題。您的助理要喝什麼呢？有牛奶、可可和柳橙汁。對啊，所以我都有用心準備喔！什麼？把牛奶摻進可可裡嗎？哈哈，這小子果然內行，長大以後一定會成為一名傑出的愛酒人士。」

「我從以前就有從其他人口中耳聞過您的消息，聽說只要在網路上搜尋特定關鍵字，輾轉經過幾層網頁，就會出現一個全白色的網站，在潔白無瑕的背景上，只有一個留言區，在那裡留下聯絡電話和內容，老師您就會主動聯絡留言者，雖然有些人說這是新型態的竊盜或器官買賣手法，但……應該不是吧，如果您的計畫是把我開腸剖肚，那我在此先聲明，千萬別白忙一場，因為我的器官毫無價值。開玩笑的啦。來，這邊是您要的一杯蒜頭原汁和一杯摻了牛奶的可可。」

「房子很酷吧？雖然上了年歲，但還是有古色古香的味道。窗戶很大，下雨天很有情調。看著滿布在玻璃窗上滑落的雨滴和灰濛濛的天空，會忘卻時間流逝，不自覺地追隨緩慢飄流的雲朵。廁所？廁所請往這邊，沿著角落轉過去就會看到了。裡面掛有擦手巾，您可以使用。廚房有一扇通往後院的門，這邊，只要打開電燈，就會看見通往地下室的樓梯，二樓還有小房間和閣樓。我爸就是在這個位置把爺爺殺死的。話題會突然變得太嚴肅嗎？沒關係嗎？感謝您體諒。」

「正是在我所站的這個位置，我的爸爸用斧頭砍死了爺爺。爺爺當場斃命，爸爸則被關進了精神醫院，因為他全程沒有停手，不停朝我爺爺劈砍，而且還面帶笑容。他甚至對我招手，叫我來向爺爺問好。自此之後，媽媽和姊姊們就再也不願意住在這個房子裡了，所以我也不得已，只好放棄自己的房間，搬移到其他地區居住。」

「您一定感到很意外吧？但我爸其實並不是有暴力傾向的人，與喝醉酒會打老婆或者亂摔東西的那種人相差甚遠，他一輩子都活得安安靜靜，就只是在那一瞬間，做出了瘋狂舉動；抑或是一直都精神異常，卻只有在那一刻恢復正常也不一定。他是從未大聲說過話的人，完全想不到他是如何揮動斧頭的，因為他瘦到皮包骨，動不動就感冒，手臂細如牙籤。因此，每次只要一想到我爸，就會不免感嘆人類憤怒的力量。」

「既然都已經失身了，何不換個念頭當成是緣分，一起過日子就好？這是律師和警察對性侵受害者所說的話。說得更精確一點，是在我爺爺面前對我奶奶說的話。聽說當時周遭大人的反應也讓人跌破眼鏡，都叫我奶奶選擇息事寧人，免得消息傳出去丟人現眼。因此，我奶奶最後是被迫和強姦自己的男人結婚的，生活可想而知也不可能順遂，爺爺沒有對婚姻忠誠，經常犯下各種罪行。」

「奶奶經常以淚洗面，每當她在哭泣時，我爸就會躲去山上，因為他認為奶奶看到他會更痛苦。雖然這樣說有點殘忍……但我爸是強姦事件下的產物，在一場犯罪下誕生的生命，活著的每一天都要親眼目睹加害者與被害者共處，我甚至難以想像，他身處在那樣環境裡，每一刻都有什麼樣的感受、要忍耐並承受哪些東西。」

「奶奶逝世後，我爸就離開那個家了，因為他已經沒有需要守護的人了。他埋頭苦幹，認真工作，好不容易存了一筆錢，成家立業。他遇見我媽，還生了孩子，一起共組家庭，十分幸福。春天會去賞花，夏天會去溪谷避暑，每週固定外食一次，包括那天也是。我們去市區吃烤肉，回來後發現客廳有一名陌生老人，他擅自吃我們家冰箱裡的食物，也把媽媽的衣櫃、姊姊們的房間統統翻箱倒櫃了一輪。我記憶猶新，當時空氣瞬間凝結，而且是過分清楚地記得。」

「爺爺沒有像那些老套的劇情一樣，一見到兒子就獅子大開口，開出高價或撫養要求，他只是詆毀我爸而已，脫口而出一堆不只是父子間，就連人與人之間都不該說出口的各種辱罵和不雅字眼。我爸默默忍受，本來應該到最後一刻都會保持緘默，卻在爺爺換了一個出氣對象之後徹底變了調。」

「那個發了瘋的老頭開始出言侮辱奶奶和我媽，我在此就不細談具體罵了哪些內容，因為我不想弄髒我的嘴巴，以及玷污老師您和助理的耳朵。當下我聽完那些謾罵只有一種感受，一個人要多麼粗魯低俗才會脫口而出那些言語，真希望他能閉上嘴巴，他卻滔滔不絕，甚至就連姊姊們也被他一一數落。此時，我終於忍不住咆哮。『爸！這個人到底是誰？』於是爸爸緩緩轉過身來，注視著我的面孔。」

「他緩慢移動，爺爺氣得直跳腳，不停喊著：『你現在是瞧不起我嗎？啊？不小心生出來的東西還真好意思。』爸爸拿起放在角落的斧頭，那是從鄰居那裡借來，原本要趁週末製作桌子使用的。啪，爺爺的頭顱非常精準地被一剖兩半，接下來爸爸又朝他的肩膀劈了下去，砍下兩隻手臂，再將其平躺在地，砍下雙腿。那是我第一次看到我爸如此開心。『來，到這邊來向爺爺問好。』他對我招了招手，『這是你爺爺。』」

「爾後，每當我去醫院看我爸，他都會照慣例用沉默寡言的樣子面對我。坦白說，我還滿懷念爸爸當時那張充滿活力的臉龐，偶爾不免會想再看一次爸爸當時面帶的那份笑容。」

「第一次交女朋友時，我告訴他這項消息，他提醒我要好好珍惜對方。後來和這名女孩分手時，則勸我要祝福她。我爸總是對我耳提面命，要珍惜對方、尊重對方、不能動手等。每當我說媽媽過得不錯時，爸爸都會一臉五味雜陳，低頭不語。每次去看他的時候，我都會順便帶家人的照片去給他看，雖然他保持沉默，卻一直目不轉睛地盯著照片看，包括他第一次殺人的事實被公諸於世時，也是這樣不見絲毫動搖。」

「他雙眼緊盯著我問，究竟是對誰以及為何要那樣做？我和爺爺不同，我如實回答，告訴他因為在公園裡看見一群敗類在踹一隻小狗，所以才會以牙還牙，並補充說明自己絕對不是會專挑軟柿子欺負或出氣的那種人，只要和誰起衝突，就會先嘗試和對方化解。爸爸叫我只要答應他一件事，不要去做在他面前抬不起頭的暴力，這句話到現在我都還銘記於心。」

「後來，我一直都有履行這項承諾。打從一開始我就沒想過要違反這項約定，因為根本就不會想去傷害沒來招惹我或沒犯任何罪的人，我只是堅守崗位，善盡我的本分而已。我表現優秀，也執行了許多任務，所以才會收到拓展崗位的提議，變成用更專業的身分使用暴力。我與許多人起衝突，有時只要靠對話就能解決，大部分卻要引發肢體上的衝突。」

「我從未輸過，因此，也愈來愈需要面對更狠毒的傢伙，而我則成了比那些傢伙還要惡毒的人。如果有人問，在這之中誰最惡劣的話，一定會先出現我和與我熟識的幾名傢伙的名字。算是闖出了名堂。我多了幾個綽號，其中有一個叫做『販肉鋪』，我還滿喜歡的，不曉得您有沒有聽說過……哈哈，對，就是我本人。另外還有『抽籤』和『二十四小時七天』也是我的綽號，每個人都對我畢恭畢敬，表示尊重，不把我當技術二流的傢伙看待。不過我心知肚明，這種互動的最深層其實隱藏著對我的恐懼，因為不純粹就不會有永遠，這是我從幾次背叛中學到的道理，所以我不再相信任何人，也了解到與其遭人背叛，不如先背叛別人的事實。」

「我年紀大了，明明感覺才剛邁入不惑之年，卻已經來到接近知天命的年紀。身邊的人愈來愈少，已經不再展現自己脆弱的一面，即使是不小心的情況也沒有。由於不曉得自己何時會離開人世，所以也沒有結婚，來來回回和幾名女子交往過，最終還是被我送走了，因為她們都太優秀，當寡婦實在太可惜。我獨自一人度過了許多歲月，全神貫注在自己的工作上，也因此，自然而然愈來愈討厭人類。」

「每個人對於某人來說都是惡人，沒有人是完全的善人。對於賣水果的奶奶來說，我是常客，也是懂禮數的兒子，但是對於那些朝這位奶奶亂丟菸蒂的小混混來說，我是惡魔，也是食人魔。我以前住的地方有個名叫彩英的女孩，活潑可愛，逢人問好，她對我來說是可愛的鄰居妹妹，但是對於住在樓下的聖俊先生來說，是腦神經衰弱的原因。常去的餐廳老闆心地十分善良，但是對於在那裡打工的服務生來說，是拖欠薪資的惡老闆。住在我家對面、成功進入大企業上班的泰鄭先生，對於父母來說是驕傲，對於公司後輩來說卻是經常會搶人功勞的社會敗類。」

「我逐漸關起心門，即便是那些對我好、對我來說是好人的人，也都會在某些地方做出一些骯髒齷齪的事情。我看著那些景象，感覺到厭惡與幻滅。這個社會上，好人的種子早已枯竭。我曾經答應過爸爸，只行使堂堂正正的暴力，但是既然社會已成這副德性，是不是隨便把人抓來毒打致死也無所謂了？這到底是怎麼回事，是我被騙了，還是打從一開始就是我自己沒搞清楚？」

「於是我得出了結論，人類是不得群聚在一起的類型。尤其是像我這種以暴力作為手段的生物，總有一天一定會發生爆炸。因此，我選擇離開，漫無目的地行走了一段時間，走到地底，也去到天上，還潛在水底下，享受那份幽暗寂靜。」

「然後我無意間嗅到了冬天的味道，下一個春天，我想要住在有牆壁、有屋頂的地方。我想起了這棟房子，想起爸爸說著，這個週末來砍木頭製作桌子的嗓音。」

「我一開門，便看見一群流浪漢，從他們歡迎我的方式中，找不到絲毫禮貌，既粗魯又尖銳，所以我把他們破裂的內臟埋在院子裡，以此作為大掃除的開始。」

「隨著時間流逝，我把更多肝臟、腸子、切成塊的身體部位埋進土裡，在業界，我們會稱我家前院為『迦南地』，不僅流淌著奶和蜂蜜，還因土地肥沃，不論丟下任何種子，隔天都會像傑克與豌豆一樣成長茁壯。我沒有否認，這樣的玩笑話正合我意。前院已經沒地方埋屍了，所以我把剩餘的屍體放進了後院堆放雜物的倉庫裡。」

「強姦犯、強盜、擄人犯、性侵犯、兒童性侵犯、腐敗的政客、律師、法官、醫師、黑道、垃圾公務員、高利貸業者、小偷、詐欺犯、偽善者，統統都被我大卸八塊，宛如在包火腿一樣，用保鮮膜包裹，再用報紙多包一層，那是需要動作夠熟練才能處理的工作。」

「但是現在連那種事都做不來了，因為身體裡開始長出某種烏漆墨黑的東西，聽說已經擴散蔓延，醫生也說我怎麼現在才來找他，我萬萬沒想到，這輩子竟然會聽到連續劇裡才會出現的台詞，醫生似乎也沒料到，這輩子竟然會對某人脫口而出如此老套的台詞。」

「老師、助理，我的一隻眼睛已經失明，另一隻眼睛的視力也愈漸模糊。剛才我是透過嗅覺發現，原來我從超市裡買回來的是咖啡牛奶而非可可，十分抱歉。原以為眼睛的視力會比手臂狀態好一些，現在光是掠過衣角，骨頭就會像從手肘處拔出般疼痛，每當我呼吸時，整個腹部也會像融化般痛苦。所以如果認為我的努力值得嘉獎，還請將飲料喝光，我會非常高興的。」

「我已經沒有事情想做，對於人生，不僅毫無眷戀，甚至充滿埋怨與疲憊。我只有一心想趕快結束這條生命，其實要割手腕或頸部也是可以的，但是當我嘗試用刀刃劃破我的肌膚時，瞬間又會感到一陣心酸，至少我認為自己應該是有足夠的資格能用比這更好的方式迎接死亡。」

4

「其實你有拒絕痛苦的資格。」我低聲說道，「大部分善良的人都有這個資格。」生病的男子本來一臉緊繃，聽完我說的這番話以後，少了幾分緊張神色。午後的金黃色斜陽灑進屋內，在沒有開燈的客廳裡駐足停留。我看著昏暗的窗框斜影，這種畫面總是能激發出我的感性。「只有兩種情況不允許無痛死亡，一種是有未盡的責任，一種是有未付完的代價。」我搖晃著杯子，讓蒜頭原汁混合均勻，「然後你是那個讓他們付出代價的人。」

「也是負起所有責任的人。」男子冷笑。他沒有顯現於色，但是可以看得出來痛苦早已超過極限。「要在哪裡進行？床上？」我問道。「不，就在現在坐的這張沙發好了，房間裡看不到夕陽。」男子痛苦說著，「如果你不介意，我可以躺下來嗎？」我對於他到最後一刻都不忘保持禮貌充滿敬意。「沒問題，請便。」於是男子彎腰向我道謝。我把椅墊交疊，墊在他的頭下。

「呼——」男子嘆息，「老師，怎麼會有如此美麗的下午。一天當中，我最喜歡傍晚。」

「因為人生苦短，所以自然是美麗又哀愁。」我問他，「有口服、注射和鼻腔吸入三種方式，有偏好哪一種方法嗎？」男子壓低視線，「我不喜歡用注射的方式，因為我爺爺有碰過毒。」

我點點頭，「要是有遇過這種問題，自然是會感到排斥。」男子擠出一抹微笑，「鼻腔吸入是指在鼻孔裡插管嗎？」我很滿意他的想像力，「不，是幫你套個塑膠袋，裡面有特殊氣體，不過我會參考你的意見，試著從鼻孔插入。」於是男子放聲大笑，「哈哈哈哈！」多麼好聽的聲音啊，可惜從每個音節都能聽見痛楚，第一聲「哈」是手肘，第二聲「哈」是胃腸，最後兩聲「哈哈」則是大腦，彷彿每笑一聲都會壓迫到這些部位的膿瘡。「現在連笑都不讓我笑了。」男子冷汗直流，眉頭上還結著汗珠。「看來要趕快準備了。」我從位子上起身。

「這位助理。」男子叫住男孩。「是。」小男孩冷靜回答。這孩子的嗓音一直都是冷靜沉著的。「你的髮色好漂亮。」男子稱讚著，小男孩則是低下頭來，說了一句「謝謝」。天色漸暗，孩子的特殊髮色更顯迷人，從來都沒有染過頭髮，卻呈現著色彩鮮明的褐色，充滿光澤。每每和這孩子一起走在路上，年輕女子都一定會展現好奇，「是混血兒嗎？」「太可愛了。」「好像童星。」而男孩則是一臉不在意的表情，踩著自己的步伐。這小子其實也有高冷的一面。

「他們說我是噁心的變種人，也說是因為受到神的眷顧，所以頭髮才會是這個顏色，他們是指我父母。」孩子一邊從背包裡取出工具一邊說道，「前面那句是我媽說的，後面那句是我爸說的，不過在我聽起來，兩人說的這兩句話都是狗屁。」

「用字遣詞要溫柔一點。」我嘗試安撫他。「對不起。但這世上根本就沒有神啊。」小男孩把瓶子遞給我。「怎麼會沒有神呢？」男子面帶淺淺微笑問道。他一定是對小男孩有好感，就和每個人一樣，這孩子總是能輕易得到眾人喜愛。

「假如真有神，地球就不可能是現在這副德性了。」孩子心平氣和地回答。「注意你的用字遺詞喔！」我打開藥罐，再次提醒。「對不起。」孩子也再次道歉。但是我知道，他的說話習慣一時之間很難改正，一定又會再出言不遜。「也許神是存在的，只是他沒有在工作啊！」男子說道。孩子從口袋裡掏出巧克力剝成小瓣，「存在卻不工作，他媽的，那這種畜生就等於根本不存在。」

「孩子啊。」我用更低沉的嗓音警告。「對不起。」男孩道歉完，便把藥丸遞給了男子，「這是防止嘔吐的藥，因為藥效很強，最好先把這顆吞了。」他小心翼翼幫忙男子放進嘴裡，再把水倒進男子的嘴巴。「吞進去，很好。」小男孩滿意地拍了拍男子的大腿。「啊！」疼痛感蔓延擴散，男子發出了痛苦呻吟。「記得要有禮貌。」我嚴厲糾正男孩的行為。「沒事，沒關係。」男子溫和地笑了。「我也難得體會到溫暖，讓我想起小時候和姊姊鬧著玩。」

外頭烏鴉哭啼，黃昏吞噬了室內。空氣變得寂寥，進入肺裡再出去之後，只剩下思念留在那個位子上。「媽，」男子張開雙唇，「大姊、二姊……」我搖晃藥瓶，充分混合均勻以後倒進杯子裡。「來，喝下吧。」我扶著男子，替他餵食藥水。雖然動作有點緩慢，但是喝到一滴都不剩。「啊～」一口氣吞下肚的男子重新躺在沙發上。「吃一個吧。」小男孩把巧克力塞進了男子的嘴裡。

「傍晚，傍晚使我抓狂。」男子突然伸出手，「回憶、鄉愁，難以承受的思念，可是我卻不曉得自己究竟懷念什麼？黃昏夕陽確實有它瘋狂的一面。」他準備衝出去。「冷靜下來，闔起眼睛。」我有預料到他會有這樣的反應，所以連忙用手掌按住男子的胸口。「可是闔起眼睛就看不到了！這是很珍貴的畫面，一天當中最短暫的美好！」男子的嗓音變得急切，「它正在呼喚我，我要出去，我，一定要去那裡。操！他媽的。」男子潸然淚下，「操！我操！」他逐漸停止動作，原本身上瀰漫的菸酒味也在不知不覺間變淡，散發著肉體的香氣。

「沒關係，現在你可以隨心所欲去任何地方了。」我緊緊握住男子的手。在夜幕低垂的夜晚，我們的身影變得更加幽暗。面對快要消失的晚霞，男子感到有些呼吸困難。「媽，」男子說道，「對不起。」他愈漸消逝，「愛妳，姊姊們也是，對不起，抱歉，很想對妳們好一點。」接下來便是一陣靜默。我發現他再次離開了這個家。「打開窗戶吧。」我對男孩說，「應該能看見他回去找家人的背影。」唧——男孩推開玻璃窗。藏青色的天空上高掛著閃爍的繁星和月亮。

「他的腳程好快。」男孩說道。「我們也得加緊腳步了，今天還有其他地方要去。」

5

其實人類並非畏懼死亡，而是害怕致死前的那段痛苦過程。沒有人害怕死亡本身，反而更趨近於渴望。

正因為通往死亡的那條路上充滿痛苦，且經常是以致命損傷的樣貌呈現，不論是割傷手腕導致整個浴缸滿是鮮血，還是從高處墜落導致腦骨破裂、腦漿外溢，皆是怵目驚心的畫面，所以令人心生畏懼；然而，其實那些都是痛苦後的結果，並非死亡的模樣。死亡是痛苦之後降臨的沉重孤寂。

假如死亡沒有伴隨任何痛苦，死亡就不會是極端毀滅的代名詞，而是解脫與希望的象徵。

人類只要誕生在這世上，必然會有一份恐懼——對死亡的恐懼。當你領悟到唯有這件事情是不論用什麼方法都無法倖免、遲早有一天一定會遇到時，就會開始對人生產生不滿，那是對於沒有選擇權、只能被迫接受的某種絕對性的事實所產生的憤怒，而且當你認知到原來死亡是與痛苦相連時，就會開始對死亡產生不滿。

不可以自殺的理由是什麼？有些人會說，因為那是愚蠢的判斷，只因當下辛苦而放棄掉將來一切的可能性，是很可惜的事情。那些人說人生是美好的，於是我對他們說，等一隻手臂或一條腿被截斷、飽受痛苦生活折磨、失去摯愛、罹患不治之症，再來談人生是否美好，看你還能不能對現在正在過著這種人生的人談人生美好。用狹隘、不切實際的個人視角和標準來定義他人的人生，才是真正愚蠢又魯莽的行為。

不可以自殺的理由是什麼？有些人會說，因為會下地獄，自行了斷生命是罪，就算死後靈魂也會受盡折磨，被安排在死後世界裡的悲慘位置上。我過去經歷過一場嚴重事故，心臟停止跳動十分鐘以上，在醫學上是處於完整的死亡狀態，當時我什麼都沒看見，沒有引導我的手勢，也沒有通往地下的走道，從頭到尾都沒聽見喇叭聲或狗叫聲，只是一片漆黑。我親身經歷過，死後世界這種東西壓根就不存在，人死了以後不是被火焚燒，就是埋進土裡，僅此而已。如果要因為擔心死後何去何從而過著生不如死的人生，那麼，試問這樣活著到底還有何意義。

不可以自殺的理由是什麼？有些人會說，因為要尊重人權，對於人類來說，有經營人生的權利，擅自了斷性命，是侵害此種權利的行為。但這句話說錯了，由他人單方面定義的權利，其實應該稱之為義務，不滿意卻不得不享有的暴力式權利根本就不存在，應該要恰好相反才正確——

人類應該具有結束生命的權利，制止這項行為才是侵害到當事人的權利。

不可以自殺的理由是什麼？有些人會說，因為會使身邊的人難過，叫當事人多想想周遭親朋好友，打起精神來。但其實想自殺的人往往大部分都是因為身邊的人而下這種決心，還有少部分人是為了周遭的人而選擇自我了結。

「抱著死亡的勇氣活下去」，這又是多麼無知的發言；夢想死亡一點也不需要勇氣，當勇氣枯竭時顯現出來的最底層正是死亡，假如還留有一絲一毫的勇氣，就不會看見死亡。

打從一開始這些理由就毫無意義，只不過是一些無聊又燒腦的口水戰罷了。沒有人會因為閒著沒事做而去尋死，往往都是受到了人生致命性的壓迫與傷害才會一心尋死；當事人已經充分回顧過自己的人生，也做了充分的思考。爭論自殺議題的人永遠都是會繼續活下去的人，但自殺是屬於即將死去的人的事情，還想要活下去的人根本沒有資格談論這項議題。

在這個國家，人類會在誕生的同時按照既定公式隨波逐流，因為大家都去上學所以我也要上學，一定要讀書所以我也要讀書，自然而然被推去與人競爭，為了溫飽而去尋求一份工作。別種型態的人生難以成功，失敗時需要負擔的風險也非常大。在這種情況下，自殺是展現真正的自由意志，可謂既大膽又崇高的選擇。但是在走上絕路之前，極大的痛苦會先阻擋著這條路。

其實人類並非畏懼死亡，而是害怕致死前的那段痛苦過程。沒有人害怕死亡本身，反而更趨近於渴望。因此，我的角色就是把夾在人類與死亡之間的痛苦清除，讓他們可以有尊嚴地死去，守住名譽那條界線。我的背包裡裝著各種藥罐，後車廂裡則有毒氣。截至目前為止，我已經為四百九十一人執行安樂死，大家看到我都會尊稱我一聲「老師」。

地平線

戰鬥者

1

好癢。
癢到難以忍受，所以不斷抓癢。
皮膚上出現紅點，再變成瘀血，
最終，抓到破皮。
指甲也鬆動，好痛，感覺快要脫落。
抓得渾身是血，開始吶喊，
卻還是抓個不停，癢到停不下來。
為什麼會這麼癢？
我開始奔跑。
衝出都市，抵達山腳。
附近有人煙罕至的江河，還有石頭和明月。
我不停搔頭，
彷彿挖土般拉扯頭髮，

用粗胖的手指搓揉頭頂，
用力拉，再往下扯，
從臉皮開始到全身，扒下整張外皮。
像灼傷一樣，神經燒燙。我哭了，感到絕望。
為了讓身體降溫，我用四肢爬行，衝向河邊。
竊取月光的水面上有我，
乾淨美麗又新穎的我。
現在，不痛了。

2

我作了這樣的夢。

3

「您會看完下午診再出院吧？」護士問道，「您可以到八樓去批價，好好調理身體，那些不好的記憶也盡快忘掉。」並附上一抹親切微笑。過去半個月左右，我住進這間醫院，添了不少麻煩。「謝謝。」我從床底下拿出一小箱能量飲，「這個拿去和醫生們一起喝吧。」護士接了過去，把它放在了裝有溫度計和血壓計的推車上。「哇，太感謝了。以後就不能再見到您，有點感傷。」

「她應該是對你有意思。」隔壁床的男子開著玩笑，「我敢打包票，我一看就知道，她一定是喜歡你。」對面床的男子也在竊笑。在這整天只有吃喝拉撒睡、抽菸的住院生活裡，他們算是我另一種夥伴。大家都對於忍受疼痛和無聊早已厭倦，因此，只要有新消息就會展現熱烈反應，但是對於我所經歷的殘酷事件，則展現體諒與安慰的態度。我抱著剩餘的零食和水果，走到他們的床邊一一發放。

「你們有聽說過便利商店法則嗎？」

「那是什麼？」

「去到便利商店，工讀生好像對我有意思，對著我笑的那張臉看起來別有居心，一定是喜歡我，所以下定決心要告白……但是當下和我一樣有這種錯覺的男人還有十二名。所以千萬可別被那種親切服務給矇騙了。」我用一副經驗老到的表情左右擺頭。

「到底是誰歸納出這種法則的？」「還能有誰，應該是他自己吧。」「真好笑。趕快出院吧，好好徹底忘掉那些惡夢，加油過日子啊！」夥伴們語帶不捨。「別擔心啦～」我笑了，關於那方面是真的不需要太替我操心。

「我請廚房阿姨趕快離開那間店，也就是秋瑛姊，請她帶著車裡的女子去警察局……應該是這樣沒錯。當時的情況，很糟，簡直慘不忍睹。」

「您處理得很好，非常棒，在那種情況下還能冷靜沉著地採取行動很不容易。對了，也多虧您出手相救，車裡的女子平安無事，她目前正在接受治療，總覺得應該要向您說一聲。」

「太好了。」

「大致上都了解了，您先休息，好好調養身體，不需要太勉強。我們只是因為您當時有在現場，所以來聽您做說明而已。」

與警察之間的交談十分坦白，把邱瑛姊送走以後就不記得發生什麼事了。我緩緩低下纏繞著繃帶的頭部，皺緊眉頭發出痛苦呻吟。當我說到「明明當時……啊……」的時候，員警們錯愕不已，連忙說著「不不，沒關係。」我壓低視線，「每當我努力回想時，都會頭痛想吐。」於是事情就這樣結束了，沒想到警方也沒有再向我提出任何麻煩的要求。

「那些警察也想趕快結案。」其他患者說道，「反正那幫人本來就不太認真辦事，既然死者、凶手、目擊者都有了，自然也沒什麼好調查的。」每當病房內展開熱烈討論時，我都會適當地做出回應。「是喔？原來是這樣啊？」諸如此類的應付。其實那些都不關我的事，只要警察不來煩我就已經心滿意足。最終，討論以左側病床患者勝出，並在討論的過程中，勾勒出「河豚湯店殺人事件」的完整面貌。

沉溺於毒品的男子對同居女友施暴、威脅，強押上車，到處閒晃。傍晚時分到一間餐廳裡鬧事，對著該間餐廳的員工拔刀相向，尋釁滋事，後來在廁所裡與KTV客人一言不合，互相砍殺，最終兩人都身中刀傷，流血身亡。目擊現場的餐廳員工因飽受驚嚇而當場昏迷，昏迷時頭部撞擊到洗手台而受傷。

其實每件事情都是當事人最記憶猶新。河豚湯店殺人事件在網路上紅極一時，很快又蒸發消失，不再被人提起。我躺在床上，面無表情地閱讀著相關文章，大部分都是沒任何營養價值的老調重彈。唯有一點稍微有點意思——夾娃娃店事件的凶手目前正在監獄服刑。原來那個嗑藥的傢伙只是個瘋子，幻想自己是那名凶手，現如今也名正言順地成了殺人犯。我噗哧一笑，恭喜啊，現在應該幸福了吧。

噗……

每到夜晚，病房裡的夥伴都已入睡時，我會撫摸我的額頭，試著去觸摸繃帶底下正在癒合的傷口，開始回想，把刀子刺進那個傢伙身體裡時的記憶。我兩眼直視著他的眼睛，固定住他的下巴，好讓他無法對我轉移視線。噗、噗。我是笑著殺死他的。當他意識逐漸模糊時，就掌摑他的臉頰使其清醒。「看著我。」我像個野獸低吼。別想其他事情，專心刺他。要展現出誠意啊，好好送他上黃泉路才行。最終，這傢伙斷了氣。我望向鏡子裡的自己，砰，用頭奮力撞向洗手台，就連這個舉動——對自己行使的暴力——都很甜蜜。那天的感覺全都生動地烙印在我的指紋上。

是什麼呢？

瞬間被迷惑的那種感覺到底是什麼？

事件隔天，當我在醫院裡睜開眼睛時，那是我第一次感受到神清氣爽，和過去每天睡醒都很悲慘的狀態不同。「怎麼又睜開眼睛了，又要去找新工作了。」雖然很想趁睡覺時自然死掉，但是一直都沒死成，要是來一場核彈戰爭連感受痛苦的機會都沒有就直接人間蒸發的話該有多好，諸如此類的念頭交織在天花板上的花紋間，若隱若現，凌亂無章。

但是那天不同，像黴菌一樣分布在身體各角落的疲勞竟消失無蹤，原本不是左側就是右側疼痛的頸部、僵硬的肩膀、久病難醫的腰部，統統都變得柔軟輕鬆，彷彿長時間在異國生活得很不適應，難得歸國的感覺。我躺在病床上，突然眼淚直流，因為終於找到了自己擅長又喜歡的事物。我認知到自己有這方面的天賦，以後再也無法停止做這件事情。從暖氣口吹送出來的暖風把病房吹得熱呼，我擔心著身上的血腥味會不會在溫熱的空氣中四散。別看我。我把身子縮進棉被裡。好餓。那瞬間，我是一頭不折不扣的野獸。

想揍人。

想粉碎。

不要老是對我低語，好癢。

想敲打，想摧毀，也想被摧毀。想要身上留疤，不論自己是哪一方，想扭打成團，想瘋狂出拳毆打，一直打，不停地打，打到對方的嘴巴像個蠢蛋一樣張開，口水直流。想把飛濺到我嘴裡的血水吐掉，偶爾也想要失手打偏，讓手腕扭到，面對較長時間的疼痛暗自竊喜，想要弄得遍體鱗傷、渾身是血，步履蹣跚地行走在視線模糊的街道。假如能行使痛快淋漓的暴力，就算身體某處留下致命性的傷害也在所不惜。想要帶著一輩子的後遺症生活，並在每逢下雨天受盡刀子刺到肉體深處的痛苦折磨。想要望著雨絲，站在髒兮兮的雲下，遠眺一片蒼白的景色，細細咀嚼那天的暴力。想要深吸一口潮濕的雨天氣味，追蹤記憶裡殘留的血腥味。於是，等到哪天身體變得冰冷不再有溫度時，我想以到處佈滿縫線疤痕和年久傷疤的身體，被推進火葬場裡火化，與其讓身體埋在土裡漸漸腐蝕，不如被暴力的火焰毆打吞噬，成為黑乎乎的灰燼。沒錯，變得粉身碎骨，把磨成粉末灰燼的我當成狗飼料或撒入臭水溝裡都好。

噗、噗、噗。

我的大腦變得愈來愈致命，因為對生物有害。感覺頭腦本身變成了一顆緊握的拳頭，所以才會被綁上繃帶。砰，我頻頻感受到想要用額頭撞東西的衝動，渴望再次失去意識、神清氣爽地甦醒。每當上午與下午反覆上演時，回鄉的喜悅之情就變得愈漸模糊。從睡夢中醒來時，心臟也會重新沾染污漬。好不容易獲得的充實感與欣慰感會逐漸流逝，痛苦，害怕，我感到焦慮，要是一頭栽進暴力裡就能重燃火苗。夜幕降臨，強迫症從另一頭緩緩爬出。

尋找對象。

撕咬他的後頸。

趁對方還沒全身癱軟前，趕快插進去。

但是該找誰作為對象呢？總不能為了滿足自己的欲望而隨便抓人來凌虐。我突然想起很久以前的當兵生活。被分發的第一天，那些平頭男說：「我可以允許你是個垃圾，但不能容許你做混帳事。」這的確很符合為暴力而生的團體風範，早已準備好解答。我犯著嘀咕，「雖然是垃圾，但不是混蛋。」是啊，至少別當混蛋吧。從根本上來看，我還是善良的人類，只不過，唯一的才華是從暴力萌芽，堆肥則來自臭氣熏天的正義感。快，要趕快找到對象才行，趕緊了。我重拾戒掉的香菸，要是不沉迷於某件事，實在難以忍受內心這股欲望。

「您會看完下午診再出院吧？」

就在我思量著這些事情時，護士向我問道。

為期半個月的住院生活告一段落，是時候該回歸現實了。我沉浸在難以排解的焦慮感中，試著擠出一抹微笑。「你們有聽說過便利商店法則嗎？」「幹，知道又有屁用，我才不管那十二名智障幹了哪些事。」震耳欲聾的心臟鼓動變得愈漸稀薄，我食不知味地用喉嚨吞嚥著那些餐點食物。

4

秋瑛：

近來可好？

是我，素菈。不知道已經多久沒寫信了，國中時我們還有經常通信，只是自從妳發生那件事以後，換了電話還搬離住處，我就無從與妳聯絡了，也找不到還有和妳在聯絡的人。每次和同學們見面問起妳的消息，大家都會反過來向我打聽，還挖苦我怎麼能不知道從幼稚園開始就一直是好朋友的妳的最新動態，說我根本沒有資格當妳的摯友，害我好慚愧。

我從電子郵件信箱中找到了妳的郵件網址，我相信妳一定還有在使用，這是我們一起創建的帳號，妳住三〇一號，所以帳號是sanho301，我住妳隔壁，所以是sanho302。我們竟然會用公寓名稱來創帳號，實在太好笑了。我到現在還在用這個信箱，應該是因為還很懷念和妳很要好的那段時光吧。

話說回來，我們還能回到從前那個時期嗎？一起吃辣炒年糕，聊廣播節目內容，有喜事會互相祝賀、有壞事會互相安慰的那段時期，坦白說我還滿懷念的。對了，我要和東振哥結婚了。自從妳發生那件事之後，我們就一直同居在一起，現在才終於多少有些準備，下定決心步入禮堂。

說到這裡，妳應該也有所察覺，這是一封喜帖，我希望妳可以來參加我們的婚禮。都說人經歷愈多磨難會愈成熟，妳也不妨嘗試展現寬宏大量的氣度，原諒東振哥吧。他深刻反省過了，承認是自己一時衝動才把影片外流的，當時不應該做這種事情傷害妳。他也為此痛苦不已，流下男兒淚。但他現在都已經走出來了，可以展現幸福笑容，所以也想讓妳看看他幸福的模樣，要是妳也能重拾微笑就好了。

妳應該不至於討厭我吧？畢竟妳和東振哥一分手，我就馬上和他在一起，希望妳不要因此而對我有敵意，因為愛情這種事誰也說不準，不是嗎？在我看來，外人肆意評論一對男女結為連理是一件很失禮的事情。

那就先這樣嘍！

還是很希望能見到妳。

5

「不用來啦，反正還好手好腳的。」

「可是你自己一個人出院太可憐。」

「只要收拾好行李走出醫院就結束了。」

下午診被安排在四點鐘。吃完飯後，我接到了母親的來電。希望電話那頭傳來的嗓音不要充滿擔心，因為真的不需要。都已事隔半月要準備出院了，母親卻仍處於飽受驚嚇的狀態，彷彿我才剛被送進醫院般，惴惴不安。雖然不是不能理解她的心情，但還是不想讓她擔心。

「媽，當時情況沒有妳想的那麼嚴重。」

「都死了兩個人，怎麼可能不嚴重。」

「可是妳不在現場啊，其他人說的不能全信，很多都是加油添醋故意描述得很誇張，而且是放大好幾倍的那種。」

「你這小子怎麼……呼……」母親嘆了一口氣。我彷彿能聽見她努力吞回去的那些話。「你這小子怎麼這麼衰，諸事不順又一事無成。」但是我們心照不宣。「你自己可以嗎？」過了好一會兒，母親才重新開口說道。「有什麼不可以的，又不是小孩子了。」我用一副沒什麼大不了的口吻回答。

「唉，幹嘛偏要去那間店打工。」

「妳也知道我找不到其他工作嘛。」

「媽有工作，你妹也有工作，全家人都有工作，你不需要把自己搞得這麼辛苦，還要日夜顛倒。我們家的家境沒有慘到那種地步，先嫁人的你大姊也一直都有照顧我們。」

「總不能每個人都在工作，只有我自己遊手好閒吧。再怎麼說我也是家裡唯一的男丁，而且怎麼能一直玩樂都不賺錢呢。我不是說過本來就沒打算做這份工作很久嗎？它只是在我找到正式工作前的短暫臨時工而已。」

母親同樣在餐廳裡工作，從早餐做到晚餐，每天都要凌晨出門去上班，在餐廳廚房裡熬煮牛血湯；大姊在廣告公司，小妹則是在會計師事務所上班。每個人都是領著微薄的薪水做超額的工作。

「最好是，」我胸口感到一陣悶，「明明家裡還有債務尚未還清，竟然還說家境沒有很慘。妹妹總有一天也要嫁人，人家早有對象了，還不是因為錢的問題才會將婚禮一延再延。」母親總是這種態度，不想把困苦的現實如實告訴我。「你不用擔心任何事、一切都很好、已經快還清了。」她總是這樣笑著對我打馬虎眼。每當看到她無力張開的雙唇周遭佈滿皺紋時，就會不禁胃痛。

「好啦，那你就邊休息邊慢慢找新工作。」

「幹嘛休息，當然是要繼續去河豚湯店上班啊。」

「你還要重回那裡？」

「還是得賺錢吧。」

「哎唷，本來就不是什麼像樣的餐廳了，現在還有人死在那裡……」

「妳趕快先去上班啦，不是說電話講太久會被老闆罵嗎？」

心情好低落，只要和母親相處就會很難過，不是厭煩就是落淚，總之，一直會有某種情緒想要湧現，要是難得有好事發生，也會笑到內心一隅發麻的程度。「對不起。」我小聲地對母親說道。「什麼事？」母親反問。「沒啦，反正都很抱歉。」我摸著頭上的繃帶，「下次再講電話吧。」我草草掛上電話，感覺腹脹不消化。

「姊？」

我一轉頭，發現秋瑛站在轉角處。

她戴著足以遮住大半張臉的口罩，身穿一件宛如鎧甲般的厚大衣，只要有男性從她身旁經過，就會像一隻緊張的小動物般縮緊肩膀。「姊，妳怎麼會來？」我高興地走向她。「因為聽說你今天出院。」秋瑛回答。口罩上的雙眼顯得恐懼不安。

「妳不是不喜歡人多的地方嗎？」

「但還是得來一趟啊。」

「總之太感謝，這對妳來說應該很不容易。」

「其實早該來看你的，抱歉來晚了。」

「不會啦，妳有打給我啊，那就夠了。」

「要坐一下嗎？」我邊說邊轉移視線。擺有小茶几和椅子的休息區訪客座無虛席，唯一僅剩的位子四周都是男性。「我們可能要去陽台說話了。」我帶秋瑛去搭電梯，看著她把頭壓低盯著地板走路的樣子，不免有些心疼。

「妳這段時間有好好休息嗎？」

「嗯。」

「竟然在案發十天後就重新開張，老闆也是夠猛。」

「因為都不是他們自己顧店啊，這間餐廳本來就是靠員工運作，所以只想大概收拾一下繼續賺錢吧。老闆和代表有來探望你嗎？」

我從投幣機裡拿出兩瓶溫熱的咖啡，經過吸菸的人群，走到陽台角落，才終於換得清閒。喀啦，我找到位子坐下，打開飲料瓶蓋。秋瑛警戒周遭好一陣子才摘下口罩，喝起咖啡。

「他們怎麼可能來。」

「畢竟是在店裡工作時發生的事情，這些人也未免太無情。」

「他們是有打過一通電話給我，問我好不好，我說沒事，於是就回了我一句：『那就等出院那天再來上班吧！』」

「什麼？叫你今晚就來上班？」

「他們還說，本來是為了防止危險事件發生所以才會找男生來值大夜班，可我卻沒能阻止這種事情發生，所以我也有責任。本來還打算要找我求償餐廳損失金額，最後決定直接從我的薪水裡扣掉就好，還真體恤員工。」

「我看他們根本是有毛病吧？」

秋瑛難掩內心怒火，替我打抱不平。

「很好，就是要這樣打起精神來。」我笑了。

「妳這幾天都和誰一起工作呢？」

「和女老闆工作四天，和男老闆、代表各一天。」

「都還好嗎？」

「我就一直躲在廚房裡，也沒有客人點餐，所以完全不需要碰面。這幾天店裡一個客人都沒有。」

「是受那件事情影響嗎？」

「要是我也不會想來我們店裡用餐，畢竟死了兩個人，而且滿街都是餐廳，何必非來我們店不可。聽說KTV生意也很慘，他們女老闆有來找我們吐苦水。」

「呼。」秋瑛嘆著氣，看起來也是頗為無奈，長長的睫毛像死掉的小鳥一樣趴躺著。本來就已經夠討厭去上班了，竟然還發生如此驚悚的殺人事件，不得不硬著頭皮去，和那些不想打交道的人一起共事，自然是壓力百倍。時隔半個月才見到的面孔，看起來相當消瘦，很是讓人心疼。

「謝謝你。」

「什麼事？」

「那天，你幫我擋住了那個瘋子。他本來要進來廚房，叫我把口罩摘下。我還記得當時你說過的話，叫他別動我，還為了我而動怒。那是我這輩子第一次有人這麼護著我，你當時應該也很害怕才對。」

「喔～原來是說那個啊，還以為是什麼事情呢。」我一派輕鬆的附和，「對啊，那時候可把我給嚇死了，差點沒漏尿。妳也知道我這人是不會對任何人都出手相救的吧？」我微笑示意，「這可是妳的榮幸喔！之後記得請我喝杯燒酒。」

「好啦，當然要請你喝一杯，想吃什麼下酒菜儘管說！」

「我只是開玩笑，隨便說說的啦。」

「不，我是真心想和你喝一杯。」

「和男生單獨喝酒，沒關係嗎？」

「你不太一樣啊……」

「嗯。」秋瑛說完這句話以後便陷入沉默，她似乎是在思考，究竟是否真的不一樣、還是只是錯覺、具體來說哪裡不一樣等問題。「不一樣。嗯。」不一會兒，秋瑛又語帶堅定地說了一遍。「的確不同。」她像是成功說服自己似地默默點頭。「如果是身為男性的你，我的確會對你感到害怕，但是身為你自己的你，反而會使我感到安心。這句話可能很難理解，但事實就是如此。而且當你身為你自己時，其實比身為男性的你還要勇猛。」

「我不想讓妳想起那些不好的回憶。」

「不會啦，真的不會，相信我。」

「好吧，謝謝。」

「反正也沒其他事情能想起了……。呼。」秋瑛再次嘆息。

空氣突然變得混沌不清，難以言喻。

「發生了什麼事嗎？」

「……」

「姊，什麼事呢？」

「我剛好收到了一封……哎呀，算了，沒事。」

「跟我說吧，說出來心情會好些的。」這下我才明白秋瑛為什麼會來找我，一定是發生了難以承受的鳥事，要獨自嚥下去實在太難受，所以需要有個人可以傾訴。「真的沒有關係。」於是，秋瑛猶豫不決地從口袋裡掏出了手機，不發一語打開畫面遞給我看。

「哇。哈哈！」我讀著信件內容忍不住笑了出來。秋瑛，近來可好？是我，素菈。那是因為感到荒謬至極而發出的笑聲。「我的天啊。」我深深感嘆。男友把性愛影片流傳出去，多年好友則與這名男子開始同居，如今兩人要步入禮堂了，所以是打算邀請秋瑛姊來喝喜酒，好讓他們倆瞧瞧姊現在這副悲慘的樣子嗎？我很好奇到底是什麼樣的心態才會做出如此無恥的行為，這種程度已經不是穿著垃圾皮囊的人類，而是穿著人類皮囊的垃圾了。

「姊。」

「嗯。」

「妳有對這女的做錯什麼事嗎？」

「沒有。」

「妳老實跟我說，客觀地說。」

「我真的不清楚，不曉得她到底為什麼要這樣對我。我也很納悶，難道是我犯了什麼難以挽回的錯誤所以要這樣找我報仇？要是這樣我還能理解，但我真的想破頭都沒有……，真的，找不到任何理由……」

「需要被這樣對待。」秋瑛接著說道。如果她想哭，我打算陪她哭到停止落淚，然而，秋瑛沒有流淚，反而一臉淡定地看著陽台上的排氣扇。「今天天氣倒是滿溫暖的。」秋瑛喃喃自語。「是啊。」我答道。然後用心傾聽，秋瑛內在蠢蠢欲動的聲音。她的內心早已腐爛長蛆，心臟淤積了不少毒素，每當她用盡全力想活下去時，死亡應該會沿著血管到處蔓延。我把手機還給秋瑛。

「別理她了。」

「抱歉。」

「有什麼好要對我道歉的。」

「之前都沒來看你，反而是我自己痛苦難受時才來找你。」

「重點是妳有來看我啊。」

「見到你，好多了。」秋瑛勉強擠出一雙微彎的笑眼。「會愈來愈好的，總有一天，這些狗屁倒灶的事也會想不起來的。」我一口氣把剩餘的咖啡統統灌進食道裡。「要是真有這麼一天就好了。」秋瑛試圖重新調整呼吸。「今晚一起喝杯燒酒吧。」我急忙補了一句。

「今晚？那工作怎麼辦？」

「我們都請假吧，我幫妳跟老闆或代表說一下。」

「那些人怎麼可能……」

「試著往正向去想吧。」

6

其實我也有看過那部影片。

之前在百貨公司停車場打零工的時候，和同事交班完回到休息室裡，發現大夥兒聚在一起，正在用所長的電腦觀賞性愛影片。「這女的好辣，太正了吧，你看她身材。」一名工讀生向我招手，「辛苦了。快來看這個，這不就是最近很火的『山豪公寓秋瑛』嗎！」螢幕裡的床架不停嘎吱作響，全身赤裸的女子正以女上男下的體位不停擺動身體。「怎麼辦，我快射了。」影片中的男子說道。女子的臉一覽無遺，男子的臉卻打上了馬賽克。「這傢伙說他快射了。」同事們分別發出骯髒的呻吟聲。「她都搖成那樣了，怎麼可能忍得住。這男的未免也太幸運了吧。」每當休息室的門被打開，有女職員走進來時，大家就會慌忙地將影片瞬間轉成靜音，等女職員走出去，又連忙催促著彼此，趕快將影片聲音重新開啟。他們笑聲不斷，宛如參加節慶般鬧哄哄的。

「我幹嘛要看這個？到底為什麼？」我張動著僵硬的雙唇。「一起看才好啊！」剛才向我招手的傢伙不假思索地回答。「好什麼？」我反問。「啊？」他轉過頭來。「所以一起看有什麼好的？」我皺緊眉頭，這時，所有人的目光瞬間都轉移至我身上，用一副在看稀有動物，而且這隻稀有動物可能會傷害他們的那種眼神，聚焦在我身上。

「不想看就別看，少來破壞氣氛。」

「什麼氣氛？做這種智障行為嗎？」

「這怎麼會是智障行為？」

「這種影片叫做『色情報復』，你們覺得影片裡的女子現在會是什麼感受？多少人因為這種影片散播出去而選擇輕生，這女的說不定現在也想著自殺，或者可能早就死了。」

「怎麼可能那麼輕易尋死，何必把話說得那麼嚴重。」

「把她逼上絕路的就是你們這種人，聚集在這裡看這支影片的你們。身為加害者還好意思說那種話，在座的各位全都在加重這名女子的痛苦，像這種影片呢，根本就不應該點開來看，要放著讓它自己消失。」

「你這當過兵的傢伙，怎麼這麼不懂職場人情世故？」

7

「他對一名年僅十二歲的孩子做了不可原諒的事情。」

「結果孩子自行了斷了生命，這年幼無辜的孩子。」

「可是他卻被法官輕判，這合理嗎？打從一開始就全錯了，考量到嫌犯的社經地位、酒醉狀態而從輕發落，簡直就是一場鬧劇。」

電視上的教授和律師正在展開激烈辯論。最近的電視頻道中，一定會有一台是在討論這項議題，在醫院裡也很常聽見有人在收看這種節目。我把包包放在椅子上，用清水漱口。「盧男勇這麼快就出獄了？」小吃店裡的客人都在注視著電視畫面。

「能找什麼藉口呢？就是因為這樣民眾才會不相信大韓民國的司法，要是我本人也不相信。」

「這要叫大家如何相信？」

「真的能保證懲處盧男勇的過程中沒有考量到其家世背景嗎？人要有羞恥之心啊！只要家境富裕，就算犯下滔天大罪也不是罪，這就是這個國家的法律，簡直需要徹底改革，把該關的人關一關。」

「因為盧男勇他家是親日派啊！」小吃店老闆氣憤難平地說著，「家族代代都在這片土地上幹一些喪盡天良的事情。」老闆串魚板串到一半，突然對著虛空中高喊，「他媽的，垃圾！最好在監獄裡四肢爛掉！」我放了五張韓幣千元鈔在櫃檯，「謝謝老闆，再見。」然後自言自語，「吃得好飽啊！」護士們也都在批評盧男勇，「竟然強姦後還用刀子把臉刮花，只為了留下自己的記號，瘋子，真該死。」「根本關太短了吧，看來家境優渥的金湯匙在法庭上也滿值錢的嘛，太荒謬了。」我心想，不僅是那種人有問題，真正的害蟲反而是那些恐龍法官。

「這些就算你兩千元吧，兩千。」

「我是個盲人，」賣水果的老人正在做最後出清，「天氣又冷，想早點下班回家了。幫個忙吧。」佈滿皺紋的手不停在掙扎，「香蕉又大又甜，像糖一樣甜。」我瞄了塑膠袋一眼，裡面裝著的香蕉早已發黑，黑到像輪胎的程度。我默默掏出紙鈔，塞進老人的手中。「謝謝，你會有好報的！」我提著那袋香蕉，不發一語地離開。

「原來是這裡。」

我抬頭仰望山豪公寓，總共有三層樓高，一層樓有兩戶。由於建築物老舊，到處可見裂縫，感覺風一吹，裂縫旁的粉塵就會隨風飄揚。我小心翼翼跨出一步，公寓入口處停放著兩輛卡車，使得道路難以通行。我覺得耳朵像是進水般悶悶的，後來才想到可以用手指塞住耳朵。對面超市音樂開得很大聲，緊鄰隔壁的手機行還請了一名模特兒兼活動主持人在宣傳，其他服飾店、鞋子專賣店也像是在攀比競爭似地吵吵嚷嚷，彷彿全世界的噪音都匯集在這裡，我有一種像極了站在排水孔的感覺。

一走進公寓大門，嗅覺就明顯感到不適。裡面空氣不流通，靜止的空氣中還夾雜著外送來的餐點和各式各樣的垃圾味。噗滋，腳底下好像踩到了什麼東西，我透過樓梯間小窗外的路燈，看見正在牆上爬行的蟑螂。我努力把視線停留在正面，反正待會兒馬上就會看見兩隻跟人一樣大的蟑螂，不想事先看見。

我觀察周遭，緩緩爬上階梯。電燈早已故障，一片漆黑的內部只聽得見吵雜的音樂聲。聲色場所聚集地附近應該都是這樣吧，秋瑛姊住在這裡時也是這麼吵嗎？我走上二樓，感覺尤其冰冷。二〇一號的門沒關，慘不忍睹的室內一覽無遺；二〇二號的門上則貼滿傳單，凌亂不堪；我繼續向上走，按下了三〇二號的門鈴。

「有人在家嗎？」

沒有人應門。

我試著用拳頭敲打大門。

「請問有人在家嗎？」

當我重複問了幾遍之後，門鈴對講機傳出了「是誰？」的說話聲。在髒兮兮的壁紙上，唯獨只有這台對講機顯得格外新穎，看起來是為了安全而另外自行安裝的。「什麼事？」對講機裡傳來男子的聲音，可以明顯感受到強烈的警戒與攻擊性。

「我是即將入住樓下二〇一號的住戶，趁行李搬來前先來繞了一圈，想說先跟鄰居打聲招呼。」

我舉起那袋裝著香蕉的塑膠袋，「來的路上順手買的，抱歉打擾了，把這袋交給您我就離開。」對講機另一頭沉默不語，感覺是在透過畫面觀察我，鏡頭掃過我這平凡無奇的面孔、鼻子、嘴巴，以及空無一人的周遭。「等我一下。」叩，對講機掛斷了。

「您好。」

門一打開，我便揚起嘴角，笑臉迎人。

身穿運動服的男子拖著腳上的拖鞋走了出來。

「啊，你好。」

「正式入住前想說先來附近看一下。」

「喔……這樣啊。」

「以後再麻煩您多多關照了。這袋還請您收下。」

我把沉甸甸的塑膠袋遞給他。

男子用兩隻手臂將那袋香蕉抱了過去。

「謝謝，還滿重的耶。」

「喔，因為我特地選了比較大的水果。不過話說回來，上次來的時候周遭也是音量滿大的，今天怎麼顯得更吵，來的路上好像有看到宣傳布條寫著稍後會有活動，是因為這個原因嗎？」

「其實每天都差不多這麼吵，畢竟周遭都是聲色場所，況且我們這棟還被夾在吵雜的店家之間，等活動正式開始，邀請到明星來站台的話，只會比現在更熱鬧。」

「比現在更吵就對了。」

「你預計何時入住？住在這裡很容易腦神經衰弱，我也是整天頭痛，打算等結完婚以後搬走。」

「結婚喔？」

「嗯，是啊。」男子張嘴憨笑。

「恭喜恭喜。」我打了個哈欠，抓了抓後頸。

「門鈴對講機是新安裝的吧？」

「對啊，你也知道這裡治安不是很好，周遭酒店林立，喝醉的人也經常走上來發酒瘋，你可能搬來之後也要更換一下門鎖，這邊不乏強盜和小偷。」

「至少不是殺人魔就好。我走上來的時候發現一〇一號住戶的電視聲音開得特別大，一〇二號門口放著耳機包裝盒，可能都有戴耳機的關係他們家特別安靜，然後二〇一號沒有人住，二〇二號則是閒置已久的空屋。不過既然外頭噪音環繞……，再過不久還有活動要開始進行……」

「嗯？什麼意思？」

男子揚起眉角。

「還能有什麼意思。」我把前面的頭髮向後掠。

「就是他媽的你們兩個混蛋都死定了！」

我會把所有男人都看成是那個傢伙。

我一拳重擊在他臉上。

臉中央，鼻梁上，卑鄙無恥的嘴臉上。當肌膚與肌膚摩擦的那一瞬間，喜悅感迅速擴散，彷彿沿著全身上下的神經，像煙火般蔓延。沒錯，就是這個感覺。我的嘴角都快掛到耳垂，原本要悄悄發作的肩膀痠痛瞬間蒸發，原本要重新縮成烏龜一樣的頸部也頓時挺直，手指上的每一個指節都流露著野獸的哀號。「啊哈哈！」我開朗地笑了，放聲大笑，純粹因快樂而捧腹大笑。

「我看你自己的臉倒是有上馬賽克。」

「只有你的臉。」我對著蹲坐在地的傢伙說。「什麼鬼，你到底是誰，為什麼要這樣對我。」他用手捂著坍塌的鼻梁。「做人怎麼可以那樣呢。」我用左手一把抓起他的衣領，再舉起右手，模仿用霰彈槍的槍口瞄準他的姿勢。

「如何？要不要把你也弄成一支影片？」

「那會是你人生中最出名的作品。」砰，我扣下扳機，砰，一下，砰，再一下，看著他的顴骨像空鋁罐一樣被壓扁，有趣極了。每一次拳頭落在他臉上時，他的眼球就變得愈漸混濁。他拚了命想抓住我，像個酒醉不慎落水的人，拚命揮動手臂求救。「用力反擊啊，」我用大拇指在他的眼球上緩緩施力，「繼續掙扎，感受痛苦，再一起切磋碰撞啊。」他的眼孔中滲出了血水。「啊——！」他嚇得向後退縮，鼠蹊部還彈了一下，像一隻青蛙般抖動。雖然他一直踹我的脛骨，但不幸的是，我的骨頭天生就是為這種時刻而創造，肌肉也只有在這種鳥事上能派上用場，其餘時間都沒什麼用處。「搞什麼東西，你有在運動？」男子身穿的運動服上繡著體育館的招牌，「那你出點力啊，我可是這輩子都沒做過任何訓練的人。」我把腳踩在他的雙腿之間，太驚訝了，所謂天賦、才華，原來就是這麼回事。

「我偶然找到了自己的天分。」

「拜託，不可以，等一下！」

「你說不定也會找到類似的東西……」

「例如，當個受害者的天分。」我腳底用力，他的蛋蛋在厚繭下緩緩被碾碎。「停，停！」男子高喊。「停，停！」我模仿他的哀號，「停，停。我對姊也說過這句話，說太沉重了，問她打算鑽牛角尖到什麼程度，叫她不要老是想往深處走。只要靠近一步，就會難以抽身。但是只要放她獨自一人，最終還是會躲進那片黑暗中，所以她才會始終無法摘下那片口罩吧。」

「你說的是，哪個姊……？」

「就是那個啊，被你毀掉的女人，然後現在即將要被你們兩個毀掉人生。我可不是什麼會聽誰使喚的人，如果真要比喻，我是屬於色情電影，畫質更清晰，內容更火辣，也沒在上馬賽克的，純粹基於自己想要而出現，什麼事都幹得出來。口交、肛交樣樣來。」我轉動腳底板，蹂躪他的性器官。

「我早已準備好和多人交戰，不管多少人都可以射我臉上，我都能接受，還是你喜歡我吞下去？」這個傢伙痛到不省人事，直接側躺在地。我一把拉住他的頭髮，揍了下巴一拳，再用手扶著他的臉，將其後腦勺按壓在牆上，雙手並用，不斷出拳。「哈哈！啊哈哈！」假如罪大惡極的人會下地獄，那我應該是直接在地獄裡誕生的人，每逢生日，那些惡魔也會為我舉辦頹廢式的紀念活動吧。這時，客廳裡傳來女子的慘叫聲。

「這是怎樣？你是誰？你在做什麼？」

她穿著一件圍裙，圍裙上滿是污漬。

我緩緩站起身，將口中的血水吐掉。

「鯖魚要焦掉啦，臭婊子。」

妳有對這女的做錯什麼事嗎？

砰！我抓起男子的衣領，將他直接拋飛在地。「親、親愛的……」女子表情瞬間扭曲，「幫幫我，快想想辦法。」男子狼狽不堪地抓住女子的腳踝。「喔？妳煮了泡菜鍋啊？」我直接穿鞋踩進他們家，放慢動作，宛如在追蹤獵物行跡般移動。「看來飯還是吃得下嘛，在別人喉嚨裡插針，自己倒是胃口挺好的喔？」

「那個，妳還要用嗎？」

我用手指向女子手握的菜刀。

早已忘記手上有刀的女子全身僵硬地杵在那裡。

「你別……別過來。」

「不用的話就借我用一下吧。」

「別動，站在那裡別動！」

「借我用一下就好。」

我抓住女子的手腕，一把奪走她手上的菜刀，噗，刺進她的腹部。「啊！」她發出了簡短的慘叫聲，顏面肌肉頓時扭曲。「沒錯，妳現在插著刀子。」我小心翼翼攙扶女子，「坐一會兒吧，記得別去摸刀柄，之前看人家試圖拔出來反而更痛苦。」我把女子帶去沙發椅子上坐好，「妳應該會感到腹肌縮成一團、有異物感。如何？別人硬是將東西塞進妳肚子裡的感覺？痛苦嗎？會不會很倒胃？就如同妳寄的那封信一樣啊，素菈。」

沒有。

妳老實跟我說，客觀地說。

我真的不清楚，不曉得她到底為什麼要這樣對我。

「不對，正確來說應該是喜帖，不是信。反正形式不重要嘛，對吧？」我摸摸女子的頭，「裡面寫的內容宛如凶器才是重點啊。」

女子不斷發出痛苦呻吟，彷彿這樣出聲能得到一些好處似地。未婚夫在一片凌亂的客廳裡發出悲痛哀號。「那我們就來個坦承大會吧？」我提議，「我希望能讓你們更痛苦、更害怕。」我走到趴躺在地的男子身旁，用腳推了一下他的腰間，將其翻身，變成仰躺狀態。我坐到他身上，接著說：「那這樣的話，我該怎麼做才好？」這個問題一拋出，我的內心便有了答案——只要活著就好，會呼吸就好，我吐出來的氣息進入你們的氣管裡，讓恐懼蔓延全身就好。

「你們家還有聖經啊。有去教會？」我挽起衣袖問道。

「停止吧。」男子好不容易開口說話。

女子聲音顫抖地回答：「是去教堂。」

「到底為什麼要去教堂？」我反問，「明明盡做一些會下地獄的事情，為什麼還要去教堂？」我一把用力抓住男子的頭髮，「還是說，因為平時就已經幹盡了骯髒齷齪的事情，所以才會需要神的救贖？」我打了男子一記耳光，「就為了洗去罪惡，當作沒這些事，將來死後上天堂？」啪，啪，我繼續呼他巴掌，他的嘴唇裂開，血水四濺。「住手！拜託你停手。」女子拚命吶喊。

「住手！拜託你停手。」我刻意模仿著女子的喊叫聲。

「吉米・傑佛瑞斯[1]搖了搖我的頭，我從不去教會，也不去教堂，因為我決定不再只聽信一方的言詞來做判斷。據我所知，惡魔從未有機會發表自己的意見，畢竟沒有由地獄方執筆的聖經，如果有，我會將兩本拿來好好做比較，再來選擇追隨正確的那一方。」

「別再打了，好嗎？」

「真是好笑。我說你們啊，一整個禮拜都在幹盡壞事，做禮拜的時候卻又變成虔誠的基督徒，是不是精神錯亂啊？瘋了嗎？精神異常者不就是指你們這種人嗎？不是啊，你們腦袋到底在想什麼？我是認真感到好奇所以想知道。」

究竟是因為仗著自己有宗教信仰所以盡做些有道德瑕疵的事情，還是因為盡做些有道德瑕疵的事情所以要有宗教信仰？我雙手握拳，繼續朝男子臉部出拳。「不過你這傢伙是在幹嘛？打算就這樣被我活活打死嗎？」我大聲喊道，「快想個法子啊，東振！在未婚妻面前要展現你英勇的一面啊，這不都給你表現的機會了！我已經下定決心，接下來的日子都離不開暴力。」

用了這麼多次拳頭，皮膚竟然還光滑無瑕。

「因為我有這方面的天賦，你看，連個傷痕都沒有，厲害吧？我很滿意，應該一輩子都樂此不疲。前陣子不是有人死在河豚湯餐廳裡嗎？死掉兩個，其中一個就是我親手殺死的，就是在當時發掘了這項才華。」我緩緩搖頭，「世事難料啊，那天其實是我的休假日。」

「當我意識到自己是何種生物時，我面臨必須做出抉擇的問題；該選擇壓抑自己的本性和存在價值繼續當人類，還是按照自己想要的方式過生活且放棄當人類。畢竟選擇使用暴力就表示否

❶ Jim Jefferies，澳洲脫口秀演員，表演內容多為反諷宗教、政治等尖銳話題。

定法律的意思，人類是因為有法律而稱之為人類，既然都選擇悖離法律，還想被稱為人類，豈不是顯得有些得寸進尺。」

「所以我打算放棄了，」我笑著張開雙臂，「不打算當人類了。還是當個野獸就好，讓那些想當人類的傢伙去當吧。」這時，男子開始扭動，我立刻朝他的臉部瘋狂揮拳，「人家在說話啊，你這混蛋！」他一邊的顴骨已經被我打到塌陷，我並未就此停手，繼續對他施暴。

「停！快停手！再這樣下去他要死了。」女子淚流滿面。

「真要說的話，這其實是一種責任感。」

我暫停了一下，喘口氣。

「我做人坦蕩，勇敢面對自己做的決定，而且是掛上自己的自尊心。你想稱呼我是垃圾？隨你便。暴徒？無所謂，就算是犯罪者也可以。遭天譴的傢伙、賤命一條不得好死、四肢潰爛的傢伙，沒錯，都是我。我喜歡毆打、蹂躪、撕咬，然後欣然接受指責，可以說是滿物理性的，只要有作用力就會有反作用力。」

「你將影片外流、嘲諷受害者，」我撿起一旁的花瓶朝男子的頭部用力砸了下去，「兩個人寫那封電子郵件的時候很開心吧？要怎樣寫才能讓她更痛？要怎麼做才能傷她更深？」我按住男子的後腦勺，讓他的臉緊貼在花瓶碎片上來回滑動，「然後還一起邊寫邊笑，對吧？我說你們啊，你們兩位幹的這種事情叫做殺人，知道嗎？就和拿刀殺人是一樣的意思。既然決心要拿刀殺人，就得有遲早會被殺死的準備，因為沒有人永遠佔上風，掏出凶器的那一刻起，就等於也給了對方同等的機會，而我就是受害者的刀子，現在迫不及待想要染上一身的血腥味。」

「痛嗎？」我觀察男子。「現在、現在……」從男子的下排牙齒間發出了含糊的聲音，

「好，那這樣吧，」我抬頭瞄向癱在沙發上的女子，「你們兩個輪流來好了，你可以叫女友幫你先頂一下，用愛的力量幫你分擔苦難。」

「……幫我。」

「嗯？」

「……幫我，先頂一下，素菈。」

「哇，還真開得了口。」

「還是你其實是賣淫仲介？」我發出了低沉的笑聲，「為什麼老是出賣女生的身體啊，而且都是你女朋友。」我走向女子，站在她面前，「他要妳幫他先頂一下，怎麼樣？」女子默不作聲，她整個人已經陷進被鮮血浸濕的皮沙發裡，視線飄渺，沒有停留在任何一處。「兩個智障。」

我看了一下窗外，也許是有藝人抵達現場，音樂和人潮尖叫聲此起彼落。

「既然要行使暴力，不如找一些死有餘辜的廢物來施暴。」

我一把抓住插在女子腹部的菜刀。

「不要為了滿足自己一時的快樂而犧牲善良老百姓。這是我住院時產生的念頭，其實一點也不難，因為世上的廢物遠多過於善良老百姓。」

我伸手按住女子的肩膀將其固定。

然後稍微施力，扭轉夾在層層皮肉間的刀刃。

「我設立了幾條規則。第一，對方要有被我施暴的理由；第二，我確定想要向對方施暴；第

三，要有足夠的情況條件施暴；第四，只有以上三種條件統統都能滿足時，才會展開行動。」

女子齜牙咧嘴，咬牙發出疼痛呻吟。

我跟著外頭播放的音樂一起哼唱。

「每當我額頭上的痛感蔓延至全身時，我都會心想，說不定我的皮肉是由暴力，骨骼是由正義，血液是由瘋癲組成。而且像我這種傢伙之所以會出現在這世上，一定自有道理。我認為一切都是為了平衡，正因為像你們這種廢物位在秤子的另一端，使秤子徹底傾斜，不停摩擦地板，老天才會創造我這種人，使秤子盡量維持平衡。等於扮演類似軸一樣的角色吧。」

我把臉湊近女子。

把嘴巴緊貼在她耳邊，竊竊私語。

「你們兩個，接下來會很痛苦，會被我打死，認真被活活打死，打到你們斷氣為止。但是你們存心去惡整的那個人，接下來還會繼續活著，也會愈活愈好，笑容滿面的日子會愈來愈多，最終也會變得幸福。記得要一直回想這個名字——咸秋瑛，這會是妳人生最後一次聽到的名字，也是把妳送上絕路的名字。」

我也很納悶，難道是我犯了什麼難以挽回的錯誤所以要這樣找我報仇？要是如此我還能理解，但我真的想破頭都沒有……，真的，找不到任何理由。

我打開冰箱，尋找有無可以飲用的飲料。冰箱裡的物品簡直凌亂不堪，我找到放在角落的礦泉水，將瓶蓋打開。我口乾舌燥，一飲而盡，將乾涸的食道潤濕。我邊喝邊盯著瓦斯爐看，它正在冒煙，原本在鍋中煎烤的鯖魚已成灰燼，蓋在平底鍋上的報紙已有火苗在竄燒。

「嗯。」我把水瓶傾斜，用礦泉水洗了洗手，沾染在手背上和指節上的血跡被清洗乾淨，「對。」我打開廚房洗碗槽的水龍頭洗了把臉，接著再把空瓶輕放在火苗上。「若要說與生俱來的天賦，至少要有我這種程度才對吧，現代人有點太輕易使用這個單字。」我用力甩手，將手上的水分甩掉，並走出廚房。

客廳一片狼藉，早已癱軟的兩具屍體正在逐漸冷卻，男子是以仰躺的姿勢斷氣身亡，女子則以趴著的姿勢躺在一旁失去心跳，宛如兩坨肉躺在地上，死相悽慘寒酸，透過形體才能勉強認出曾經是個人類。「有悔改嗎？」我用腳推了一下女子的頭，亂糟糟的面孔剛好碰到了男子的嘴唇，「還真浪漫。」我嗤之以鼻，把身上沾滿紅色血跡的外衣脫掉，扔到屋子角落。兩人的皮夾也被我掏空，啪，隨手扔在了地上。

看來下次要準備一套工作服了。我走出玄關大門，砰，當我沿著階梯往下走，便聽見上方傳來爆炸聲響。「什麼聲音？好像是從這棟大樓傳出來的。」大樓外的人開始議論紛紛，我悠悠哉哉地調整了一下背包的揹法，公寓內部的煙霧讓我感覺像在雲層裡。沒錯，這裡是烏雲內。我不疾不徐地跨步向前邁進，我是雨水，現在要準備流向大海。泡沫在碰觸水面的那一剎那，海浪就會將其撲滅，使其溶解滲透。我走出公寓大門，瞬間，人潮從左右兩側聚集而來。「失火了！失火了！有人報警嗎？」我被淹沒在人海裡，就此消失無蹤，溶解滲透於人海。

8

「喔？你來啦？」

我一推開餐廳大門，代表就打了個哈欠。

他慵懶地站起身，拍了拍我的肩膀。

「關於薪資，你應該已經有聽我媽說了，這個月的薪水會少一點喔！然後剛才我有跟我媽討論過，你在醫院裡已經休息了幾天，所以接下來就不會有休假日……」

「欸！」我抓住代表的手腕，開始加壓。瞬間，代表的臉扭曲變形。「你、你想幹嘛？你剛才喊我『欸』？」他嚇得努力掙脫，於是我更使勁掐住他的手腕。

「既然我剛出院，總該先有個問候才對吧？這是人與人之間的基本禮儀啊！還是說打從一開始就沒把我當人看，所以連這種禮貌都可以省略？」

「不是的，不是這樣啦。」

「你是不是不太想搭理我？沒關係，我們只要做好各自該做的事就好，我負責說話，你負責聽。從今以後，我和秋瑛姊一週只會來四天，每天上班八小時，其中一小時是用餐時間，薪水呢，對，因為是正職員工所以就以兩百萬韓元來計算，我們來簽聘雇合約，四大基本保險也別忘了幫我們投保，特休假和年假也一天都不能少給我們，這些事應該不難吧？」

「你這是在說什——」

「我走進來時，看見大門口還掛著布條，寫著用最好的服務滿足顧客，在這景氣不佳的節骨眼還發生了不幸事件，你一定也很苦惱吧。要不要來一起上網看看過去有多少員工被用哪些條件不公平對待，還有打著親自熬煮湯頭的招牌，結果事實上是如何製作而成？」

「那碗湯是用粉泡出來的喔！」我對著一旁正在用餐的客人說道。「雖然上面寫著使用新鮮魚肉，但其實是冷凍魚，而且還是臭掉的。既然都要爆料了，那就連同小菜回收再利用的事實也順便一起抖出來算了。需要的證據我早就留存好了，那是我努力克制被你們壓榨的壓力的一種手段，本來沒打算拿出來用，但是在這發了瘋的世界裡，又有什麼好不能做的。」

「我現在就要去找我媽說——」

「說什麼？你說你們家的寡婦嗎？」

啪，我賞了他一記耳光。

我看他表情頓時僵硬，於是又朝他另一側臉賞了另一記耳光。

「你如果是個有太多牽掛不能失去的人，就最好安分守己一點，別想著利用我的容忍，要利用你所擁有的東西。我們會以剛才我說的條件工作，不然就想辦法再增加一些人力，其實早該這麼做了，要是覺得人事成本太高，你也可以親自來上班，或者叫女老闆、男老闆來工作，這就不關我的事了。要是男老闆來上班至少還會做點事，畢竟是『男』老闆嘛，和你不同。」

「我們會從今天開始休假到後天，」我轉過身，「我和秋瑛姊兩個人一起。」叮鈴，當我抓住門把時，聽見了那熟悉的鈴聲。「啊，對了。」我重新轉身朝代表走去，然後一拳擊中他的腹部。「怎、怎麼……」瞬間腿軟的他單膝跪地。「以後別再因為員工使用煤油的事情給我囉哩叭唆一堆屁話。」我用手指著他的鼻子，給予警告。

「姊，出來喝一杯吧。」

我走到店外，撥了一通電話。「去哪裡好呢？要喝啤酒還是燒酒？我都可以。」我從來的路上添購的新外套口袋裡掏出香菸，「要吃刺身或烤肉都可以，我哪有什麼不吃的。」滋，在我點燃香菸的同時，一輛卡車剛好繞過街角轉了出來，車頭燈在我身後，地上出現了我的影子，隱約還看見疑似用四肢行走的物體出現在人行磚道上，然後又瞬間消失無蹤。

9

從今天起，六十二天後，我將離開人世。

狩獵者

1

我老是會聽見說話聲。
「拜託幫我殺死那個傢伙。」
不論去到哪裡，一直如影隨形。
「幫我施加難以言喻的痛苦給那傢伙。
「我知道你一定能辦到。
「對，只要是你一定可以。」
因此，我輾轉難眠，
食不知味，
最終只好吞下藥丸。
「我想看那該死的傢伙絕望哀號。」
「以其人之道，還治其人之身。」
「不對，要用數千倍的程度以牙還牙。」
「讓那傢伙也體驗同樣的折磨。」

我笑了。

我舉起手，把手指靠在耳邊。

要塞住耳洞嗎？最後還是沒有這麼做。

我抬頭仰望。

無奈地大笑了幾聲。

可以不要再幫你們了嗎？

嗯？拜託。

因為我已經徹底明白，

自己該做什麼事情。

好吧，不如就繼續吧，

繼續破壞我的耳膜。

也可以來被我破壞。

2

這不是夢境，是現實。

3

好累。

難道是因為壓力導致？但是仔細回想，其實睡眠也嚴重不足。在現場工作到凌晨，然後在車上小睡一下，再回公司重新檢視文件，回家換個衣服就出來，一直到現在都在不停工作。怎麼又是凌晨。手套上有血滴落下。真想去曬曬太陽，而且要是能順便睡個好覺，就別無所求了。我朝對方的腰間用力出拳，男子「呃」了一聲，露出痛苦猙獰的表情，唇齒間流出長長的胃液，把早已濕透的胸膛弄得更濕。「哎呀，」我在面具背後暗自道歉，「剛才那拳帶有太多私人情緒，很抱歉讓你失望了」──這是對自己的道歉。畢竟我沒有任何理由需要對位於地下室、坐在我面前的廢物道歉，根本不需要。

「說出你的罪行。」

我早已設定好要對這傢伙說的話。

拚了命的吶喊聲夾帶著哭聲一併流露出來。

「我曾經有酒駕……還把人撞成殘廢，後來花錢買到緩刑，雖然有承諾會好好懺悔，但其實內心絲毫沒有愧歉，就只是純粹覺得自己倒楣，認為都已經受罰了，事件也結案了，還有什麼好要多費心思的。對不起，饒了我吧，我以後再也不開車了。」

要一直聽這種屁話就對了。我闔上沉重的眼皮，面具可以使對方心生畏懼，同時也能隱藏我的真實情緒。真是聽不下去。我必須無止境地聽這些垃圾娓娓道出自己的變態行徑與有違常理的思想。要是把大腦裝進鍋子裡滾煮，應該就是我現在的心情吧。雖然這是我自己苦思研發出來的拷問方式，但另一方面也會心想，到底是哪個傢伙發明出這門生意的，開車時偶爾還會不自覺地發出讚嘆：「太厲害。」不過深感敬佩的同時，也深感厭煩。我從工具中選了刮鬍刀拿起來，這傢伙嚇得臉色慘白，我用刀片在他的手腕上輕輕劃過。

用錢怎麼能抵得了罪刑。

我把要說的話加諸在工具上。

原諒是屬於受害者的權利，不是法律也不是神的權利，唯有受害的當事人有資格去思考判斷是否願意原諒，罪刑也同樣該由受害者來決定才對。你又不是開車撞到法官、律師、檢察官，幹嘛沒事去舔他們，就算是口頭上的懺悔，也應該分清楚對方是敵是友吧。

刀尖劃破他的皮肉。

法律不是為了維持秩序而存在，而是為了保護那些該被活活打死的傢伙不被打死，讓他們盡幹一些該死的事情，絕對不是值得信賴的標準。對於喊冤叫屈到腦神經衰弱的人來說，最需要的其實是確實且真誠的態度表現；那正是我本人。

哀痛欲絕的聲音從這傢伙的喉嚨裡傳出。

過失的前提是不注意與疏忽，兩者都帶有超出意圖範圍的意思，但是酒駕呢，就只是你自己喝酒、開車門、坐上駕駛座、發動車子引擎，然後開始駕駛車輛。這一連串複雜又繁瑣的過程，不可能在你不知覺的情況下進行，這不是什麼過失，而是明擺著的蓄意。你是打算好要開車出發去害人，而且還提著他媽超大的武器，行使最輕致人於殘廢、最重致人於死地的單方面壓倒性惡行。

好好接受治療吧你。我把刮鬍刀刺進更深處。等傷口好得差不多了我再來找你。後面還有好多精采好戲在等著上演呢。然後再將刮鬍刀橫向移動，劃出一道長長的裂縫。在劇烈疼痛下，這傢伙開始搖頭晃腦，然後狼狽不堪地全身癱軟。我探頭觀察了一下他的狀態。很好。我轉身離開，關上鐵門，沿著樓梯走了上去，走進位於階梯中段的休息室裡。「起身上工吧？」原本在打花牌的醫療團隊拉起毯子邊角，蓋住花牌。「再過一會兒我就快贏了。」「想得美。」「樓下那傢伙簡直就是個垃圾。」「在那底下待過的人當中，有哪個不是垃圾？」

「次長，您的臉色看起來不是很好。」

「一直無法消除疲勞，我都覺得自己快死了。」

「我們結束後打算一起去喝一杯，可是看您這樣子……」

「連要開口邀請我一起去都不太好意思，對吧？今天就拜託您繼續不好意思了。」

「門禁也記得幫我多留意一下。」我走出休息室。來看看，顧客提出的要求是把那傢伙搞成殘廢，要讓他體驗一模一樣的痛苦。我開始在腦中盤算，假如考量傷口復原的速度，就要把時間安排好才行，看來要先把兩條腿打斷，再同時進行治療與拷問，才有辦法如期完成這項委託案件。建物外的空氣十分清新，黎明破曉前的靛藍色彩覆蓋在天空與森林間。我抬頭仰望天上的雲朵，奮力伸了個大大的懶腰。等工作告一段落，是不是可以安排一趟旅行呢？不，是一定要去旅行。我坐上車，發動引擎。已經好久沒休假了，我要請 motivator 推薦不錯的旅遊景點。

「嗯，老婆。妳怎麼還沒睡？」

「睡到一半醒了，可能因為床上只有我一個人好空虛的關係。」

「我剛才在工作，現在才走出現場。」

「會是哪種現場呢？」

「外遇現場。」

「快回來，看我怎麼宰了你。」

「已經出發了，會回去洗個澡、換件衣服。」

「今天如何？幻聽的問題有改善一些嗎？」

「愈來愈大聲，吵死了。」

「真是的，這該如何是好。不能休息一天，放鬆一下嗎？」

「我還要趕著出門，上午要去抓一條蛇。」

「蛇？」

4

剛開始穿西裝上班時，當時我還是個新人，每當換一條新領帶時，都會有一種新鮮感，彷彿飢渴的能量被重新充飽電，也有好運圍繞著自己的感覺。但是最近不太一樣，反而有一種從破舊繩索更換成牢固繩索的心情，這樣才能繼續勒著我的脖子。我坐在咖啡廳裡，不停摸著我的領帶，坐在我對面的顧客正情緒激動地滔滔不絕。

「我跟他真的不熟，只有打過照面而已。周蘭才是和他有過幾次互動。喔，周蘭是我朋友。總之，那天也是周蘭問我要不要一起喝酒而前去赴約的，因為那個人說他要請客，可是當我一抵達就馬上察覺到氣氛不對勁，感覺他當天就是鎖定我為目標，故意想把我灌醉。後來我醉得不省人事，但是在睡夢中感覺到下體疼痛，所以努力睜開眼睛，結果發現那個傢伙就在我上面做那檔子事。我當時有很明確表示不要，請他立刻停止，並告知他在未經我的同意下，這算是強姦，但他還是不聽，繼續我行我素。後來我哭著央求，他也沒有停止，甚至還動手打我。」

「這裡，就是這裡。」顧客用手指著自己的臉頰。「幸好現在已經完全看不出來了。」我擠出一抹淺淺微笑。「那是因為都已經過了一段時間。」顧客補充道。

「他根本沒把我當人對待，在做那檔子事的時候還在我身上吐口水，明明最髒的人是他，卻把我當屎一樣對待，一直用輕蔑的表情看著我，對我謾罵、動粗，至今都還記憶猶新。自此之後，我就無法過正常生活了。我猶豫了很久，才透過友人介紹聯絡您，聽說貴社是專門處理這種問題的公司？我也有聽說次長您擁有一套特殊又熟稔的技法，雖然不知道確切內容是什麼。」

顧客嘟著嘴巴。

我看她一臉好奇，只好如實告知。

「把人囚禁在地下室裡，並進行嚴刑拷問。」

「喔。」

「在濃霧密布的森林裡，有著一棟從外部絕對看不見的龐大設施，裡面有無數間地下室，我會把人關進其中一間，讓他嚐盡所有痛苦，那就是最能夠代表我的特殊技術。」

「這是可以公開的嗎？」顧客向我提問。「當然不行。」我一口回絕。「那您為什麼要告訴我呢？」顧客張動著貼有假睫毛的眼睛，彷彿深信自己正在散發致命魅力似地，而且還滿臉陶醉，那模樣實在令人不敢直視。「原來如此，地下室就是您的技術。」顧客邊點頭邊說道。「不是喔。」我用力按壓太陽穴。

「恐懼才是我的技術，未知的恐懼。地下室只是使用該技術的過程、階段，也是偉大的結果。曾經被囚禁在那裡的人，就算事後被放出來，也會一直覺得自己還被關在那間地下室裡，他們會從此失去自由，終身活在被囚禁、受苦、壓迫的世界裡，而且就連自行了斷生命的膽子都喪失。」

「聽起來很值得信賴。」顧客瞇著眼對我微笑。她一定沒理解我說的話。「幸好是委託次長您來處理。」看來她也本來就沒有打算理解。「我的要求不多。」打從一開始，她就是個自顧自講個沒完的人。

「是真的，只要讓那傢伙付出應有的補償就好。做錯事的人要受罰，這不是天經地義嗎？畢竟都對我做了那些壞事──」

我舉起手掌。

「不好意思打斷您。不過我這邊接收到的訊息是，顧客您希望對方可以受到痛苦就好，並沒有提出任何補償要求，打從一開始也說根本不需要補償。」

「不，不是這樣，不是的。」

「鄭藝珠小姐，您今天和我碰面之前，已經先和我們的註冊部員工開過會了吧？我相信您應該有在當時被告知，委託人務必要把有關事件的來龍去脈一五一十吐露，一旦違反此項約定，將遭逢損失。」

「我又沒隱瞞什麼！」

顧客突然變得充滿攻擊性。

噠、噠。我用指甲敲了桌子兩下。

尷尬的靜默頓時使空氣凝結成冰。

「您有被判過誣告罪吧？」

「啊？」

「像這種就算三流代辦中心工讀生都能在十分鐘以內調查出來的資料，竟然選擇隱瞞不告訴我們，我們自然不好辦事。我看您有一條誣告罪，被法院判處八個月有期徒刑，兩年緩刑。我們公司有專門負責調查這種資料的部門，註冊部員工應該也有事先向您做過說明才對，告知您必要時會有調查部員工介入。」

「我沒聽說過……」

「為了防止這種情形發生，註冊部員工都會在雙方同意下將會議內容進行錄音，如果您需要的話，我可以請他們公開錄音檔。接下來我要說的內容是就連市面上的一流代辦中心都難以取得的資料；顧客您在十六歲那年開始進行援交，自此之後就有在定期賣淫。隨著年紀超過二十五歲之後，便把主力放在有條件式約會，都說物以類聚了，您和那些破麻在進行資訊交換時，偶然得知一項事實——不如勾引蠢蛋，威脅對方，勒索錢財，更容易撈到油水。於是您就開始習慣耍這種賤招。」

「你這人說話也太難聽了吧？真是荒謬！」顧客一把抓起水杯。

「打算潑我臉上嗎？」我直接把刀子扔進水杯。「為了圓滑有效的溝通，我們還是照規則來吧。您負責聽，我負責說，要是您再打斷我說話，我就會讓您一刀斃命，聽清楚了嗎？」

「……」

「我希望您可以搞清楚現在坐您對面的人是什麼樣的角色，如果我是您，我絕對不會對一個已經受理我委託、要將一名男子虐打成半殘的人耍嘴皮子。我說妳他媽的臭婊子，到底是怎樣活到今天的？身為女人，竟然能有十三次的強姦和解紀錄，難道你是有在鮑魚上抹蜂蜜嗎？我們公司調查部的人看到紀錄都瞠目結舌，說第一次遇到妳這種破麻。」

操他媽的賤貨。我冷冷地盯著她看，心想著就是因為妳整天腿開開，才會染上性病。

「於是顧客您下定決心，要幹一票大的，得出的結論是懷上對方的孩子再索討金錢可以賺更多，所以夥同朋友文周蘭小姐一起，整天和年輕闊少們糾纏，然後鎖定今年三十二歲的金柳元先生為目標，把他灌醉，再將他拉上床。但是他防守防得很緊，醉到不省人事的金柳元先生堅持要做好安全措施，顧客您則是掏出預先準備好破掉的保險套，兩人魚水交歡，但是隔天您馬上發現，金柳元先生其實昨晚是用了他自己準備的保險套。」

「要是有成功懷孕就能提升身分，就算沒名沒分，至少也能有個妾的頭銜，要是再不行，就乾脆拿掉孩子當作賺了點零花錢，要是連這也不行，就威脅對方以強姦罪一狀告上法院，藉此詐領和解金。」我從桌子底下踹了顧客的脛骨一腳，「但是沒想到最終被法院判定為誣告，所以才會跑來我們公司，委託我們嚴刑拷問金柳元，再好好向他敲詐一筆。我說妳這該死的寄生蟲，妳現在的想法完全大錯特錯。」

「誣告絕對不是什麼輕罪，而是因為這個國家的法律太雞肋，才會判妳緩刑，既然都得到緩刑了，就該抱著反省的態度默默躲起來生活，怎麼還好意思爬出來丟人現眼。總之，我先來說明一下我們公司吧。」

我用皮鞋踩住顧客的腳背，緩緩施力。

「就如同像您這種蠢蛋大略知悉的一樣，我們公司並不是承接委託殺人案的地方，我們的最終目的是『保護』，暴力只是為了達到完美保護的最有效手段而已，所謂完美保護，是指幫助受害者徹底杜絕危險，把人生危險因素降到零。所以我們並不接受加害者的委託，只有受害者才有資格成為我們的顧客。」

我開始仔細解說。

「比方說要防止家暴好了，如果只是純粹把受害者帶到安全的地方躲避，那就是治標不治本的方法，等幾天後一回到家，先生就會用東西砸破她的頭，但是如果直接把先生除掉或者把他弄成半殘，受害者下次參加同學會就可以不用再頂著一張掛彩的臉蛋出席。」

「再痛也請忍住，不准尖叫。」我嚴正警告。

「我們公司每個人都是用各自的方法工作，每個人都有自己的信念和規則；有些人深信死亡和完美是同義詞，所以會將加害者完美清除；有些人則認為屈辱能使人發掘真正的自己，所以會將加害者徹底毀掉。包括我在內的所有公司員工，都會透過自行研究與實際經驗，投入長時間研發出屬於自己的一套方式。」

「咬牙忍住喔。」我繼續在她的腳背上施壓。

「因此，我們是一群專家，絕不做違反公司成立宗旨的行為，所以我應該絕對不可能接受顧客您的委託。不過今天還是願意特別空出時間來這裡見您，其實是為了來告訴您，我們還有另一位親愛的顧客金柳元先生，比閣下提早一步委託我們處理您，畢竟被以強姦罪提告後，他的人生也毀了一大半，而且不只他本人，就連他的家人也都遭殃。所以他有請我幫忙處理妳，讓妳從此以後再也無法動這種歪腦筋。」

我舉起腳，奮力朝她腳背踩了下去。

顧客張開嘴巴，痛到正準備要慘叫。

瞬間，我用手刀敲了一下她的頸部，使其暈厥。

5

「次長，其實您不用對我如此關照……」

韓智碩連車門都沒關好就急忙下車衝到我面前。「畢竟這是你休息完回歸後處理的第一份案件啊。」我把藥丸倒進嘴裡，再扭開礦泉水瓶，咕嚕，一口吞下。「處理完大小事情之後還有好多新案子在等著你，至少要照顧你一下吧。鄭藝珠是連調查部門都受不了的人，他們也對這件事情會如何處理表現出高度關注，況且上頭也會觀察你一段時間，所以記得要多費點心思好好表現喔！」

「謝謝，將來一定會好好報答您。」

「別報答我，多照顧你的後輩吧。你現在會受我照顧，也是因為我當初有受到金理燦理事的照顧。」

「是，我會銘記在心。」

「這幾天休假有去什麼好地方嗎？」

「我去泡了溫泉。」韓智碩靦腆地笑著。

「很好啊！」我再喝了口水，漱掉口中的苦味。

「主要是抱著洗去身上髒污的心情去的。」韓智碩補充。

「我泡了整整四天，其餘時間是在老家度過的，我想說回去那裡會比較容易找回初心。」

「幹得好。難得回來呼吸首爾的空氣，覺得如何？」

「快被空氣中的懸浮微粒嗆死。」

「你這小子。」我放聲大笑。

「哈哈！」韓智碩面帶他特有的笑容，格外容易讓人產生好感。

「韓代理。」我離開原本倚靠在車子後車廂的臀部。「象徵我們公司的精神……你有帶著嗎？」

「那當然嘍！」

「是嗎？給我看。」

韓智碩掀開身穿的西裝外套。

暗袋裡放著一只白色面具。

我滿意地點頭。

「恭喜回歸。」

「以後不會再讓您失望了。」

「我相信你喔！智碩。」

「您要回公司了嗎？」

「要去處理新進員工的簽約金。」

「明白。愛你喔！次長。」

我踩下油門，透過後照鏡看見韓智碩彎腰鞠躬，久久沒有起身。這樣太不好意思。我抓抓鼻梁，總之感覺韓智碩已經重新調整好狀態，應該能獨當一面了。我很開心。公司其實也有殘酷的一面，不允許員工展現懦弱，會在保安方面備受威脅前就先行「處理」，而公司沒有專門處理員工的部門，所以會由該員工的直屬主管親自處理。我至今親手開除過兩名屬下，終究不是什麼好經驗，真的，發自真心，是一段不忍回首的記憶。

「不要……」

我在等待交通號誌燈轉換。

看著紅燈，我回想起那段往事。

「抱歉造成您的困擾，次長。」

「之前難道不能先找我商量嗎？」

「次長您也很忙啊，我知道您的壓力很大，要處理的事情也很多，不是像我這種純粹因為工作而感到倦怠，您是有宿怨的。我都能明顯看見您的痛苦，怎麼還好意思找您商量。」

「我的事情用不著你來評估，更沒有權力判斷，所以你看你現在變成了什麼德性。」

「實在沒臉見您。我覺得自己已經碰上瓶頸。」

「沒用的東西，沒出息的傢伙。」

「抱歉給您增添了艱難的事情。」

夠了。我搖搖頭。別想了。我希望可以盡快轉換成綠燈，想從這片停滯的風景中逃離，擺脫掉那些靜止不動的輪胎店、房仲業，以及懶到要死的灰色大樓。快啊。我咬緊牙關，要是再繼續下去，幻聽又要加重了。我緊閉雙眼，奮力甩頭。那些聲音變得愈漸大聲，宛如錐子在刺我的耳膜，疼痛無比。通常到這種程度的時候，體熱就會延伸至頭皮，開始烘烤我的大腦。惱人的頭痛問題。我趴躺在方向盤上，冷汗直流，痛苦呻吟。叭叭——！後方傳來汽車鳴笛。

「幫我殺了他。」

「把那個傢伙抓來，好不好？」

「拜託把那個混蛋弄成殘廢吧。」

你要讓他們感受到痛苦啊，你就是在做那種工作啊，不是有這方面的天賦嗎？本來就要做你擅長的事，難道要遊手好閒？你看看那靠北的地下室，多麼驚人啊。感覺要吐了。簡直瘋了。這哪是人類腦子會有的發想。假如諾貝爾獎項中有關於痛苦的獎項，得獎者一定非你莫屬。畢竟當初是你辛苦想出來的，還砸了大錢。起身吧。我為你獻上一些讚辭。這暴力、殺人犯、禽獸、渾身散發著血腥味的東西。

「大叔，你還好嗎？」

有人敲打車窗。

「開門啊！這裡有人暈倒了！」

我好不容易回過神，解開安全帶，大口深呼吸。操。我打開車門，將肺浸泡在外頭的空氣中。並在塑膠袋中找出需要的藥品，連忙拆開。我吞下藥丸，發出長長呻吟。「你怎樣？」前來關心的駕駛簡單粗暴地問道。「沒事，不好意思，謝謝。」我努力擠出一絲痛苦微笑。

「抱歉影響到您寶貴的時間……」

「那倒沒事，問題是你還能開車嗎？」

「沒問題，再次對您說聲抱歉。」

叭叭——四方傳來汽車鳴笛，我盡快將車子移走。耳朵十分冰冷，宛如午夜時分被趕出家門置身在寒冬中。我感到憂鬱。要是地心引力可以顛倒過來作用的話該有多好。我換檔。好想掉到外太空，困在宇宙中，這樣就能在永遠的沉默裡漂流。當我把車子加速，手機螢幕閃爍，是「誘餌一」的未接來電。

6

我的壓力來自盧男勇。

包括胃炎、失眠、惱人的幻聽也是。

盧男勇是全國上下家喻戶曉的人物，賣國賊的後代、有錢人、家世顯赫、性侵犯、有前科、暴徒、施虐兼受虐狂等，有著各種全國民眾為之瘋狂的元素。在如此眾多的致命魅力當中，人們尤其關注他是性侵犯的事實。

盧男勇前後總共強姦過三名女性，其中包括一名年僅十二歲的小女孩。我一點也不想細究這混帳東西在犯案四小時內做了哪些瘋狂行徑。這名女孩出院後就自行了結了性命，因為實在沒有自信帶著身體留下的明顯障礙和案發當時的記憶活下去。能夠做出這種喪盡天良事情的人正是盧男勇，不犯案會渾身不舒服的人也正是盧男勇。

我對這傢伙瞭若指掌。

也很清楚知道他其實有許多罪行未被揭發。他真正強姦過的人數超過十人，每次事發後他的家人就會動員各種人力和財力想盡辦法將消息壓下來，而這傢伙也不斷擴張其骯髒齷齪的精神世界，逐漸完成屬於他的犯案模式——自第七起性犯罪案件開始，這傢伙會在受害者的眉心、臉部正中央、完全藏不住的位置留下刀痕。這是經過縝密計算後的決定，表示我有侵犯過這名女子，並昭告世人，換言之，就是留下一種作為標示的傷痕。當然，他對那名年僅十二歲的小女孩也有留下同樣刀疤，女孩之所以會踩著自己的書包辛苦按下電梯裡的頂樓鍵，跑去頂樓陽台跳樓自殺，想必也是因為這個永遠無法抹去的傷疤。

盧男勇目前還在監獄裡，可是很快就要被釋放了。因此，民眾群情激憤，認為刑期太短、法官輕判、該判死刑、以後就要過著提心吊膽的日子等，網路上甚至有人自發性組織「討伐」盧男勇的團隊。還是別白費力氣了吧，要是貿然行動，應該會被這傢伙瞬間吞噬。每當我接觸到這種新聞時，都會不禁嘆氣。盧男勇是真正的怪物，只關注他是性侵犯的人，往往輕忽了他現在其實是以殺人罪在服刑的事實。

十年前，這傢伙以渾身是血的樣子遭警方逮捕，那不是他的血，是被他坐在屁股下的一名三十幾歲男子的鮮血。盧男勇坐在受害者的身體上，手持凶刀。現場瀰漫著一股令人窒息的癲狂，地板上淤積的血液甚至已經淹到腳踝處。儘管如此，盧男勇還是能大言不慚地說出：「不是我做的，真的不是我做的。」這種一點也不好笑的瞎話。受害者總共身中十六刀，臉部也被砍得面目全非，他仍矢口否認自己所犯下的罪行。

受害者看上去也不是個省油的燈，他體格壯碩，明顯有鍛鍊過，如果要以強者與弱者來區分，毫無疑問，他絕對是屬於強者的範疇，但是在肢體衝突上卻輸給了盧男勇。就算是在江湖上多少有混過的人，對於盧男勇來說也只是小菜一碟。打從一開始，人類就不可能是怪物的對手，就連野獸也敵不過怪物。能夠與怪物匹敵的永遠只有怪物。假如人類或野獸打贏怪物，那就表示這個人其實也不是什麼人類或野獸，最終也會成為怪物。

因此，我也要，

「成為怪物才行。」

這是我很久以前就下定的決心。

盧男勇是我的目標。

這傢伙從未得到充分的處罰，在一長串的犯罪紀錄裡，一次都沒有得到應有的懲處，永遠都是利用其顯赫的家世背景，讓他頂多微微浸濕腳爪指甲的程度而已，一臉事不關己的態度從旁觀望著每一次的不幸。所以不能再讓他逍遙法外，必須讓他付出代價；不能讓他重返社會，光是有他這種敗類存在，就會讓恐懼、不信、負面擴散。盧男勇該在的位置是絕望的正中心，陷入無法分辨事物的深淵，為偶爾像錯覺一樣若隱若現的模糊輪廓感到不安，並回頭檢視自己過去所做過的醜惡事蹟；要讓他細細咀嚼、咀嚼、再咀嚼到臼齒磨爛為止，咀嚼自己的罪過；要被自己困住、掙扎、打滾、刮得遍體鱗傷才行；要使其成為自己的地獄，在充滿毒氣的山谷裡，努力擠出摸不著頭緒的言語與肢體動作，然後最終就會像受害者們悲痛欲絕一樣，垂死掙扎後再槁木死灰。

「距離出獄剩二十一天。」

拜託讓他受盡痛苦折磨吧。

我的幻聽時不時會自己扯高嗓音。

7

「次長，不好意思。」

我一走進辦公室，便收到了這樣的簡訊，內容寫得沒頭沒尾，不曉得是要表達什麼。醫生每次都是用這種方式傳訊息。實在很特別。我確認了一下行事曆，傳了一則訊息回覆對方，還順帶附上一個笑臉。

祝您有個美好時光。

幾個月前，醫生表示自己可能在母親生日那天無法來上班，請我多體諒，詢問我能否請假，我回答：「當然沒問題，放心去陪母親吧。」總不能讓他為了幫那些豬狗不如的傢伙進行傷口縫合，而錯過母親的大壽吧。「嗯，好。」我打開手機上的銀行應用程式，準備匯一筆紅包給他。我思考了一下金額，決定再多匯一些，畢竟也受過他許多恩惠，要展現足夠誠意才過得了自己內心這一關。

「已經……五年多了。」

這位醫生一開始是我的客戶，在森林裡的工作現場完工不久時，我當時在招募醫生，她一隻腳跛著走來，告訴我她正在受恐怖情人的約會暴力所苦。我凝視著她後頸上被火烙印出來的燙傷痕跡，「他說要是我提分手就會殺死我父母。請問您能保護我和我的家人嗎？」她當時向我問道，我鄭重地回答：「當然。等明年的此時此刻回想起這段往事時，一定會讓您心情好一些的。」但是這位醫生的內心憤怒不只這個程度，因為她對我說：「我想要在您作業時也待在一旁觀看，拜託您同意吧。」實際上，在她全程目睹我如何折磨她男友時，她是在一旁面帶笑容的，那張臉看起來非常漂亮，後來在下一次作業時、再下一次作業時，這位醫生都一直留守在現場，最後則成了現場一員。

「次長好！」

我被突如其來的大聲問候嚇了一跳。

整身全新正式服裝的男男女女一字排開。

「未來還請您多指教！」

面相凶狠的男子領頭喊道，其他人也跟著複誦了一次，「請您多指教！」我會心一笑，「幹嘛這麼用力，又不是在當兵。感覺很可靠喔！」率領大家的徐文吉畢恭畢敬地向我遞出文件。

「次長，這是新進員工的簽約金項目。」

「好，我來看看。」我接過文件，開始翻閱。

我們公司有個傳統叫做簽約金，雖然這是隨處都有的概念，但我之所以會特別強調是傳統，是因為我們公司的簽約金和一般形式不盡相同。

我們開放以任何形式來申請簽約金，不局限於現金，只要遞繳申請，公司就會通過審核支付兌現；比方說，想要處理掉某人卻又不想弄髒自己的手，或者想要處理掉某人卻超出自己的能力範圍等。假如人生中有這種人物，就可以透過簽約金的名目來申請，公司會代為處理，並藉此祝賀新進員工成功步入社會。

當然，以現金方式支付簽約金也是可以的，只要不要開出荒謬的天價即可，一般來說都會給予令人滿意的金額。或者以一輛高級轎車和豪華公寓來開始談，也會是個不錯的方法。

新進員工必須從入社第一天起七天內申請完簽約金，逾時不補。除此之外，根據公司規定，簽約金的內容要向所有員工公開，雖然會依照內容而有不同的時程安排，但原則上都會在十五天內完成支付，既是同事也是前輩的職場主管們，則會盡全力去支付這些簽約金。換言之，我的行事曆裡又會再新增幾件代辦事項的意思。

「哇，之前接受教育訓練的人統統都來報到了！」

「畢竟次長您的演說實在太打動人心。」

「我以為你只是很會使用工具，沒想到還很會拍馬屁嘛。各位新同學，以後千萬別變成這種巧言令色的前輩喔！只要是掛在我們部門底下的簽約金，我都會負責支付兌現，也會向各位證明我們是你身處困境時值得信賴依靠的實力者。很高興見到你們！」

簽約金會依類型去分配負責處理的部門，有關金錢的會由管理部，有關知識的會由調查部，有關暴力的則會由現場部負責。像這樣分類完以後，部門內又會決定由誰來負責執行。一般來說會由代理級以上的員工來執行，不過要是案子規模較大，就會由較具權威的上司來親自操刀。簽約金是提供給接下來要一輩子攜手共進的後輩們的禮物，也是展現前輩實力的機會，與此同時，亦是公司證明自己的活動，因此，絕不容許失敗。

「我們會全力以赴！」

一名男子帶頭吶喊。「我們會全力以赴！」其餘的人也跟著奮力高呼。行完禮轉身離開的樣子秩序井然。我目送他們，直到皮鞋聲消失為止，並向徐文吉問道：

「你有發面具給他們嗎？」

「他們拿到面具時簡直欣喜若狂，每個人都超級開心。」

「畢竟那是象徵我們公司員工的物品，真正別具意義的員工識別證。就算戴起來覺得悶，也請他們好好適應，去現場時務必戴上。關於簽約金的事情最新進度到哪裡了？」

「我們現場部被分配到的簽約金總共有八件，不過幸好現場二組願意幫忙分擔六件，因為我們這裡韓代理之前的情況也不是很好……能夠負責新進員工的人不多，所以好像有特別幫我們分擔。」

「等盧男勇的案子處理完，要請他們好好吃一頓了。」我嘆了一口氣，「怎麼會淪落到這般田地。文吉，也對你很抱歉啊。」於是徐文吉睜大眼睛，「不不不，您怎麼說這種話呢，我又不是不知道次長您的處境，大家都是一家人，本來就該互相幫忙。」

「謝謝你這麼說。」

「既然都準備那麼久了，一定要好好完成。」

「是啊，要完美達成才行。所以我們這組只需要負責兩個案子嘍？我看看，一個是弄死警察，讓他受盡皮肉之苦，再讓他展現卑微膽怯的樣子，這應該是有什麼積怨吧，通常都是長時間被欺負才會有這種心願。」

「這方面就是我最在行啦。」徐文吉嘴角上揚。

「是啊。」我點點頭。

「屈辱是我的手段。」徐文吉說道。「折磨垃圾警察也是我的專長。」

「當然。那剩下的一個案子……在哪裡？」

「只剩下鄭秀敏員工的簽約金了。她說想要另外拜託您處理，感覺是有一些深仇宿怨，案子規模也不小。」

「請她到頂樓陽台找我喝杯咖啡吧。」

「好的。」徐文吉準備離開。「辛苦啦。」我揉了揉臉，倚靠在椅背上，最後還是站起身。

「欸，桂次長。」我繞過隔板，往隔壁現場二組走去。「哎唷！看看這是誰來啦，稀客稀客。」桂洪九正在欣賞剛送達的新刀子，語帶浮誇地說著。「謝謝你幫忙分擔六筆簽約金啊。」

我幫桂洪九按摩肩膀。「這有什麼好道謝的。哎呀，真舒服，再用力一點，稍微往右一點。你很會嘛！按得可真舒服。」桂洪九咯咯笑著，「你這小子。」多虧他調皮的樣子，我也難得以輕鬆的心情笑了。

8

「妳好啊，秀敏小姐。」

「您好，很高興見到您。」

「我們明明才剛在樓下見過。妳喝罐裝咖啡嗎？」

「感謝您的咖啡。」

「不用太拘禮，放輕鬆說話吧。有什麼故事要說可以儘管放心告訴我。」

「明白。不，呃……是因為太緊張。」

「妳可以先喝一口咖啡。」

「好。」

「畢竟是要委託我幫妳處理事情，就當作是對朋友傾訴吧。」

「嗯，好。」

「妳想要我幫忙處理什麼事呢？」

「其實……我……」

「嗯，我有在聽。」

「那個……我其實……已經加入現場二組。」

「嗯。」

「所以會有點擔心，不知道桂洪九次長會不會不高興，畢竟我是特別指定您來幫我支付簽約金。」

「喔，不會啦，我們不會因為這種事而傷和氣，因為每個人的專業領域都不同，我主要使用的技術是時間和痛苦，桂次長則是以迅速和阻斷作為手段，我們等於是用兩種截然不同的極端方式進行，因此，如果妳需要的是我這種處理方式，自然是找我沒錯。」

「希望桂次長不會因此而不高興。」

「不會有這種事的，妳不用擔心。」

「現在只剩最後一個傢伙了……」

「嗯？」

「國中時期，我被幾個高中生集體霸凌過，總共有五個人，當時因為我什麼都不懂、無力反抗，所以只能默默忍受，當時真的是過著生不如死的生活，直到現在也還是會作惡夢，即便已經親手殺死了那其中四人。」

「那為什麼要留最後一人?」

「那個傢伙是主使者，是他先開始的，也是其中最惡劣的。他用菸蒂燙傷我，對我撒尿，把我身上的衣服統統扒光，強迫我全身赤裸地走在街上。」

「呵，這混帳東西。」

「次長，我只會一刀斃命，而且是讓人無痛死掉的技術，我對於先前自行處理掉的四個人感到後悔莫及，因為好像讓他們死得太痛快，我希望至少可以讓最後這個傢伙死得殘忍一些，可我卻沒有這方面的經驗與技術。」

「的確是還沒有。」

「您不用一直留著他最後一口氣分階段折磨他，我反而希望能盡快呼吸到沒那混蛋存在的世界的空氣，所以我的意思是，嗯……，的確還是希望您能殺掉他，但……」

「要用極其痛苦的方式將他宰了，對吧?沒問題，妳也不用再多想了。」

「謝謝。」

「那妳親手殺死的四個人，後續是如何處理的?」

「我把他們的遺體聚集在當初強姦我的空屋裡，那是一棟蓋到一半尚未完成就停工的公寓，到現在都還是老樣子。」

「看來那些也得一併處理了。」

「百忙之中實在抱歉給您添麻煩了。」

「不會啦，這點小事，我可以邊吃飯邊處理。」

9

「走吧，黑白狗！」我拉了一下項圈。

「求您饒了我，拜託了。」全身赤裸的男子被我拖了過來。

「晚風還滿涼爽的吧？」我咬了一口手上的三明治，新鮮蔬菜和雞胸肉的味道搭配得非常好。這醬調得不錯嘛。我嘴裡咬著食物，「黑白狗，幹嘛呢，快來啊！」我吞下口中食物，男子被我拖行。那是一處位於山腳下、人煙稀少的工地現場，很久以前就暫停施工，鋼筋外露，鐵條也已經生鏽。

「來，到嘍！當年那個的場所。」

「為……為什麼要這樣對我？」

「這個問題我很喜歡，每次聽到都會渾身酥麻，很可惜那不是我的方式。」

「別殺我，我才剛找到工作，找了好久才好不容易求職成功，我爸可開心呢。下週一就要去報到了，求您饒了我吧，嗯？」

「好巧，當年被你欺負過的別人家女兒也找到工作了。」

「這就是她的入社禮物。」我踹了他的腿一腳。他不支倒地，在冰冷的地板上打滾。「啊！」一聲慘叫過後，天花板上的灰塵灑落一地。「你他媽的混蛋，在這種地方把人家的裙子撩起來幹那些下三濫的事。」我掏出刀子放在他的膝蓋處，「你這裡可以嗎？有鍛鍊過很精壯吧？」我劃開他的皮肉。當這傢伙迅速翻身時，我立刻將刀子插進他的膝蓋後方。

「放去哪裡了，她明明說放在這裡的啊。」

「是這個？」我翻開覆蓋在角落的麻袋，出現四具整齊堆疊的男屍。「哇，你看看這整理得多好啊，要是結了婚一定能把家事打理得很好，對吧？」我咂嘴作聲，嘖嘖稱奇。「就是要找這種女生結婚。多優秀啊！」我一把抓住男子的頭髮，將其拖到遺體堆旁，把他的臉埋進那堆遺體。

「她應該曾經也對結婚懷有過憧憬的，對吧？」

「這、這些是……」

「結果遇上一群敗類，害她從此再也不相信男人。雖然不曉得以後和她交往的傢伙會是誰，但應該會滿辛苦的喔，要比她親生父母還要對她疼愛有加，照顧得無微不至，懂得犧牲奉獻，也要能撫慰她的傷痛，為她灌溉無止境的愛。但你知道他媽的都是因為誰而害這麼多人受苦嗎？」

「操你媽的！」我用力踹了他的側腰一腳，「跟誰學來的下三濫招數。」我吃完三明治，再從口袋裡掏出了巧克力棒拆開來咀嚼，與此同時，還對他一陣胡亂腳踢。啪，啪。每當傷口被我揍到時，都會噴濺出血液。我一把將他抓起，往牆角上一推。「呃啊——！」突出的生鏽鐵釘不偏不倚插進了他的背部。

「給我在這裡待著。」

我拿出手機，接起電話。

「是，大哥。」

電話那頭是金理燦理事。

「我的小兔崽子，在做什麼呢？」

「我在處理新進員工的簽約金。」

「哇，處理到這麼晚喔，也太認真了吧。」

「大哥啊，您今天的聲音怎麼聽起來有點憂鬱呢。」

「不就是因為太寂寞嗎，還能有什麼理由。」

「哎呀，那怎麼辦呢，小弟我還在工作呢。」

「要是我去幫你一起處理，今晚能陪大哥喝一杯嗎？還是無法？」

「喝酒啊？」

我確認了一下時間，這件事處理完以後，其實還有其他事情要處理。但今天醫生剛好休假，要是調整一下現場工作的比重，也沒什麼好不能去喝一杯的。金理燦是我的恩人，也是我的師父，如果可以，我會盡可能選擇配合他，不想拒絕他的邀約，再加上我現在也處於被這混蛋惹毛的狀態，非常想用沁涼的啤酒來澆熄內心怒火。

「好啊，大哥要是來幫忙，也能提早收工。」

「哈！豈止提早收工，是一轉眼就能收工。」

「那我再把地點傳給您。」

「需要什麼工具嗎？要提早說喔！」

「工具都帶妥了，電鑽和鹽酸也是。」

我掛上電話，把手機放進口袋，瞄了一眼被固定在牆上的傢伙。電鑽和鹽酸，他似乎是被這兩個美麗的單字嚇到，本來就已經暗沉的面孔，變得更加鐵青。

「是不是很期待要用它們來做什麼啊？」

我將他重摔在地。

骨頭碎裂的聲音緩解了我的疲勞。

「你他媽的起來反擊啊，怎麼這麼弱啊，到底有沒有小雞雞，你可要好好感謝我，現在開始會讓你長出雞巴，就是讓你變成真男人的意思。」

每當家裡有東西出現故障，我的管家就會馬上幫忙進行修繕。他是一名很體面的老人，總是穿著白襪進來親自修理。「不論什麼東西壞掉，都請隨時找我。」管家說道，「畢竟老闆您是上班族，應該不熟悉修理這些東西。我是一輩子在工廠裡工作的人。」他用熟稔的手勢和老練的眼神啟動電鑽，前陣子也因為玄關門不聽使喚而找過他，當時他就有對我說：「老闆，您應該從來都沒有拿過電鑽吧？」我笑著回答：「是啊，畢竟沒什麼機會用到。」但事實並非如此，我在辦公室裡就有三把電鑽，其實更接近電鑽愛好者。

「哇，這裡根本是勞動的果實嘛。完全就是剛啟蒙的處理方式。」金理燦提著塑膠袋從階梯走了上來，「我買了一些吃的，都是熱量高的東西。」他將袋子遞給我，順勢就朝那傢伙揍了一拳。「呃！」已經奄奄一息的傢伙瞬間被那一拳揍得反射性吐出胃液。角度、力道、身體重心的轉移，簡直神乎其技，宛如藝術。我不禁流露讚嘆。

「真是寶刀未老啊！」

「老了就不是什麼寶刀了。真正的實力呢，是純粹老去，隨著資歷愈深，實力就愈渾厚，隨著時間流逝，反而更顯韻味，變得更為熟稔，這便是實力。」

「久違的指導喔！」

「臭小子，我現在的狀態就是最好的指導。」

「幾個臭男生一起撲倒一名女孩很好玩，是吧？」金理燦將大拇指塞進這傢伙的耳孔，「嗯？操你媽的。」他大拇指用力，充滿暴力，「這樣還好意思過你自己的人生，宛如什麼事都沒發生過，他媽的假裝很平凡，是吧？」另一邊的耳孔也被用同樣的方式對待。這傢伙連一聲慘叫都不敢喊，整個人嚇得僵在原地瑟瑟發抖。金理燦將他一把拋飛出去，彷彿在拋擲一塊破布似地，重摔在地。

「我看這傢伙已經被你搞得不成人形。」

「因為委託人請我盡可能將他虐死。」

「雙手雙腳，這指甲油的顏色紅得真美，你花了多久時間幫他弄指甲彩繪？」

「不到十分鐘。」

「實力進步很多嘛！扒皮花了多久？」

「那根本花不了多少時間。」

「幹得好。」金理燦提起塑膠桶。「您過獎了，這些都是跟您學來的啊，當然要練到這般程度。」我從金理燦手中接過塑膠桶。「相機呢？有在拍嗎？」金理燦取出一根香菸叼在嘴上。「我有在用艾利．羅斯（Eli Roth）導演的風格拍攝。」我幫忙點菸。「沒有另外安排拍攝工作人員？」金理燦一邊吞雲吐霧一邊問道。「處理一組有說會負責收尾，他們表示無法容忍公司成員曾經遭受那種事情。」我打開塑膠桶蓋。

「這種同事情誼真美好。」

「就是靠著這份情誼來上班。」

「那就來做正經事兼收尾吧。」

「走，去喝酒。」金理燦捲起衣袖。「我聽說酒店老鴇又去做了豐胸手術。」我開始投入作業。「這女人不該老是去隆乳，而是要先把下半身搞定才對。」金理燦流露出嘆息。「她畢竟是個完美主義者，所以沒把一個部位先搞定，就無法進入下一階段。」我撇過頭去，因為鹽酸太毒。「也是，之前她也整臉整了好長一段時間。」金理燦熟練地找到了位置。「您看她整那麼多次，現在就跟明星一樣漂亮。」我用電鑽瞄準這傢伙的手肘。「是啊，任何事情都需要努力。」

金理燦處理完這傢伙的腳踝後，深吸了一口菸。「大哥，您說的話總是會讓人想要專心聆聽。」

我將電鑽拉出，再往這傢伙的鼠蹊部移動。

「盧男勇的案子進行得都還順利嗎？」

「有在按照計畫進行。」

「別太大意，我之前怎麼對你說的？」

「永遠都要備妥方案B。」

「畢竟人生就是計畫永遠趕不上變化。」

「我懂。」

「真好笑吧？盧男勇這傢伙，簡直就像是神或某種偉大存在特別組合出來的一個人，故意集所有惡劣特質於一身，彷彿是要給人類好看似的，不然怎麼能那麼變態，竟然還會享受痛苦。」

「不過我的方法也未必行不通。」

「怎麼說？」

「世上沒有任何一個生物感受不到痛苦，也沒有人能徹底擺脫恐懼。會說自己感受不到痛苦、早已擺脫恐懼的傢伙，只是還未有機會找到屬於自己的『地下室』罷了，就如同尚未發覺自身天賦或才華一樣。」

「欸，你該不會斷氣了吧？」作業完成後，我拉下褲子拉鍊，「冷吧？接下來會暖一點的。」我對著早已變成一坨肉癱在地上的傢伙撒了一泡尿。「我聽說你也有幹過這種事，就讓我體驗看看到底有多好玩吧。」我咯咯竊笑，對準他的臉撒尿。「我們秀敏小姐很好奇你現在過得怎麼樣，鄭秀敏，被你們幾個集體玩弄完就隨意丟棄的女子，你們幾個卻因嫌疑不足而被以不起訴處分。」這傢伙的喉結出現微微顫動，「不過嫌疑不足可不表示無罪喔！他媽的竟敢當作沒這回事，還好意思抬著臉過日子。」我冷冷地說著。

「辛苦了，次長。原來理事您也在這裡。」此時，前來收屍的處理一組向我們送上問候。

「你們好啊，哎呀，我居然尿出來了。」我抖了抖尿液。「沒事，我們也正好尿急。」處理一組氣定神閒地回答。我屈膝蹲下，對著這傢伙說道：

「接下來你會在這些人眾目睽睽下死掉，在沒有人會對你伸出援手、只會嘲笑你、等待你斷氣的這五個人面前。然後你爸應該會開始四處找你，找好久好久，就如同當初強姦事件時把你保出來一樣，用盡他所能動員的方法去找你。然後等他已經找到筋疲力盡時，我會傳一張你的照片給他，一次只傳一張，從你還活著的樣子到瀕臨死亡的樣子。中間一段時間我會停止傳照片，你爸應該會急得像熱鍋上的螞蟻，發了瘋地找你。最後我會在他生前最後一天親自去找他，帶著你的屍體照，放在無法行動的老人家眼前，近距離給他看，好讓他看個清楚。並對他耳語：『這王八蛋其實早在很久以前就死了，是我殺的。』」

「您的台詞總是如此完美。」處理一組獻上了掌聲。

「這麼晚的時間，謝謝各位幫忙。」我揮了揮手。

「走，去喝酒啦！」金理燦拍了一下我的屁股。

10

「辛苦了。」我送走代駕司機，按下電梯按鈕，不知為何，感覺今天的電梯下降速度格外緩慢。還是乾脆走上樓？我抬頭望向天花板，放眼望去什麼都看不到。爬上去好累，但又不想進到狹小的電梯裡，幻聽問題一定會更嚴重。思考了許久之後，我下定決心，還是走樓梯吧，實在很不想讓自己太悶。當我一推開逃生門，另一種悶感突然席捲而來。

看來不論到哪裡都一樣悶。我走上樓梯，腦中浮現了金理燦剛才在酒吧對我說的話，「你那個幻聽問題，我也有過類似情形，當我有務必要處理的事情時就會出現。我明白你的心情，準備期愈長，症狀就愈嚴重，也愈痛苦。」這是曾經站在我現處位置的人所給予的建議，他也曾到達過我夢想要抵達的位置。「只要你把那件事成功處理好，一切症狀就會頓時消失，像變魔術一樣神奇，不論是因那件事而引起的幻聽還是失眠問題，統統都會奇蹟似地消失無蹤，服用的藥物也會被你拿去丟掉。」金理燦用力按了一下我的肩膀，「你的辛苦公司都看在眼裡，剩沒多久了，幾乎快到了。」

「你怎麼流這麼多汗……，爬樓梯走上來的？」

妻子一臉擔心地問道。

我則是直接坐在玄關處，無奈地笑了幾聲。

「實在太扯了，居然還是有幻聽。」

「哎唷，為什麼要做這種事？都喝了酒還這樣。」

「因為聽說爬樓梯有益身體健康啊。」

「你有辦法自己洗澡嗎？」妻子攙扶我起身。「我當然能洗澡，還能做別的事喔！」我一邊起身，一邊吹噓。「一個連槍靶都瞄不準的軍人，是沒資格衝鋒上陣的喔！」妻子直截了當地無情吐槽。啊，感覺耳膜要被刺破了。我用手掌使勁按壓頭頂。

「這真的不是人能做的事，又不能勸你離職。」

「在我身邊的妳一定更難受吧，對不起。」

「這有什麼好道歉的，不也是為了身邊的我工作嘛。我只是很心疼你這麼痛苦……」

「之後會好轉的，真的剩沒幾天了。」

「我洗好澡就進去，妳先睡吧。」我對妻子說道。

「你還要進書房？」妻子驚訝地詢問。

「嗯，一下下，馬上好。」我走到書房門口，抓住門把。由於幻聽症狀加劇，不停刺激我的大腦。「幫我殺死他！」「宰了他，讓那傢伙受盡折磨。」「都準備好了嗎？」「一定要把他碎屍萬段！」我用力闔上眼睛，發出痛苦呻吟，感覺快要失去意識，整個人是直接跌進書房裡的。我被陳年書香味和伸手不見五指的黑暗擁抱，在地上痛苦掙扎，好不容易才倚坐在門前。啪，我伸手開燈，書房內頓時明亮，張貼在牆上的無數張照片和新聞也頓時映入眼簾——全都是關於盧男勇的資料。我回來了。我莫名其妙亂笑一通。

「誰啊？怎麼這麼晚打來。」

有人打電話找我。

我接起電話，瞬間大喊。

「什麼！死了……？」

看守者

1

——有人要一起嗎？還剩一個名額喔！蜂窩煤和汽車都已經準備好了，只要備妥個人要服用的安眠藥即可。年齡、性別不限。女性也可以放心報名，不會對妳做奇怪的事情。

——我今年十八歲，是校園霸凌受害者。現在就連學校老師看到我去找他，都會直接擺出一臉不耐煩的表情。就算報警也沒有用，依然被霸凌。我知道可以去找徵信社處理，但是聽說基本都要三百萬韓元起跳。我沒有那麼多錢，所以打算一了百了。有誰要一起嗎？可以的話，我會希望盡可能是和我相同處境的人。

——我走進一間汽車旅館，然後在浴缸裡接滿水，把手腕劃破了。應該要劃得再深一點才對，可惜太痛，劃得不夠深，所以失敗了，還打電話給一一九求救，被他們訓了一頓。儘管如此，我還是不想活，聽消防員大叔們說那些激勵人心的話時，有打起一點精神，但是一回到家又突然很想死。總之，我會再另找其他機會嘗試用別種方式尋短。

——因為是較為敏感的事情，所以我就簡短描述。老師有聯絡我，告訴我他可以到我指定的場所進行，也不會有額外費用產生（這部分可能只適用於我本人，因為我有行動不便的問題）。如今，我的心情輕鬆多了，希望各位也能得到滿意的結果。

——不好意思，可否麻煩樓上分享一下自己是如何接到老師的聯絡。我實在撐不下去了，太痛苦，每天都宛如置身人間煉獄，人生也沒有任何樂趣或眷戀。我從小就遭父母虐待，後來被送到相關機構安置，可是在那裡也沒有受到人類該有的待遇。我只想結束一切，從此消失不見，然後重新誕生。拜託您了。

——適可而止吧，我看前陣子有比較平靜，怎麼一堆人又開始了。這裡是提供不再懷有任何希望的人加入的地方，早已對希望本身感到厭倦才會加入。這裡沒有人相信也不期待有所謂的希望，所以那位老師什麼的都市傳說就請去其他地方寫吧。事實上也根本沒有這種人。幹，少在那邊讓我們這些可憐人又再度抱有一絲期待了。

——之前有〇〇〇製作教學影片破解版，請問有人有收藏嗎？我現在迫切需要那支影片，願意提供謝禮。

——為了找〇〇〇又被詐騙了，這次是直接從國外網站下訂的，結果又……

——唉，心情實在糟透了。騙我們這種人的錢很開心嗎？幹！我已經懶得再為存〇〇〇的錢到處打工了，你們一定不了解為了尋死而工作的心情有多悲慘。真的是……唉，這都已經是第幾次了。

——就是因為貪圖舒服死亡所以才會被騙啊！一群孬種，不想活，還怕痛，所以你們這群人才會是魯蛇。有夠沒出息又討人厭，瞧那副德性。

——是啊，你最偉大，你最了不起，希望你會選擇喝農藥自盡，讓全身臟器腐爛，七孔流血，然後成為我們這些懦弱失敗者的典範。加油喔！

——麻煩管理員將上面那個垃圾封鎖吧。

——尋找〇〇〇製作教學影片的網友請看一下，要是對化學沒有一定程度的知識，是不建議輕易嘗試的喔！因為首先從材料開始就不是一般人能取得的，個人建議不如存錢直接飛墨西哥一趟，在當地購買完成品還比較容易。

——我認識的人也在老師的幫助下離開人世了。拜託不要因為自己不認識就把一個活生生存在的人當幽靈。明明只要稍微努力就能找得到，卻不認為是自己能力不足，而是一味批評，難怪你們的人生會如此一蹶不振。

——所以只要在網路上找到一個全白的網站，然後把自己的故事輸入進去，就會有一位身穿黑色西裝和長大衣的高個兒老人來找你，替你安樂死？這用常理去想有可能嗎？鬼才信。一看就是現實生活中沒朋友的人整天躲在房間角落幻想出來的東西。

——招募三名同行者，使用工具是瓦斯，等全員湊齊後會向每個人酌收一些費用去添購工具。目前規劃每人二十五萬韓元，這是經過精算後得出的合理金額，瓦斯自殺其實要準備滿多東西，如果認為太貴可以不要參加。先特此聲明本人不接受無謂的攻擊或挑釁。

2

我洗完手出來，發現孩子正在上網看東西，我瞄了一眼，原來是自殺網站。上面充斥著令人難過的故事和骯髒的詞彙，不論前者還是後者，都很難不用皺起的面孔來閱讀觀看。應該有其他更有趣或更值得看的東西可以配飯吃才對。我推了一下空盤，孩子的盤子裡還有食物。「這些人當中有多少人能來找大爺呢？」孩子把薯條一口塞進嘴巴裡咀嚼。「你倒是叫我大爺叫得挺順口的嘛。」我用涼水漱了漱口。

天亮前的店家門可羅雀，冷風灌進店內，門片被吹得嘎吱作響。濃妝豔抹、身穿短裙，看似深夜工作的幾名女子走了進來。「那個王八蛋真的是個死變態，口口聲聲說他有多喜歡我，卻帶一堆奇怪的禮物來送我，拜託真的別再送了，給我錢不是很好嗎？」原本寂靜的氣氛瞬間被她們打破，在店內就座的女子們才剛坐下就掏出香菸叼在嘴上，儘管一旁的柱子上就張貼著大大的「禁菸」兩個字，她們也視若無睹。店家主人也許早已習以為常，沒有特別給予規勸。「禮物也不曉得從哪裡弄來的，帶什麼自己釀的蛇酒來送我。我看瓶子裡還真的有一條小蛇。我最討厭人家送吃的東西給我，誰知道裡面放了些什麼。」對身體有害的味道撲鼻而來。

「孩子啊，我們走吧。」我準備起身離開。「為什麼？」孩子嚼著小番茄。「空氣不太好。」我咳了幾聲。「那應該是那些女生要出去才對啊！」孩子回答。「的確是這樣沒錯，但其實也不一定要與人起衝突，有時候選擇迴避反而是明智的選擇。」但是孩子並沒有打算要放下叉子的意思，他張動著那雙天真爛漫的大眼，目不轉睛地盯著那群女子觀看。

「哇，妳們看他！」手上夾著香菸在滑手機的女子注意到孩子，「好可愛啊，長得也太帥了吧！要是這種孩子來光顧，我一定算他免費。」「什麼免費，根本要我們倒貼付錢給他才對。」她們口無遮攔，笑聲輕浮。「那個，不好意思。」孩子終於忍不住開口說道。「他好像要找我們說話！嗯，怎麼啦？」一名女子問道。「操你媽的最好給我閉上那張臭嘴，少在那裡腦殘沒藥醫還出來丟人現眼，還有那該死的菸也最好立刻熄掉。對了，大叔啊！」他緊接著喊了店家老闆一聲，「你看到腦袋破洞的妓女在公眾場合吸菸應該出面制止才對吧，說白了，就算你每次看她們的臉色像條狗一樣巴結，這幾個臭婊子也不可能讓睪丸飄著下水道惡臭味的老處男免費爬上她們的身體。」

店內頓時像施了魔法般鴉雀無聲。過不久，其中一名女子喃喃自語，「好屌。」

「記得繫安全帶。」我帶孩子坐上車，發動車子引擎，「那些話到底跟誰學的？」我一邊整理皮夾一邊問他。「不知道。」孩子扭動著上半身，「不知道是什麼意思？」我繼續追問。孩子拉出了安全帶，「就是不知道跟誰學的意思。應該是到處聽來的吧。」孩子在觀察我的臉色，似乎是擔心我生氣，所以顯得有點膽怯，「如果我說那種話，就不能和大爺您一起行動嗎？」孩子抬頭望著我。「也不是啦，」我把皮夾收進胸口暗袋裡，「只是我看著你降低自己的格調，實在也不是多麼賞心悅目的光景。」我踩下油門，藏青色的天空逐漸轉淡，沿途看到的繁星就像方向指示牌一樣閃爍明亮。

3

先向您說一聲，我沒有任何病痛，頂多頸部有頸椎間盤突出，左側肩膀偶爾會出毛病而已，都不是什麼會讓人致命的病，對日常生活也沒有太大影響，所以有些忐忑不安，畢竟在這裡留言的其他人，狀態一定都比我棘手好幾百倍。

七歲時，我在幼稚園裡讀過一本書——帶著口琴到處去旅行的大鬍子小矮人的故事。他探訪海底宮殿、騎馬、見女王，後來還和公主結婚，我非常喜歡那本書，因為小矮人看起來很帥氣。我思考了許久，終於在吃晚餐時向父母提出自己也想要一把口琴的心願，沒想到他們竟出乎意外地爽快答應，所以隔天就去購買了。我還記得當時開心到一直搖晃爸爸的手。

我國小學鋼琴，國中又多學一項樂器——吉他，高中則是學MIDI。我對音樂方面很有天賦，從小就被大家稱讚是神童。上了大學以後，所有人也羨慕嫉妒我，甚至就連教授們也是。當時可說是我的人生巔峰時期，雖然這樣說有點不好意思，不過那時候我在異性之間也得吃很開。

我一直夢想成為一名歌手，不停作曲作詞，把自己創作的歌曲放進CD裡，然後到每一間公司毛遂自薦。雖然大部分都石沉大海，內心受挫，卻也有趕快重整出發。退伍後發現轉眼間就要大學畢業了，然後再一轉眼，發現自己已經過了二十五歲，甚至即將邁入三字頭。隨著生活過得愈不安定，感覺年齡增加的速度也愈快。

我作了一首很好聽的歌曲，身邊的人都說簡直是一首名曲，這輩子應該有收不完的版權費，大家都替我感到開心。某天，已經活躍於業界的大學學長突然聯絡我，說要請我吃炸豬排，叫我去找他一趟。我雖然有點訝異，但仍滿心期待前往赴約，畢竟是有在這個產業走跳的人，說不定會對我有些幫助。

「聽說這次寫了一首不錯的歌曲？」他一臉不以為然。聽完那首歌後說道，「嗯，不錯嘛，可以再努力一下，做得滿好。」我得到了不是很愉快的鼓勵，心情自然是黯淡不已。原來這就是所謂專業人士的意見，原來周遭給予的稱讚都只是外行人的評論。本來雀躍的心情瞬間被打入冷宮。

然後就在隔月，我發現一首和我那首自創曲一模一樣的歌曲上市了，只換了一個比較感性的歌曲名稱，然後加入主唱的聲音就發布了。可想而知，作曲者姓名就是那位學長的名字，那個該死的王八蛋。

後來我聯絡那位學長，他死都不接我電話，親自去找他也避不見面。其他人紛紛安慰我這個圈子就是如此，但是這樣反倒令我更覺得噁心，畢竟創作領域是展現創作者內心世界的事情，不是嗎？假如不是親身感受、親自表達，那麼就是個毫無意義的東西了。當初會踏進這個領域的理由是什麼，不就是為了展現自己的音樂、證明自己的實力嗎？但是剽竊別人的作品，再貼上自己的名字發布，甚至這種行為還被認為是常有之事，等於最終是看誰厲害偷別人的歌曲誰就能成功的意思。實在太令我失望了，只要一想到就覺得噁心想吐。「欸，至少你還有吃到一頓炸豬排。」後來我聽一名同期入行的女性友人說，「我是去賣了一整天的大腿給他，要是當時允許他全壘打，會不會就讓我掛名共同作曲人呢？」

後來情況也並未好轉，被信賴的人背叛，被不信賴的人搶奪，還有慘遭過毆打，到最後我也只能一笑置之。父母問我是不是嘗試得夠久了，不如早早收手準備考公務員。我告訴他們還不是時候，但其實早已心知肚明自己沒戲唱了，純粹是因為心有不甘而無法就此認輸。「這次會不會成功呢？」「這次會不會得到應有的待遇？」我不死心，卻始終等不到輪到我的時候。

於是，我就這樣一無所獲地過了好幾個季節，過去那個音樂天才小少爺早已消失無蹤，取而代之的是罹患憂鬱症憔悴不堪的大叔，有時還會因為難以調節憤怒而吃足苦頭，恐慌症也相繼而來，一切都變得亂七八糟，都很討厭，都很倒胃。他奶奶的，真想把那些人間敗類碎屍萬段扔進海裡。會去剽竊別人作品的傢伙根本不值得我搭理，背地裡嘲笑我卻等著看能不能撈點油水的傢伙也好討厭，整天說自己是創作人一副自命清高的樣子卻和那些愛剽竊別人作品的傢伙維持關係也很假惺惺，真他媽的受夠了這群人。不是我死就是他們死，一定要有一方死掉才行，但是既然他們不死，只好我去死。

我知道，我還年輕，只要肯做就一定能活下去，但是為什麼一定要活得那麼辛苦？我什麼都不想做，也不想要得到任何結果。原本的人生是可以純粹透過音樂感受美麗，除了音樂以外沒有其他價值，沒想到自己最終竟然是被音樂搞得遍體鱗傷。我再也沒有眷戀了。只想趕快離開，再也不想回來。請問能對這樣的我施予恩惠嗎？我帶著一顆懇切的心在此向您提出請求，還請幫忙守護一名貧窮藝術家最後僅剩的尊嚴。

4

「大爺，您的網站啊……」孩子轉過頭去，打了一個哈欠。「好像太容易找到。這樣說不定以後還會有人來惡作劇呢。」我緩緩轉動方向盤，「的確隨著口耳相傳，網站曝光度提高不少，但還不至於有人來惡作劇。」孩子拆開零食包裝，「可是也該找一天來重新設定網頁連結了。」我點點頭，「是啊，你說得沒錯，真聰明。」

「這次是一位藝術家，好酷喔。」孩子在操作筆記型電腦，「好想聽聽看這個人寫的歌。」

我用稍微嚴肅的口吻警告他，「我先提醒你，不可以去亂拜託喔。」孩子轉頭看向我，語帶不耐地回答，「我當然知道不可以在人家傷口上撒鹽。」上午已經過了一半，我發現另一頭有一片烏雲在往我們這裡飄來。「嗯，很棒。等我們抵達的時候差不多也要下雨了。」

「大爺，您有結過婚嗎？」孩子一邊吃著洋芋片一邊問道。「幹嘛問這種問題？」我瞄了掛在後照鏡上的佛珠一眼。「就只是純粹好奇。我不能問這種問題嗎？」孩子一副準備要道歉的樣子，他每次說對不起前，都會習慣性地微微把頭歪一邊，因為實在看過太多次，所以早已掌握這個細節。

「有結過一次。」我用低沉的嗓音回答。「真的嗎？可以問您是和誰結婚嗎？」孩子的語調反而變得很激動，也許是對我的回答很感興趣，雙眼顯得格外閃亮。「對方比我小好幾歲，留著一頭俏麗短髮，烤麵包的手藝也很好。」我不禁感傷，再看了佛珠一眼，那是很久以前我們一起去旅行時，太太送給我的禮物，雖然現在她已不在人間。「兩位是如何認識的呢？」孩子問道。「她是我讀醫科時的學妹。」回答的同時，車子也繞過了街角。烏雲在眼前正式展開，我們把車子開進了雷雨交加的領域，強風劃破夜空。「醫科？前天不是說是博士嗎？」孩子望向窗外的一大片烏雲。「是博士沒錯，也是醫生。」道路上一片空蕩，我按下警示燈按鈕，打開雙黃燈，將車子開往路肩。

「為什麼要停下來？」孩子看了一下手錶，「喔！原來時間到了啊。」他解開安全帶。有過幾次經驗以後，他已經知道要從後座拿包包了。「這次可以讓我來準備嗎？」孩子看著針筒和藥瓶問道。「還不行，還不是時候。」我伸出手。「好吧。」孩子將工具遞給我，「遲早有一天我也可以的，我是懂得耐心等待的人。」我噗哧一笑，「真懂事，等你會這些事情以後，就等於幾乎所有事情都會了。」

「您是從什麼時候開始做這件事的呢？」孩子向我問道。「從我妻子過世之後。」我回答。「您當時應該是希望她走得沒有痛苦。」過一會兒，孩子補了這句話，他似乎是為了顧及我的感受，有特地篩選用詞，我很感謝他的用心。「謝謝。別擔心，她離開得很安詳，是我親手送走她的。」孩子「喔～」了一聲，點頭表示了解。我在他延續下一個提問之前，先主動開口滿足了他的好奇心。「她得的是罕見疾病，發病時，呼吸就會變成是一件痛苦不堪的事情，彷彿直接掉入地獄，直到臨終前所剩無幾的那段日子，活著的每分每秒都是折磨。」我把掛在後照鏡上的佛珠取下，掛在胸前，繼續說道：「對於她來說，那樣的未來實在不合理，妻子也有表示不想再讓我看見她痛苦難受的樣子，所以那天我們就像平常一樣，說著黃色笑話逗彼此笑。最後，我在安詳離開的妻子額頭上獻出了最後一吻，她真的很可愛，同時也很討厭，因為我一直以為年齡比我小好幾歲的她，應該是會比我晚走才對。」

嗒、嗒，我用手指輕彈針筒，針筒裡填滿藥物。我拉起衣袖，對著血管注射。一股厚重的疼痛感推動神經，使我不自覺發出低沉呻吟。眼皮逐漸放鬆，大腦開始微暈，是令人舒服的頭暈。我速度緩慢、冷靜沉著地用大拇指把針筒推到最底部，最後一滴藥物注入了我的體內。「這應該能讓您撐到晚上。」孩子幫忙把藥瓶蓋上，再和空針筒一起收進包包裡，還打了一個噴嚏，「味道太刺鼻了。」我整個人倚躺在椅背上，「抱歉啊。」孩子揮揮手說：「沒事啦，沒有要怪您的意思，這是大爺您的必需品。」

「不好意思。」有人從車窗外叩叩叩敲了幾下，身穿制服的巡邏員警在查看車內。我迷迷糊糊搖下車窗，「什麼事？」巡邏員警注視著我渙散的瞳孔和後頸，再用力嗅了一下車內氣味，「您在這裡做什麼？」從他的嗓音中可以明顯感受到敵意。「喔，那個……」我準備解釋，可是身體卻像落入水中般感覺遲鈍，就算想要專心使力，下巴也癱軟無力。「那個……我每天會有兩次……」

「他生病了。」孩子突然插話，「他已經年過八十。雖然我不太清楚，但是據我所知好像只要身體裡的某個東西降低，就會直接進棺材，所以上午一次、下午一次要幫自己充電才行，但是那個藥很強，所以會精神不濟，您也知道這種藥本來就是這麼回事。」孩子不疾不徐也沒吃螺絲地迅速回答。「嗯……」巡邏員警用銳利的眼神盯著孩子看，他稍微轉移視線，還重複了一遍孩子說過的話：「這種藥本來就是這麼回事，是吧……」於是又再度用犀利的眼神看向孩子，目不轉睛地盯著孩子的雙眼，然後突然表情緩和，面帶微笑，「是啊，這種藥就是這麼回事，我爸也需要按時吃藥。」看來是解除懷疑了，員警收起令人倍感壓迫的姿勢，抬起上半身站直，「這是要跟爺爺一起去哪裡啊？」孩子揚起笑容，「要去找奶奶，奶奶留著一頭俏麗短髮，烤麵包的手藝也非常好喔！」員警用嘴巴做出了「哇」的形狀，「那看來今天能吃到好多好吃的麵包嘍？」孩子表情一沉，「應該很難吃到，因為她已經躺在墳墓裡了。」

過了一段時間之後，我開口說道：「現學現賣的本領倒是不錯。」孩子把沾在頭髮上的灰塵撣掉，「好像只要提及到死亡，就會盡快把我們放走。」儘管在烏雲密布的天空下，這孩子特有的深褐色頭髮仍顯迷人。他不停把頭髮往不同方向撩，頓時間，像是想起某件事情似地急忙把手放下，「如有冒犯到您，實在抱歉。」我搖搖頭說：「沒事。」

我用手握住他的肩膀，「我的妻子是個幽默風趣的人，她一定很滿意你剛才擺脫掉警察的方式，應該會捧腹大笑。」我透過扶著他肩膀的手傳遞溫暖，與此同時，我也發現原來這是第一次對這孩子有肢體接觸。其實沒有我想像中的困難，很溫暖，孩子似乎也很開心。當我摸了摸他的後頸和頭髮時，他緩緩闔起眼睛。

音樂家坐在床上觀看我們驅車抵達，透過附著在白色窗框上的雨水間，顯現出他瘦骨嶙峋的身形。我坐在車內，朝他頷首示意，音樂家也面帶微笑對我鞠躬。「我們在他眼裡會是什麼樣子呢？」孩子備妥書包，「應該是天使吧？其實還滿神奇，我們是來提供死亡的，不是嗎？」我戴上紳士帽，準備好走下車，撐開一把長傘。下過雨的草地瀰漫著一股清香，來自四面八方的雨滴軌跡也十分浪漫。音樂家的住處內有一片小花園，美麗的花圃和鞦韆構成了一幅宛如童話故事般的夢幻美景。有這麼好的房子卻一心尋死，我不禁感嘆。

音樂家拖著骨瘦如柴的身體走下階梯。「怎麼不好好躺著。」我說道。「有貴賓來訪，怎麼好意思躺著。」音樂家態度莊重地向我鞠躬問好，他彬彬有禮，言談舉止間都散發著文雅氣息。「大衣就不麻煩你了。」當我這麼一說，音樂家便「喔」了一聲，推了一下眼鏡。「如果不介意，能否有機會與老師您握個手？這對我來說是莫大的榮幸。」我伸出手，「當然沒問題。」音樂家握著我的手，眼睛笑瞇瞇的。

「我的話就免了吧。」孩子說道，「我從不與人握手，盼您見諒。請叫我助理就好，比起飲料現在比較想喝白開水。」音樂家嘴角上揚。我緩緩點頭，「我知道你在想什麼，他是個聰明的小朋友，說話也沒大沒小，但是又帥到令人可以原諒。總之，他是我旅程中的燈火。」音樂家從冰箱裡取出水瓶，「哇，這段話帶給我不少靈感呢。」

「三種方式當中你要選哪一種？」我問道。「如果選瓦斯，該不會是在這整個房間內釋放一氧化碳吧？」音樂家環顧了一下四周，「那種方式應該會花很多錢喔！」我把視線轉向孩子，站在一旁待命的孩子打開包包，將塑膠袋拿出來給他看。「這是我特製的道具，會用這個來進行，你會擁有一個非常小的密閉空間，瓦斯則會灌進那裡面，過幾秒鐘你就會忘記一切。」孩子繼續補充，「一般來說大家比較偏好從口腔吸入，畢竟在臉上罩著某個東西其實還滿不爽的。」音樂家聽完放聲大笑。「說話文雅一點，保持禮貌。」我請孩子注意自己的用詞。「對不起。」孩子馬上道歉。「不，沒關係，很有意思。」音樂家繼續笑著，「那我就選瓦斯吧，感覺套上塑膠袋之後可以看見太陽系，我一直都很想體驗在宇宙裡迷失方向。」

「有什麼遺言要交代的嗎？」轉開氣閥開關前，我向他問道。「沒關係，想說的話都已經寫在遺書上了。」音樂家指向床旁邊的小茶几，「話說回來，我對一件事情深感好奇，不曉得能否問您？」我頷首應允，於是聽到了至今早已被問過無數次的問題。「如果連我這種人您都同意死亡，那麼您究竟都是拒絕哪一種人的請託呢？」孩子發出一聲鼻息。我本來要開口解釋，卻臨時選擇交由看似一派輕鬆的孩子來進行，「由你來說明吧。」孩子聽聞我這麼一說，突然喜形於色，「通常有兩種情形會被我們拒絕，一是身上還有要背負的責任，二是還有尚未付完的代價，這兩種人我們不會受理。」音樂家低聲複誦，「要背負的責任和未付完的代價……」孩子撿起掉落在床上的深褐色頭髮，「兩者概念很像，所以可能容易搞混；簡單來說，如果還有要撫養的孩子就屬於前者，闖禍以後為了自己方便而藉由尋短來逃避面對現實則屬於後者，這樣您應該比較容易理解。」

「嗯，真心感謝兩位。」轉開氣閥開關前，音樂家說道，「然後我有一件事情想要拜託二位，等我離開人世後，還請到樓下用餐。其實我有特地為老師和助理準備餐點，烤箱裡有火雞，冰箱裡有蛋糕、肉派和新鮮水果，另外還備有麵包、米飯、餅乾、烤魚，都在餐桌布底下，只要放進微波爐裡加熱即可食用。」音樂家不禁語帶哽咽，「按下遙控器會播放我自行創作的歌曲，希望二位可以邊聽音樂邊用餐，也祝您們用餐愉快。那首歌曲是我帶著心願——希望聽到的人都能感受幸福——進行創作的，絕對是百分之百原創曲。」

「這個肉好好吃喔！」孩子抓著火雞腿，啃得津津有味。「吃慢一點，小心別吃撐了。」我用刀子整齊切下一塊蛋糕。「這個魚好漂亮，根本捨不得吃。」孩子雖然嘴上這樣說著，實際上卻毫不猶豫地將魚分成兩半。我一口咬下剛剛加熱過的餅乾，濃醇的香氣在口中四溢，讓我有一種彷彿在我家招待客人的錯覺，原本沉重的心情也變得放鬆許多。「啊，吃太飽，吃不下了。剩下的可以打包帶走嗎？」孩子吃到慵懶無力。「雖然這些東西應該也沒人吃了，但是在別人家裡這樣成何體統。」我小聲叨唸。「為什麼？音樂家叔叔應該也會希望我打包喔！」孩子張開雙臂，「這首歌真的超級好聽，超屌的。我可以一直聽到比較消化之後再繼續吃，狂吃到吐為止。」我沒有再對他訓話，只有默默將檸檬擠在魚身上，因為孩子說的似乎也頗有道理。「是啊。」我嚼著魚肉，「這首歌真好聽，果然有原創的感覺。」孩子跟著樂曲哼唱，「這就是原唱、這就是原唱、這就是原唱，超讚的！」

5

「為什麼一定要穿西裝？」

「因為總覺得需要一些象徵。」

「像是蝙蝠俠的蝙蝠……？」

「有個象徵的話傳聞就會變得有具體性，帶著生命力，進而變得強而有力、廣為流傳、長長久久。雖然我渴求死亡，但是一直都很想把我的存在告訴那些正在為痛苦所困的人，告訴他們只要提出幫助需求，就能如願得到援手的事實。」

「既然如此，怎麼不乾脆戴個面具？」

「紳士帽就是我的面具。」

「遮不住臉的面具有什麼用處？」

「遮住表情人們會感到恐懼。我也知道，要讓消息傳出去，最有效的手段非恐懼莫屬，但是我不能這麼做，這件事情是讓走投無路的人安息，他們都已經身心俱疲，本來就已經對某件事情感到恐懼，夠可憐了，你還忍心讓他們再對這件事感到害怕嗎？」

「應該不會想這麼做。」

「你是個好孩子。」

「謝謝。」

「恐懼是我們要遠離的概念，當它靠近時，我們會被擊垮，會被迫分散，免不了被碰觸，就像被巨浪席捲般，在結束時，在人生真正的終點時。」

遭遇

戰鬥者

1

當我將牠擁入懷裡的時候，牠發出了哼唧聲，從眼神中可以看得出來還留有一絲警戒。鬆垮的褐色毛髮下，身體其實一直在發抖。「沒事的。」我努力用溫暖的語氣安撫，「不會有人傷害你的，乖乖待著就好。還記得我吧？」這已經是第八次來看牠。寵物醫院裡飄散著複雜的氣味，只有我一個客人。大樓後方邊角處的陰影加上陰鬱的雨滴，使內部空間濕氣感加重。「不過這隻狗還是有在努力對你敞開心房。」申有晶小聲地說道。

「外頭只要有腳步聲牠就會很害怕，畢竟對牠來說人類就是痛苦，應該是有被前主人嚴重虐待過，其實光看牠身上的傷就知道……」

「好險有妳幫牠治療。」

「竟然把這麼漂亮的孩子扔在垃圾桶裡。」

「前主人根本不是人。」申有晶還是難掩心中怒火，「怎麼能對一隻活生生有在喘息的動物做出那種事？」她氣憤難平地說著，甚至還激動到破音。「就是說啊。」我點點頭，輕撫著小狗身上的毛，希望能讓牠感受到我的體溫。「哼——」小狗一動也不動，發出了意義不明的哼唧聲。

「他會在哪裡呢？」

「嗯？」

「我說前主人。真想去找他理論一番。」

「嗯……這我就不知道了。」

「應該是在水管底下吧，成為害蟲的一員。」我邊想邊笑。我當初是對申有晶說自己是在下班路上撿到這隻狗的，原本正準備要去丟菸盒，卻發現垃圾桶裡傳出了奇怪的聲響，結果探頭一看，竟發現裡面有著一隻遍體鱗傷的狗。

但事實上並不是這麼回事。那天我睡醒準備去學校運動，結果發現一名老人在空無一人的操場角落不停摔打一隻小狗，完全就是個精神異常的瘋子。老人嘴裡一直唸唸有詞，抱怨著人生中的諸多不滿，直到小狗好不容易踉蹌起身，又再度抓起重摔在地。「你這是在做什麼？」當我走上前質問時，老人露出了仁慈的微笑，「沒事，沒什麼事。」我用手指向骨折的小狗，「您這是在用牠來出氣嗎？」老人一臉無所謂的表情回答：「我可是個評價很好的人，為人也很公正，總之就是這樣。」我聽完點頭，「喔～所以您在外很安分，回到家就會變成那種對家人發脾氣、把他們當出氣筒的臭不要臉該死王八蛋就對了，是吧？」他那張老皺的臉皮頓時失去笑意。老人乾咳了幾聲，再用一副什麼事也沒發生過的態度想要離開現場。「還想溜？」我一手抓住了老人的肩膀。

「有什麼用呢？我最討厭的事情就是，明明是一坨屎，卻被人當成花來捧。屎就是屎，沒有因為在某處比較善良就可以肖想當鮮花。沒這回事。只要在某處是個人渣，那你就是個渣。自己看看你幹的好事，自己看啊！」

後來小狗在醫院裡接受了手術治療，那個老人也傷得跟這隻狗差不多。狗有被治療，老人則沒有，可能這就是天生的狗和後天養成的狗的差異。「你知道小狗和狗娘養的東西，兩者的區分標準是什麼嗎？」我把抽完的菸蒂扔到人孔蓋下，全身骨折的老人突然從嘴巴裡吐出了一些東西，在晚霞即將結束的餘光下若隱若現，卻被正巧蓋上的人孔蓋徹底蒙上了黑暗。

「謝謝你天天來看牠。」

「不會啦，畢竟是我帶來的。」

「你有幫牠取名字嗎？」

「我打算叫牠基督山伯爵。」

「因為牠脫離了苦難。」我小心翼翼輕撫著小狗身上的毛，「到時候要用『伯爵大人～』來叫牠。」我打算等牠接受完治療以後就帶回家領養，所以不斷去探望牠，與牠交流，讓彼此都能愈漸熟悉。「你的身分提升了耶。」申有晶說道，「地位變得比我高了。」我壓低音量，懷裡的狗緩緩闔上眼皮，看來有讓牠感到安心不少。我抱著牠慢慢起身，移動到椅子上坐下。

「繼續那樣撫摸牠吧。」

「好。」

「要盡量去想一些好的事情。因為從你的指尖都會流露出那些情感。」申有晶拆了一捆新繃帶繼續說道，「比方說，假如你想起不好的事情，就會很容易不自覺用力或吼叫。」可能是為了避免弄傷動物，我注意到她的手指甲修整得非常整齊。「反之，心地善良的人手勢也會很溫和。」

「好的事情……」

「嗯，只要想起就會感到安心的那種事情。」

「春天傍晚喝的透心涼啤酒？」

「不錯，但還是不比回憶來得好。」

「回憶啊……最近的確多了許多回憶。」

「是喔？」

出院那天我把兩個人處理掉了。我暗自細數著行使暴力的痕跡。一直毆打對方到斷氣為止。原本僵硬的肩胛骨放鬆許多，上半身找回了平衡，姿勢也變得柔軟。我沒有違反規則，那些傢伙都有該死的理由，所以想宰了他們，也有能力將他們斬草除根。小狗不再緊張，將整個身體交付於我。

河豚湯店代表雖然是個孬種，卻還是滿有幫助，被我嚇唬完以後就有乖乖按照我開出的條件進行，畢竟一天工作十二小時和一天工作八小時還是有很大差別，從週休一日變成週休三日更不用我多說究竟有多好。個人時間變多了，精神也變得比較好，日常生活有了全新風貌。

每天傍晚六點鐘，我會起身去學校操場，熱身完以後就會開始跑步，一口氣連跑三十分鐘都不停歇，主要目標是養成很能跑的體力，最後也有如願達成。我會做伏地挺身和拉單槓，還會坐在長椅上完成腹肌訓練。回到家以後吃個飯休息一下，再出門去餐廳上班，從午夜工作到早上八點，下班回到家差不多九點，弄一弄，真正睡著是早上十點鐘。我努力維持每天睡滿七小時的原則。

餐廳雖然是賺錢的地方，卻也是我物色目標的場所，因為深夜時段經常會有喝酒的客人來用餐，如果十人當中有兩人在談笑風生，那麼其餘八人都是一臉隨時會去跳樓的表情，大家都各有各的煩惱，有跨不過去的檻，而且出人意外的是，第二多的人才是為錢所困，最多人其實是為情所困；快被某某某搞瘋了、好想殺了某某某、好想自殺等。我坐在櫃檯聆聽那些客人的故事，原來有某個混蛋在某處又幹了什麼壞事，心想著沒有什麼場所比這種販賣廉價河豚湯店來得更容易蒐集到情報了。

工作、運動、殺人，有時會不禁覺得好笑，這豈不是瘋子的人生嗎？我萬萬沒想到自己會變成這樣。總之，復工後過沒多久，我就鎖定了一個新目標。

話說回來，醫生，妳要是知道這世界上有多少強姦犯的話一定會嚇死。不，妳可能用大腦知道，但是實際看到數字又是兩回事。前前後後我已經殺了五名強姦犯，簡直要瘋了，當我處理完第五個傢伙回到家中時，我靜靜坐在椅子上，因為實在太令人厭煩了，到底為什麼有這麼多敗類，不分男女都是強姦犯。幹，我處理掉的第四個臭婊子居然還是一名幼稚園老師，叫那些懵懂無知的孩子用嘴巴幫她，他娘的神經病。

後來我為了認真了解這個議題，直接上網搜尋，結果妳知道嗎？原來鴨子也會強姦，而且母鴨要是被強姦到不幸死掉，公鴨還會繼續姦屍；海豚也會，就連懷孕的母海豚也難逃被強姦的命運，而且公海豚還會成群結黨集體進行；據說海狗、海獅、大象也都會，去強姦母的之後放走她們再追上去繼續，最後甚至直接把對方吃掉的都有，超誇張吧？原來整個地球上的生物都處於強姦進行式，如果要把這些傢伙統統宰了，那就要賺很多錢才行，因為還要前往非洲和南極。正因為世上有他媽的這麼多強姦犯，所以不禁讓我心想，當我在河豚湯店裡上班的時候，不知道自己已經和多少強姦犯擦身而過……

對方是年約五十五歲上下的男子，當時我剛處理掉兩個傢伙，還處於滿足感尚未消退的狀態，心情極佳，所以那名男子忘了帶手機就離開時，我放著手邊還沒打掃完的工作，身上仍穿著圍裙，就連忙追了上去。明明長相看似腳程不快，卻瞬間不見蹤影。我心想，難道是搭計程車走了？應該沒有啊。於是正當我東張西望時聽見了聲音，一個非常短促的聲音，彷彿突然被人摀住嘴巴時所發出的聲音。

我轉過頭去，走進一旁狹窄巷弄，發現一條從外面道路看不到的小岔路，那麼冷的天，我看他抓著一名小女孩也是滿費力的，當他看到我的那一瞬間，臉上直接寫著完蛋了的表情，他慌忙地放開女孩，開始語無倫次地向我狡辯。「我看她像女兒所以才會……我是為了給她零用錢所以……反正她也是個離家出走的孩子所以……」女孩高喊，「你少在那邊睜眼說瞎話了！死變態！」我一腳往男子的胯下踹了過去，並在他頭上吐口水。女孩連忙跑來我旁邊，我問她，「還好嗎？」女孩大喊了一聲「幫我殺死那個混蛋！」隨即跑出了小巷。

但我不能在那裡殺人，因為有某戶人家養的狗正在吠，要是繼續在那裡駐足停留，很快就會有人開門出來查看，實際上也已經聽見有人拖著鞋子走路的聲音，我聽得見那種非常細微的聲音，只要進入暴力的範疇，全身上下的感官系統就會變得十分敏銳。總之，我把那位大叔拖了出去，原本想著要不要先揍他一拳再說，他卻在我面前迫不及待地先從皮夾裡掏出了一張紙鈔，跟我說這是他身上僅剩的錢，拜託我睜一隻眼閉一隻眼，通融一下，還說同樣都是男人何必如此。我當下血管真的差點炸開，因為要聽他說那些狗話，但我還是沉住氣，對他說：「我理解，知道了。」結果這傢伙竟然開始跟我裝熟，說什麼一看就知道我跟他是同一種人。他媽的，我長得有像強姦犯嗎？他可能是突然鬆懈了，開始胡言亂語，問我河豚湯店有沒有提供外送服務。當然沒有，怎麼可能外送，但我還是騙他說有提供外送服務，反正我也正打算要去調查他的居住地址。「既然這麼開心，不如就送一碗河豚湯和一份糖醋肉來吧！」大叔當時這樣對我喊道。真是好笑。我下班之後去他家把他揍了個半死，現在回想還是覺得荒謬，他對我一邊搓手一邊求饒，說他做錯了，願意反省悔過。

所謂像女兒就表示不是女兒的意思，打從一開始不管那女孩是不是女兒，都不應該對她做那種事情，但是我好話說盡又有什麼用，他也只是嘴巴上說會反省、會悔過，其實內心只是認為自己有夠倒楣而已。幾個小時前還把手放進女孩裙底下的傢伙，只因為骨頭斷了幾根就會深感抱歉？所以還是讓他掙扎一下吧，真正懂得反省的傢伙根本就不會去做那種下三濫的事。

強姦犯說的話清一色都很噁心，彷彿背了某份台詞劇本似地，盡說些一樣的話。其中我最討厭聽到的是「我不小心的」，不小心你個頭！走在路上沒算好距離撞到陌生人的肩膀才叫不小心，在地鐵車廂內重心不穩踩到別人的腳才叫不小心，強姦是絕對不可能出於不小心而做出的行為，一定是基於某種意圖。這世上根本不存在長達一小時的不小心，因為在那段期間有足夠的時間可以選擇停止，從抓著對方、撲倒、脫去衣物，到恐嚇威脅、撐開雙腿、騎上去自爽，中間會經過多少過程。近距離觀看受害者表情數十分鐘、親自摧毀對方的行為就是強姦，這種行為我不認為可以套用不小心三個字，真的，會讓我忍不住想要先撕爛這個傢伙的嘴，再將他弄死。站在受害者的立場，也不會想聽見對方說自己是不小心的吧？

還有那個幼稚園臭婊子也是，叫孩子們做那種事的婊子，他媽的，就是個腦袋有洞的瘋女人，竟然還有臉對我說「反正孩子們長大以後都會忘記，所以拜託你饒了我吧」，所以我把她的肩膀折斷了，下巴和骨盆也是，幫她在每個關節都塞了腳趾，然後對她說：「我六歲那年有一次睡覺睡到一半突然驚醒，因為睪丸好癢，起床後抖了抖睡衣，發現掉出一隻蟑螂，感覺簡直糟透了。所以每到晚上睡覺時，只要聽見沙沙聲響，我就會起身四處查看，直到找出蟑螂為止，至今都是如此。很害怕，太恐怖，有夠噁心，即便事隔三十年，還是忘不掉那件事情。但是今天一個長得像老巫婆的臭婊子，用她那乾癟又老皺的手指到處亂摸孩子的身體，還突然把自己的裙子掀開，讓孩子們去舔她胯下，妳覺得這些孩子又會帶著這份噁爛記憶生活多久？不知道，一千年？百億年？我只知道要是孩子的家長們得知此事，一定會向我頻頻道謝，因為要是我得知有人叫我的孩子把臉埋進她胯下，然後有另一人把這女的折成一半的話，我一定會跪地叩謝這個人，甚至要我賣屁股都願意，不，最後這句只是說說的。」

我殺死的第五、第六人也都是強姦犯，最後處理掉的那個賤女人也是，就在昨晚弄死的。昨天我剛好休假，她長得跟我處理掉的第四個臭婊子幼稚園老師很像，可能長那樣的狗男女都喜歡欺負人，第四個混蛋年紀比我小，竟然在我面前將自己的孩子重壓在牆壁上，頭也不回地走掉。我後來送孩子去醫院，幫他掛號、目送他進手術室，當了他短暫的監護人。嗯，監護人，所以要保護他。

沒有什麼事情是比孩子流血更讓我討厭看到的了。那個混蛋生活得悲慘是他自己選擇的結果，但孩子是無辜的，他沒做任何選擇，一出生就發現自己是瘋子的種，未來很黑暗，人生也無望，還有什麼情況比這更糟的。孩子在沒有任何選擇機會的情況下，只能受盡折磨、忍受痛苦。孩子暈倒的當下，腦中會浮現什麼想法呢？撐著斷掉的骨頭好不容易呼吸時，心情又會是如何？那個傢伙的誕生是為了讓孩子受盡苦難，所以才會被我遇見，被為了讓他受盡苦難而誕生的我遇見。

處理完那個傢伙以後，下一個處理掉的是精神異常的老人，也就是我和伯爵大人相遇的契機，也是我遇見醫生您的契機。我會好好照顧牠，別擔心，自己一個人住還滿寂寞的，太好了。我會餵牠吃很好的飼料，按時打預防針，固定帶牠出去散步。我一直記得牠的壽命其實所剩無幾，雖然很難過，但是衰老也是不可逆的事情。伯爵大人，你的晚年吃了不少苦喔！我希望能讓牠舒舒服服地活到離開前最後一天。

我不會因為我做的那些事而作惡夢，也不會後悔或有罪惡感，惡夢通常都是來自我的親身遭遇，處理掉老人的那天，我作了朴鍾憲的夢，自然是一場惡夢，因為只要有他出現就沒好事。他是我國小五年級班導師，每天早上都會叫學生們去走廊上罰站，每個人各打手心一下，大家都不知道自己為什麼被打，其他班的孩子們也會問：「欸，你們班為什麼每天早上都要被老師修理？」我每次都不曉得如何回答，總該知道原因才有辦法回答吧。後來隨著年齡增長，我愈來愈能看清，那個傢伙就只是拿我們當出氣筒罷了，生氣的原因可能來自他不起眼的外貌所以自卑，也可能來自老師之間的排擠，這種人對自己的人生自然不可能滿意，所以對自身的憤怒與厭惡也很可能是找我們出氣的原因。但是不論如何那都是他自己的問題，不該成為我們每天去學校挨打的理由。

這是我事隔二十年後到現在都忘不掉的記憶，每每想起總是會氣到想罵髒話。相較於其他人，包括我在內的幾名同學被他打得更慘，因為我們這幾個人的家長沒有塞錢給他，所以總是被打到瘀青發紫，也會在其他同學面前嚐盡各種羞辱。被他揍到後來我告訴他，「我們家很窮，我媽沒錢。」結果他竟然用那超大的手掌直接朝我的頸部巴下去，痛到我好幾個月都無法轉動頭部，甚至在學校被老師用拖把打到見血。其實我到現在還是無法接受那些行為，到底為什麼要挨打？就是那群人讓教師權威一落千丈的，因為成長中的我們鮮少遇見正常的好老師，等於是一群沒有老師資格的人在當老師。都說教職是神聖的職業，但是坦白說那些垃圾老師都只是為了出來混口飯吃，待遇又好，所以根本不覺得自己的一言一行會對孩子的人生造成極大影響，然後從小被老師霸凌大的孩子就會不信任這群人，因為當一群罪魁禍首的混蛋站出來高喊家長對老師的不信任是教育者的苦楚、亟需改善的問題時，這群家長只會認為是在放屁，反而對於那些被無辜牽連的好老師深表同情。總之，整個都亂七八糟。

夢裡的我站在走廊上，您一定不曉得排隊等挨打是哪種心情。當我睜開眼睛時，我決定翻轉這場惡夢的結局。

教育廳官網上有一個尋找當年老師的系統，只要輸入老師的名字，就會出現目前任職的學校，但是只要老師本人不願意公開資料，就可以設定成不公開，聽說是為了以防不懷好意的學生跑來找老師報復。不懷好意的學生……，要是一開始就不去做那些會遭人報復的事情，根本就毋須擔心這個問題，不是嗎？理所當然地，朴鍾憲也是將資料設定成不公開，想也知道他會這麼做。但是只要有心就能找到方法，我透過聯絡其他公開資料的老師，適當地裝熟攀談之後，再細數彼此毫無交集的回憶，然後裝作一副不經意想起的樣子提起朴鍾憲，沒想到竟直接輕鬆得到了我要的答案。「喔～那位老師還在以前那間學校啊，中間輾轉換過幾所學校，最後還是落腳於原來那間。」由此可見，防得了網頁系統卻防不了人的嘴。

在那之後的事情……嗯，真的是永生難忘。每當我心情低落時，只要回想這段往事，就會使我重新振作。我一直很好奇他當時的心情，一名事隔多年已經成年的學生重新回來找他，問他要怎麼做才能把年僅十三歲的孩子們揍成那副德性？因為要是我會下不了手，畢竟都是孩子，只是一群孩子，會用棍棒把孩子的背打到皮開肉綻，實在難以理解。原以為自己到了他當時那個年紀說不定就能理解，可我到現在都還是不能明白，就算年紀再大，應該也無法苟同。我怎麼可能理解下三濫的東西幹出來的好事。原本期待他可以自始至終維持當年一貫的囂張態度，可惜沒能如願以償，看著他把吃進肚子裡的食物統統吐出來時，那模樣還真可觀，只是有點遺憾沒能看見他將那些嘔吐物再重新吃下肚的樣子。

自從我默默開始做這些事情之後，就得要一直面對社會的黑暗面。其實在我看來，因為懂法律而利用法律的社會是一個失敗的社會，假如一開始那些垃圾就不去做那些勾當，弱者也根本不需要保護自己，大家都是為了不被欺負而學習。正因為自己不能越線，所以才會合理化自己去接納線外人士的事實。但其實不應該如此，我認為不該有人需要我或者找我，我可是殺人魔，是瘋子，再奇怪的部分有著與生俱來的天賦；只要行使暴力，感性會變得暴躁，理性會變得冷靜，身體變得強而有力，行動變得快速敏捷，觀察動態物體的視力也會增強。我會馬上發現哪裡有監視器，掌握現場有多少人，是否有目擊者等。沾在身上的血跡也能輕鬆洗去，有時甚至會不禁心想，自己是不是又進化了，只為了在將來的時代裡存活。要是果真如此，那就表示這世界儼然已成狗屎。抱歉，不小心扯遠了，我要說的重點是，大家其實不應該歡迎我，但是當我在餐廳裡用抹布擦拭桌子時……我會聽見客人在交頭接耳談論我的所作所為，「聽說現場沒有留下任何證據」「所以很讚啊」「最好別被他逮到」「那個人也是死有餘辜」，然後面無表情地收拾碗盤。您以為我會因為這些誇讚而開心嗎？不，在我眼裡只覺得可笑，這整個社會體系都很荒謬。

「看來您在想很好的事情喔？」

申有晶悄悄地向我問道。

「這孩子睡著了，看起來睡得很甜。」

「是嗎？」我停止思考，低頭看向小狗。牠呼吸短促，腹部鼓脹，哼了一聲睜開眼睛，看了我一眼，彷彿因為睜開眼睛時發現不是前主人而安心不少。「給我吧。」申有晶伸出雙臂。

「來。」我小心謹慎地將小狗重新交還給她。

「醫生您有想到什麼不好的事嗎？」

「什麼？」

「我看您表情不是很好。」

「喔，因為我剛才在看新聞。張尚哲死了。」申有晶的聲音突然變得低沉。「上週出獄的人嗎？」我拍了拍衣袖上的狗毛。「他竟然在記者面前跳樓自殺了。」申有晶的睫毛遮住了眼瞳，「他不是一直主張自己是冤枉的嗎？出獄後記者們還是對他窮追不捨，所以他留了一封遺書，從外推陽台處跳樓自盡了，現在這件事在電視上鬧得沸沸揚揚。」

「天啊。」

「我看網路上的資料好像問題滿多，調查得也不清不楚，很多疑點。據說他已經坐了十五年的牢，要是真的坐了冤獄……，哇。」

「抱歉，等很久了吧？」就在那時，醫院門被推開，嚴夏珠走了進來。「喔？您好，原來您也在這裡。」她望向我，說話口吻顯得有些生疏。有別於申有晶，我和她比較沒有交集，只有遇過兩三次，所以比較尷尬。「抹布和噴霧罐在哪裡？」嚴夏珠快速巡視了一輪層架。「又有塗鴉？」申有晶說話突然變得激動，「已經不是一兩次了，不要這麼敏感嘛。」嚴夏珠試圖安撫，

「壓力是只有承受的人吃虧喔！」

「就很討厭啊，到底為什麼要去人家的店發瘋。」

「妳就別操心了，我會自己去擦乾淨的。」

「我也不想操心啊，但那也不是我能控制的，我就是會操心嘛。而且要我們負責擦乾淨也很令人發火。不是嘛，人家愛怎麼過日子到底關他們——」

「想好的事情吧。」我指了指她懷裡的小狗。

「對吼……」申有晶滿臉錯愕，趕緊閉上了嘴巴。

「那我先走了。」我起身點頭道別，「明天見。」

我跨過門檻，走下階梯。外頭還下著雨。我站在狹窄的出入口，仰望天空，發現烏雲密布。雖然不想再重新投胎，但是如果重新出生在這個世上，我想當雲朵。我伸出手背。自由自在地飄移、分散，再變成雨水落下、漂流、再重新集結上去。雨水像是滲進皮膚似地蔓延開來。人類就

不必了，這輩子已經當膩了人類，不想再當了，也沒什麼意思，只覺得厭惡至極。就在那時，一名身穿帽T將帽子撩起來遮住頭部的男子，經過一根電線杆朝我這裡走來，他左右查看了一下，便走到我面前提醒，「不要來這種店。」於是再用下巴指向了旁邊，「這裡是女孩子來亂搞的地方，知道嗎？」我看到一片塗鴉，上頭寫著：「燒死噁心骯髒的同性戀！去死！應該要被活活燒死！把妳們燒到連灰燼都不剩！」男子打算繼續對我說些什麼，不過我一把抓住他的頭，朝那面牆用力撞了上去。砰！太陽穴被嚴重撞擊的男子直接倒臥在積水的地面。「所以現在是我和你在亂搞嘍？」我走到街上，感覺這場雨會一直下到深夜。

2

我在裡面一待就是十五年。

那些事都不是我做的，我這一生為人正直，從未去害過人，時至今日也從未見過什麼受害者，所以我想問那名受害人，為什麼在我莫名其妙成為加害人時，要指認素未謀面的我為嫌犯？到底為什麼？難道都沒有一絲一毫的罪惡感？看著我被全國民眾指指點點的心情是什麼？開心？難過？我一直都很想問她這些問題。

竟然說我強盜、性侵……。猶記兒時曾被菜刀弄傷過，自此之後，就對帶有刀刃的東西深感恐懼，還有接受過精神科治療的病歷，這樣的我怎麼可能手持凶器？除此之外，服用的藥物有不舉的副作用，若要與異性發生性行為，需要提前做非常多準備，但是這樣的我竟然會去強姦？確定是我？

在這個事件裡，為什麼我說的話都被徹底無視？我彷彿被視作零件，是為了讓事件成立而存在，有一種被以物品對待的感覺，早已被貼標籤，我所說的一切也只不過是一名無恥之徒的強詞奪理。究竟是什麼原因？和當時知名政治人物爆發性醜聞有關嗎？還是和同時期被爆出大企業和電視台人員勾結有關？反正為時已晚了，也不期待法官會從輕量刑，只要有人願意坦白回答我就好了。

在監獄裡，我只因為是需要格外注意的收容人而飽受批評，他們說那是我背負的罪名所具有的特質。對於被冤枉的人來說，每一天的監獄生活都是折磨。正因為不知道自己到底為什麼要被囚禁在這裡，所以格外痛苦。同一棟監獄裡的盧男勇是模範囚犯，我看著他更是氣憤難平，被莫名其妙扣上罪名的我，因為沒有要付出的代價而變成「需要注意」的囚犯，在外蹂躪女子被送進來的盧男勇，則因為付出了代價而變成「模範」囚犯。他強姦女子、使用凶器，卻只需服刑五～六年，我和盧男勇的差別是什麼？為什麼無視我的發言，卻願意傾聽盧男勇所說的話。我只是個罹患語言障礙的中華料理餐廳外送員，盧男勇是擁有華麗背景的上流人士，這就是我們的差異？這樣是可以的嗎？

關了十五年出來之後，我覺得人生早已沒了希望，家人也因為我而飽受波及，但仍相互依靠扶持，攜手同行。但是你們跑來找我，即使是深夜也上門來按門鈴，問我會不會忍得很辛苦、下次打算何時犯案、難得看到女性會不會懷恨在心，還對我口出惡言，用一些不堪入耳的字眼來辱罵我。你們真的對我很殘酷，我不禁好奇，從人的口中怎麼會出現那些字眼。

我已經厭倦了，也看清了，不會再有人相信我的清白，我也不會再相信任何人。你們會希望我一直是個犯罪者，因為這就是你們悲慘人生的賺錢來源、消遣話題、出氣對象。但我還是要說，那些事都不是我做的，我沒做過那些事，我不是罪人。我只要一想到你們蜂擁而上，對著我的遺體瘋狂拍照，就會不禁感到同情，早已超越憤怒之情。盡情拍個夠吧，然後希望各位會滿足。我會去沒有你們的地方。用性命換來的最後請求是，拜託放過我的家人，讓他們離開這個地獄吧。

3

公車的車窗上沾有污漬，窗外的風景被雨水暈開，顯得比原本的距離還要遙遠。交通號誌燈呈現紅紅綠綠的色塊，看板上的字樣也變得模糊失焦。不一會兒，天空亮起一道閃電，雨滴也變得更為粗大。當這些雨滴落在車窗上時，會在玻璃縫隙間短暫逞凶，隨即很快地向下直流，一副終究還是水的樣子，混在強烈的水流中往下水道裡逃跑；我把頭輕倚在窗邊，沒有人能抓得到它們。從腳底遠處傳來的潺潺水聲難道是烏雲的笑聲？我留意了一下柏油的裂開聲響。

——一開始張尚哲不是就有堅持自己無罪？

——所以說那些垃圾記者真的很有事，也太得寸進尺。

——跑去剛出獄的人的住處按電鈴實在太誇張。

——好噁爛，等人死了才肯相信他說的話。

我用手機上網看著這些網友留言。我一直認為，網路絕對是最優秀的殺人犯，不需要帶有任何罪惡感、最有效率，並能帶給人致命性的傷害，然後再灰飛煙滅，時間到了又像層巒疊嶂的山脈一樣群聚。我點開新聞，總統親自針對張尚哲這起案件做出了回應，強調未來絕不允許這種冤案再度發生，將親自到府慰問家屬。對此，張尚哲的父親流下了血淚，他批評政府作秀，至今他們家含冤訴苦了多年都坐視不理，為何如今鬧出人命才如此迅速回應。我關上手機畫面，一切都亂糟糟，這整個社會簡直就像一隻寄生在龐大殺人魔體內的蛆蟲。瞬間，我有一股想要用頭砸破車窗的衝動，直到我頭破血流的時候應該會感到十分痛快，一邊大聲喊叫，一邊面對閃電打雷。我的心情跌到了谷底，背部不太舒服，一直調整坐姿，把身體深深靠向椅背，告訴自己今天就凡事退一步海闊天空。

「不要隨地吐痰！」公車走道上一名中年男子喊道，「電話也不要講那麼大聲，要尊重周圍的人。」坐在前面的二十多歲年輕人面露不滿地犯著嘀咕，「倚老賣老。」於是中年男子拿起濕答答的雨傘，把它當成拐杖一邊比畫一邊謾罵：「你要是都有做好本分卻被人無理謾罵，那種才叫倚老賣老，可我這是在教育！教育你這個妨礙他人的傢伙如何遵守基本禮儀，你要是個有教養的人，這些事情就不用我教你了！」四面八方的眼光頓時聚焦在他們身上。「唉，幹嘛這麼討人厭啊？」年輕人滿臉不耐。後來可能是覺得丟臉，將視線轉移，索性起身站好，對著中年男子說：「你現在這種行徑簡直就像自私自利、愛亂罵人的糟老頭，也就是你剛才一開始在罵的那種人，那種人就叫做倚老賣老。」我按了下車鈴，起身準備下車。我看了該名年輕人一眼，噗哧笑了。「看來這老頭惹錯人了，對吧？」我走下車，往雨中走去。雖然離住處還有一段距離，但是要先去買酒才行。我覺得頭暈腦脹，感覺今天需要用酒精把滿腹牢騷洗淨。

我走進便利商店，拿了便當、杯麵、酒、熱狗，今天不知為何特別飢餓。食量變大了，不管怎麼吃都不飽，甚至就連進食的過程中都還會覺得餓。我提著沉甸甸的塑膠袋行走在雨中。一名男子正在查看停放在路邊的汽車內部，他站在車外探頭探腦，無意間轉頭發現我時，整個人飽受驚嚇，應該是專注到完全沒聽見我的腳步聲。一臉尷尬的男子連忙往巷子裡跑去，啪噠、啪噠，焦急的腳步讓地上的積水四濺。我不耐煩地重新邁開步伐。幾隻流浪貓正在電線杆下的垃圾堆翻找食物，牠們喵了幾聲，便緩緩朝我走來。要不要給牠們一點吃的？我取出熱狗，蹲下來放在牠們面前。牠們把鼻子湊上去嗅了一下熱狗的味道，然後就走來我身邊開始對我磨蹭。我的小腿被淋濕的貓毛沾染上髒污和腥味，卻可以感受到牠們在向我示好。「快吃吧。」當我這麼一說，這幾隻貓就紛紛轉身離去，翻過鄰居家的圍牆。「搞什麼嘛，」我撿起熱狗，「難道是不合口味？」我用衣服大略擦拭了一下熱狗上的雨水，大口咬下，嚼啊嚼，走進我的小套房。

我住的地方月租費很便宜，因為建築物老舊又髒亂，再加上可能因為發生過兩起殺人案的緣故，先前住在我這間房的房客因為受不了層板噪音而將樓上的奶奶殺害，下一位房客則因有人擅自佔據他的停車格而犯下殺人案，所以換言之，我這間小套房曾經住過兩名殺人犯，現在則是第三名殺人犯住在這裡。難道這也是緣分？只有可憐的房東被嚇得頭皮發麻，「才不是什麼風水不好，根本就是沒有層板噪音和違規停車相關法律的關係。」每當房東無奈抱怨時，我都適當地附和，「可能政府認為這不是什麼大問題。」「人都死了，難道這問題還不嚴重？」「是啊，說穿了就是不想管，因為他們不可能住在小套房或分租套房裡。」「一群噁心的傢伙，這點事情有什麼難，就算難也是他們該處理的事情吧。」「對啊，哪有人是輕鬆賺錢的，大家都是賺辛苦錢。」只要遇見房東，談話就會像這樣變長，所以今天還想著希望盡量不要遇到，沒想到卻在大門玄關處和剛走下樓梯的房東碰個正著。「您好。」我努力掩飾內心真實想法，一如往常地向房東問好，可是得到的回應卻有些奇怪。

「你剛才不在家嗎？」

「我現在才剛到。」

「我剛才從後面走過來，看到你房間裡的燈亮著呢。」

「喔，那應該是我忘了關。不好意思，肚子太痛……」我笑著尋求房東體諒。「好，趕快去上廁所。」房東繼續走下樓，與此同時，我的表情也轉為僵硬。燈亮著？我從來不會犯這種失誤，根本就不可能有這種事情發生。我解開門鎖，開門進去。內部的確明亮，而且還瀰漫著一股食物味。廚房流理台前站著一名不明人士，手持菜刀，背對著門口。我尚未脫鞋，開口問道：

「誰？」

狩獵者

1

「次長好啊～」

「幹嘛，什麼事？」

「有用餐了嗎？」

「到底什麼事？」

「沒有啦，也沒什麼特別的事情……」

「我有說過不要吃飽太閒打來吧？」

「抱歉，不過我有點……那個……」

「上個月不是才剛給你三百。」

「我去簽了幾張樂透就……實在不好意思。」

「幹，瘋子喔？現在都什麼時候了還去簽樂透！」

「就是因為都到了現在這個節骨眼，所以才要去簽樂透。沒辦法，實在太緊張了，畢竟殺人又不是兒戲，只有像次長您這樣的人才覺得容易……」

「幹，你再繼續說說看。」

「哎呀，您到現在給我的每一筆錢我都非常感謝，可是真的剩沒多久了嘛，能不能再給我一點就好呢？現在距離盧男勇出獄真的剩沒多少天了，您就當作這是最後一次，再給我兩百，我就絕對不再來煩您，直接上工了。」

「他媽的。」

「希望您能明白我也是不得已，要向您開這個口實在不容易。那我就等您匯款了。」

2

盧男勇是重度受虐狂。

他非常享受痛苦，對於受傷感到欣喜若狂，看見瘀血也會如癡如醉，要是身體到處隱隱作痛，還會爽到不知該如何是好，不停抖動四肢求饒。對他來說，痛苦即是快樂，兩者是同義詞。他會對敵人做出奇怪的撒嬌，央求對方再多踩自己幾下，與此同時他也是個虐待狂，所以會用牙齒咬對方的後頸、抽出對方的骨頭，讓自己爽，這就是盧男勇。

因此，森林裡的地下室對這傢伙來說是不管用的，將他綑綁在我自豪的那張椅子上，他只會用天真爛漫的表情凝視我的刮鬍刀。所以我決定要另外單獨打造一項盧男勇專屬的計畫，極其特別又殘酷的計畫。為了設定這項計畫，勢必得先要了解他究竟害怕什麼。

三年。

我去找盧男勇會面了整整三年。

面對那張噁心的面孔，並向他提出建議。

「我們公司從不在他人面前以『敝公司』自稱，因為您在業界找不到比我們地位更高的公司，至少要業界第一才值得閣下信賴。」

「你是慶尚道人？」

「我是釜山人，辦公室也位在那裡。」

「社會菁英何必來這種地方。」

「我們是專門提供保護服務的公司，專門幫顧客消除人生當中的危險因素，而且是做到完美防護。我這趟來的目的是希望能有榮幸為閣下服務，拜託您成為我的顧客。」

「您請回吧。」

一開始談得並不順利。

盧男勇透過玻璃不斷觀察我，他用敷衍的態度聆聽，用不經意的眼神在我身上游移，輸入資訊，從領帶品牌、領結模樣、領帶夾和鈕釦，到視線高度和張口說話的角度，無時無刻都在將我一口一口吞噬。第二次去、第十次去會面時也是，他的瞳孔一直都充滿飢渴。

「出獄後您只要住進我們公司為您安排的住處即可。您喜歡乾淨整潔的環境吧？那是一間位於豪華大樓裡的屋子，全新裝潢、有一望無際的遠景，床組也特地為您挑選最頂級的品牌。」

「家人和我斷絕往來了，看來是已經厭倦幫我收拾爛攤子，所以我也沒有能力支付你費用，又不能賣身，還是把這顆誰都不想要的心賣給你？」

「您不需要支付任何費用。」

「那我需要做什麼事？」

「您只要維持呼吸、按時吃飯即可，在那裡生活、延續生命就好。」

「所以是叫我不要出去犯罪的意思嘍？」

盧男勇在監獄裡是模範囚犯，沒有和任何獄友起衝突，每一天都過得很充實。時間到就去運動、閱讀，和同住一間的其他獄友也相處得很好。要是有人性格火爆在獄中滋事，他也會以長輩之姿出面協調制止；在無聊難耐的服刑期間，要是有年輕獄友精神崩潰，他還會親切地出面開導，包括我也是，他總是戴著圓圓的眼鏡，一臉溫和地歡迎我來會面。

「所以是要保護我？」

「怎麼，您需要被保護？」

「用反問法是卑鄙的行為。」

「我不是要保護閣下，而是要防止不再有受害者被閣下傷害，這樣才能堪稱是最完美的保護。」

「誰委託你的？」

「沒有任何人委託。」

「公司卻自發性願意花這筆鉅額？」

「應該是，只要能控制住盧男勇這種社會敗類的話。假如是盧男勇信任且願意託付人身安全的公司……宣傳效果應該會很可觀吧？」

「你說我是社會敗類。」

「我相信您不會因為這點小事而記恨在心。」

「果然，我就是欣賞你。」

我一直遭到拒絕，幫他存放的領置金他也都沒碰，盧男勇在對我保持距離，我們雖然只是隔著一片玻璃說話，關係卻像隔著一片大海般距離遙遠。這傢伙像一隻樹懶一樣緩緩朝我走來，這人本來就已經過分謹慎，居然還被海浪襲擊，落入低潮——當我連續找他會面第二年時，終於首次發現他的恐懼。

「沒用的。」

「什麼事沒有用？」

「我不會去的。」

「為什麼呢？」

「我不會再犯罪，不再強姦女性，也不會再行使暴力、殺人。我只想安安靜靜過日子，我也會反省，我只是故意沒有去理會那個聲音，是時候該用心傾聽內在聲音了。」

「如果您是真心的，我會很生氣。」

「這裡好不方便、很悶，一點也不自由。我完全不想在這裡多待一分一秒，再也不想回到這裡。我的人生到底有百分之幾是被關在這裡的？太可怕了，光想就頭皮發麻。」

「太令我失望了。」

「真的別再來找我了，不需要。」

但我仍不間斷地去探望了一年，這傢伙有段時期甚至頹廢得不成人形，感覺不吐他幾口唾液很快就會枯竭而死。雖然才五十五歲上下，臉上的皺紋卻很深，雙頰也凹陷，我問他：「該不會是在進行絕食抗議吧？」於是他無奈地笑了，「沒胃口。」那段時期，這傢伙看上去比他爸還要老，打量我的眼球也彷彿在發出生鏽的嘎吱聲響。但是隨著出獄日期愈漸逼近，他整個人也愈來愈有活力。去年春天的盧男勇甚至在我面前抬頭挺胸，用力深呼吸，他在想像監獄外自由的氣息。

「我不會再犯罪了。」

「既然您都決定要金盆洗手了，不如接受我們公司的贊助，在良好的環境裡居住不是更好嗎？您在硬邦邦的地板上都睡不好，還有什麼理由拒絕呢？」

「謝謝你這段期間來看我，你是個無法隱藏內心想法的人，心裡想什麼全寫在臉上，這不是什麼壞事，就只是個直腸子。這年頭，為人正直是多麼難以維持且不見得需要堅持的美德，你是個仍然保有信念、純粹又憨傻的人。」

「我只要能服務到閣下，就能在公司裡升遷。」

「我長時間和自己對話，最後得出了一項結論，原來自己真正心愛且追求的價值是『自由』。但是保護其實也連帶著監視，這點你不可能否認吧？那對我來說就和拘束沒兩樣，我再也不想被困在某個空間裡了。」

「我都來看您三年了……」

「我只能說，抱歉讓你失望了，不過還是希望你不要對我口出惡言，因為我知道你其實很怕我，我希望能和你繼續維持友好關係，你只要恭喜祝福我就好。如今我已經準備好了，不會再走進別人的領域，我可以控制自己這骯髒的欲求，所以會安安靜靜獨自一人生活，我要盡情享受久違的自由。」

我是個以恐懼作為謀生技術的生物，近距離看過不下百回絕望哀號、支離破碎的人類，因此，我當下馬上看穿這傢伙的真面目，他是真心害怕拘束、渴望解放，毫無虛假，與此同時，也可以看得出來他是在透過反覆強調使自己的決心更加堅定。

「牢房裡住著另一位獄友，名叫朴太秀，年紀很小，聽說他不想犯法，卻總是在關鍵時刻控制不住內心衝動，那小子經常跟我分享他的事情，幫別人開導諮商是我屈指可數的樂趣之一，當然，其中也有包含我純粹的好意。」

「嗯。」

「我每天和他對話，他是個危險的小子，狀態很不穩定，總是抓著我的手邊哭邊道謝。他其實不曉得，我也是透過幫他諮商來治療自己。你聽好了，我是絕對不會變成那樣的，不會像朴太秀那樣愚蠢。」

當我發現這個傢伙真正恐懼的東西是什麼時，我便根據這項線索擬定了屬於他的「計畫」——讓盧男勇再次殺人，再度犯罪，藉此將他送回恐懼、監禁、光想就頭皮發麻的狹小牢房裡，也就是那個毫無個人意志、尊重、自由的監獄裡。

我只要一想到出獄的盧男勇又得重新爬回去蹲監獄的樣子……就會像這傢伙面對痛苦興奮到四肢顫抖一樣，我應該也會有同樣的反應，只不過我的快樂來源並不是我所承受的痛苦，而是看著這個傢伙受苦。

你熟悉的天花板和地板，特有的惡臭味在等待著你。我被幻聽籠罩，獨自呢喃。「男勇啊，你這混蛋好該回歸了，回到有刑罰和眼淚的主題樂園，回到和你一樣連垃圾都不如的那群人身邊，就連那些人也都唾棄你、鄙視你的地方。」他這次出來要是再鬧事，就會直接被判無期徒刑，家人已與他斷絕關係，再也沒有人能幫他收拾善後，等於是在牢籠裡期盼著再也不會來臨的釋放，然後慢慢凋零。因此，我為他準備住處、穿著和金錢，就連牙刷也親自為他選購備妥，包括誘餌也是親自去垃圾場裡嚴格挑選。」

「欸，黃太宗。」

「是。」

「你之前是不是有開店，在大學路上。」

「有啊，氣氛可好了。」

「你他媽的少在那邊油嘴滑舌，小心我宰了你。」

「不好意思。」

「你當時對一名在店裡打工的女孩告白，結果被她拒絕，然後還一直糾纏人家，最後女生受不了選擇辭職，結果你在巷子裡等她，對她潑了硫酸，坐完牢以後好不容易出來，卻發現自己來日不多，對吧？」

「是。」

「所以人生算是無望了吧？」

「可以這麼說。」

「那你打算怎麼處理過世妹妹的孩子和你的老母親？畢竟小朋友還要上學，不對，以你會選擇對一個女孩潑硫酸的腦袋來看，區區幾個小朋友，你應該也不會多麼用心照顧他們。」

「他們都會自己看著辦吧。」

「都已經出現老人痴呆的老母親也是？」

「……」

「等盧男勇出獄後，你把他處理掉就好。我會再告訴你場所，工具也會幫你備妥。比起讓老母親獨自住在山上的小套房裡，無人照料，大便都塗抹在牆上，不如送她去設備條件較好的療養院裡度過餘生，你說是不是啊？」

「可是我聽說那個傢伙很難對付。」

「反正你能活的日子也所剩無幾了，不是嗎？」

他是個會輸給盧男勇的角色，能夠讓盧男勇背負罪名的存在。我不能亂找人來當誘餌，要有足夠的條件才行，諸如厭惡自己、被周圍的人討厭、來日不多、有家累、需要用錢、只要有錢什麼事都願意做，黃太宗就是屬於這種人。「誘餌一」，我將他的聯絡電話這樣命名儲存。

隨著盧男勇出獄的日子逼近，誘餌一的恐懼擔憂也與日俱增。他說他會緊張，不停向我申請娛樂金，還對我說他死前有個想去的地方，又再次對我伸手要錢。我都盡量滿足他的需求，這不是在看他臉色，而是不想花太多心思在這傢伙身上，因為當時我也處於極度疲倦的狀態，所以乾脆花錢打發，還能換得清靜，再加上計畫很快就要執行，「嗯，拿去花吧。」我匯給他兩百萬韓元時還喃喃自語，「就當作是黃泉路上的盤纏吧。」可我萬萬沒想到，這傢伙竟然這麼快就花光了這筆錢。誘餌一用我給他的錢去酒店，最後竟然在床上性猝死。

3

「誰啊，這麼晚。」

手機鈴聲響起。

來電顯示為調查三組的白部長。我有點錯愕，因為我們的關係沒有要好到會這樣私下聯絡，公司裡應該也沒有人和白部長關係要好。他是個明確區分工作和私生活的人，下班後一律不接公司電話，用餐時間也往往是獨自一人出去吃飯；要是有人主動向他熱情搭話，他會一臉彷彿見到蟲似地冷眼觀看對方，然後一直都是非常專注於工作的那種人。

在一間強調同事情誼的公司裡，如此獨來獨往的白部長之所以沒有落人口實，是因為他處理的每一件事情都極度完美，簡言之，就是個討厭鬼卻又有真本事，能力很強所以討人厭，這就是他給人的印象。他從一開始就是部長，沒有經過面試和入社測驗，也不用被任何人考核，就以很好的待遇加入了公司，而且還是會長三顧茅廬才好不容易請來的人才。

這人竟然還會打給我。

「您好，請問什麼事？」我努力不讓對方察覺酒醉。

「您喝酒了嗎？」沒想到白部長光從我的說話聲就聽了出來，一副瞧不起人的口氣。「喝醉了也好，因為要告訴您一件清醒狀態下應該很難接受的事情，看來我挑對時間了。」

「哈哈，到底是什麼事？」

「您應該清楚調查部是做什麼的吧？他們會掌握並分析各地發生的事件，以及因事件而浮出水面的相關人物，等我們的人都到現場看過之後，隔一陣子警察和記者才會撿一些剩餘的東西回去，所以調查部對於所有大小事都瞭若指掌。」

白部長總是用這種方式說話，會把對方當成是比自己低好幾階的人，再加上他那特有的纖細嗓音，不停刺激聆聽者的神經和自尊。「比你先進公司的我應該更清楚調查部門是做什麼的吧？」雖然很想借酒壯膽用這句話來回嗆他，卻還是被我好不容易吞了回去。

「當然知道，調查部是和醫療部一起領導公司的部門，我一直都對調查部抱著尊敬和感恩的心。」

「尤其次長您應該私底下也很感謝調查部吧。」

「私底下？」

「先前，和我們是合作夥伴的公司不是有發生過一起醜聞嗎？一名來日不多、活在社會最底層的傢伙有去鬧事，由於傷害規模較大，本來已經要準備進場去做處理，後來發現原來是次長您的人，所以我們才選擇睜一隻眼閉一隻眼。」

「喔～是在說黃太宗事件的話，的確是給您添麻煩了。」

雖然對方在電話另一頭，我卻還是把頭低了下來。不安的氣息開始讓我感到窒息。白部長大半夜特地打來，向我提及黃太宗這號人物，但其實這傢伙根本算不上哪根蔥，所以我腦海中第一個浮現的念頭是，該不會闖了什麼大禍吧？讓我頭痛不已。

「他死嘍。」

白部長像是在嘲諷似地，語帶輕佻地說道，語調甚至有點像在哼唱。瞬間，我放聲大喊。

「死了？」

「他在喝到爛醉的狀態下發生性行為，最後是性猝死的，所以現在心情最糟的人應該是被那傢伙壓在下面的妓女，和必須另謀工具的次長您。我們這邊已經先掌握到黃太宗身上的物品。」

「……好，有勞您費心了，謝謝。」

「又欠我一次人情了喔！您別往心裡去啊，」白部長冷笑，「因為我從不輕易讓人欠我人情，錢也要借給有能力償還的人，不是嗎？」隨即，電話就被掛斷了。手機螢幕上顯示的通話時間忽明忽滅，顯得更令人討厭。他媽的。我雙手用力握拳，好不容易抑制住瞬間湧上的怒氣。性猝死？我悄悄打開房門，你這扶不起的阿斗、蠢豬，我發誓絕對會把你的遺體挖出來一刀砍成兩半，然後直接拿來啃食。

「又要出門？」

妻子從臥房裡走了出來，將睡衣拉上穿好。

「嗯，剛好需要出門一趟。」我把腳穿進皮鞋裡。「不是什麼大事，妳先回去睡吧。」

「喝了那麼多酒是要去哪裡啊？」

「酒醒了，不得不清醒。」

「等等，那至少喝點這個再走吧。」

妻子急忙跑回廚房。

遞了一包葛汁給我。

「聽說這對肝好，喝了以後能消除疲勞。」

「謝謝，光聞這味道就能讓我打起精神。」

「你需要好好管理一下身體，再這樣下去真的很可能累垮。」

「知道了。不過，妳是不是有什麼話想對我說？」

枕邊人當久了，許多事不用特別明說也能看得出來，妻子一臉呈現著想要徵詢我意見的表情。「我本來不打算現在說的，不是什麼重要的事情，不一定要現在談，畢竟我看你好像也需要趕著出門。」妻子說道。

「什麼事，妳這樣會讓人更好奇。不然至少告訴我是關於哪方面的事情。」

「鄰居說要送小狗給我。」

「妳想養嗎？」

「可以的話。」

「嗯，我會努力的，現在真的快完成了，等手邊這件案子結束，就會有比較多時間能陪妳了，可以一起出去外食、逛街購物。對了，我還打算安排一趟旅行。」

「不是啦，我不是在說我孤單的意思，就只是單純想養一隻小狗而已，牠超可愛的。」

「喔。」

「可以養嗎？」

「雖然我這輩子從來沒養過寵物，不過……應該可以，反正如果有不懂的地方再慢慢學習就好，想養就養吧。」

「我走嘍！」我親吻妻子的臉頰。

「路上小心。」妻子送我到門口。

「進去吧。」我一邊走在走廊上，一邊回頭比著手勢叫妻子趕快回屋內，並繞過轉角，搭上電梯。在電梯裡，我遇見一名腳踩拖鞋的鄰居，便向對方問好，「您是要去附近走走嗎？」「肚子餓想出去買點宵夜來吃。」「這附近有好吃的宵夜嗎？」我們在電梯上簡短寒暄，便抵達地下室停車場。砰！我坐上車，關上車門，與此同時也收起了臉上的笑容。「啊啊啊——！」我抓緊方向盤大聲怒吼。「突然死掉是什麼意思？都已經剩沒幾天了，為什麼非要在這個節骨眼來攪局！」我拿出手機聯絡「誘餌二」。別激動，冷靜，你總是備有方案B啊。經過漫長的信號聲之後，出現了進入語音信箱的提示音。我掛上電話，重新撥打。這次依然無人接聽。我一而再，再而三地撥打，依舊無人接聽。難道想看我生氣？為什麼要惹我生氣？你們承受得了惹怒我的後果嗎？還不如去好奇原子彈爆炸吧，這樣還能毫無痛苦地瞬間消失。我在夜深人靜的道路上叫了一輛計程車。我的今天連到了明天，長達四十八小時的一天已經過了一半，沒有盡頭。

4

誘餌二，名叫李賢旭，當黃太宗臨時變卦時的替代方案，在強者面前示弱，在弱者面前又會過度展現強勢的那種類型。小時候出去打架鬧事時發生車禍，導致一條腿半殘，後來被過去自己欺負過的人動用私刑，那條腿也被揍得幾近全毀。他的精神狀態隨著身體崩壞，現在則淪落到要住在破舊賭博屋的地步。

但他還是希望能在比他小十歲的妹妹面前留下好哥哥的印象，正因為清楚知道自己是什麼德性，所以從來不在妹妹就讀的大學附近出沒。我和他交換了一項條件——只要幫我去突襲出獄的盧男勇，他妹妹的學費就由我來支付。但是他和黃太宗一樣，每當賭博資金用盡時就會向我伸手要錢，只要打給他，不論幾點，他都會跛著腳出來跟我拿錢，但是這樣的他竟然在這個時間點不接我電話，那就一定是……

「在打什麼餿主意。」

砰砰砰！我用拳頭敲打大門。「開門！」賭博成癮者其實很容易找到，總是躲藏在有牌局的地方。「你要是不想被我活活打死，就最好快點開門。」尤其是好賭成性的窮酸賭徒，躲藏地點更是用膝蓋想也知道，不外乎就是住宅區裡的家庭住宅，和一群不三不四的歐巴桑在一起，裡面還有飄著啤酒惡臭味的毛毯。我對著停放在他家門前的汽車踹了一腳，再一個翻身越過圍牆。透過窗框另一頭慌忙關燈的舉動，可以感受到齷齪的體溫。「我操你媽的。」我一把撿起院子裡的花盆，朝他家門口玄關扔去。玻璃碎裂一地，附近住戶養的狗開始狂吠不止。「欸，你誰啊！」一名大肚男從賭博屋裡凶狠地走了出來，看起來像是特別請來負責圍事的保鑣，厚厚的雙唇叼著一根菸，樣子看上去十分險惡。

「他媽的問你話呢！」

砰！我抓著男子的衣領走了進去，一路將他拖行至屋內，隨手扔在地板上。「開燈。」話才剛說完，就出現一聲喀啦打開電燈開關鍵的聲音。一名男子渾身是血，還有一群女子看著血淋淋的男子面露驚恐。「您不是警察吧？什麼事？」年老的長者用低沉的嗓音問道。「出來。」我用食指和中指勾了兩下，一名蠢蛋縮著頭背對大家躲在角落。當我一喊：「李賢旭！快出來啊！」他竟然高舉雙手，用一副裝傻的口吻說道：

「喔？次長！這不是次長嗎？」

「少在那邊裝蒜。」

「您怎麼會來這裡？好高興見到您啊！」

李賢旭從他的位子衝了出來。

在我面前一直鞠躬哈腰的樣子看起來十分討厭。

「為什麼不接我電話？」

「您有打給我嗎？啊，我的手機有時候會秀逗。」

「我問你為什麼沒接電話。」

「就……太專注在遊戲的關係……」

「我問你最後一次，到底為什麼沒接？」

「因為……」李賢旭欲言又止。「你這王八蛋。」我一把抓住他那頭混亂的頭髮。「是我錯了，是我的錯！」李賢旭連忙向我求饒。「你根本不打算做，是吧？」我把他的臉往牆壁上砸，「我知道，你根本就沒打算做。」我朝他的腹部踹了一腳，再朝他的腰部狠狠踩下。「我、我！我要死了！」李賢旭一邊慘叫，一邊在地上爬行。我拿下鞋櫃上的花瓶，一下、兩下，朝他的背後砸去，第三次則是砸在他的後腦勺。在碎裂一地的陶瓷花瓶中，他的腦袋也被我砸得殘破不堪。

「一次，一次就好，麻煩您通融這一次吧。」李賢旭抱著我的腿苦苦哀求。「欸，賢旭啊。」我摸摸他碎裂的頭頂。

「既然收了我的錢就該做事啊，要是不想做了就乖乖把錢吐回來，這樣做人才上道吧？」

「我知道，可是，隨著日子逐漸逼近，還是會害怕……」

「我之前就已經說過了，叫你要想清楚，這是難以挽回的事情，我沒在跟你開玩笑，結果你回我什麼？你不是信誓旦旦說你可以？你的人生到底還有什麼值得眷戀，讓你在這裡耍白痴？」

「可是去找盧男勇的話，會死得很慘……」李賢旭一時情緒激動，開始咆哮怒吼，「繼續像現在這樣苟延殘喘，至少還能留住全屍！」

「閉上你那張臭嘴！」我一拳揍向他的嘴巴。「我已經決定了，不行，做不來。」破掉的唇齒間，流出了血液與門牙。「是嗎？」我連續出拳，重重落在他的眼睛、鼻子、顴骨和嘴巴上。「我老早就看穿你的決定了，你每次的決定都是三心二意，隨時改變主意。」我抓住他的手臂，當我的虎口開始陷進他的肌膚時，他嚇得連忙改口：「不、不要這樣，雖然我不曉得你要對我做什麼事。」

「你說對了，就是對未知的恐懼。」我用銳利眼神緊盯李賢旭。「你最好給我牢牢記住，我是做什麼事的人。」

「次長，次長！是我一時糊塗，沒想清楚，請再給我一點時間。」他突然腳軟，跌坐在地。

我拖著他往階梯方向走去，「那就這麼說定了。」他緊接著說：「真的嗎？」臉上頓時洋溢笑容。就在那時，我將他的手臂用力壓在圍牆上，堅挺的鐵叉直接穿破他的肌膚和骨頭。「你要是敢喊出聲，小心另一隻手臂也不保。」我吐了一口口水，「至少要留一隻手是完好的，才能用來打手槍，對吧？」這傢伙看著穿出手臂的鐵叉，眼淚忍不住直接奪眶而出。

「我會再聯絡你，下次記得要接電話。」

我打開大門，從背後可以感受到李賢旭，我絲毫不同情他，只覺得心煩意亂。過去在他身上投入了多少時間和金錢，如今再來對我說那些屁話。我邊走邊解開領帶，突然很想抽根菸，菸癮來得猝不及防，還一發不可收拾。都已經戒菸多年了，嘖。真煩，這些誘餌怎麼偏偏都在這個節骨眼同時出包。迎面而來的一對情侶看見我便驚慌匆忙地更改方向，我用手摸了摸臉，手掌上沾滿血跡。「唉。」我仰頭朝空中嘆氣，雖然還有方案C，但是不知為何，一股討厭的預感勒著我的脖子，總感覺那女的也不會接我電話。

5

「方案C是高上淳吧？」

「是。」

「為了詐領保險金而害死兩名丈夫的賤女人。」

「也害死了她女兒和老父親。」

「聯絡得到她嗎？」

「可以。」

「她晚上沒接，隔天早上有主動打來。」我把快要烤焦的頭髮向後撩，全身早已濕透。

「呼。」當我彎下上半身，豆大的汗珠一滴接著一滴掉落在地面。上午的桑拿房門可羅雀，我本來還嫌麻煩，所以婉拒了金理燦的邀約，不過現在反而慶幸最後還是有選擇和他一起去洗桑拿。

「所以她為什麼沒接電話？」

「她說她剛好和男朋友在汽車旅館。」

「這老太婆，難道剛好在被男朋友服務？」

「應該是在幫男友服務吧。總之，有錢就好辦事。」

「所以說好的處理盧男勇，她沒問題吧？」

「她嘴巴上是說沒問題，但又怎能完全相信她說的話。」

「那你有準備好方案D了嗎？」金理燦問道。

「有。」我把後腦勺倚靠在牆上。

「瘋子，你也是個難搞的傢伙。」金理燦笑了。「我只有教你要準備方案B而已。」

「我總是能舉一反三，青出於藍勝於藍啊。」

「你到底準備到方案幾啊？」

「有準備好充足的方案，但是等級愈低也是有它的道理在，方案C是因為C咖所以放在C的位置，方案D是因為危險（Dangerous）所以放在D的位置。」

「那方案F應該就是Fuck嘍！Fuck！」

「Yup！Fuck！」我作勢吐痰，露出凶狠表情，然後放聲大笑。「都說天底下沒有容易的事情，也往往不盡如人意，但是情況突然變成這樣也實在令人頭痛，唉。」我邊說邊用毛巾擦拭鎖骨。「欸，你看看，大哥我的身體怎麼樣？」金理燦抬頭挺胸展現著身體。儘管年過五十，他身上的肌肉線條還是層次分明。「大哥您的身體自然是健壯得很啊！不過，怎麼突然對著我秀起肌肉來了？」我問道。金理燦緩緩闔上雙眼，用沉穩的嗓音說：

「你再仔細瞧瞧。」

「這也太害臊，到底要我仔細看什麼？」

「雖然你都已經備妥各種方案了，但是以目前來看，C之後的方案都是充滿不確定性的，如果可以的話，重新安排方案A才是最佳正解，其餘那些為以防萬一所準備的方案，就留著等真的出現萬一時再派他們上場，這樣不是更好嗎？」

「是，您說得對。」

「但現在的問題是沒有足夠的時間去安排方案A。」

「是啊，哪有那個美國時間從頭尋找。」

「話說我有聽到一個傳聞。」金理燦像個老人一樣發出呻吟。「有什麼小道消息嗎？」我開心地急忙問道。「哎呀，啊，哎唷喂呀。」金理燦故弄玄虛，吊人胃口。「大哥，您的身體實在太驚人了，這根本是武打明星的體態啊！」我開始瞎扯一通，「從前臂肌開始到胸肌、腹肌，我剛才進來時還以為來到電影拍攝現場，因為看見一位電影明星在這裡。」我說了一連串在社會生活中習得的場面話。「喔？是嗎？」金理燦裝蒜完便坐起身。

「臭小子，眼睛倒是有長好。」

「真的差一點就要去找您要簽名了。」

「聽說註冊部門收到一份不錯的履歷，不知道哪裡冒出來的傢伙，殺了不少人，也不知反省，甚至認為自己是正義使者。他不分男女老少誰都殺，還是個極度自戀的人。」

「呵呵。」

「這已經算是大屠殺了。也不知道他是帶著什麼使命感去殺人，應該適可而止才對，他現在就是太張揚，還犧牲睡眠和吃飯時間去殺人，偏離軌道很久了，只要沒人制止他，他就會一直全力衝刺，最終一定會徹底撞上山壁，犧牲者也會多不勝數。」

「用作誘餌……」

「絕對是再適合不過的人選。」

「等你親眼見到他，自然會明白。」金理燦緩緩轉動頭部，「在我看來沒有人比那個傢伙更合適，外型、武打、背景都不錯。」

「謝謝大哥。」

「你可以去找調查部白部長，他不愛喝酒，你應該知道吧？千萬別自作多情買酒送禮給他啊。他還滿欣賞你的，應該不至於像對待其他人那樣尖酸刻薄。」

「白部長欣賞我？」

6

「我早就料到您會來找我。」

白部長蹺著腿坐在椅子上。

「因為這間公司裡的人都很容易預測。您和金理燦理事一起去洗桑拿了嗎？」白部長將我從頭到腳迅速掃瞄了一輪，大概是像蛇那樣的感覺，明明只是被用眼睛掃過，卻像被刮鬍刀割到般疼痛。白蛇自然是稀有的。我在心中喃喃自語，揚起微笑。白部長一如往常穿著一身白色西裝，西裝外套裡穿的是一件T恤，西裝褲長也剛好落在腳踝上方位置。整齊俐落。

「您的觀察力依舊高人一等。」

「我希望您可以用『推論』這個單字。」

「不過您說『這間公司裡的人』，您不也是其中之一嘛，怎麼說得一副自己像個外人一樣，讓人聽得心裡有點不是滋味呢。」

「當然，因為我在這裡並沒有歸屬感，就只是剛好和你們有利益關係所以短暫合作。您可別擅自把我歸類於哪個團體，這會讓我相當不悅。」

「那白部長您認為自己屬於哪裡呢？」

「我出生的地方吧。」

「首爾？」我問他。

「札嘎其[2]。」他回答。「我正好要剪指甲，您介意嗎？」

「我看您現在的指甲已經夠短了。」

「還要更短，要非常短才行。包括頭髮也是。」喀嚓，白部長開始剪起大拇指的指甲。我目不轉睛地盯著他那頭一定是有給人定期管理的髮型好一陣子，一邊是接近剃光的狀態，另一邊的頭髮較長，往斜後方梳了上去。這位先生還真時髦。這句話同樣是在心裡自言自語。皮膚也白皙無瑕，比一般的女生還要漂亮，光看外表絕對想不到這人有多殘酷。就在此時，白部長將小指的指甲喀嚓剪掉。

「您是在找用完即丟的免洗筷吧？」

「這個說法的確恰當，但是……」

「這就是問題所在。世上根本就沒有特定人士是專門用來充當免洗筷的，所有人都可以被用完即丟，會去決定誰是免洗筷或者試圖利用這點的人，往往是相對認為自己較為優秀的人。」

「是這樣嗎？」

「看來您不同意我的說法，可是次長您現在不就是在做分類嗎？這人可以拿來當方案A、這人不能用……，您自己也在做這種事，卻因為我說得太露骨而否認……看起來不太有風度喔。」

「那麼，部長您會拿無罪的人來利用嗎？」

「其實這世上沒有誰是無罪。」

「每個人都是某個人心目中的混蛋，」白部長直接瞪著我說，「也是壞蛋、垃圾。」看來他

❷位於韓國釜山，有聞名的海鮮市場。

是對『無罪的人』這句話反感。「罪惡也可以用結怨這個單字來代替使用，次長您難道都沒有和誰結怨？」

「也有人是一輩子行善布施過日子的。」

「有些人也會看著那種人暗自心想，為什麼只有那個人行善布施？真討人厭；我是個一事無成的人，為什麼他卻前途無量；看他那麼乖巧實在快要悶死。這樣豈不就結怨了？」

「這是個滿有趣的觀點。」

「現在已經是會因為你長得帥、長得漂亮、個子高、說真話而被罵的時代，每個人都在做一些該死的行為，都可以用完即丟。次長您只是在用一把可笑的量尺在逃避罪惡感罷了。」

「請問跟您拿一份文件的代價就是要我在這裡聽您詭辯嗎？」我接著說，「如果不是，我想聽到這裡第一小節就足夠了。」我抓著領帶把玩，「因為實在太有魔力，感覺會哼唱一整天。」

於是白部長「呼」地吹了一下指尖。

「食用狗。」

「什麼？」

「只要說『吃狗肉有什麼錯？』就好，卻想著用『那些都是食用狗』來試圖合理化自己的行為，超搞笑，明明被虐待、屠殺的狗一樣都是生命，卻擅自貼標籤、蓋印章，好讓自己便宜行事，真偉大。」

「我要吃的這條狗可是會吃人的喔！總之，我已經領教到部長您這套有趣的哲理了，要是出版成書，應該可以為那些立志想成為約瑟夫．戈培爾[3]和阿道夫．希特勒（Adolf Hitler）的年輕幼苗帶來希望，可以的話，文件就麻煩您了。」

「您就是因為那樣過日子，才會一直忙個半死。」

「太緊繃了。」白部長接著說道，「明明身居高位，卻老是施捨著不必要的情感，光看你這樣子就厭煩。」他拿起文件，當成扇子來搧風。「別忘了，人好這點，在這個圈子可不是什麼優點，表示軟弱無能的意思。」

「就只是按照天性過日子唄！」

我開朗地笑著。

瞬間，白部長抬起頭瞪著我。

「……」

他的眼神十分冰冷，但是在那片寒冬中依舊能看得出來有極其微弱的火苗在搖擺，甚至迅速延燒成大火。白部長撇過頭去，彷彿是想要掩飾眼神裡的熊熊烈火。「哼。」他闔上雙眼，冷笑了一聲。「你這人真不討喜。」當他重新張開眼睛盯著我看的時候，早已又轉回酷寒。

「拿走吧，文件。」

「謝謝。又欠您一次人情了。」

「這是欠債。」

「是，又欠了您一次人情債。」

---

❸ Joseph Goebbels，納粹時期擔任宣傳部部長，希特勒自殺後繼任帝國總理。

「您有打算償還吧？」

「難道我沒能力償還？」

「滾吧。啊，抱歉，說話太難聽。」白部長揮了揮手，「這裡是公司吧？是啊，真是的。」他不禁自嘲，「那就容許我再重申一次吧。請慢走，然後別再設定一些會欠人情債的計畫了。」喀嚓，從白皙手指上剪下來的白指甲，掉落在一張白紙上。「等累積成鉅額的時候，就不再是還不起，而是故意不還，所謂欠債就是這麼一回事。」我噗哧一笑，「別擔心，我很會賺。總之，這份履歷我就先收下了。」我舉起手中的文件示意，便轉身離開。「真是有夠討人厭，幹嘛跟我這麼像。」當我跨過門檻時，我聽見了白部長小聲地發著牢騷。這人雖然有很多令人不滿意的小地方，卻還是有異常吸引人的特質；討人厭卻了不起，也因為了不起所以討人厭。我站在樓梯上翻閱那份文件，「白部長這人，看人的眼光倒是很精準。」文件裡的內容有特地精心為我整理過。

7

「嗯，親愛的，吃飯了嗎？我打算在高鐵上吃，臨時有急事要上去首爾一趟。不會啦，今天就會回來，只是暫時去處理一下事情，要見個人。對啊，原本說好要合作的人臨時因為個人問題沒辦法參與了，聽說是身體不適，滿嚴重的。便當不好吃嗎？嗯……那看來要先在車站裡買好再帶上車了，要是能買得到三明治就好了。平時要吃得健康一點啊，到了現場就沒得挑了。體脂肪還有百分之五呢，不過，也已經停在這個數值好長一段時間了。小狗什麼時候來呢？嗯，好，我晚上就回去。時間可以，底下的人會幫我分擔一些事。是啊，一直都很感謝。嗯？對耶，還真的是好久沒去首爾了。」

戰鬥者

1

燈竟然沒關。

我從不做那種菜鳥才會犯的愚蠢失誤。我打開大門，內部的確如房東所言，燈光明亮、充斥著料理食物的味道。站在我眼前的陌生背影正在流理台專心烹煮，一名四十多歲的中年男子，寬闊結實的肩膀，上半身穿著一件襯衫，捲起衣袖，下半身則穿著一件黑色西裝褲。我低頭看向玄關，整齊擺放著一雙高級皮鞋。我保持警戒，低聲試探。

「你是誰？」

於是男子大聲喊道：

「喔？怎麼這麼晚才回來！」

「我在問你是誰。」

「你喜歡喝大醬湯吧？我正好在煮呢，有放豆腐和一些菇類，還煎了兩條魚呢！我看家裡實在是沒什麼吃的，其實愈是一個人生活愈要按時吃飯呢！」

「慶尚道方言。」

「我是從釜山上來的。」

「所以是為了餵我吃飯，特地大老遠跑來？」

「餵你吃飯，也順便餵你吃點其他的。」

「先坐吧。」男子邊切菜邊說話。他下刀精準俐落，卻不是廚師，看上去是平時切其他東西的人，卻用那份實力來做料理。手握刀柄的角度好奇怪。我一動也不動，像一具堅硬的盔甲，充滿警戒。男子渾身散發的威脅感瀰漫在我倆之間，感覺好悶，被掐住脖子的感覺。

「如果我不坐呢？」

「你也不得不坐。」男子回答。「我不想讓你顏面盡失。」砰、砰，刀刃敲打著砧板。「既然你我都是男人，都能夠理解彼此，那就給彼此都留點面子，會不會比較好呢？」

我走了過去，將塑膠袋放在餐桌上，凝視著男子的背影。他雖然背對著我，卻防守防得很好，完全零死角，毫無機會突襲，甚至有一種無時無刻都在被他觀察的感覺。這人到底是誰，這種情形還真是頭一遭，從剛才走進玄關那一刻起，也就是第一眼見到這名詭異男子時，我便明顯感受到一種疼痛感，那股痛感意味著我會輸、我會慘敗、我不是他的對手；這是野獸間可以嗅到的強者氣息。後來，我的確被他的氣場壓制，其實飢餓與恐懼有著共同點，當我領悟到這番道理的時候早已嚴重失控。我拉出椅子坐下，焦慮不安地坐著，盯著男子背影觀看。

「你現在感受到的那個啊……」

「什麼？」

「我說那個奇怪的感覺，就是彷彿被天空壓迫的感覺，或者是雙腳陷進地底下的那股拘束感，那是決定不再當人類的傢伙才會感受到的。不錯不錯，至少要具備這種條件才行。你可以把這份感覺牢牢記住，日後用來好好發揮。」

「因為這會直接牽涉到生死存亡的問題。」男子將砧板上的材料一口氣倒進鍋子裡，那是家人寄來至今從未使用過的砂鍋。味道不錯吧？男子哈哈大笑，看起來是對自己的手藝很滿意。

「快好了，準備用餐嘍！」

「你到底是誰，來這裡有何目的？」

「慢慢來吧，今天不是很累嗎？還去了一趟動物醫院看小狗。喔對！那個被你塞進人孔蓋裡的老頭已經在裡面腐爛了，我看你揍人的技術滿好，可惜收拾善後的手法還有待加強，你那樣蓋住人孔蓋，很容易被人發現喔！」

「所以我幫你重新收拾好了。」男子雙手提著砂鍋，轉過身來，與此同時，我也被他的面貌徹底震懾。無臉男，他戴著一張白色面具，一張沒有任何圖案、蒼白詭異的面具。由於面具遮住了整張臉，所以完全讀不到男子的表情。嗒，男子把砂鍋放在餐桌中央，接著，再從容不迫地將湯匙和筷子遞給我。我緩緩伸出手，接過餐具，他又幫我盛了一碗白飯。

「請原諒我如此失禮，無法以真面目示人。」

「……」

「這是我們公司全體員工都有的面具，是公司的象徵，也是隸屬於公司的證明、驕傲，對於獵物來說更是恐懼。不過我今天不是來狩獵的，所以別害怕，你只要一邊盡情享用晚餐，一邊面試就好。」

「面試？」我的眉頭自動皺了一下。

「對啊，面試。」男子把魚端到了桌上。

「我們是專門提供顧客完美保護的公司，簡單來說就是幫受害者徹底清除所有危險因素，例如加害者。我們這個產業一直都是一片藍海，案子源源不絕，人手卻明顯不足，所以經常處於有人才需求的狀態。」

「真的有這種……公司？」

「怎麼？感覺像電影裡才會出現的公司嗎？你要是繼續做你現在做的事，遲早有一天一定會耳聞我們公司，因為對於菜鳥來說是夢寐以求的職場，大家都爭先恐後搶著要進來，但是我們公司從不對外公開招募，都只用挖角的方式聘請人才。」

「我才不是菜鳥。」

「要是公開招募，豈不是會吸引一群蝦兵蟹將、阿貓阿狗，這樣事情就難辦了，畢竟這是一份可以毆打人、殺死人，同時又能賺錢的工作，可想而知多少流氓會想要來應徵。所以我們只採挖角方式網羅人才，親自拜訪在自己領域有優秀實績的菜鳥，並進行面試。等面試合格之後會再安排入社測驗——」

「我說過我不是菜鳥了。」

「等通過入社測驗以後，才會正式成為公司一員。不過原本在街頭逍遙自在的傢伙突然變成公司一員，要完成的分內任務自然是不容小覷，所以我們會有專人指導、帶領，也就是以社會前輩之姿提攜菜鳥後輩，是不是很美好呢？現在你也拿到加入我們公司的入場券了，機會來臨的意思。」

「你要我說多少次，我不是菜鳥。」

啪，我放下湯匙。

男子與我相對而坐。

「不然是什麼？」

「你看過我實際執行嗎？」

「沒有親眼看過，但對你瞭若指掌。」

「不，你應該不清楚。」

「雖然我不想說得這麼難聽，但你其實就是個垃圾、豆腐渣、人渣。要不要從你在山豪公寓打死那對垃圾情侶的事情開始說起？男方流出性愛影片，女方則是背叛多年好友，甚至語帶嘲諷。我同意，他們的確犯了該死的罪過，但是你知道他們倆有在照顧小孩嗎？」

我冷笑了一聲。

「你說他們照顧什麼？」

「他們有固定幫助一些孩子，你應該也有看過類似的廣告，就是會定期幫助貧窮國家的小朋友，資助他們，光是接受那對垃圾情侶每個月善款吃飯上學的孩子就有四名，可是現如今，那些可憐的孩子只能餓到吃土了。」

「什麼……」

「還有那個在幼稚園對孩子們做噁心事的臭婊子，聽說她父親整日酗酒、出言恐嚇要將母親活活打死，會攔阻這種行徑的人唯有這名女兒，可是現在也沒有了，因為你把她給殺了。最後她母親也慘死在父親的刀下，和女兒相繼走上了黃泉路。」

「你在說什麼？」

「再來談談你殺死的第四個傢伙吧。他把小孩當玩具對待，可是他對親弟弟也是如此，因為他弟只要沒有人定期毒打他一頓，就會馬上衝出門去做一些瘋狂行徑，所以那天他哥才剛斷氣，他就拿著菜刀跑去公車站隨機砍人，最後導致一人死亡，傷者無數，你知道嗎？」

「……」

「另外一個被你搶走小狗的老頭，他只有對那條狗是個敗類，對其他人可是非常和藹可親。他會提著薩克斯風替寂寞孤單、身體不適的人提供無償演出、分享食物，也會陪年老色衰、牙齒掉光的妻子出門散步，結果自從你把那老頭塞進人孔蓋裡以後，據說有滿多人都因為他消失無蹤而感到憂鬱。」

好討厭聽他說這些，也不想相信他說的話。

我不敢置信，皺起眉頭。

「真的？」

「假的。」

「什麼？」

「都是我剛才自己編出來的。」

「好玩嗎？」

「可是你要是繼續這樣沒頭沒腦地殺人，又怎能保證將來絕對不會發生這種事情？我不是要你停止殺人，而是既然要做就好好做，不要因為替受害者伸張正義而衍生出更大的災害，菜鳥。」男子目不轉睛地盯著我看。

「截至目前為止，你只是運氣好。」後來他轉移視線，在玻璃杯裡倒滿水。「運氣並不等於實力，需要時無法發揮心中想要使用的所有力氣，就很難定義為實力。」語畢，他便將那杯白開水一飲而盡。握著杯子的手臂肌肉線條十分明顯，也不曉得究竟是做過多少鍛鍊，肌肉才會那般緊緻精實，無一絲贅肉。「所以光靠運氣做事是行不通的。」啪，男子將水杯放下。

「要是沒有做好事前功課就貿然行動，很可能會得到最糟結果，也可能會出現第二個張尚哲，而且是你親手釀成的人間悲劇，如果是這樣，就不得不收山了，到時候還要拿你的命來賠罪，多慘啊。」

「……」

「不過單靠個人力量自然是很難把目標對象調查得十分徹底，不論是時間上還是能力上，都無法做到盡善盡美，包括我自己也是，但是論處理事情絕對是比誰都還要精準、俐落、完美，因為公司內部就有專門負責調查的部門。需要藥物就找藥師，需要調查就找調查部，需要手術則有醫療部，」男子加強語氣接著說：「然後需要施暴的話，就可以找野獸來處理。」

「我對於你的了解，也都是從調查部門同仁給我的資料而來，實力不錯吧？所以怎麼樣？要不要考慮加入我們公司，接受調查部門的協助，無後顧之憂地專注去做自己擅長的事情，不覺得這樣很棒嗎？」

我堅守沉默。這人突然跑來找我說這些，完全無法讓人信服，還戴著那張一點也不好笑的面具。然而，男子說的這番話喚醒了我內心潛在的不安——很可能因為我而產生更多受害者。我感到怒火中燒，那是對自己的不足與狹隘至極的觀點所產生的憤怒，怎麼至今從未想過這些問題，宛如被掀開了一層紗，我感到拳頭無力。公司是吧……，的確，要是有專人可以提供目標對象的相關資料，處理事情來會方便許多。我摸了摸下巴，這時，男子從暗袋裡掏出了一只信封袋，並推到我面前。

「這些是簽約金的一部分。」

「簽約金？」

「我們公司的簽約金形式比較特別，不限定支付金錢，也可以代替新進員工完成一件心願，例如，幫忙處理掉想殺死的對象，或者買一輛心目中的夢幻跑車，當然，也有人是要現金，總之，我放了一疊大鈔在裡面。」

「我為什麼需要這筆錢？」

「因為你的母親即將要淪落街頭。」

「這又在說什麼屁話？」我立刻齜牙咧嘴，「你還有去找我媽？」我打算根據他的回答來決定是否要朝他出拳，可是與此同時，我的鼻梁也突然感到一陣熱，緊接著，視野也變得白皙模糊。是我太大意，被攻擊了。我連忙咬著嘴唇，準備進入下一個動作，當我正要起身時，男子在餐桌下直接踹了我的膝蓋一腳。幹。我抓穩身體重心，伸出左手，男子輕鬆拍了一下我的手腕，再打了我的下巴一下，緊接著又繼續拍打我的頸部和胸部。當我抬起頭時，早已處於被他掐住脖子難以呼吸的狀態，而且是壓倒性地被他制伏，他一直在閱讀我所有反應和動作。

「原來這就是你的暴力模式。所以你本身就是為犯罪而生，是這個意思吧？」男子拉住我的頭髮，「不會被人發現，也不會在現場留下證據。」男子似乎覺得我挺有意思，不斷地觀察我，「了不起，是天生的。」他小心翼翼地重新將我按在椅子上。「你這是在做什麼？」

「吃點吧，都叫你嚐嚐看了。」

「所以你也有去找我媽？」

「當然沒有，我幹嘛去找你母親，又沒有要威脅她，都說我是來面試你的了，真是講不聽。你母親的事情是我在文件上看到的，剛才不是都跟你說了嘛，我們調查部門辦事可是一流的。」

「房東不是個老奶奶嗎？」男子說道，「一名心地善良的老太婆，所以才會便宜出租給你母親啊，說她反正一個人也住得寂寞，不如當她鄰居一起生活。」白色面具微微歪著頭，「不過令人惋惜的是，不久前那位奶奶過世了。」

「現在換她的孩子們是屋主了。雖然都像老太婆一樣心眼不壞，但他們自己也有經濟上的壓力，所以還是希望能收到基本的保證金……大概就是這個意思吧。」

「可是我媽都沒有對我說這些事情。」

「你知道為什麼沒說嗎？因為說了也沒用啊，講白了，你能幫她做什麼？用嚇唬河豚湯店蠢蛋公子調升的薪水來幫忙負擔嗎？應該遠遠不夠喔！你其實是個超級沒用的傢伙啊，只是最近好像有點忘了這項事實。」

「……」

「把強姦犯毒打一頓，再把他們的錢包偷走，對啦，手頭上的資金應該暫時是充裕的，所以才會在那邊幫助小狗做治療吧。可是我說你啊，還是醒醒吧，你其實就是個窮光蛋，三十三歲還在靠打工維生的傢伙，大夜班的大叔而已，什麼都沒變，到底憑什麼用那種高人一等的姿態過日子？只因為你殺了幾個人？發現自己有暴力方面的天賦？哎呀，我說你這個蠢蛋，那就只是表示你變成了犯罪者的意思啊！我看你也殺了不少人。」男子低聲竊笑，「要是被發現，少說也有個無期徒刑。」

「依舊是三十三歲，依然沒有職業，未來反而變得更黑暗，這就是你的現實。這信封袋裡有一億韓元，不妨用這筆錢幫母親繳付保證金，再送母親、姊姊、妹妹去一趟海外旅行吧，讓你這輩子第一次盡點兒子的本分。」

「嗯～味道真香。」男子將鼻子湊到信封袋前，「原來這就是一億的香氣！」

我從口袋裡掏出手機，打開螢幕畫面，撥打電話給母親。不會的，怎麼可能，沒這回事，我怎麼會不知道。我的腦袋一片混亂，也有點胃脹氣。死灰復燃的處境和長年煩惱的碎渣，掉落在被我扔在角落已久、遍體鱗傷的自尊心旁。「兒子啊，什麼事？」母親一接通電話，我便焦急地詢問。

「屋主有向妳要錢嗎？不是啦，不是從姊姊那邊聽說的，我們根本沒通過電話。妹妹？哎唷，都說不是了，她也整天忙著上班啊，哪有空跟我講電話。」男子戴著面具一動也不動地盯著我，可想而知白色面具後方一定是翻著白眼。「媽，妳有那種事應該要先找我談啊，每次只要家裡有事永遠都只有我不知道，不然就是等事後才會讓我知道。」他絕對是用看待白痴的眼神看著我。算了，反正我的確是個白痴，好啊，你儘管嘲笑吧。我搔了一下怒氣沖天的額頭，「好吧，我知道了，之後再打給妳。」

「你姊現在也很辛苦。」

我一掛上電話，男子便開口說道。

「薪水本來就不高了，還遭到無能的主管嫉妒，自然是苦不堪言。叫她凌晨上班，過了午夜才准下班，好不容易做出實際成績，還會被主管偷走，就是在一群臭婊子之間工作。她現在年紀大了不容易轉職……姊夫好像也賺得不多。」

「我知道你們調查部門很會辦事，可以麻煩你閉上嘴巴了。」

「其實如果論公司哪個部門最厲害，應該是醫療部門才對，因為我們公司創立元老清一色都是醫生，簡單來說就是專門縫合傷口的偉大人士為了更深意義的治療而展開行動，從挨刀的傷口到陳年傷疤都能幫忙消除。等你加入我們公司後，不妨請他們幫忙做個整形手術。你當兵時不是有被火灼傷？」男子拍了自己的手腕兩下，「那個我們也能幫你完美修復喔！其他整形外科不是都已經放棄了嗎？價格又貴。」事已至此，我反而覺得他好像比我更了解我這個人，我感到荒謬至極，所以斜眼看他，結果男子舉起雙手。「要省錢啊。我看你妹也在辛苦存錢，她要是再幫忙負擔母親的保證金，我看應該連婚都結不成喔！」

「這裡有一億，確認一下吧。」

信封袋在砂鍋旁閃閃發亮。

「怎麼，到現在還猶豫不決嗎？」

我突然感覺到視野裡的一切都好遙遠。

「你繼續這樣下去是無解的，還要再找新工作，就算幸運找到，還能一邊工作一邊教訓那些混蛋嗎？微薄的薪資、壓力、被時間追趕，這些要如何承受？我可不會來找你第二次喔！可以做你想做的事，又能順便賺大錢，要是錯過這份難得的機會，你會後悔莫及喔！」男子站起身，「不想完成嗎？不想從現在這個未完成狀態徹底脫離嗎？」他把捲起的衣袖放下，將袖釦重新扣好。

「我看你處理事情的方式並不執著於要置人於死地，應該就只是純粹使用暴力。」

他穿起上衣，將手臂伸進衣袖裡反問：

「為什麼要弄死對方？」

「因為那是暴力能提供的最糟結果。」

「不是啊。」

「還有什麼是比死亡更痛苦的？」

「這句話本身就很矛盾，死亡哪有痛苦，人死了就都結束了，什麼都感受不到了，自然也不會有痛苦。如果真要定義我的做事方式，那應該是鎖定死者周遭人士的技術，他們會因為一個人的死亡而感受恐懼，而且死亡的型態愈是慘不忍睹，恐懼感也會愈大。」

「是這樣嗎？」

「聽完我說的話以後是不是覺得沒有一件事情是合理的？沒關係，一開始都是這樣，不是你不夠厲害，而是缺乏技術的關係，而且技術是可以繼續研究深造的，你想要收下這一億在家人面前風風光光，然後搖身一變成為高額年薪的上班族，還是要延續這種毫無頭緒的人生，並成為有前科的犯罪者？」

「做選擇吧。」男子鄭重地把雙手交疊在前方。

「當然是前者。」我把餐桌上的信封袋拉了過來。

「絕對是明智的選擇。」男子簡短俐落地點了一下頭。

「接下來要進行入社測驗。」

「要測驗我什麼呢？」

「隸屬於調查部的人才通常會測驗追蹤能力，也就是安排一名假如被他識破會招來可怕結果的人來讓你追蹤，並要你打探出目標對象的一切；隸屬於管理部門的人才，則會將你放置在一處宛如無人島的限定空間裡，並要你在那裡面順利存活下來，裡面會有一群噁心的怪物。至於你呢，將來會是隸屬於現場部門的人才，所以理所當然會要你去處理掉某人吧？」

「明白。」

「現場部門的測驗從挑選目標對象開始，千萬別想挑一個簡單又無聊的傢伙來作為你的目標，要選個符合我們公司格調、毫不丟臉的目標，才能拿到剩餘的簽約金。」

「所以接下來，」男子問道，「你打算選誰作為目標，讓我們留下深刻印象？」

「盧男勇。」

「哇。」

「盧男勇，對，就是他。」

我不自覺地脫口而出這個名字。

「除了這個傢伙沒有別人了，絕對選他。不僅強姦女子，還在受害者臉上留下刀疤的混蛋，甚至連未成年女孩也不放過，害小女孩選擇走上絕路的社會敗類。距離出獄剩不到幾天的罪大惡極犯罪者，盧男勇，他就是我的目標。」我加強語氣說道。體溫從腳底開始燃燒，激動，突然感受到令人抓狂的飢渴。我的鼠蹊部變得僵硬，褲襠也鼓起。

「這個對象應該不容易處理喔。」

「怎麼可能只做容易的事？」

「要是失敗，應該會死得很慘喔。」

「所以你們公司會把我處理掉，是這樣嗎？」

「不是啦，我是說盧男勇應該會把你折磨得很慘，我們公司不會因為測驗結果而做出殘暴行為，反而會全力支援，當然，前提是在認為你具有潛力的判斷之下。」

「那我就決定盧男勇了。」

「……」

接下來是一陣天外飛來般的靜默。

白色面具一動也不動，靜靜向下俯瞰著我。

過了一會兒，才終於流露出疲倦的音色。

「好吧。」

男子從我身旁擦身而過。

「盧男勇的話……的確可以接受。」

「記得做好不是你死就是他死的心理準備去和他交手。」喀噠，肩膀後方傳來白色面具穿上一只皮鞋的聲響。「千萬別跟我說只想選當某一邊喔！那種不食人間煙火的發言在我們這行是不管用的。」喀噠，再度傳來穿上另一只皮鞋的聲響。「我把名片放在你的枕頭上了。」玄關門被推開又迅速關上。嗶嗶，門鎖被自動鎖上。我沒有聽見男子走下樓的聲響。「味道不錯嘛。」我舀起一匙已經放涼的大醬湯放進口中，好吃，肚子好餓，餓到快瘋了。然後我用手直接抓起那條烤魚，將魚尾塞進嘴裡咀嚼。魚腥味加上雨水腥味，再加上野獸們的腥味，小到不行的房間在烏雲下亂七八糟的。沿著下水道爬上排水孔的老鼠也嚇到拔腿而逃。

狩獵者

1

人類絕對不會有所改變；然而，會一夕之間改變的，也是人類。

2

我完全支持後面那句論述；然而，對方如果是盧男勇，那便是前者。

3

見完新設定的方案A以後，我在返家的車上閱讀了一本詩集，名叫《給我兩種單字》，是盧男勇在獄中出版的作品。不愧是撲倒陌生女子並在受害者臉上留下刀疤的瘋子，整本書充斥著獨特又令人作嘔的精神世界，只不過是用一堆不確定本人是否真能理解的表現方式將其包裝得美輪美奐罷了。為了賺錢而幫這混蛋出版其排泄物的出版社，應該直接放火焚燒才對，這是我個人的想法，應該要把相關人等的頭顱砍下，四肢分解，當街示眾；還有那些看著這坨根本不能吃的麵糊說什麼「原來盧男勇也有靈魂」「可以感受到他有在真心反省」「如此美好的人竟然不能被原諒，那才是罪惡」等屁話的神經病，也要一起吊在大街上讓眾人觀賞才是。

最近一天二十四小時當中，有三十小時的電視節目都是以盧男勇為題材，新聞頻道理所當然似地在播報盧男勇，其他電視台也相繼對他展開撻伐，揣測他和其他犯罪者之間究竟有何關聯。明明全國上下民眾都知道他是十年前被關進監牢裡的，卻還大肆報導，完全不考慮受害者的立場，徹底以刺激、聳動為主，重演盧男勇過去的所有惡行，就是個為求一己之利與快感而組成的怪異結構產物，其中尤其討厭的是那群盧男勇的粉絲。

由三十到五十多歲男女組成的這個粉絲團體，在盧男勇一推出詩集時，就變成了類似納粹黨衛軍的組織，不斷高喊要捍衛盧男勇的人權，主張「會寫出這種詩的人不可能犯罪」，要求重啟調查，甚至直接去找受害者鬧事，叫他們說出真相。「一群瘋子。」幾乎從不口出惡言的妻子，居然也會對著電視謾罵。呵呵，我頭好痛，整個社會鬧哄哄的，很是歡樂，真想把那些盧男勇的忠實粉絲聚集起來，統統扔進一個巨大的火爐裡焚燒，或者讓他們在操場上排排站，用推土機推倒活埋。

而且更可笑的是——

「就是一群低能兒。」

盧男勇居然也有著同樣的看法。

「他們是盲目的追隨者，連詩是什麼都不知道，把一些和國中生日記沒兩樣的內容調整一下換句話說，再稱其為詩，自賣自誇，自嗨自爽。孤單寂寞時就會物以類聚，相約見面，說一些根本不是發自真心的稱讚，互相吹捧，再心滿意足地把酒言歡。」

他捧腹大笑。

「其實詩是屬於入門門檻很低的領域，不像繪畫還需要準備顏料和毛筆，只要準備紙筆就能書寫，所以才會吸引一堆吃飽太閒、不知道自己有幾兩重的阿貓阿狗躍躍欲試。你光看我就知道啦，那些東西哪叫詩，就只是囚犯無聊難耐，在可憐的紙張上擤的一坨鼻涕而已。」

他笑到上氣不接下氣。

「我待在這裡居然還有人說要跟我結婚，說她願意打理我的一切，叫我專心寫詩就好，還說我是出淤泥而不染、神聖之人。他們其實是喜歡這樣的自己，應該是腦子壞了，總之這群腦殘智障是沒救了。我倒是好奇，當她們的臉被我用刀子劃傷時，也會愛我哀戚的靈魂嗎？」

《請給我兩種單字》——

有段時期還登上書店暢銷排行榜，賣得非常火熱。

「早知道就不要出那本書，搞得一堆狗男女說要在出獄那天來接我，真不知道這些人在想什麼，我可是強姦犯、暴徒耶，難道都不害怕嗎？連我都覺得自己很噁心了，他們到底怎麼了……」

我已經閱讀過那本詩集數百回。

應該比盧男勇自己閱讀過更多次。

「真受不了。聽說他們還有去找受害者，對吧？我聽到這個消息以後哭了許久，這是多麼殘忍的行為啊，讓我對他們頓時失去耐心，請他們放我一個人獨處。這群人倒是滿聽話的，說什麼不能妨礙詩人的孤寂，就連會面也臨時取消。我甚至還曾動過是不是應該趁機創立一門邪教的念頭。」

我最喜歡的一篇自然是被用作書名的〈請給我兩種單字〉，裡面寫著「我把懺悔和反省給你，也請你給我原諒與理解」這種狗屁倒灶的內容，每每讀到這篇，就會打從心底冒出一把無名火，也會讓我一掃疲勞，產生恐怖能量。

「看來到處都是怪物。」

「我原以為自己才是怪物，後來發現所有人都是怪物。」

「就是閣下您創造的怪物啊，是您為這個團體提供了癲狂。」

「你不覺得就算不是我，他們遲早有一天也會變成那樣嗎？我的意思是，假如他們本身就是這種人。在我看來，他們只是在等待一個可以讓自己順理成章變成怪物的藉口。」

「所以是剛好在遇見閣下您時流露出本性？」

「我是這樣認為的。」

「就算事實如此，從閣下您口中說出來，就只會淪為幼稚拙劣的狡辯。為何要極力撇清呢？如果認為自己是不幸揹了這個黑鍋，那就要善盡衰鬼的責任啊。」

「你的話變多了喔！」

除此之外，我也喜歡另外一篇探究人權的〈在空屋裡〉，內容主要在講述犯罪之後愛人、朋友、家人相繼離開，在空蕩蕩的屋子裡只剩下人權。真是搞笑，每當我想起這篇，都會覺得盧男勇很可愛，老早就放棄當人類的畜生，還有什麼資格談人權，丟臉死了，像我們這種人談什麼人權。會面時我帶了他的詩集，那是他出獄前的最後一次會面。監獄圍牆上掛滿哭號，今天被釋放的野獸們，正吃著一點也不相配的素食。

4

我從未懷疑過，

盧男勇是否會採納我的提議。

關於這點，至少是完全不擔心的。

5

上次見面，這傢伙面帶笑容，而我則是哭喪著臉；但是這次見面，換我神采奕奕，這傢伙則是愁雲慘霧。即將出獄的盧男勇，視線是鎖定在地板上的。叩叩，我敲了敲玻璃隔板，他彷彿沉潛在水中，緩緩抬頭浮出水面。他看上去十分混亂，眼球也一副想要奪眶而出的模樣。

「看來你有開心事？」

「自然不比即將出獄的閣下來得開心。」

「究竟是什麼事情讓你這麼開心，說來聽聽。」

「就只是事情處理得很順利，原本需要招募一名臨時工，剛好找到一位不錯的人才。」

「你是指用完即丟的那種人？」

「這樣說也太殘忍。」

「他是個怎樣的傢伙？」

盧男勇拋出問題，看起來並沒有非常好奇，感覺就只是禮貌上、為了延續話題而提問，不然就是隨口說說，至少有個東西可以插進我耳裡。我開始對他講述自己看待方案A的真實感想。

「就是個沒出息的人。」

「是嗎？」

「沒本事又自戀，所以很可笑。他有他堅實不摧的世界，可我卻完全無法苟同，我想應該也不會有人認同。他不去直視自己真正的樣貌，反而沉浸在自己虛構出來的幻想當中，相信自己是個英雄，簡直幼稚透頂，令人反胃。」

「那就只是現代年輕人都會有的症狀，不是嗎？」

「的確是。不過話說回來，您這幾天過得好嗎？」我送上了遲來的問候。

「你是真不知道還是裝不知道？」他做出了帶有攻擊性的反應。

「如果我沒看錯的話，」我面帶微笑，「您應該是有產生心境上的變化。」

「原本想產生變化，卻失敗了。」

「您要這樣說也可以。」

「都是因為朴太秀。」

「您是指那位『愚蠢』的朴太秀嗎？」我直接沿用上次盧男勇用過的形容詞。「是啊，就是那個『愚蠢』的朴太秀。」盧男勇咬牙切齒地說著。「不好意思，請息怒。」我把視線往下壓。

「都是那該死的混蛋朴太秀，嘖。」盧男勇明顯不悅。

「我一直在說服自己，不停地、持續地告訴自己，我可以控制住、我忍得住……，只要能順利離開這裡，我就要安安靜靜一個人過生活，不去動任何人，幾乎是洗腦式地在催眠自己。」

「感覺得出來您非常討厭監獄。」

「對，超級討厭，我甚至仔細回想，這輩子有沒有如此討厭過某樣東西？結果發現沒有，監獄是比我自己還討厭的東西。能夠出獄對我來說是極大的祝福，因此，我害怕搞砸，只要一想到重回這裡……就會覺得要發瘋。」

「你會再犯罪嗎？」

「別把我當蠢蛋，因為我有成功過，就如同我說過的，再也不會侵犯到他人的領域，我絕對可以抑制住骯髒的慾念和衝動。可是，問題是……」

「媽的。」盧男勇緊咬下唇，他眉頭緊蹙，苦惱不已，彷彿大腦正在腐爛，被難以言喻的痛苦吞噬般痛苦難耐。「對不起。」盧男勇好不容易繼續說道。

「問題是……假如有人又擅自闖入我的領域，也就是我什麼事都沒做，卻有人自行跑來找我碴、激怒我的話……幹，如果是這樣，我可能會控制不了自己，不，是絕對會控制不住。」

就像十年前那次一樣嗎？

「對，像那次一樣，操，就是那次。」

「當時您刺了那名受害者好多刀。」

「我沒有。」

「那不是我弄的，」盧男勇的表情開始扭曲，「我沒弄，真的。」他的臉瞬間漲紅，「都說不是我弄的了！操——！」他用拳頭瘋狂砸桌子，「到底要我說多少次！沒有！不是我！我沒有用刀刺那個傢伙！」監獄看守長往我們這裡瞄了一眼，雖然看得出來他有想要維持面無表情，但是厭惡感仍在臉皮底下蠢蠢欲動。盧男勇絲毫不理會他人的眼神，依舊在咆哮怒吼，「是那個瘋子擅自闖進我的人生！我都沒有去招惹他，也沒去害他，是他先主動開始的！」他的怒吼聲大到足以使牆壁出現裂痕。看守長冷冷地給予我們警告。「不好意思。」我代替他低頭道歉，盧男勇一副與自己無關似地亂吼亂叫。

「難道我會是那種明明有做卻說沒做的人嗎？」

「請您壓低音量。」

「所以我會是那種要誣賴的卑鄙小人嗎？」

「不知道。」

「怎麼會不知道！你自己說！」

「說什麼呢？」

「回答啊！相不相信不是我做的？」

「閣下您可以親自讀讀看我的想法。您有這樣的能力，不是嗎？」我凝視著盧男勇。

「你想考驗我？」盧男勇把火冒三丈的臉湊了過來。

「因為這樣才最準確。」我冷靜沉著地回答。

「凡事只要想把它做好，都得親自進行。」盧男勇咬牙切齒。「當時沒有任何人相信我，沒錯，這是理所當然的事情，畢竟一輩子都做壞事的傢伙，怎麼可能只因為一次沒做壞事而被人相信；可是你不同，竟然在相信一個連父母都不信任的傢伙，那個人就是我。過去三年來，我一直在觀察你，玻璃後方的這張臉。」

「是嗎？」

「你是個有信念、純真又愚笨的人，把我當作是自己的升遷機會，既世俗又單純，不帶有絲毫令人起疑的部分，而且還相信十年前的我並沒有刺傷那個傢伙。」

「您大可很坦白地對我說聲謝謝。」

「那你要回答我什麼？」

「叫您繼續把原本要說的話題說完吧，畢竟我很忙。」

「你真是難得一見不錯的小子。」盧男勇把背向後靠，原本充滿挑釁的上半身突然收起殺氣，「所以我才會想告訴你，告訴你我也有努力，且不斷地否認。」他十指交扣，雙手大拇指不停來回摩擦。「朴太秀……朴太秀、朴太秀。」

「但是後來我認識了朴太秀，我每天和他對話，你也知道，我是一邊幫他諮商一邊自我療傷，還以為對我自己也會有幫助，所以每次都很辛苦地打起精神去做這件事。」

「誰知道會被傳染他的焦慮不安……」盧男勇嘆了一口氣，「算了，不要再怪別人了，要怪也只能怪自己意志力薄弱。」他更換坐姿繼續說，「原本認為我能影響他，沒想到竟然是我被他影響。」

「那個小子在重要的時刻無法控制自己，他老是問我，要是被關在房間裡卻一直聽見天花板傳來腳步聲的話該怎麼辦？要是進到水中卻有人撒尿的話怎麼辦？要是在宇宙裡徘徊卻剛好被火箭擊中的話怎麼辦？問我能否一直忍耐，我告訴他還是要忍，一次又一次地回答他同樣的答案，於是朴太秀就會頻頻頷首，得到當日份的安心。」

「是。」

「不過啊，也不曉得從何時起，我也開始起疑，說話嗓音變得不再明確，感覺一切都像在開車。要是我遵守交通規則、開著方向燈維持速限，卻有神經病突然衝出來的話，我該怎麼辦？要是我乖乖在我的領域裡生活，卻突然有人侵犯……自己跑來惹我、挑釁我的話，幹，那我到底該怎麼辦？既然有人要找我玩遊戲，我就只能享受其中。這是會成癮的，沒辦法停止，所以打從一開始就不應該找我玩遊戲，根本不應該開始。」

「……」

「是朴太秀讓我發現了這個事實。」

「明明本來是我要說服他的，」盧男勇嘆了一口氣，「結果反而是我被他說服了。」他深呼吸，把頭向後仰。「如果你想要嘲笑我也無所謂，因為你是有資格的。」他像個年老失修的煙囪，不停傻笑。「其實我啊，每次都叫你別來了，卻每天都在望著那扇門。」

「出獄那天我會來接您。」

「所以之後我的行程是什麼？」

「您會住進我們為您準備的房子裡，您的生活基本上不會受到制約，但是在大眾的關注消退前，還是盡可能不要外出比較好。」

「你覺得需要多久才會平息？」

「其實大眾對於出獄的犯罪者本來就關注期不長，再怎麼樣也不會超過一個月，因為大眾喜歡即時又刺激的新聞，再加上自從張尚哲先生自殺事件之後，也開始重視受刑人人權保護，所以應該很快就會消退吧。」

「看來很久以前的案件也會對現在造成影響。張尚哲，被判了十五年有期徒刑。」盧男勇搖搖頭，「竟然在監獄裡待了那麼多年，太可憐了。最後那樣離開人間更是令人倍感惋惜。」他流露出難過的音色，「聽說他很討厭我，對吧？但我還是會用一顆追悼故人的心來看待。那位先生的確是無辜的。」

「等您出來後再幫我在詩集上簽個名吧。」我收拾了一下東西，準備起身離開。「少在那邊拍馬屁了。」盧男勇雙手交叉在胸前。「我還滿喜歡的，因為讀完以後可以找回心情平靜。」我站起身。「看來你的心性也偏移不少。」盧男勇乾笑了幾聲。「下次再來找您。」我沿著來時路走去，跨過了監獄的門檻。「的確是偏移不少，甚至偏移到再偏一點就會回到原點的程度。」我發動車子引擎，出發前先拿出便當來吃，三明治裡的醬汁流了出來，弄得我滿手都是。我攤開盧男勇的詩集，用來隨意擦拭。

看守者

1

「您沒有孩子嗎？」

「沒有。」

「是故意不想有小孩嗎？」

「就沒有要生小孩。」

「我想聽聽看理由。」

「我在八歲那年第一次經歷到有人死亡這件事，我對於她無法再回到我身邊的事實備受打擊，並且領悟到自己總有一天也會離開人間，不論如何，人生的終點依舊是死亡，而且有很高機率是要經歷痛苦才會走向死亡的事實。」

「當時感覺如何？」

「很可怕。你呢？」

「我還好。」

「真厲害。」

「這和不生小孩有什麼關聯？」

「因為不想讓新生命體會到我遭遇到的恐懼，假如兒子或女兒哪天問我……到底為什麼要把他們生出來，那我該如何回答？假如他們質問我，為什麼要讓他們經歷如此可怕的事情，憑什麼讓他們誕生的話，我該如何是好。」

「要是能提早問過他們的意見應該會好一些，比方說，我是你爸，性格超差，這世界也他媽的像一坨屎，你會生活得很窮困，最後死得很悽慘，不過爸媽還是會盡可能對你好，你要不要乾脆去好人家投胎啊，小兔崽子？像這樣。」

「這倒是令人印象深刻。」

2

「我呢……，哇，不過話說回來，我沒想到您真的會來找我，還以為只是網路上流傳的都市傳說。我是因為自從身體變成這樣以後，時間每天都多到發慌，所以才會上網不斷尋找，沒想到竟然真的被我找到，也太好笑。只要在網站上留言就會來協助安樂死，太神奇了。請問您們是如何領薪水的呢？有人會支付執行費用嗎？還是安樂死成功以後直接從客人的口袋裡把現金統統拿走？但是去翻遺體的口袋拿錢好像很不得體，我先聲明，我身無分文，所以兩位千萬別白忙一場啊。」

「不過您的眼睛真的好可怕，怎麼會有人眼睛長這樣？我可以仔細看看嗎？算了，噁心到根本不敢直視，黑眼球的部分太小了，眼白比例太多，上下左右都能看得見眼白，我記得有一種名詞是專門稱呼這種眼睛的，叫什麼來著？白眼？您應該知道我在說什麼吧？兩位怎麼都這麼沉默寡言呢。」

「一同前來的這位是您的孫子吧？該不會都這把年紀了，還有個這麼年幼的兒子？不過，您從事這種事情真的可以帶著孩子一起進行嗎？嗯，其實也輪不到我說三道四，但是這樣真的對孩子的教育好嗎？我只是有點擔心罷了，看起來還很小呢。弟弟，你幾歲啊？有滿十歲嗎？不去上學嗎？這可是殺人的事情呢，你知道嗎？唉，怎麼連小朋友也這麼沉默。頭髮是媽媽幫你染的嗎？欸，你這小子可要對媽媽好一點啊，這頭褐色頭髮染得還真自然，好漂亮喔。」

「請問真的不用支付任何費用嗎？我在網路上看〇〇賣很貴呢，更何況很多都是詐騙。您是如何取得的呢？為什麼都不說話？難道是營業機密嗎？哎呀，反正我都是要死的人了，告訴我一下無所謂吧，怎麼這麼神秘。要不要先坐一下？再怎麼說，這也是女人的房間啊，別老是站著。」

「不是孫子啊？哇，那你們是什麼關係？怎麼認識的？等等，我感覺到了，這是女人的第六感，兩位一起行動沒多久吧？太神奇了，我突然好奇得要死，因為這種情形實在太難理解。什麼？叫我小聲一點？我一出生就這是個大嗓門，您就擔待一下吧。」

「我本來有個男朋友，至少我是把他當伴侶的，因為我們的關係和交往幾乎沒有差別，不過自始至終他都不肯承認，而且還沒經過我的同意就和其他女生展開交往，是不是很好笑？超莫名其妙的喔！這根本就是沒把我放在眼裡啊，所以我就去鬧了一下，找去他家，也去找那臭婊子，總不可能永遠都當個乖寶寶吧。隨著嗓門愈扯愈大，自然而然也有動手，可是下手沒有太重啦，那種程度根本稱不上嚴重，以前學生時期才真的誇張。」

「有一次，我和朋友們一起喝完酒就地解散，獨自走回家的路上，突然有一群身穿黑衣的大叔衝出來，我真的被他們打到吐血，還把我的衣服撕毀脫去再毆打，哇，那是我第一次被揍得那麼慘，他們不僅不把我當女生，甚至感覺不到他們有把我當人看待，所以我才會變成這樣。」

「要給您看嗎？我已經確定不可能懷孕了，就連大小便都得用這個，還要按時去倒掉。再也不能奔跑、喝酒、抽菸，您看看這哪是人過的生活？操他媽的。好了，該抱怨的都抱怨完了，請幫我安樂死吧，安樂死確定不會痛吧？不過，等等，既然都要讓自己掛掉了，是不是抽根菸再死也無所謂？」

3

「抽吧。」孩子爽朗答應。「好吧，幹，來一根好了。」女子從抽屜裡掏出了一包菸，她沒有事先爭取身為長輩的我同意，就直接點燃香菸。「嗯，終於有活過來的感覺了。」她一口接著一口吞雲吐霧，動作看起來實在不太雅觀。「這菸真香，不過，等一下，這怎麼回事。」女子馬上扶住肚子，「怎麼會突然這樣……啊，啊——！」她面部猙獰，放聲尖叫。「怎麼了？」孩子一臉天真爛漫地問道。「快，快給我那個，安樂死，幫我安樂死。」女子身體蜷縮，似乎是有一股強烈的疼痛感席捲而來。「在幹嘛呢？難道要一直杵在那裡嗎！」

「我不會幫妳執行。」我默默開口說道，「我不打算為妳做任何事。」於是孩子噗哧笑了。

他打開包包，取出藥瓶，朝我的方向丟擲，我一把接住，雙手交疊於前鄭重地站著。「妳沒有資格免於痛苦，因為還有未付完的代價，只能一輩子不方便地活著，細細品味痛苦，這是讓妳對那些被妳親手毀掉的人好好贖罪。」孩子往空中拋飛藥瓶，啪，再反應敏捷地用手掌接住。女子一看見藥瓶，便拚了命地伸直手臂想要去搶。孩子站在女子碰觸不到的距離，將藥瓶高舉。「我知道妳從未反省過，也知道妳一點都不感到抱歉，所以才沒有要妳他媽的道歉，只要藉由痛苦來默默贖罪就好。」

「那你們為什麼要來這裡？」女子痛苦難耐，「既然不願意幫我安樂死，那到底為什麼？為什麼要大老遠開車過來！」她像是被鬼附身般厲聲怒吼。「哇。」孩子轉身背對她，打了個哆嗦，「長那麼醜，至少要有品吧，真是的。」孩子將藥瓶放回包包裡。女子聽見拉鍊聲，開始咬牙切齒，「快回答啊！說，到底為什麼要來這裡！」她瞋目怒視，滿滿的毒氣攀升至喉嚨，音節間飄散著濃濃惡臭味。

「為了來嘲笑捉弄妳。」我回答。

4

「所謂沒品，應該就是指那種人吧。」孩子上車後一把將包包扔到了後座。「嗯～」我發出了簡短呻吟，同時也啟動了車子。「怎麼了？」孩子向我問道。「沒事，我只是……不太習慣那句話。」車子正準備要出發時，我停下腳部動作，「因為光是在十五～二十年前，這句話還被人視為是不可使用的禁忌。」孩子一臉聽不太明白的表情，我用指尖摸著方向盤繼續說：「就算有人愚蠢至極、做了該被罵的舉動，也不能說『這傢伙很沒品』這種話，說了反而會遭受批評，換來『怎麼能說這麼重的話』的反應。然而，現在這句話卻很容易被使用，也不曉得究竟是這世界太安分，還是快速失去道德感，真是令人困惑。」於是孩子不以為意地回答：「因為已經過了十五～二十年啦，我都還沒活過這麼長歲月呢。大爺，其實您有個非常危險的念頭，認為自己和時間很要好。」

5

我是在雨天讀到這位紳士的故事。

6

……我已經不是從前的那個我，早上固定會吃番茄，每天一定要做深蹲，才能勉強維持下半身彈性。我也戒菸了，原本抽菸是我人生中唯一興趣，唯一的樂子，可惜氣力不足，不得不戒。最主要是抽菸會讓我跑步吃力，現如今已經到了兩天不慢跑肚皮會鬆垮的年紀。不能抽菸，也不再喝酒，於是某天，我發現已經找不到任何活著的樂趣。

抱歉，不小心說太多自己的事了，因為沒有可以傾訴的對象，所以每天都閉口不語。對於下屬來說，我是個冷血無情、公私分明的中年男子，也不可能在他們面前展現軟弱的一面。像這樣透過文字的方式對話，反而顯得有些聒噪，也許是單向溝通的關係，更容易寫出不必要的內容，還望您見諒。

我想要向您尋求安樂死的協助，這絕對不是厭倦了無趣人生的中年男子碰上低潮期，我想要請您幫忙安樂死的對象是我女兒，此時此刻也只能躺在床上默默望著窗外樹木的可憐獨生女。

她本來是一名芭蕾舞者，平日像天使，跳舞像女神。當這孩子踮起腳尖用身體優雅地畫著曲線時，所有人都會看得如癡如醉。身邊也總是蒼蠅環繞，不乏追求者，害我疲於奔命。雖然也有人說我太誇張，但是保護女兒絕對是我的第一要務。有一次還有個像黃牛一樣體型壯碩的傢伙，老是像個跟屁蟲一樣跟著我女兒，所以我就把他拋飛在地。再怎麼說我過去也是有練過劍道和柔道的人，這絕對不是在自賣自誇，要是真打算炫耀，一開始早就先說我是定向飛靶射擊比賽達人和柔術紫帶了，還有西洋棋冠軍，還是我已經在前面寫過了？總之，我沒有任何想要吹噓的意思。

希望我的幽默不要令您感到不悅才是。最近連開玩笑的方式都跟以前大不同了，下屬認為好笑有趣的梗，我怎麼研究都不感興趣；我注意的事物則不被任何人好奇，只有我的妻子和女兒了解我的幽默和笑點，看來我只和美麗的女子趣味相投，這樣想也就覺得心滿意足了，何必去逗那些全身汗臭味的男生和已經有對象的女生笑呢？當然要專注在彌足珍貴的觀眾身上才對。我的妻子去年因病逝世，您只要幫忙處理我的女兒就好，應該比較不麻煩。

一切都是因為一場車禍，非常可怕的車禍。請恕我無法詳細描述當時情況，因為即便事隔多年，當時的情緒還是沒有消失。神奪走了女兒的雙腿，夢想、未來、家庭和睦等這些東西，都被隨意裝成一袋扔了出去，前來安慰我的牧師說，這也是上天安排的偉大計畫之一，於是我請他滾開，我是不曉得神在往後的日子裡準備了多少恩惠和祝福啦，但是假如那份祝福是必須靠現在奪走女兒的兩條腿和智力來換取，那我也不稀罕，因為這根本是詛咒，去吃屎吧！我還順便請他有那個閒工夫不如也問候一下他自己的神，反正往後我們也不可能再碰面了。

最讓我痛苦的時候是……幫女兒排解性慾的時候。現在的她，已經無法做出符合年齡的思考，想要的東西會哭鬧到得手為止，不論老師您是男是女，我相信一定都能理解我的苦楚。我是這孩子的父親，卻要親手去觸摸女兒已經成熟的生理結構，做一些難以啟齒的事情，那幾個晚上我都會心情複雜到輾轉難眠，現在雖然會用最少觸碰的方式度過那種情況，但是女兒提出需求的行為也愈演愈烈。

昨天，我見了一名青年，他是代替我滿足女兒需求的年輕人，是一名牛郎，人生崎嶇坎坷，聽說曾經在一名猶如怪物的女子底下當過性奴隸，吃過糞便、跟同性做愛、BDSM[4]、和動物交配等，能想到的事情他都做過。從他那張細皮嫩肉的小白臉上，實在很難看出竟然有著這些難以置信的過去。我和他約定好，結束一天的服務就支付他當日的費用。

然後我回到家重新思考，連衣服都沒換、手也沒洗就坐在椅子上，一坐就坐到了今天早晨天亮。我得出了結論，找到屬於自己的答案。那名青年不會有機會爬上我女兒的床，我也再也不會

❹ Bondage（綁縛）、Discipline（調教）、Sadism（施虐）、Masochism（受虐）行為簡稱。

需要親手脫去女兒的睡衣，我們父女倆只是陷入了一段辛苦期，所以只要逃脫不就能解決？

老師，我女兒就麻煩您了，這孩子已經吃太多苦，我不能為了帶領她走向安息而加諸其他痛苦在她身上，真的不希望如此，所以拜託您為她執行安樂死吧，請您試著揣摩一名懇求別人殺死親生女兒的父親心情，希望您能受理我這份不情之請。

我打算等女兒走了之後我也緊跟在後，我不需要安樂死，所以不必為我準備相關藥品，我會擔起殺死親骨肉的責任，悽慘地、承受所有能受的折磨，再自我了斷。盼覆。靜待佳音。希望不會讓我等太久。那就先寫到這裡了。

7

「其實嚴格說來，沒有誰的情況比較不緊急，但是這個人的情況實在太急迫。」孩子一邊嚼著嘴裡的吐司一邊說道。「你確認一下日期，什麼時候寫的？」我用梳子將滿頭白髮向後梳，鏡子裡的眼白看起來特別多，每當心情不穩定時就會更明顯。我暗自心想，還是沉穩一點吧，都這把年紀了，要能控制住自己的心情才是。我用指尖挖了一小坨髮蠟塗抹在頭髮上，用梳子整齊梳理。孩子反而比我先冷靜，他開口回答：「四天前寫的，有一段時間了，乾脆今天出發吧。」我點點頭，犯著嘀咕，「他奶奶的。」

「老師，我們來了，您有接到聯絡吧？」外頭傳來說話聲，後來發出一些聲響後，緊接著門把就出現了晃動。「怎麼雨下這麼大啊？明明是上午卻像傍晚一樣昏暗。」金紹熙拿著帳本走了進來，連忙抖掉衣服上的雨水，一口氣抱著三個紙箱的具宰壁也緊跟在後。「歡迎，歡迎。」我洗去手上的髮蠟，擦乾雙手，並遞了兩條小毛巾給這兩位訪客。「快進來坐。」孩子把下巴靠在餐桌上，取了一根叉子，不停戳著雞蛋，他一副事不關己的態度，雖然不知道為什麼，但他看待金紹熙和具宰壁的態度猶如對待蛆蟲。

「你為什麼討厭我呢？」金紹熙擦著被雨淋濕的頭髮問道，「要我猜猜看嗎？是因為我的口腔結構？」她的門牙像是從雙唇間擠出來似地，整個突出外露，足以毀掉一張天生可愛的臉蛋，是屬於嚴重程度的暴牙。孩子連短暫的視線交流都不願意，只是繼續用手中的叉子將雞蛋碾碎，動作看起來有些暴力。「你該不會把那顆雞蛋當作是我吧？」金紹熙一邊抱怨，一邊攤開帳本。喀啦、喀啦，她習慣性地按壓原子筆，別無意義。「那個，適可而止喔！」我因為聽那聲音聽得厭煩，說了她一句。金紹熙直接轉移話題，「請您確認一下物品。」

「這兩箱是您一直以來使用的，還有另外這一箱是雜物，總共三箱。」具宰壁撕開封箱膠帶，內容物完好無缺，沒有任何瓶罐破損。「確認好了。」我話一說完，具宰壁就把紙箱堆放在櫥櫃旁。「哈囉，小弟弟。」具宰壁一邊對齊紙箱邊角，一邊向孩子打招呼。孩子嘴巴裡含了一口水，沒有多作回應，然後把頭向後仰，像刷牙漱口一樣漱了一下喉嚨。「你可以告訴我到底為什麼討厭我嗎？」具宰壁張開雙手。嘩啦啦，孩子把盤子放進廚房洗碗槽，再轉開水龍頭。

「最近您的訂貨量突然增多，看來是自殺人數驟增？」金紹熙翻閱著帳本。「其實人數一直以來都差不多，早已是飽和狀態。」我在空格處簽收，「我想也許是網站曝光度增加的關係。」金紹熙闔上帳本，「那就重新設定網址，不就能回到原來的樣子？」我把筆還給她，「下雨天真是辛苦妳了。有去牙科看醫生了嗎？」金紹熙接過原子筆，用筆搔搔頭頂，「去過了，但是醫生說光靠一般的牙齒矯正是比較困難的，像我這種情形會建議直接開刀處理，所以我打算不處理了，就這樣過一輩子吧，又不是處理好暴牙就能交到男朋友。」

「就叫妳去開刀了！」具宰壁用毛巾擦了擦後頸，不知道是不是因為搬重物有出力的關係，他滿身大汗，還把毛巾塞進了衣服裡。「奇怪了，真熱。」具宰壁話一說完，孩子就低語呢喃：「頭殼上戴個保險套，不熱才怪。」他是針對具宰壁頭戴的那頂毛帽所說的話。「噗，他說你戴的是保險套。」金紹熙放聲大笑，「而且帽子顏色還是白色，更好笑！所以這是用過的保險套嘍？」

「他媽的，你們兩個一搭一唱，有完沒完？」具宰壁怒瞪了孩子一眼，「我要是脫掉這頂帽子你又會嘲笑我是禿頭啊！我就是不想聽你說我禿才戴帽子的。」具宰壁是個非常有個性的男子，也固執己見，原本體重破一百二十公斤，後來因為減肥壓力過大，導致嚴重落髮，頭頂上出現一片像原野般的大面積圓形禿，他嫌按時吃藥麻煩，也嫌戴假髮多此一舉，所以決定一不做二不休直接用刮鬍刀剃光整顆頭，並在頭頂上刺了一片駭人怪異的刺青。「這不是禿頭，是造型。」具宰壁嘖了一聲，「真是的，你們不懂啦。」

砰砰，這時，有人在外頭敲門，大雨中突如其來的不明敲門聲聽起來格外陰森，砰砰，而且是以固定間隔傳來。「誰？」金紹熙的神情流露出不安，「今天有人要來嗎？來這裡？」具宰壁大步走向大門，金紹熙也小心翼翼緊跟在後。「誰？」具宰壁凶狠地朝外頭大喊，門外傳來了陌生嗓音，「抱歉冒昧打擾了，我有事相求。」男子的聲音聽起來有一定年紀，說話語氣鄭重又帶有威嚴。「雖然不曉得是什麼事情，但你找錯嘍！」具宰壁把氣氛搞得劍拔弩張。「外面正下著大雨，我衣服都淋濕了，能否招待我喝杯熱茶呢？」外頭的男子追問。「這傢伙到底是誰？」具宰璧轉過頭來望向我。「給他開門吧。」我頷首應允。當大門被打開時，映入眼簾的是一名身穿灰色雨衣的男子。

「是陌生面孔耶。」金紹熙歪著頭。「報出名字來也沒用。」具宰璧眼神緊盯著男子。「認真沒看過這傢伙。」孩子從餐桌旁站起身，滿臉警戒。「您應該是找錯地方了。」我緩緩開口說道。「不可能。」男子脫下雨衣帽，整齊向後梳的頭髮下，一副銀色鏡框在閃耀，「我看我是找對人了，這裡不是擺放著一堆用來安樂死的物品嗎？」瞬間，具宰璧的眼神變了，他把視線固定在男子身上，並緩緩脫去毛帽。滿頭刺青的模樣還滿嚇人的。「我操。」金紹熙也用低沉嗓音說出了不雅字眼，她改將原子筆顛倒握住。「妳不需要這樣子。」男子說道。「是嗎？我們可不這麼認為。」具宰璧朝男子撲了過去，正準備要出拳時，男子突然亮出了身分證。

「住手。」我連忙制止他們。

「你喜歡暴力？」男子對著具宰璧擠出一抹微笑。

「檢察官大人，什麼風把您吹來的啊？」我走近男子。

「什麼？這傢伙是檢察官？」孩子納悶地皺著表情。

「嗯，我這傢伙就是檢察官。」男子把身分證收好。

「也太衰小。」具宰璧語帶不耐地說道。

「就是說嘛。」金紹熙緊閉雙眼。

「這裡好多珍貴的物品喔。」男子環顧了一下室內。

「要幫你準備紀念品嗎？」孩子露齒微笑。

「小朋友，別鬧了喔。」我耐心勸導。

「沒關係，這孩子親和力十足啊。」男子說道。

「今天是為何事而來？」我的反應顯得有點冰冷。

「幹嘛說話拖泥帶水的啊？」金紹熙語帶攻擊。

「趕快說重點吧。」具宰璧鼻孔噴氣。

「因為我等了很久都沒得到回覆。」男子說道。

「請問是指什麼回覆？」我反問。

「我有向您拜託女兒的事情。」男子說完嘆了一口氣。

「喔～」孩子發出簡短驚呼。

「喔？」金紹熙回頭看向我們。

「抱歉都沒得到您的同意就貿然登門拜訪。」男子低頭道歉。擺在他面前的茶杯裡，飄散著淡淡的茉莉花香。「你是怎麼找來的？」我與他相對而坐。「到了我這個官階，自然是沒有什麼事情想查卻查不出來的。」男子苦笑，「曾幾何時，還認為自己擁有了這項了不起的能力……現在反倒覺得自己也不過只有這點能力，沒什麼了不起。」男子展現一臉好人的面相，我沒有跟著微笑附和，因為我們的基地被人發現了，情況不妙。也許是心事直接寫在了臉上，男子試圖安撫我，「您可以放心，知道這裡的人不多，我只有指示幾名最能夠信賴的親信負責找出您的落腳處。」他喝了一口茶，繼續說：「他們也都能體會我的苦惱，真心支持我做的決定，所以完事之後絕對不會有令您困擾的事情發生。」男子乾燥的唇紋被茉莉花茶浸潤，「而且反而會對老師您的活動發展有利，不如就趁此機會當作是多了個穩固的靠山，不行嗎？」一道閃電劃過天空，原本被黑暗遮住的雨勢，宛如怪物般瞬間顯現。過不久，在打雷聲傳出時男子也繼續開口說道：「以後可能還會有人突然來找您，但誰也不敢保證都會像我一樣帶著好意來這裡。人生在世，總是需要貴人相助不是嗎？尤其是在事業上如果需要設定安全區域的話。」

我在心中嘆氣，這是個簡單的問題，只要順著他的毛摸，給他想要的東西，不要去忤逆他即可。聽從他的指示照辦，隨時有心理準備他會背叛我即可，根本沒有選擇的餘地。因為一旦拒絕他，就會犧牲掉許多東西，這絕對不是因為被他嚇到而產生這樣的念頭。我開口回答：「我是今天早上才看到您的故事，也就是您剛到不久前，我甚至深感痛心，認為怎麼會有如此窘迫的情形，進而重新調整了我的行程，還打算等清點完今天送來的物品之後，就要馬上出發去您那裡。」我打開筆記型電腦，螢幕馬上顯示網站上的投稿清單。我把畫面轉了過去，給男子觀看，「我們的原則是照順序閱讀，在你投稿的故事之前還有好多則別人投稿的故事要看，畢竟您應該也很清楚，這個國家有多少人想死……」

「我並沒有埋怨您，」男子身體向前，一把握住我的手，「我只是不能坐以待斃，所以才會加緊腳步行動，至少能聽到您是否願意受理的回答也好。」我透過他的體溫能夠感受到他的走投無路與真心。「就算老師您拒絕受理我的案件，我也絕對不會傷害您，只會繼續懇切地糾纏您，拜託您回心轉意。」男子眼角泛淚，「不過剛才聽您說原本就打算要來找我，實在太令我感動，萬分感謝。看來今天就能結束這一切了。」

「我答應你，從今以後，不會再有任何一位家人受苦。」我正視著男子的雙眼，「不會再有任何痛苦折磨。今晚你會提著雨傘等待，練完芭蕾舞的女兒走出來會發現爸爸在等她，然後連忙跑來挽著你的手臂問你有沒有等很久，你搖搖頭，周遭經過的路人紛紛對你們父女投以羨慕眼光。你們共撐一把傘，走過一座橋，回到妻子在等候的家。女兒好奇晚餐吃什麼，可你卻不打算告訴她。一家人坐在餐桌上分享著今天發生了哪些趣事。」男子連眼睛都不眨，他擔心短暫的黑暗會打斷這個美麗動人的故事。「老師，」當男子最終闔上眼睛時，他流下了眼淚，「您怎麼好意思用那雙四白眼一邊盯著人家看，一邊說這種故事。」男子用手帕擦拭眼角，「真是的，我是被你嚇到漏了幾滴淚，怎麼白眼球的範圍可以那麼大，上下左右都是眼白，害我還不小心漏了幾滴其他東西。」男子語帶玩笑地說著。「還真是飄著濃濃霉味的幽默。」在一旁觀看的孩子喊道，「就算是一群流浪漢在八月天輪流分食一名得了腹瀉病的牛郎的腸子，也不會飄散出這種程度的惡臭味。」我嚇得回頭看向孩子，孩子對我聳肩，一臉「怎樣？」的表情。「這是我家地址和鑰匙。」男子將一張對半摺好的紙，夾放在茶杯旁，「那我就先起身告辭了。還有一些公事要回去處理，今天得弄完才行。送走女兒的方式……就拜託您用口服藥了。等您處理完可以多待一會兒，我隨後就到。再次感謝您。雨天路滑，開車還請注意安全，我們等一下見。」

瀝青

狩獵者

1

「一群垃圾記者。」

盧男勇一上車，就開始不停發牢騷。

「幹嘛呢？怎麼還不趕快出發。」

「是。」我旋轉方向盤，「叭叭——！」用力長按喇叭。聚集在前方的人一邊偷瞄一邊向後退。「看屁啊。」我冷冷鼻笑，認為這些人實在太可笑。汽車駛離監獄後，我從後照鏡看了一下後頭，一大群人為了追逐盧男勇而緊跟在後。

「真像一群追趕雞群的狗。」

「為了讓那群人變成狗，我也成了雞。」

「您可以欣賞一下窗外風景。」

「能有這個閒情逸致嗎？」

「光是人行步道磚應該就足以讓您感到神奇。」

「對欸，真的欸。」盧男勇驚訝地張開嘴巴，「那些石頭怎麼能每一顆都整整齊齊鋪在地上。」就連看見一旁經過的小型車也忍不住高喊，「剛才那輛車是什麼？超小、超可愛的欸！」

停等紅綠燈時，他還對一旁同樣在等待交通號誌燈轉變的汽車裡的小朋友揮手。「哈囉！你要去哪裡玩啊？」

「他應該看不到您，因為車窗有貼隔熱紙。」

「所以我才要對他打招呼啊，不然他看見我會開心嗎？」

「看來您還有點良心。」

「我不是什麼怪物，只是偶爾才會變成怪物。」

「就是因為這樣才會被稱為怪物，一般人是任何時候都不會變成怪物。」

「我可是看多了那些『一般人』所做的惡行，最近早已是一般人比黑道還要更像流氓的世界，你應該也看過不少這種情形。」

「是的，那些人也統統都是怪物。」

「那你說的一般人是指誰？」

「就是真正的一般人。這不是我特別去定義的，但這世界上的一般人愈來愈少，大家都變得愈來愈像怪物，真正的一般人應該寥寥無幾了。」

「如果是這樣的地球……」盧男勇凝視著窗外。

「嗯，還不如滅亡了。」我提高車速。

「什麼時候滅亡好呢？」盧男勇淺淺微笑。

「黃昏的時候吧。」高樓上的藍天顯得十分遼遠。

「還要開很長一段路，您要不要先睡一下？」

「不，我想要把握機會盡可能欣賞外頭的景色。」

「看來您正在享受自由。」

「完全正確！」

「您要聽廣播嗎？」我問道。「好啊，讓我聽聽看現在的廣播節目。」盧男勇爽快答應。我按下廣播鍵，立刻傳出主播在播報新聞的聲音。「目前已經有超過七十萬民眾向政府請願阻止盧男勇出獄，呼籲莫忘其罪行的大學生團體示威活動也正在釜山火車站前廣場展開。可是另外還有一群堅稱不容許欺負詩人的團體去鬧場，兩方人馬大打出手，引發激烈衝突……」我轉到了其他頻道，電台正在播放時下人氣最高的男團主打歌。一直靜靜聆聽的盧男勇突然問道：「那個歌詞，到底在講什麼？」我回答：「不知道，我也聽得不是很清楚。」盧男勇嘗試專注聆聽，「不過聽起來倒是滿熱鬧的。」我點頭表示認同，「是啊。」接下來我有好長一段時間不發一語，默默馳騁在大街上。於是兩人同時噗哧笑了出來，甚至變得幾近癲狂，開始瘋也似地狂笑，一起墜入都市。

2

「這邊整面牆都是落地窗啊。」

「剛好附近就是繁華區，很熱鬧。」

「這附近還有一座公園。」

「每晚都會有醉漢發酒瘋，到處大吼大叫。」

「天花板真乾淨。」

「二十四小時都會傳來砰砰聲響。」

「壁紙也全部重貼了呢。」

「左右兩邊都會傳來鄰居的叫床聲。」

「真是使人發瘋的絕佳房間。」

「沒有比這間更合適的了。」

「你打算怎麼做？」

「暫時把他一個人關在這裡。剛從監獄出來的人都會對凡事感到新鮮好奇，因為在監獄裡生活的記憶還十分清晰，所以會對世上的一切心存感恩，內心也平穩安定。但是等這樣的感覺稍退，逐漸將這樣的生活視為理所當然的時候，各種不滿與厭煩的情緒就會與日俱增。以盧男勇的情形來看，暴力衝動和性慾也會徹底被點燃，變得一發不可收拾。」

「這時要是剛好有誘餌出現——」

「就會闖下大禍。」

「保證會？」

「絕對會。」

3

「這房間真好。」

「非常好。」抵達住處的盧男勇滿意地頻頻稱讚。「這玻璃窗可真大，這種程度的話即便不能外出也不至於煩悶。」我站在門前雙手交疊於前以示莊重，並且不發一語地看著滿心歡喜的盧男勇。「壁紙真乾淨，看起來整潔又明亮。」盧男勇用手掌沿途觸摸壁紙，「畢竟我是個愛乾淨的人，從小就生活得比較富裕。」他查看了一下天花板，然後順勢坐在床墊上，「看來終於難得能睡個好覺了。」他容光煥發，對我露出了潔白的牙齒。

「謝謝你。」

「別客氣。」

「那我的三餐該如何處理？」

「您可能要叫外送一陣子。」

我把裝著現金的信封袋放在餐桌上。

「要請您盡量避免飲酒。」

「知道了，我也打算如此。」

「畢竟您是屬於喝醉酒自制力會下滑的類型。」

「有人不是這樣的嗎？」

「一罐啤酒都不行喔！」

「好啦，有夠囉唆。」

「不過，這裡還真不賴。」盧男勇站在窗邊，「父母因為上次那起案件和我斷絕往來，可能他們也受夠了每次都要幫我擦屁股吧，可見我闖了多少禍。」他的側面看起來有些淒涼，「現如今已經沒有人會再叨唸我了，謝謝你還會叮嚀我，也謝謝你為我做的一切。」盧男勇緩緩低頭，這是比我年長的囚犯所展現的禮儀。我短暫闔上雙眼低下頭，「感謝您接受了我的提議。」

「是這個社會有問題。」

盧男勇說道。

「至少對於像我這種人來說，整個社會系統都很有問題。我生來就是這種生物，可是這個社會和法律卻定義我是錯的、需要改進、需要忍耐的，最終不就是如此嗎？和我不同的一群生物搶先一步制定了規則、判斷、準則，而我其實只是按照出生的樣子過日子。但是只要『我們』是少數，『他們』是多數，且提前誕生在這世界上制定了系統，那我也束手無策。」盧男勇長嘆了一口氣，「所以才說世界是不公平的。」

「真希望像我這種人是多數的話該有多好。」

「那人類應該會互相殘殺，走向滅亡。」

「為了防止這樣的結果，應該會去制定適合我們的法律吧。」

「既然接下來您也沒有其他行程，或許可以考慮以此作為主題寫小說，說不定能創造出媲美《超世紀諜殺案》[5]的名作，因為光聽您說到這裡，就讓人不寒而慄。」

「我可不是在說笑。」

「說不定還能超越這部作品呢。」

「欸，次長。」盧男勇倚靠在那扇大面積的窗戶上，「不是只有我不適合現在的法律吧，大家也對現今國家法律有諸多不滿，不是嗎？「惡法亦是法」，蘇格拉底這句話也根本是垃圾，不僅矛盾又是廢話，更何況這句話根本不是出自他口。人類是極其感性的生物，因此，人是很主觀的，沒有辦法交換絕對的信賴，當然，也不可能做出公正的審判，所以才會制定人人可以遵循的標準，只為了公正客觀地去判斷，而這套標準就是所謂的法律。」

「是，我洗耳恭聽。」

「但是法律反而會製造受害者，因為是惡法。那麼從一開始，法律就未能有效扮演好其角色的意思，不是嗎？表示這根本不是什麼法律，而是個錯誤的東西。其實仔細想想，要成為這個國家的公民、遵循這個國家的法律，都未經任何人同意，對吧？大家都只是莫名其妙投胎在這裡，生長後才發現原來是這樣的社會。」

「真是有趣的見解。」

「不滿意的話就只能選擇離開。是啦，對於我這種人來說當然是很簡單的問題，但是對於一般人來說移民可就不是一件容易的事情了。在我看來，這一切都像企業，他們不是都會大言不慚地要求為五斗米折腰的員工要有忠誠度、愛公司的心嗎？我倒想問，假如有某個絕對性的存在賦予人類做選擇的權利，那麼，這世界還能維持現在這個樣子嗎？」

盧男勇朝虛空抛出了內心疑問。

在一片靜默中引發了一場看不見的騷動。

我本來都沒回話，後來嘗試開口。

「您就寫一份原稿提供給出版社吧。」

「哎呀，我說你這人。」

「既然您都已經正式成為詩人，是時候嘗試當作家了。等您的書籍將上市時，再用刀刺死一個傢伙，應該可以達到很好的宣傳效果，就像十年前的那天一樣。」

「那要是我又被判十年的話怎麼辦？」

「上次不就是因為否認罪刑才會變成那樣嗎？這次您可以改走認罪路線，那就能成為暢銷作家，說不定還會被翻拍成電影。」

「那我呢？」

「應該會被判無期徒刑，直接坐牢坐到死吧。」

「去死。」盧男勇笑著拉上窗簾。

「那您就先休息吧。」我穿上了皮鞋。

「這個房間有攝影機嗎？」盧男勇問道。

---

❺ Soylent Green，一九七三年發行的美國反烏托邦科幻電影。

「只有玄關那邊那台。」我回答。

「那我要來選一下睽違十年的外食餐點了。」

「應該沒有比炸醬麵和糖醋肉套餐更合適的了。」

「你下次什麼時候會再來？」

「每天至少會來一次，來陪您聊天啊。」

4

我一走出來就有一陣強風迎面而來，灰塵進入眼中，痛得我睜不開眼。我急忙走向車子，用水沾濕手帕。我摘下眼鏡，擦拭眼角，並用手帕濕敷眼睛，讓水分滲進眼球裡。頭好暈。我感受到微微頭痛，都是因為每次見盧男勇時戴的這副眼鏡導致，這副眼鏡度數較高，容易使我頭暈、噁心。我把剩餘的水也倒在了手帕上，用力搓洗兩邊的耳洞，畢竟剛才聽了那麼多骯髒的內容，一定要清洗乾淨才行。

「老公，你有吃飯了嗎？」

我在返回公司的路上。

妻子打來，聲音聽起來有些疲倦。

「我正準備要吃，怎麼了？」

「之前我加入的志工團體，不曉得你還記不記得……叫做Hand & Hand吧，大概是幾年前的事了。我聽他們說前幾天有寄一件包裹，可是我怎麼找都找不到。」

「喔……妳說那個啊。」

「你有拿走嗎？」

「抱歉，忘了跟妳說在我這裡，我看它夾在我的包裹當中。」

「原來，因為我聽他們說是很重要的東西。」

「需要我幫妳確認嗎？」我把車開到路邊。

「可以幫我確認一下嗎？」

「等我一下。」我停好車，打開包裹。

「裡面只有問卷調查耶。」

「問卷調查？」

「『在所屬團體參與活動期間，有無感受任何不便？』類似這種問題，我看都只有問一些對他們來說比較重要的問題。」

「啊，真討厭，竟然到最後還這麼厚臉皮，我當初之所以會轉去其他志工團體，就是因為他們內部營運不太正常，所以現在是又寄問卷調查來催促我給回覆的意思？」

「不管到哪裡都會有這種厚顏無恥的人。」

「別太在意。」我安慰妻子。「我是為當初在那裡浪費的時間抱屈，嗚嗚。」妻子努力壓抑內心怒火。「那這份問卷我就自行幫妳處理掉嘍。」我把那封信摺成一半。「好，你應該在忙吧，實在很抱歉。」她說。我們結束了通話，我低頭看著包裹，「一群有毛病的人。」我口出惡言，「幹嘛沒事寄這種東西過來，他媽的。」其實那是我故意順手牽羊，不是不小心，而是一看到就馬上塞進了我的口袋，因為包裹上寫著不能讓妻子看見的東西。

「那又是什麼。」

馬路上有個人倒臥在地。

小型車已經停妥，駕駛人在來回踱步，「我撞到了這位爺爺！」他對著路過的汽車大喊，「但我忘了帶手機，請問有人願意借我手機嗎？請幫幫忙，幫這位爺爺叫救護車！」他使盡全力呼救。我下車走向事故現場。躺在地上的老人痛苦呻吟。我打開手機，按下數字鍵，我一邊查看老人的狀態，一邊冷靜地向救難人員解釋眼前的情況，「是，這裡有行人被汽車撞倒，是擅闖馬路發生的車禍，從事故位置來看，初估是這個人突然闖進車道導致。他好像有骨折，但不影響呼吸。」在我講電話的期間，肇事駕駛頻頻向我道謝，「謝謝，謝謝您。」痛苦呻吟的老人忍不住對著駕駛破口大罵，「你這畜生！開車不長眼啊！」於是我立刻用大拇指按壓老人的受傷部位。

「是你走路不長眼吧。」

我指尖用力施壓。

「這裡既沒有斑馬線也沒有紅綠燈，沒有任何為行人裝設的設備，可你卻在這裡做了發神經的事。明明一切純屬你的錯，駕駛人卻很倒楣，還是難辭其咎，被你這加害者連累，到底哪來的膽子對受害者出言不遜。果然小流氓老了以後也未必會改頭換面，」我鬆開大拇指，「就只是變成老流氓罷了。」當我站起身，發現駕駛在揉壓自己的腰部。「您有受傷嗎？」我走過去查看。

「我有腰椎間盤突出的問題，剛才撞上的時候，好像有傷到這裡。」駕駛痛到表情扭曲。

「應該光是打個噴嚏都會痛吧。」

「嗯，好像突然變更嚴重了……不能再站著了。」

「我車上有藥膏，先去拿給您，擦了以後應該能撐一下。」我準備離開車禍現場。「謝謝。」男子向我頷首致謝。「本來就該互相幫助啊。」我喃喃自語，轉身離開。我打開後車廂，翻找急救箱，「沒錯，就在這裡。」那是金理燦給我的藥膏，味道刺鼻難聞，但是對腰傷和膝蓋傷很管用。一罐應該夠用了。我手拿藥罐，準備關上後車廂。然而，就在此時，我感覺到後頸一陣刺痛。

「幹……他媽的。」

一根針刺在我的後頸上。

一群似曾相識的男子將我團團包圍。

我的視野逐漸泛白，最終轉成一片漆黑。

戰鬥者

1

「大叔。」

「幹嘛？」

「就算要死，也想問你一個問題再死。」

「說吧。」

「我有惹到你的家人或朋友嗎？」

「沒有，是和你素未謀面的人。」

「我操，那幹嘛對我這樣，是神經病嗎？還是在玩英雄遊戲？到底為什麼要戴面具又穿緊身衣啊？」

「就只是基於純粹的正義感。」

「哪種正義會讓你面帶微笑地把人揍成肉餅啊？」

「可能多少還有一些難以解釋的慾望吧。」

「果然不出我所料，你這死變態。」

「你的批評我只接受一半，因為正義感是絕對不能成為嘲諷的對象，尤其像現在這種社會更是如此，正義感在逐漸消失，那可是彌足珍貴的品德。」

「去吃屎吧。」

「其實過去有發生過類似的事情，有人在網路上發表了一篇文章，內容是在講述自己被先生和家族親戚欺負，被虐待得可慘了，引來網友群情激憤，並開始試圖合力要將受害者從萬丈深淵裡拉出來，向政府請願、報警、訴諸媒體，也有人高喊不相信韓國政府機構處理事情的方式，試圖將這項問題的層級拉高到國際。」

「你這是又扯到哪裡去了？」

「但是後來經過調查發現，竟然一切都是謊言，原來發表這篇文章的人有精神上的問題，你猜接下來結果如何？一堆人開始嘲諷當初那些為此打抱不平的人，『我打從一開始就沒相信過這篇文章』『一看就覺得不合理啊』『怎麼可能會有那種事』像這樣，一群智障開始嘲諷起正義，還擺出一副自己是先知的態度，把那些伸張正義的人當成傻子。」

「所以你想說什麼？」

「試問，要是繼續這樣下去，這個社會將變成什麼樣子？絕對會變得很可怕，因為大家會對於自己做正確行為感到後悔，『只有我們成了大家的笑柄』『以後還是不要去管別人的事好了』『再也不會被這種文章欺騙了』，像這樣採取冷漠消極的態度，然後就真的沒救了。因為那些真正需要幫助的人，從此以後就再也得不到任何人的幫助，你不妨想像一下，路上有人正在被人亂刀砍殺，都快沒命了，卻沒有任何人願意幫忙報警處理，你能保證下一個被砍的人不是你嗎？」

「放開，別抓我，都叫你別碰我了！」

「所以我才說，正義感是絕對不容嘲笑的。那件事只不過是有人說了個謊，當然，利用大家的好意的確是她不對，但沒有人是笨蛋，也沒有人是無知的，大家只不過是對極有有可能是真實事件的犯罪，投入理所當然的關心與關注罷了。你可以罵我是禽獸，嘲笑我是垃圾，稱呼我是殺人魔，並對我吐口水，但是在我所認知的正義裡，就算手法有些不當，也別想對這樣的美德說三道四。」

「請幫幫我，這裡沒人嗎？」

2

我重複看了好幾遍盧男勇出獄的影片，這傢伙走出監獄大門，在一群記者面前鞠躬，以謙虛的態度致歉，「我實在罪孽深重，我有在真心悔改，接下來的日子，我會安安靜靜躲在獨自一人的空間裡，不再出入社會，也不會再對任何人造成傷害。所以在此也拜託各位，請不要擅闖我的領域。」他話一說完，其中一名記者就大聲提問：「請問您現在是在放話威脅民眾嗎？」其他記者也跟著扯高嗓音，「請問不要擅闖你的領域這句話是什麼意思？」「以後最好要避開你的意思嗎？」「有沒有什麼話想對受害者說？」另一邊還有一群人在熱烈地進行現場直播。盧男勇不發一語離開現場，他連忙坐上前來接應的車輛，並快閃離開。當然，所有人也開始針對盧男勇的態度問題罵聲不斷。

「領域……」

「這人根本不是人，完全是禽獸。」

到處都是眼線，盧男勇也躲在家中足不出戶。電視上秀出了新聞標題——「盧男勇出獄首日，獨自安靜度過」，與此同時，也有絕對不能讓盧男勇變成第二個張尚哲的聲浪四起，畢竟出獄人士的自殺事件對於一些雜七雜八的團體來說簡直無法接受，一群視犯罪者人權如命的人正在試圖袒護盧男勇，再加上先前青瓦台也已經親自出面發表了聲明，所以看好戲的人應該不會逗留太久。

伸展、拉單槓、單手伏地挺身，我靠著這些運動維持身體柔軟度和體溫，在不會累積疲勞的限度下使肌肉保持緊張。要給你什麼好呢？腳趾甲？還是舌頭？是啊，一切都是命運的安排。隨著時間流逝，我變得愈漸強韌，想像著獵物的肉質會是哪種感覺。我只要一闔上眼睛，就會看見黑暗中眼冒紅光的自己，感受著將牙齒插在對方的後頸上，直至對方斷氣為止；抑或是相反地，盧男勇的臭嘴埋在我開膛剖肚的腹腔上，翻找著我的肝膽等臟器。毋須出門時，我往往躺在沙發上一動也不動，凝視著闔上眼睛後，眼皮為我呈現的憂鬱幻影。

據傳盧男勇在受害者的身上留下刀疤時，會一邊哼唱歌曲。

受害者努力從那段恐怖記憶中回想起歌詞，「如果你視我可憐，就請原諒我。」他會不斷重複哼唱這段歌詞，彷彿鬼迷心竅般，不停重複，這是受害者在接受採訪時所陳述的內容。我到現在都還是會夢到他當時那張臉，一半是罪惡感，一半是欣喜若狂；他一邊流淚一邊流汗，就好比是……取兩名男子的面孔各半，粗糙地縫合在一起的感覺。我播放著盧男勇哼唱過的歌曲，一直單首循環，「請原諒我，請原諒我，請原諒我」，小房間裡不停回放著這段哀戚的歌曲段落。我用四天沒睡、乾枯歪斜的眼睛緊盯天花板，最終還是從床上起身，原本卡在耳蝸管上的歌詞也順著耳洞嘩啦啦傾瀉而出。

3

忍耐也是一種實力。

請保持沉默等待。

我不禁感到好奇，

你要做的事，究竟是

戰鬥？還是狩獵？

4

我讀了好幾遍白色面具傳給我的訊息，獨自思忖著戰鬥與狩獵之間的差異。夜裡，我站在電線杆後方重讀他的訊息，忍耐……盧男勇也在忍耐嗎？在遠處那間已經熄燈的房間裡，在窗簾後方為了忍耐而輾轉難眠嗎？我邁開腳步，快速移動至建物一樓大門，走進那棟公寓大樓，踮起腳尖，躡手躡腳地踩著階梯往上爬，有一種牆壁上的高級花紋在抓著我手腕的感覺。

「有聞到味道。」

我喃喃自語。

我伸出手指，按下門鈴。

門後方有盧男勇。

這傢伙的存在感十足，宛如一片白霧。

「……」

沒有任何回應。

我重按門鈴，連按了幾下。

「砰砰！」我用拳頭敲打大門。

過一會兒，對講機傳來嘟一聲，接通了。

「請回吧。」

他的聲音明顯壓抑。

我對著對講機微微歪頭。

「你又知道我是誰？」

「不知道，所以才請你回去。」

「開門。」

「我為什麼要給你開門？」

「要付出代價啊。」

嘟。盧男勇直接掛掉對講機。

我舉起腳來，用力踹門。

「砰砰砰！」在走廊上顯得格外大聲。

盧男勇重新打開對講機說道：

「請不要影響鄰居。」

「你會在意這種事？」

「拜託放過我吧。」

「那些女子應該也有說過同樣的話吧？」

「真的拜託你了，回去吧，別再來找我。」

「可是你是怎麼對待那些女子的？」

「真心奉勸你不要擅闖我的領域，我現在一直在忍耐，很痛苦，本來就已經很難熬了，千萬別火上加油。我是可憐人，拜託你同情我一下。」

「我所站的位置就是我的領域。」

「請你不要這樣，拜託，算我求你了。」

「我們當面談，如何？」

砰！我奮力踹了門一腳。

「我叫你開門，王八蛋！」我大吼大叫。

門鈴對講機另一頭傳來的說話聲明顯出現微微顫抖。

「小心我叫警察來。」

「你說什麼？」

我感到荒謬無語，甚至笑了出來。

「警察？」

「我會報警。」

「你不是不喜歡叫警察？」

「請你不要再繼續找我麻煩，回——」

我的嘴角開始扭曲。強烈的厭惡感使我打斷了他的發言。

「你不覺得丟臉嗎？」

於是換來一片靜默。

「嘶，嘶，嘶——」，呼吸聲從門鈴對講機裡傳來，聲音變得愈漸急促，在憤怒的呼吸聲中，還傳來幾個音節，「最好別，別找我開戰。嘶，嘶，嘶——會一發不可收拾，嘶，嘶，嘶，嘶，沒辦法停止，懂嗎？你這個混蛋。嘶，嘶嘶，千萬別做後悔的事啊，你可承受不起。嘶，嘶，嘶，嘶，嘶，嘶，嘶，嘶，嘶，嘶，嘶，為何要挑戰不幸呢？嘶，嘶，嘶，嘶，嘶，嘶，嘶，嘶，嘶，嘶，嘶，嘶，嘶，嘶，嘶，嘶，嘶，嘶，呼——」在最後那一剎那，變成了嘆息。那是我有史以來聽過最長又最臭的吐氣。嗶嗶，門鎖裝置被打開了。門片隨著鉸鏈旋轉而敞開，映入眼簾的是盧男勇跪坐在通往室內的門檻前。

「我這樣求你了。」

他對著我搓揉雙手。

「你回去吧，別再來找我了，我們不可以開戰，我很清楚你是怎樣的人，也知道你有天賦，就如同你嗅到了我的氣味一樣，我也有嗅到你的氣味，所以我們不能開戰，彼此都會後悔。拜託放我一個人靜一靜，我不想傷害你，你不能知道我是個怎樣的傢伙，我已經到達極限了，請你救救你自己吧，要好好愛惜自——」

「聽你在鬼扯。」我一腳朝他的頭部踹去，「瘋子，唸什麼經。」盧男勇無力倒地，他身穿寬鬆T恤和內褲，在地板上滾來滾去。「看看你穿的這身衣服，呸！」我朝他吐口水，關上門，將房間封鎖。我直接腳踩鞋子走進室內，環顧四周。床、桌子各一，兩張椅子，牆上掛著帽子和口罩。

「應該每次都是你自己開始，你自己停止的吧。」

我一把抓起掛在牆上的帽子，用力往垃圾桶裡扔。

「一直都是這樣，不是嗎？讓受害者等待你停止。但你這招對我沒用，我會自己開始，自己停止，而且會讓你等我收手停止。」

「你叫我要救救自己？」我脫下口罩，「愛惜自己？我？」我嗤之以鼻，「你到底哪來的自信，難怪那麼多人愛慕你。」我把口罩隨手一扔，然後回頭看向盧男勇。我發現這傢伙的鼠蹊部愈漸腫脹，性慾、食慾，在他的肚皮裡有東西在蠢蠢欲動。「幹。」我緊咬下唇。「都勸你不要這樣了。」盧男勇仰躺在地，面無表情地說著。

「叫你不要找我開戰……」

「嘿嘿嘿嘿。」他突然張開嘴巴，原本面無表情注視著天花板的瞳孔，開始籠罩著一股癲狂氣息。我不自覺地向後退了一步，「不，不會的。」我感受到背脊發涼。「這是怎麼回事？」和初次遇見白色面具時有類似的感覺。很大，很強大，有一種不祥的預感，至今從未顯現過、惹人厭的存在感開始瀰漫在整個空間裡。空氣變得黏糊，肆意巴著我的氣管不放，使我感覺快要窒息。「怪物」這個單字瞬間盤踞腦海。他是怪物，這人是個怪物。就在此時，盧男勇突然向我拋出了一個問題，「為什麼非要來惹我呢？」他依然仰躺在地，腳背卻突然朝我這裡飛來，像木棍一樣厚重地擊中我的小腿，使我屈膝下跪。我一跌倒便雙手扶地，連忙跳起身，朝他的臉部一陣猛打。

「你隱藏的就是這個？再多露幾手讓我瞧瞧啊！」我抓著他的頭髮不停朝地板敲打，再用手肘往他的眉心方向砸，然後一屁股坐上盧男勇的胸膛。「這應該是你第一次被人壓在地上吧？嗯？」我用膝蓋固定住他的肩膀。他面帶貪婪微笑，與我四目相交。他沒有閃躲，就如同引頸期盼聖誕禮物到來的小朋友一樣，雙頰泛紅，展現著滿心期待的表情。「你這傢伙！」我握緊拳頭，朝他的顴骨揍了下去。另一邊也同樣施予暴力。毀掉吧，破碎吧，我要讓你粉身碎骨！但是這傢伙只有不斷在新舊傷之間游移，而且還十分享受這種徬徨的樣子。「再用力一點啊。」他活像個發情的母狗一樣，對著我展現嬌態，「用力，再用力，快用點力啊。」難以形容的噁心感直竄而上。「真的好久沒有體驗到這種感覺了，快讓我再多享受一下。啊，幹，這根本就是破處的感覺啊！」被我壓制在地的四肢徹底被喜悅環繞，這時我才發現，慘了，這下可好，這傢伙是在享受痛苦。驚愕頓時在我的體內蔓延，我的每一根指節都能感受到身體的力氣在流失。「怎麼？不敢了？」他渾身是血，開始嘲笑。「好失望喔，不是很想進來這裡嗎？原來是個沒經驗的？只知道一股腦地攻擊。」

瞬間，他朝我的下巴給了一記上勾拳。

「沒經驗，沒技術，也沒知識。」

我的視野瞬間變白，不停搖晃。

「個性這麼急躁，還自以為是。」

好不容易回過神來，肩頭處卻被他拗折，劇烈的疼痛感一路向下延伸至腰間，我忍不住痛苦呻吟。「你到底憑什麼來這裡？」一轉眼，盧男勇已經鑽進了我的懷裡，砰，砰，腹部和心窩分別迎來手掌和腳後跟的撞擊，他的身手已經敏捷到眼睛難以追蹤的程度，既快速又流暢。他雙手撐地倒立，旋轉飛踢，再將身子向後傾斜，用腳背踹打我的下巴，等於是被他用腳鞭打。「我操。」我被他揮動的小腿絆倒，整個人跌了個狗吃屎，砰！我從來不知道自己倒地的聲音原來如此狼狽，屈辱完全籠罩了我的視神經，就算想重新起身，也使不上力。我已經體力透支，感覺好像每個關節都釘上了樁基，讓全身力氣阻斷。怎麼會有這種事。但我還是勉強撐起了上半身，「你接下來還有其他行程嗎？」盧男勇用腳趾戳了一下我的喉結，「讓我來展示該怎麼做吧。」他用骨盆壓住我的胸膛。

「有什麼好動怒的呢，因為出乎意外？不在你的預料之中？你看我過去只有弄過女孩，所以以為我只會挑女孩子下手嗎？還是以為我只能弄女孩，所以才會專挑女孩下手？」

「才不是喔！」盧男勇握緊拳頭，下一秒鐘，我一邊的臉頰彷彿飛出去似地轉到了另一邊。很強，非常強烈，宛如被石頭砸到般疼痛，才一拳就讓我滿口鮮血。咳咳，當我把卡在喉嚨裡的液體吐出來時，馬上被盧男勇賞了一記耳光。「你怎麼可以這樣，你不覺得自己太無禮也太傲慢嗎？你對我一無所知。」他開始耍我，可以感覺得到他那卑鄙惡劣的意圖。下流無恥的暴力在一點一滴啃食我的皮肉。

「接下來我應該會被警方重新逮捕，你不覺得很好笑嗎？都叫你回去了，還下跪央求過你，卻因為和一名臨時闖入我家突襲我的人大打出手，因為我的技巧比較純熟，因為我打贏你，而需要接受法律的制裁。」

「反正你橫豎都會被逮捕，反正你遲早有一天還是會進監獄。」

盧男勇聽完咯咯笑了，「所以才要和你好好玩個夠啊，等哪天回憶起這段日子時，至少要讓我覺得進監獄也值得，這樣才能讓我在監獄裡撐下去。」

「再跟你說一件事？你要是一般蠢蛋，我應該現在就會把你送回去了，但我知道你不是，你不是那種人，你早就決定不再當人類了，你究竟殺了多少人，可以渾身散發著如此濃厚的血腥味，這讓我興奮到受不了，我不會輕易結束，我對於你自己送上門感到又愛又恨。」

我覺得自己彷彿被磚頭打中，變得癱軟無力，盧男勇需要我，也具備了所有我欠缺的條件，力量、技巧和經驗等各種資產。這人是暴力，這人果然是暴力；他比我老練，也比我成熟；他是被埋在地底的化石、雕像、石油。

「要是有一隻羊誤闖狼群……狼群可能還會放走那隻羊，因為一隻羊根本無法讓每一匹狼都填飽肚子，但是假如有其他狼群的小狼闖了進來，那麼狼群就會開始發了瘋地旋轉跳躍，因為對於同種族要套用同種族的標準。」

「你來得正好，來到我的遊戲裡。」盧男勇抓起我的衣領，「我自然也要全力以赴。」他把我按在椅子上，再抽掉我褲子上的腰帶。「我們家很富有，從小就很多客人來訪，父親經常對我耳提面命，主人一定要好好款待客人。」他用腰帶將我雙手綑綁，然後再將我的手臂高舉，掛在衣架上。

「你這狗娘養的東西。」我好不容易張口說話。

盧男勇立刻在我的大腿上插了一把刀。

「請不要用那種低俗的字眼。」

「我絕不會……饒你。」

「所以我母親是狗嗎？還是我父親是狗？既然我是狗娘養的東西，那我父母豈不就成了狗。你這人怎麼這麼說話呢，太壞了，不需要表現得這麼粗俗。」

「神經病。」

「嗯，這個可以。」

盧男勇拉了另一張椅子過來，放在我面前，坐在我對面。

「肚子餓不餓？」

「餓到要死了。」

「我也是，要不要幫你叫炸醬麵外送？」

「我是打算來吃其他東西的。」

「要是點二人份套餐還會送糖醋肉和煎餃喔！現在附贈的餐點愈來愈豪華了，沒錯，要賺錢就得這樣做。」

「你自己多吃點吧。」我咬牙切齒。

「不要就算了。」盧男勇放下店家發的廣告傳單。

「少在那邊動歪腦筋，直接殺了我比較乾脆。」我把積在口中的血液吞了下去。

「這麼快？」盧男勇不以為然，「還不到時候，接下來還有得耗呢。」

「到底還有多少事情可以跟我耗？」

「你總該認識一下我這個人吧，至少要知道自己是被哪種傢伙耍得團團轉，包括自己傻乎乎地找上了誰家的門、和哪種生物開戰，這些都得先搞清楚啊！其實呢，我到二十歲前為止一直都是個非常乖巧的孩子喔！」

「在班上有很多朋友，也是班上的第一名，不是當班長就是當副班長。」盧男勇開始自言自語，「要是收到女孩子的告白信，我會不知該如何是好，最終連回信的勇氣都沒有，事後再自己懊悔不已，我以前可是如此羞澀的孩子。」

「後來上了大學以後，我才交到第一任女友。我們同歲，兩人都沒經驗，但她有點開放，對性方面很感興趣。走在路上看到汽車旅館的招牌還會開玩笑地問我要不要進去休息一下？每次被問這種問題時，我都會害羞得滿臉通紅，然後被她取笑。我們倆最後真正進去汽車旅館是在交往半年後的時候。」

「你有在她臉上留下刀疤嗎？」

「那是很久之後才開始的，當時連怎麼解開胸罩都不會，她一邊引導我一邊脫去彼此的衣服，神智不清地跟隨她的節奏，結果你知道嗎？當我一進到她的體內時，她居然整個人僵住，彷彿在那之前的動作和無所謂的態度都是謊言似地。她哭了，然後對我說等下次再做，今天實在沒辦法。」

「……」

「我那時才知道，原來她也有害怕的東西，其實她內心是充滿擔心的……。她對我說了聲抱歉，我回她沒有關係，再小心翼翼地離開她的體內，但是就在那時，我感受到身體的變化，原本因緊張而軟掉的雞巴開始瘋狂變硬，酥酥麻麻的，宛如被雷劈到一樣。那是我此生第一次體驗到的感受。我怎麼了？為什麼身體會有這種反應？就在我驚愕不已的時候才發覺，原來我只要看到在哭的女子就會想要侵犯，尤其是不想做這件事的女子、害怕的女子、擺明對此事感到恐懼的女子。」

「真讓人印象深刻。」我揶揄他。

「是啊，印象的確深刻。」盧男勇陶醉在自己的世界裡。

「所以我重新掰開她的雙腿，『你在幹嘛？』她問道。我告訴她，『妳別動。』然後我就強上了她。她拚命用力推開我，我至今都無法忘記她當時的表情，彷彿是在看另一個陌生人而不是我。我一邊哄著她『沒關係，沒關係』，一邊搖晃著我的身體，過不久她就不再抵抗了，一臉槁木死灰，把頭轉向一邊，只是在等待我完事。我看著她流下的眼淚浸濕了枕頭，沒想到那畫面又再度使我興奮。」

「我還要繼續聽嗎？」

「最後我是體外射精的，射在她的身上。那天射的量非常多，所以很開心，因為我一直很想看她被我射出來的東西弄髒身體的樣子，渾身沾染著我的顏色。後來我休息了一下，喘口氣，開始感到後悔萬分，那是一種非常激烈又恐怖的厭惡感，我到底做了什麼事？我幹了什麼好事？剛才的行為該不會就叫做強姦吧？我向女友求饒，向她道歉，直接對著她跪地磕頭，可是她連正眼都沒瞧我一眼，只有叫我穿好衣服出去，那是我的初戀，也是我最後一段戀情和最後一次失戀。」

「看來一開始就是個錯誤。」

「算是吧。後來我躲在房間內好幾天，不吃不喝，詛咒自己，祈求原諒。於是幾天過去，我開始精神恍惚，老是會想到自己做的那些事，我的房間變成了汽車旅館，四周都是沾著血液的床墊，龐大的罪惡感不停折磨著我，與此同時，快樂感也像龍捲風一樣朝我迎面而來。原來我就是這種人，享受痛苦的生物，不論是我給人痛苦，還是別人給我痛苦，都無所謂。除此之外，我也會將罪惡感和自我厭惡感轉換成喜悅。說真的，我對於撲倒女生的行為本身感到很有趣，但是真正的快樂往往來自荊棘之路——來自於我犯下如此卑劣、稚拙的罪行，對別人造成難以挽回的傷痛這份罪惡感——才能獲得渾身酥麻的快感。」

「啊，實在是讓我難以克制！」盧男勇沉浸在那份幻境當中，爽到全身扭曲。他用沾滿鮮血的雙手抱住頭部，抖動他的肩膀，他是個怪物，我的情感在面無表情的臉皮底下蠢蠢欲動。原來這就是怪物。坦白說那份情感其實是害怕、恐懼，而且是對於未知的恐懼，因為眼前站著一名出生至今從未見過的生物，是未知的存在。我想要就此闔上眼睛，但是這麼做感覺自己好像認輸一樣，所以拚了命地撐著。「要喝啤酒嗎？」盧男勇從冰箱裡拿出了兩罐啤酒，喀啦，他打開一罐，一把抓住我的下巴。他的手指碰到我的肌膚，是溫熱的，感覺很討厭。

「你慢慢喝。」

「還真貼心。」

「我也要來一口……第二個被我強姦的是家教老師，從小就認識的姊姊，我跟她非常要好，對我來說就是個大恩人，不僅會教我讀書寫功課，還受到她許多額外的幫助。小時候我有一次突然癲癇發作，家人外出參加聚會，沒有大人在家，最後是這位姊姊揹著我去醫院的，我記得那是在一個嚴寒的冬天，她跑到一半鞋子還不慎脫落，所以最後是打著一隻赤腳走進醫院的。」

「……」

「要是強姦這種人會是什麼感覺，要是毀掉一名對我疼愛有加的女人……那種罪惡感的程度究竟會有多大。我一直很苦惱，怨恨這樣的自己，也厭惡這樣的自己。我把頭栽在牆壁上嚎啕大哭。後來我想到了一個好主意，乾脆把所有精力耗盡，讓自己無法再做那些喪盡天良的事情。所以我開始去體育館練武，跆拳道、跆跟、卡波耶拉，整天輪流去這三個地方運動。」

「因為我無法放任下半身不動。」盧男勇連續喝下好幾口啤酒，最後把剩餘的一些啤酒淋在自己的手上。「抱歉，我受不了髒亂。」沾染在手上的血跡被啤酒沖洗乾淨。

「當時，我每天都會累得像一具屍體般回到家中，感覺這個策略有奏效，但是當時在體育館內有一名叫做朴勝圭的人，不知為何他就是很討厭我，老是用一些小動作來找我麻煩，比方說，在我換衣服時給我關燈，或者在我的後腦勺吐口水等。我當時都有忍住，直到有一天，他在更衣室裡對我說看我就討厭，我反問他為什麼，他回答我，沒吃過苦的傢伙只因為投好胎而可以當有錢人，所以看我就討厭，你聽起來覺得如何？」

「我哪知道啊。」

「所以勝圭那個傢伙……就跟現在討厭我的民眾一樣，並非因為我是強姦犯，而是因為我是『有錢』的強姦犯而討厭我。他們那麼貧窮，我家卻很有錢，對此感到心態不平衡吧。在獄中我可是看多了比我還要惡劣的人，但是民眾並沒有把焦點放在他們身上，實在很不公平。如何？你不覺得我說得頗有道理嗎？」

「我只想撕爛你的嘴。」

「當我毆打朴勝圭那個傢伙時就有發現，原來我的力氣是來自其他地方，就算多麼沒力氣，整個人癱軟無力，也還是有額外蓄積的力量足以蹂躪某人。那天，我立刻衝到了家教老師家，她剛洗完澡出來，頭髮還濕答答的。我打了她，一直，不停地，打到她都流血了，可以感受到自己有愈來愈強烈的罪惡感。看，我在打姊姊，快看那被我揍到破裂的嘴唇和紅腫的肩膀。最後終於忍不住，我和她兩個人抱頭痛哭，因為我們都不想這樣，但還是不得不這麼做。我把姊姊撲倒，按住她的膝蓋。哇，那種痛苦！還真不是人能幹的事情。畢竟是從小照顧我的人，在我生病時揹著我去醫院的人！可是我無法停止！因為太痛苦了，我太喜歡她，感覺自己快瘋了。所以我上了她好幾次，直到她的父母回到家強行把我拉開為止，我一直不斷往她的體內鑽。」

「我就是這樣開始的。」盧男勇說道，「我就是這樣誕生的。」他用表情蒸發的面孔緊盯著我看，「闖禍，痛苦，同時又感到有趣，等感覺有些模糊時，又會再闖禍……嘿嘿嘿嘿。」他笑了，「這就是我過去的生活。逐漸成形，變得更狠毒，也變得愈來愈需要巨大的罪惡感才有辦法滿足。」

「我開始用刀子劃傷她們的臉，我都已經對她們做了不該做的事，卻還留下這種肉眼可見的傷疤，這女人應該一輩子都難以擺脫這件事了，實在太殘酷，有夠悽慘，可憐到我都快瘋了，卻也感到非常開心。話說，那個女孩，就是從頂樓跳下去的女孩，千萬別以為我對那件事毫無感覺，其實我也很痛苦，那麼小的孩子不僅走過地獄一遭，還親自了結了生命……害我在服刑期間一直為此落淚。」

「你看，我到現在想起還是會流淚。」盧男勇用顫抖的嗓音發出了破音的哭聲。「真是瘋了，竟然強姦那麼可愛的孩子，還對她用刀，到底為什麼要做這種事。」他把臉埋在我插著刀子的膝蓋間，用力握著刀柄嚎啕大哭。「到底為什麼！」然後緩緩抬起頭，對著我面露微笑。

「實在是，沒辦法控制。」

「其實我很喜歡小朋友。」盧男勇慢動作旋轉刀柄，「只是大家往往不相信罷了。」刀刃在我的大腿裡轉動，我瞪大雙眼，咬牙忍住疼痛。「你很能忍喔！」盧男勇再將刀子往反方向旋轉，「把我綁著欺負，喜歡嗎？」我的呼吸變得急促。「快來我這裡啊，別白費力氣了。」盧男勇用舌頭舔了一下嘴唇。

「跟隨你的慾望吧，別站在正義那邊了。你那邊就算一輩子都做好事，只要有一次犯錯，就會被批評得體無完膚；我這邊可不是，一輩子幹盡壞事，做一次好事反而還會被人誇讚，你覺得哪一邊的日子過得更為舒適？」

「最好給我……滾喔。」

「我們可以聯手一起抓個人來試試看啊，那我就馬上幫你把這刀子拔出來。我可以讓你先射，一起出去抓個女的來弄吧。高中生？國中生？還是，你喜歡老的？我都可以配合你，幹嘛在這裡找罪受呢？反正都已經不打算當人類了，不是嗎？」

「吃、屎。」

「真沒意思。」盧男勇把刀子拔了出來，「竟然不買單，看來還沒有吃足苦頭。」他將刀子隨手往地上扔，「我啊，可是專攻心理學的喔！還有取得博士學位呢。」他的眼球鎖定在我的眉心位置，「要是把我過去讀過的書堆疊起來，都能跨過一片大海。」全身上下每個角落都被他用眼神掃過一輪。

「看來你有媽媽和姊姊，兩名姊姊？不，應該是一個姊姊，一個妹妹。你身為家中唯一男丁，應該也吃了不少苦。嗯，目前是搬出來自己一個人住，沒有女朋友，卻有心儀的對象。對方是個怎樣的人呢？好好奇喔，應該很快就會見到她了。我有一件事情想問你，既然你有這麼多牽掛，到底憑什麼來招惹我？村子裡麻雀太多是不會開設舂米間的喔！」盧男勇放聲大笑，「你看你周遭都是女人、女人、女人，到底哪來的膽子來找強姦犯的麻煩？」

我感到毛骨悚然，這傢伙現在是在宣示要動我的家人和我的心儀對象。「我操你媽的！」我馬上試圖掙脫，大腿上的疼痛感瞬間轉淡，手腕則變得炙熱。「這是你我之間的對決，只有你和我兩個人！」我高聲呼喊。綑住雙手的皮帶出現了皺紋。

「這可不是你的遊戲，是我的遊戲。」盧男勇用腳趾按壓我大腿上的傷口，「我剛才不是說過了嗎？」

「野獸，殺人魔。」

「少在那邊動歪腦筋，你這怪物！」

「你應該才剛誕生沒多久吧？所以才會這樣不知好歹，也缺乏判斷力。不過，好笑的是，你卻殺了滿多人，看來日子過得還挺充實的喔！這種人是不是被稱作工作狂啊？」

「你要是敢動我家人一根寒毛——」

「後面就免了吧，我不喜歡劇透，所以請你親自讓我知道，要是動了你的家人，結果究竟會怎麼樣。你就一邊好奇一邊休息吧，等你醒來後再看看會發生什麼事？」

高舉的腳底朝我的下巴狠狠敲了下來。

我的視野瞬間轉白，最終變成一片黑。

狩獵者

1

「大叔，起來了！」

「你這樣叫一個挨過針的傢伙能醒嗎？」

「還不都是因為你下猛藥的關係才會變成這樣。」

「他就是個怪物，當然要下猛一點的藥啊。」

「大叔，大叔！」

他們說話的嗓音感覺離我很遠，我微微睜開一隻眼，這樣的狀態持續了好一陣子，一直回不過神來。整個人呈現呆滯狀態，彷彿是深層疲勞加上流感時，吃了超級強效藥物，卻沒辦法入睡的那種感覺，甚至比那種感覺還要嚴重，彷彿腦袋裡被人灌了水泥，有一半以上的腦袋都已經僵固。難以進行思考的大腦不禁使我杞人憂天，要是接下來要當一輩子智障怎麼辦，我還有很多事情要做呢，我可是這世上不可或缺的惡，等著我處理的惡人還多的是，多到氾濫，等我斬草除根完才能接受審判，不能就此失去性命。我在哪裡，你們是誰，我的身體不聽使喚。隨著時間流逝，我的神智才慢慢恢復清晰，可是身體還是難以控制，動作十分緩慢，眼睛緩緩闔上，再緩緩睜開，好不容易才眨了一次眼睛。我坐在一張椅子上，雙手被綁在背後。我嘗試扭動肩膀，卻力不從心。好不容易抬起頭，發現有幾名男子站在我面前。

「哎唷！終於醒了。」

「睡得還好嗎？」

「幹嘛問候他啊，你們熟嗎？」

一個是暴牙暴到下唇外露的傢伙，另一個則是頭髮全剃光還在頭頂上刺青的傢伙，左邊有個裝著玻璃眼珠的傢伙，還有一個在不停嚼口香糖的傢伙，每個都長得非常有特色。「早上嘍！早上了，你已經睡了一整晚。」大暴牙語帶不耐地說著。從他那個樣子來看，應該是這個集團的首腦。

「昨晚睡得好不好啊？」

「啊啊啊。」我試著發聲。喉嚨和舌頭還能照常運作。

「理由是什麼？」

「什麼理由？」

「把我抓來這裡的理由。」

「哼，這人怎麼這麼荒謬啊。」

「你不記得我們？」大暴牙對著我擠出一抹微笑。

「的確是有點面熟。」我好不容易抬起沉重的頭部。

「那你應該知道我們才對啊。」大暴牙用手指挖了挖耳洞。

「不知道。」我的聲帶充滿著極度厭煩。

「我哪知道你們這些臭流氓。」

「什麼？臭流氓？」

「我只覺得面熟，但不記得是在哪裡看過你們，你覺得這是什麼意思？表示根本不值得我多看一眼，換言之，你們就只是一群小嘍囉。」

「又是臭流氓，又是小嘍囉……稱呼還真豐富喔！」

「你們是不是在針筒裡放了藥，注射在我脖子上？如果不是小流氓，怎麼會對一個熱心幫助他人的人幹這種事。你們給我仔細聽好了，世界上最不可取的行為就是利用他人的好意，因為受害者從此以後會變得害怕行善，也會對此心生懷疑。最終就會形成一個冷漠無情的社會。」我感覺腸胃不適，皺緊眉頭，陣陣作嘔。「關心和體貼將成為嘲諷的對象，最終則會消失無蹤，取而代之的則是冷漠消極。善舉消失是什麼意思？就是當你們陷入危險時，沒有任何人願意出手相救，比方說，你們走在路上被活活剝皮，大家也只是呆呆地站在一旁觀看，或者先跑為上。」

「哇，這傢伙說的話怎麼愈聽愈覺得是在威脅？」

「可是我不一樣，我每天都非常努力想要當個好人，我還留有一些善意，所以願意給你們機會，只要敢再動我，你們就會死在我手裡，到時候就別怪我無情，我可不會手下留情，頂多只會讓你們死得比較不痛一點。所以趕快放開我，然後自行了結生命吧，不論是吞藥還是上吊或墜橋，我給你們一點時間，快開始行動吧。」

真忙。我嘆了一口氣，覺得要和這些人交談實在太愚蠢，也對於自己竟然處於這種情況感到無地自容。嘖，太羞恥了。看來距離升任部長的日子愈來愈遙遠了。這時，大暴牙罵了一聲「幹你娘！」便對著我的小腿脛骨踹一腳，結果傳來一聲慘叫「啊——！」然後就抓著自己的腳趾，不停地原地跳躍。

「搞什麼！你在小腿上裝了什麼？」

光頭黨突然瞪大眼睛。

「怎麼回事？」

「我踢了他一腳，但是感覺我的腳要斷了，哎唷喂呀！」

「應該是因為你太遜吧？」

「那就換你來試試看啊！」

「有夠蠢。」光頭黨嘲笑他。「大叔，你咬緊牙忍耐一下喔，最好別亂動，踢偏了會更痛喔！」他大搖大擺，一副跩跩的樣子，拋出警告以後，就瞄準了我的小腿前側。啪！他的腳尖不偏不倚準確命中鎖定部位，但是接下來他就像一隻觸電的青蛙一樣全身僵硬，下半身拉長伸直。

「等等，等一下！」他痛到手指彎曲。

「這傢伙……小腿好像有裝類似鐵板的東西。」

「我都跟你說了吧，你還不信，神經。」

「欸，快去把它拿出來！把裝在那裡面的東西拿出來。」

光頭黨不耐煩地下達命令。「是，大哥。」這群人當中位階最低的玻璃眼珠起身行動。他跪在我面前，抓住我的褲襠。「大叔，麻煩您配合一下了。」他的口氣出乎意外地謙和有禮。他緩緩撩起我的褲子，在褲子上觸摸確認的手勢也十分溫和。「欸，你他媽的是在愛撫喔？」光頭黨忍不住氣得飆罵。「不是啦，大哥。」玻璃眼珠可憐兮兮地停下動作。

「我只是覺得他的衣服看起來很昂貴。」

「所以？脫下來以後你要穿嗎？」

「感覺價格不菲，實在不好意思太粗魯，要是弄壞了豈不是很可惜……」

「瞧你那副窮酸樣，給我好好幹活！」

「是，大哥。」畏畏縮縮的玻璃眼珠重新抓住了我的褲子。「大叔，對不起了。」好笑的是，他居然向我道歉。「沒關係，我還有好幾套。」我接受了他的道歉。「真的嗎？看來您賺很多錢喔。」玻璃眼珠的聲音透露出真心羨慕之情。「原來如此。」我暗自心想，「這傢伙不知道我是誰。包括我的地下室、任職公司、次長頭銜等……對我一無所知。」我不自覺地嘆了一口氣，還真是一群兩光的傢伙。他們要是知道我是誰，一定會認真找我麻煩，對方也一定不是個省油的燈；但是像現在這種情形，他們只是沒頭沒尾、連承擔後果的自信都沒有，就隨意把我擄來這裡。「什麼都沒有耶！」玻璃眼珠天真爛漫地喊著，絲毫沒有察覺到我心亂如麻。

「沒有？」

「對，就只是很普通的一條腿。」

「怎麼可能，踢了一下普通的腿卻害我這麼痛？」

「這我可就不知道了！」玻璃眼珠開朗地喊道。「滾開。」光頭黨直接踹了玻璃眼珠一腳，「還真的耶，真的什麼都沒有。」他用滿是菸味的手摸著我的小腿，「哪有人的小腿這麼硬啊？」

「你有練什麼踢拳之類的嗎？」

「有啊。」

「難怪，難怪會這麼……」

「還練過柔術、拳擊、卡利❻。你們的提問都好沒營養，看來是沒打算接納我的提議，那就由我來提問吧。把我帶來這裡的理由是什麼？」

「既然你妨礙我們的事業，自然得付出代價。」

「事業？」我挑眉疑惑。

「對，事業。」大暴牙對我展現敵意。

「因為大叔你開的玩笑害我們的事業中斷了，大家都快沒飯吃要餓死了，新合夥的那些新成員也整天只能喝西北風。我們簡直顏面盡失，你打算怎麼負責！應該不可能再說你不記得了吧？嗯？」

「我在路上踩過的臭流氓可不止一兩個。」

「臭流氓、臭流氓，你怎麼每句話都離不開這三個字，完全不把我們當一回事，我們可不是什麼流氓，出了這個房間還有八個人，樓上一樓也有一些人，你覺得哪個臭流氓會這麼大陣仗啊？」

「所以你們到底要什麼？」

「當然是補償我們的損失啊！在資本主義社會裡，這不是非常理所當然的事情嗎？不過，重點是要先讓我們重新有面子，也要安撫好外頭那些合夥人。方法只有一個！要把大叔你打趴在地，漏屎漏尿為止。」

「就憑你們這種人是怎麼找到我的？」

「不是找到，是剛好巧遇喔！」玻璃眼珠開心地插嘴說道，「我們剛好開車經過，看見路上有車禍，然後發現大叔你就在那裡，所以我們就偷偷尾隨你……」

「你這人怎麼這麼白目！」

大暴牙揍了玻璃眼珠一拳，「笑個屁啊！有什麼好笑的？」緊接著也朝我揍了一拳，但是就在擊中的那一瞬間，喀啦一聲，他連忙緊緊握住自己的手腕，原地踱步。「啊！等等，等一下！」他痛得滿臉漲紅，眼眶泛淚，「這又是什麼！你臉上也有裝什麼東西嗎？」我不發一語，靜靜看著這個傢伙。「出拳出得可真遜。好久沒遇見這麼遜的傢伙了。」「他媽的，這還是人嗎？」他開始出言不遜。

「真是丟人現眼，太丟臉了，這到底是在幹嘛呢？」

後方傳來泡泡口香糖的聲響，嗒、嗒。

光頭黨從牙縫間吐了一口口水。

「那就換你來試試看啊！」

「出拳只是傷了自己的皮，你當初帶他來這裡的目的是什麼？不就是打算把他打到半死不活嗎？那就要先把他扒光再說啊，唉，真是的，有夠蠢。」

❻ 源自菲律賓的一類武術。

「那你來啊，快來把他扒光！」

「扒衣服可是我的強項。」泡泡口香糖抓住我的領帶，

「這種只要用剪刀剪就可以了。」這傢伙話一說完，玻璃眼珠便慌慌忙忙站了出來，「那個，你要剪掉嗎？」泡泡口香糖上下打量玻璃眼珠，「哎唷唷～」然後用手把我的領帶拆下，朝玻璃眼珠方向扔去，「喏，給你。」

「謝謝大哥！」

「其他的就沒辦法給你嘍！」

「我看他襯衫好像也很高級……」

「你穿了也不會合身，你看這位大叔的背多寬。」

泡泡口香糖從口袋裡掏出一把刀，彷彿要讓我心生畏懼似地，直接在我面前按下按鈕，卑鄙狡猾地彈出了刀尖，劃過我的睫毛。「哇，這人眼睛一下都不眨耶。」泡泡口香糖嘖嘖稱奇。

「大叔，你是不是以前有混過什麼幫派啊？」他語帶嘲諷地用刀刃劃過我的襯衫，衣角直接被劃破，釦子也一顆顆掉落在地。「看你肩膀這麼寬，應該是有認真上健身房喔！」泡泡口香糖抓著我的襯衫往一旁拉扯，與此同時，吊兒郎當的一舉一動也戛然而止。

「這是……什麼？」

「怎樣？又有什麼事？」大暴牙大步走來。「是打了類固醇的身體嗎？」他粗魯地一把推開泡泡口香糖，然後和其他人一樣突然屏住呼吸。「天、天啊，這太誇張了吧。」把領帶掛在脖子上嘻嘻哈哈的玻璃眼珠突然說話變得吞吞吐吐，「大叔，你到底是做什麼的？」光頭黨說話的語調突然變得沉重。

「身上怎麼會有好幾十道刀疤。」

「不至於啦，頂多十幾道吧。」

「他媽的……還能活著已經很了不起！」

「怎麼？嚇死你啦？想媽媽了？」我咯咯竊笑，「喂！玻璃眼珠！」我一叫他，他便立刻回覆：「是！叫我嗎？」於是大暴牙狠狠朝他後腦勺揍了下去，「像個小狗一樣搖尾巴幹嘛，你是這傢伙的下屬嗎？」我用下巴朝他後方指了一下，「把我袖子上的袖釦也拿去吧，看你好像對服飾挺有興趣，趁此機會穿穿看名牌啊。反正能活的日子也不多了。不是嗎？」我收起笑容。

我竟然會被這群小嘍囉困在這裡，現在幾點了？到底在這裡浪費了多少時間？這間房沒有窗戶，剛才聽大暴牙說上面是一樓，所以這裡應該是地下室……幹，我操，他媽的。我的思緒沾染上污漬，我才剛把盧男勇關進籠子裡，應該要無時無刻監看他，為正式展開行動做準備才對，結果竟出現了出乎意外的差錯。我滿心焦慮，要趕快回去才行，我開始對這群人施壓。

「放我走，如果不想死得太難看的話。」

「欸，所有人過來這裡一下！」大暴牙把沒多少的成員統統召集了過來，並躲到角落展開秘密會議。「怎麼辦，這傢伙比我們想像中還要強，看起來是個狠角色。」偷瞄我的眼神各個充滿擔憂和恐懼。「還是直接把他放走吧，坦白說我們應該承受不起。」「可是他剛才不是說放了他也會殺了我們嗎？」「唉，所以當初就叫你們直接開車經過了，我們這種人怎麼可能去綁架人啊，只不過是個賣藥的。」「現在再來說這些有什麼用，要是直接把他放走，要怎麼跟合夥人交代？面子掛不住啊！」「什麼面子不面子，生意都沒了，事業也倒了！」一場激動的會議最終仍沒達成任何共識，大暴牙對著其餘三個人破口大罵，抹殺了他們的意見以後氣呼呼地走來我這裡。

「我就來跟你耗到底吧！」

「徹底被折磨一下才會露出真面目。」大暴牙說道，「還沒被毒打一頓誰不是風風光光、有頭有臉？反正不會由我們來拷問你，我們有專家，你好好和那傢伙共度美好時光吧，等你哪個部位殘廢了以後我們再來談。」

「叫蘭博萬進來。」

「咿──」到處沾滿污漬的門片被推開，走道上發出砰砰聲響，巨大的影子倒映在牆壁上。「呼──」大口深呼吸的聲音連我這裡都能聽得一清二楚，彷彿打算把地下室裡的空氣統統吸進肚子裡似地。我注視著門檻後方，可以明顯感覺到情況不妙。最重要的是這股惡臭味，尚未走進來就已經飄來的陣陣體味不禁令人作嘔。蘭博萬，這人叫蘭博萬是吧，記憶中的某個模糊東西在蠢蠢欲動，我似乎知道他是誰，我們的關係應該結束得不太愉快。肥大的身軀硬是擠過門框，出現在我面前。

「蘭博萬，不對，是蘭博萬。」

他說話的嗓音極度沉悶，說話速度也十分緩慢。

光頭黨摸了摸滿是刺青的頭皮。

「是啊，蘭博萬。」

「不是蘭博萬，是蘭博萬。」

「好，知道了，蘭博萬。」

光頭黨邊說邊笑，泡泡口香糖的嘴角也微微上揚。於是，蘭博萬突然一把抓起光頭黨的衣領，直接朝牆壁摔了出去，力氣之大，光頭黨先是卡在牆上，再整個人直直落下。「呃！」他勉強站起身，發出痛苦呻吟。

「我也只不過是……開了個玩笑……」

「你也有笑吧？」蘭博萬朝泡泡口香糖伸出了巨大的手掌。「不不，我沒有，我沒有笑喔！」泡泡口香糖拚命搖頭。霎時間，恐怖氣息在地下室裡蔓延。「欸！你只打算袖手旁觀嗎？」泡泡口香糖在尋求協助，「我……我也沒辦法為你做什麼事啊，大哥。」玻璃眼珠把視線從即將要展開的悲劇上轉移，「欸，可以了。」大暴牙拍了拍蘭博萬的手臂。

「別浪費力氣了。」

「我是蘭博萬。」

「你要處理的對象在這裡，喏。」

「你愛怎麼玩他都可以。」大暴牙說完還面帶殘忍微笑。

泡泡口香糖趁機趕快扶起光頭黨，「大哥，還好嗎？」玻璃眼珠先衝了過去，幫忙拉開門片。「啊。」光頭黨一臉痛苦，「肩膀和肋骨好像斷了。」這群人走出地下室之後，大暴牙也轉身準備離開。我看見他偷偷皺起鼻梁，看來這傢伙也是一心只想趕快擺脫蘭博萬的體味。

「好久不見啊。」

蘭博萬不懷好意地盯著我看。

「你還……記得我吧？」大暴牙問道。

「什麼？你們認識？」蘭博萬用低沉的嗓音說道。

「你出去，先出去。」大暴牙皺起眉頭。

「你們怎麼認識的？」蘭博萬的喉嚨裡卡著痰。

「就是一段孽緣。」大暴牙轉身。

「那就祝你們敘舊愉快嘍！」

「你要是有什麼話想說，可以現在先告訴我。」

就在他正準備要離開的時候，卻突然停下腳步提醒蘭博萬。

「別到時候再跟我說什麼你忘記了，你每次都這樣。我現在有一股非常不祥的預感，所以如果有什麼事情是我需要知道的，最好趁現在說喔！」

蘭博萬張開了厚重的上唇。

「沒有。」

「真的？」

「嗯，出去，別妨礙我。」

「確定喔？」

「有需要的話會叫你。」

「這人能信嗎……」大暴牙低語呢喃。地下室的門終於被關上了，狹小臭熏的空間裡，只剩下我和大胖子蘭博萬。掛在天花板上的小燈具上，掉下了一隻蟑螂，正好落在我的後頸上，向下鑽進我的衣服裡，一路爬到腰間，再到腹肌，然後又爬進我的褲檔裡。目睹這一切的蘭博萬揚起了一邊的嘴角，毫不猶豫地直接徒手伸進我的褲檔，而且還伸進內褲裡，到處抓揉，最後從我的陰毛之間找到了那隻蟑螂，一把抓了出來。

「是我先來的。」

他把蟑螂放進口中。

「誰都不准動他。」

卡滋、卡滋、卡滋、卡滋。

「次長，您這些日子過得好嗎？」

咕嚕，他一口嚥下。我注視著他上下滑動的喉結，不自覺地張開了嘴巴。「你這噁心的傢伙，好吃嗎？」我問道。「好吃。」他回答。

「不過，為什麼是蘭博萬？你本來不叫這個名字啊，是馬德裴不是嗎？住在麻浦區的麻將店兒子，馬德裴。四年前我有去挖角過你，還順便買了一罐蝦醬要送給我們理事。」

「你當時說我……不夠格，對吧？」

「完全不夠格，一開始就不滿意了，竟然把你這種人列為我們公司新進員工候選人，打從一開始調查部門給我資料時，我就不甚滿意了，這種傢伙明明應該是要被殺死才對啊，不曉得怎麼會被歸類為挖角的候選人。」

「我是……蘭博萬。」

「後來才發現，原來是同名同姓不同人，調查部的新進員工搞了個大烏龍，我還傻傻跑去找你，帶著賭爛的心情。坦白說你又不是多了不起的傢伙，不就只是專挑弱者欺負的垃圾敗類。」

「我是蘭博萬，是蘭博萬！」

「你跟蹤大學生一次、便利商店工讀生兩次、上班族一次，還毆打他們的女性友人，甚至縱火燒了他們的家，感覺自己快要被警察抓走，就用警察打壓同性戀來試圖轉移話題，然後自己再躲起來，就是有你這種人渣才會讓性少數者吃足苦頭。」

「我說我是蘭博萬！」

「蘭博萬，蘭博萬！」感覺我的耳朵都要聾了，鼻子也快爛掉，每當蘭博萬張開那張厚得像豬血腸一樣的嘴唇時，就會有下水溝的惡臭味直衝鼻孔。「幹。」我因為藥效而導致身體動彈不得，臭氣直接迎面籠罩在我整張臉上。馬德裘。我努力翻找記憶，找到了他的資料。力大無窮的傢伙，天生條件就很好，後天又透過藥物和機器改造身材，因而獲得了不正常的怪力。「運氣還真好。」我露出了冷笑的表情，就結果而言，他是我此生不想再遇見的傢伙，尤其是以被綁在椅子上的狀態。

「次長，您當時拒絕了我。」

蘭博萬吐出了炙熱的鼻息。

「我一直……想加入公司，夢想著像次長您一樣，穿名牌衣、開名車回老家……，當我聽聞入社的消息時，我就懇切希望自己能夠成為公司一員，但是次長您淘汰掉我了，甚至連入社測驗的機會都沒有給我！」

我絲毫沒有給予他同情。

「你沒資格。」

「不，我是蘭博萬！」

「那個……你從剛才開始一直在說什麼蘭博萬？」

「蘭博萬，我是蘭博萬。」

「你該不會是要說No.1，卻發音發成蘭博萬吧？」

「沒錯，我是蘭博萬。」

「你怎麼面試時不乾脆做模仿表演，別說那些遠大的抱負，說什麼對拷問有興趣啦、想用串籤把男生串起來吊在天花板上看著他自慰啦、欣賞他逐漸死去的樣子啦，等等等……這些不都是你當初說過的話嗎？說這種話的人是不可能通過面試的。」

「我本來想親手殺了你。」我嚥下一口口水，「卻聽說你銷聲匿跡了，所以你之前都躲去哪裡做什麼事？」

「我去學習。」

「你用那顆腦袋學什麼？」

「學習如何使用串籤。」

蘭博萬從褲子後方口袋掏出了一坨用布包裹的長條物。「唧——」他用一隻手拖桌子，拉到我面前，然後把那坨東西放在桌上，開始滾動。那坨東西以不必要的愉快動作被攤開，長長短短的串籤、細針和手術刀，分別閃爍著陰森的寒光。

「我可以把這當成是入社測驗嗎？」

蘭博萬拿起其中一把手術刀，頂著我的胸膛。

「不然我們這樣吧……」蘭博萬用手術刀劃破我的肌膚，「次長您要是喊出聲音的話，我就算有通過測驗。」他又在下方重新劃了一條線，「讓我加入你們公司，也讓我當課長。」鮮紅色的血液沿著腹部緩緩流下，「然後我的簽約金是……想上你一次，坦白說……你完全是我的菜。」

「就讓我直接在這裡領簽約金吧。嗯？好不好？」蘭博萬對著椅子搖晃摩擦他的鼠蹊部。啪啪啪，聽起來極度噁心的聲音不停干擾著我，看他那腫脹的褲襠也很礙眼。「要先用嘴巴幫我嗎？」蘭博萬直接把下半身往我臉上湊了過來，「含一下。」這聲命令和他體味一樣令人作嘔。

「菜鳥。」我開口說道，擺出了一臉厭倦的笑容。瞬間，我直接用牙齒朝他那邊用力咬下。「喔喔喔！呃啊！」他龐大的身軀搖搖欲墜，褲子上也逐漸出現濕濕的印痕。咚，我感覺到有某個東西分離剝落。我抬起沾滿血的面孔，「你還太菜。」嘲笑縮著身體流淚的蘭博萬。「拷問時要先壓抑好自己的私人情緒，這是最基本的，還有封住對方的嘴巴也不能忘記。」

「你說你想要領簽約金？想加入我們公司？」我放聲大笑，「到現在還沒死心？」我只能用笑來帶過。「我向你說明一下目前你所處的情況和以後你要做哪些事吧。」

「我是公司的人，換言之，是和同事一起分擔工作。可是我這段期間失去意識，藥效這麼強，自然是經過了好長一段時間，而且還和職場徹底失聯，等於是因為我一個人而導致工作停擺。那你覺得會怎麼樣？」我咯咯竊笑，「同事們當然會察覺到我一定是發生了什麼事，對吧？」

「自從進入這間公司以來，我從來沒有失聯過，換言之，我突然無故消失對於公司來說可是非同小可。現在會長應該已經下達指令，調查部也在到處找我，現場部則是磨刀霍霍等待追蹤結果，管理部應該不惜投入任何資源鼎力相助，處理部則是為了等著收你們的屍連休假都全數取消，人事部也會想盡辦法做任何事情來防止因失去我而造成的損失，營業部則是想方設法將這起事件限制在我們的管轄範圍內，好好收拾善後。所以我想說的是，你現在動的可不是我一個人，而是團體，是組織。就連此時此刻，大家也都在為失誤採取適當的動作。」

「我不是在說我的失誤。」我心平氣和地說，「我是在說你們的失誤。我現在之所以被關在這裡，並不是因為我犯下失誤，而是你們犯了失誤所導致的結果。」

「所以德裴啊，從現在起，你要做的事情是盡可能殘忍地拷問我，把我的皮一層層扒下來，大卸八塊，切成肉片又剁碎，發揮你所有創意，想盡辦法處理掉我，把我做成肉餅也好，剁掉手腳弄成只能在地上蠕動的毛毛蟲也可以，那麼，等我那些同事找上門時，看見我那副模樣就會難掩心中怒火，用你這種低能兒的智商根本難以想像的程度，把痛苦加倍奉還給你。」

「幹嘛呢，還不趕快動手！」我直視著蘭博萬。「讓我也感受一下恐懼，尤其是對未知的恐懼。」我對著他齜牙咧嘴，宛如刮鬍刀的尖銳笑聲充斥著地下室。咚，蘭博萬站起身，褲子裡掉出了一塊血肉，「我會讓你……痛苦喊叫到燒聲。」鋥亮的刀刃閃著寒光，他同樣緊盯著我的雙眼，渾身散發著野獸的臭腥味。

戰鬥者

1

醒來時，我在草叢裡。

葉子觸碰到我的臉頰，附近有鳥在啼叫，泥土的味道十分清新。「這裡是，哪裡啊？」我慌忙站起身，一件外套從上半身滑落，是盧男勇的衣物。看來是他把我移放到這裡，再把他身穿的外套當成棉被幫我蓋上。「好討厭。」我立刻扔進了垃圾桶裡。噠、噠，耳邊傳來老人下棋的聲響。「公園內禁止吸菸」，一張斗大的標示牌上結著清晨的露珠。

「王八蛋……」

現在幾點？我在這裡睡多久了？盧男勇呢？這個繃帶又是怎麼回事？無數個疑問和不安接踵而來，被他毆打過的每一處傷口都滑滑的，刺鼻的消毒藥水味直衝腦門，治療，這瘋子竟然還用心照料過我身上的傷口，被他用刀刺傷的膝蓋也有被用繃帶仔細包紮。「神經病。」我緊咬下唇，原本打算拆開繃帶，卻突然想起我的家人。媽媽、大姊、小妹，感覺心臟快要爆炸般瘋狂加速。她們都還好嗎？應該沒事吧？我急忙從草叢裡跑了出來，加快腳步移動。我掏出手機，打給母親，手機顯示還有百分之九十七的電量，昨天從家中出門時明明只剩下不到百分之四十。

「為什麼不接電話，快接啊！」

電話沒有接通。

一直出現轉接語音信箱的提示音。

我轉而嘗試打給大姊。

「真是的，這些人到底在做什麼。」

「幹。」信號聲一直持續，「他媽的。」始終無人接起電話。母親和大姊的電話都無人接聽。「計程車！」我一走出公園，便攔了一輛計程車。我邊走邊打電話給妹妹，她的手機甚至是關機狀態。簡直快瘋了。我咬牙切齒。「請問……要去哪裡呢？」上了年紀的司機用充滿狐疑的眼光看我。「請您先沿著這條路直走。」我先擦拭了一下塗著藥膏黏糊的臉，彷彿被那個傢伙的體液弄得滿臉都是一樣，感覺奇差無比。

「拜託接一下電話啊。到底在做什麼。」我持續撥打電話，卻始終無人接聽。愈是心急如焚，愈讓我想起盧男勇嘲笑人的嘴臉。「媽，」我咬著牙，「該不會真的發生什麼事了吧？」我用力搓揉著臉。「大姊，小妹，我相信妳們不會有事的，拜託了。」直到抵達目的地之前，我都只能坐在車上，什麼事都做不了，所以不禁開始胡思亂想。「別再自己想像了。」我的腦中早已展開一連串可怕畫面，「到底在想什麼，別想了，不會有那種事發生的。幹，夠了喔！」我焦急萬分，不停抖腳，最終還是忍不住大喊，「開快一點不行嗎？」司機瞄了我一眼，他看起來像是有話要說，卻不想火上加油，所以努力壓抑。「用力踩油門啊！我趕時間呢！」我為了節省時間，連計程車費都提前準備好。明明昨天身上是帶兩張鈔票的，但是當我把手伸進口袋裡時，卻摸到了一疊綠色的萬元紙鈔。「你應該會需要，因為會到處繞一陣子。」我彷彿聽見盧男勇在耳邊對我私語：「你他媽的。」啪，我用拳頭打了一下手掌。

「請稍等，馬上就快到了。」

計程車停在家門口，我直接翻過圍牆，其實前幾天才剛來過，白色面具來找我的那天，我深夜帶著信封袋跑來，難得盡了一份孝道。「你哪裡弄來的這麼多錢？」「我跟人家借的，慢慢還就可以。」「借？誰會借你這麼多錢？」「我認識的人，以後只要幫他做事就行。表現好說不定還能去公司上班呢。」母親用心情複雜的表情看著那只信封袋。「你是不是去做危險的事情啊？」被她這麼一問，我笑了。「不是啦，妳就當作活到現在竟然也有這種好事發生，默默接受就好，人生也總該有一些好事了吧。」然而，母親依然不放心，向我再三確認了好幾回。滿心擔憂的額頭紋看上去令人難過、不捨。我撇過頭去，故作冷漠，「不喜歡就還給我。」那時，庭院裡的花盆排成一列，後方飄來一陣濃郁的氣味，原來是貓咪們會來花盆附近排便，所以母親撒了一些咖啡粉的味道。「謝謝，那我就收下了。」事後母親才終於面露微笑。「用剩的錢帶大姊和妹妹去越南旅行吧。」我強作鎮定，一副隨口說說的口氣，其實內心倍感欣慰，因為那是我第一次幫忙解決家裡的問題，在我屈指可數、能夠被當成是回憶的記憶裡，算是極為罕見可以拿來炫耀的記憶。

但是現在眼前的這片光景已不復在，花盆裡的植物看起來格外乾枯，咖啡味則是臭酸的，原本總是喜歡趴在院子地板上曬太陽的那些貓咪，也坐到了頂樓陽台階梯上，向下俯瞰著我。「什麼事？到底什麼事？有發生什麼事嗎？不，什麼事也沒發生吧？」照理說，母親這個時間點不應該在家裡，她應該在上班才對，倘若夜裡遭逢任何變故，當我開門時就應該會看見她，所以家中不能有任何人在才行。我打開玄關大門走了進去，再熟悉不過的生活氣味撲鼻而來，母親不在客廳裡，小房間也空無一人，我急忙轉開臥房門，喀啦，響起了一聲冰冷的金屬聲。

「鎖著？」

「搞什麼，幹嘛鎖門？什麼時候開始會鎖房門的？」我開始焦慮不安，感覺門框後方有不祥的悲劇在等著我揭曉，彷彿會有一點也不適合我們家的現場出現在我面前，讓我倍感窒息。

「媽！」喀啦，喀啦，我不停旋轉門把。「妳在裡面嗎？」我的嗓音微微顫抖。就在此時，一通電話打來，手機螢幕上顯示著盧男勇三個字。

「你好啊。」

過分的從容中夾帶著油腔滑調。

「身體怎麼樣？我幫你塗的可是很好的藥膏，希望你不要因為我擅自把電話號碼存在你手機裡而生氣喔！我是在幫你把手機充電時順便存號碼的，昨晚看你手機快沒電了，要是沒電豈不就麻煩大了，畢竟今天還要打給很多人呢。」

我長吐了一口氣，試圖按捺住自己的情緒。

「你到底想幹嘛？」

「還能幹嘛呢？跟你玩啊，昨晚我應該已經說得夠清楚了，你先仔細回想一下睡著的那段期間我做了哪些事吧，應該會很有趣喔。都說韓國人靠吃飯長力氣，你要不要先吃個早餐再開始？」

「你在哪？」

「我在哪裡重要嗎？你家人在哪裡比較重要吧。每個角落都仔細找過了嗎？臥房也要確認一下喔！衣櫃裡可能會有你熟悉的面孔也不一定。」

「你他媽的王八蛋！」

我奮力高喊，瞬間，我感覺到腳踝變得僵硬，雙腿也自行移動。砰！上方的鉸鏈應聲斷裂，整片門傾倒歪斜。地板上剛好有電熱毯的插頭，還有母親會用來鋪睡的毯子及覆蓋的棉被也在那裡，母親不在。「都跟你說是衣櫃了，去找衣櫃啊！」盧男勇一直在電話那頭搧風點火。「你最好給我閉上那張臭嘴。」我立刻去打開衣櫃門，棉被和枕頭整齊堆疊。我繼續打開另一格衣櫃門確認，發現裡頭掛滿著衣服。我把手伸進去翻找，只有摸到一些塑膠袋。接下來只剩下一格衣櫃，我咬緊牙關。「精采的往往都是壓軸登場，不是嗎？」盧男勇不懷好意地竊笑。我沒有回答，完全沒空理他。「不會吧，不會的，拜託不要啊。」我握緊衣櫃門把，感覺得到力氣從手腕部位逐漸流失，「媽！媽！」我拉開門板。

「……」

我與她四目相交。

母親面無表情。

「盧男勇！我一定扒了你的皮，讓你不得好死！」

緊握的拳頭裡滲出了血水。

「嘿嘿嘿嘿嘿嘿嘿。」電話那頭不斷傳來令人不悅的笑聲。

「怎麼樣？感覺如何？快對我說一下你現在的感受！」

「總有一天，我會在你臉上留下刀疤。」

「哎唷，好可怕喔，害我好心動。」

我把衣櫃裡的母親舊照片啪一聲用力蓋住，光想到這神經病的聲音會接觸到相框就覺得討厭。最後一格衣櫃裡，只有放著縫紉機和夏季衣物。我大步走向客廳，「這麼快就要離開了？」盧男勇一直試圖激怒我，「還要去檢查一下小閣樓和地暖設備房啊，不要等之後再來後悔喔！」

「家裡根本沒人。」

「至少去看看小閣樓吧，你們家不是有一間小閣樓嗎？沒有嗎？不對啊，明明就有。窮的人東西往往很多，都會說等之後說不定有用，然後瘋狂囤積。假如沒有閣樓，那些東西要放哪裡保管？」

「你說得沒錯，所以東西太多，多到都已經擺到閣樓門外了，要是再把一個人放進去，你就得先把手放進一堆灰塵裡整理打掃才能挪出空位，可是我知道你不是這樣的性格，你不是很愛乾淨嗎？」

「喔~很厲害嘛，太讓我興奮了。所以現在要去店裡？好，該去店裡看一看了吧？猜猜看那邊又會有什麼精采好戲在等著你？那些阿姨會不會告訴你，母親今天根本沒出門上班呢？」

「不用再關心我母親了，好好去照顧你母親吧，她可能很快又要重新幫強姦犯兒子擦屁股了。」

我掛斷電話，關上大門一走出來，就看見司機正在吞雲吐霧。「熄掉，出發。」我話一說完，便坐上後座，內心不滿地喃喃自語。「快出發啊！」我對司機咆哮。「你這人本來就這麼沒禮貌嗎？」司機的口氣也明顯不悅。「不是。」我重新撥打電話給母親。

「有人要動我家人時才會這樣。」

「誰要動你的家人?」

「盧男勇。」

司機閉上了嘴巴,不再說話。他應該是覺得有大事發生了,不然就是覺得自己載到了一名神經病,不論他怎麼想,我都已經無所謂,只要別來煩我就好。我在沉默的計程車裡持續嘗試撥打電話,母親、大姊、小妹,母親、大姊、小妹、母親,依序撥打。小妹的手機依然是關機狀態,母親和大姊的手機則是無人接聽。「這些人到底是怎樣!呼……」我氣得把頭髮向後撩,「母親在店裡很多事要忙,大姊上班時間也本來就很難接電話……」我努力讓自己維持正向思考,可是理性卻拒絕我,「平日早上餐廳哪有什麼客人,而且大姊每次只要看見我的未接來電都會傳簡訊回覆我。正向思考?去吃屎吧!」事已至此,我也開始對所有事情起疑,甚至連自身的存在都心存狐疑。「停車。」車子開到分岔路口時,我請司機停車,「請等一下。」我下車走進店哩,那是母親上班的餐廳。「這是怎樣?今天不營業嗎?」餐廳大門是鎖上的,裡面的燈也未開。

「……是血。」

到處都是鮮紅色,很深的紅色,餐廳地板上有滿滿的紅色液體,就連牆壁上也有被噴濺過的痕跡,月曆上、天花板上也被噴得到處都是。「他媽的。」我抓著店家大門不停搖晃,門鎖裝置從裡面發出喀啦喀啦的聲響。假如我所想的事情真的發生,你爸媽的屍體也別想保全。我用手肘敲破玻璃,再把手伸進破洞裡,解開門鎖。當我一推開門走進店裡,便有一滴血水落在了我的額頭上。我用肅殺的眼神直視著眼前的黑暗,再用指尖擦去額頭上的血水,搓了搓手指,發現黏乎乎、溫溫的，充滿腥味。我在滿地鮮血中撿起母親的手機。

「……」

那是我用打工賺來的錢幫她買的手機，母親還因為這支摺疊機螢幕夠大、字體清晰而讚不絕口。裂開的螢幕上顯示著九通「寶貝兒子」的未接來電，我屏住呼吸，視野裡的世界已經歪斜。「我要殺你，一定會親手宰了你，也會讓你跪著求我拜託直接殺掉你。」血水往廚房內部方向流去，水聲從那邊傳來，也有聽見清洗的聲響。裡面有人，我拿著一把大剪刀走過去，與此同時，也準備好繞過這個彎就隨時用剪刀刺殺對方。

「哎呀！嚇我一跳！大叔，你誰啊？」上了年紀的女人嚇得花容失色，「搞什麼？幹嘛進來這裡？」她開著水龍頭正在洗抹布，「我問你誰啊？進來做什麼？」我頓時愣住，緩緩後退，還不小心撞到了牆壁。「錢都在櫃檯那裡，要來搶劫的話就去那邊拿，都給你。」

「盧男勇。」

我長嘆了一口氣。又被他耍了。女子清洗的抹布旁有著一個沾著血跡的盆子，原來那是牛的血，排水口也有幾塊牛血散落在地。「不好意思，抱歉，我不是搶匪。」我把剪刀放在層板上，「我只是以為裡面發生命案，所以才會進來查看。」然而，女子還是沒有對我卸下心防，這也是理所當然的事情。我看了一下母親的手機。

「在這裡上班的阿姨，是我母親。」

「阿姨叫什麼名字？」

「她姓劉，劉明子，因為一直聯絡不上她，所以才會來店裡尋找，結果發現門是鎖著的，地上又都是血……。」

「阿姨剛才搬牛血的時候不小心拐到腳了，整盆東西灑到了地上，所以才會變成這樣。我想說要趕快收拾，也不方便接客，就暫時先把門鎖上。唉，真的是嚇死我了。」

「對不起嚇著您了。我母親現在人在哪裡呢？」

「她住院了，我叫她趕快去看醫生。」女子上下輕撫自己的胸口，「我看她腳踝都已經腫起來了，她卻一直說沒事，最後我還是催她趕快去了醫院。」我立刻準備離開餐廳廚房，「抱歉打擾了，玻璃的部分我之後會再做賠償。」我衝出店外，女子在我身後喊道：「什麼玻璃？」看見我走出來的計程車司機眉頭一皺，向我問道：「那個該不會是血吧？」我的手機正好響起，我接起電話，並回答司機：「那是牛血，請準備出發。」

「牛血湯辣辣的，可好喝了。」

盧男勇笑到快要斷氣。

「你有點一碗來醒酒嗎？」

我把腳底上沾染的血跡擦在地上。

「這就是你說的遊戲？」

「怎麼？不符合你的期待嗎？」

「你看得到我吧？你躲在哪裡？」

「可能在高處，也可能在附近車內，或者在氣氛絕佳的咖啡廳裡吃著百匯聖代。」

「然後也可能吃著吃著就噎死了，對吧？」

「你別對一個有前科的人說這麼難聽的話嘛。現在就放心還太早吧，是不是應該去醫院一趟？說白了，你母親是上午去的醫院，要是在你睡大頭覺的時候，我有去醫院探望過她的話怎麼辦？」

「你打算怎麼承擔後果啊？」

「她在濟仁醫院，快去看看。我看你母親保養得非常好。」盧男勇不懷好意竊笑，「以吃那麼多苦來說，真的算保養得宜。」我對司機說：「請往濟仁醫院，快！」我的心一直懸在體內的某處，很不舒服。「千萬別掉以輕心，」內在的野獸對我耳語，「不要消耗掉這些情緒，好好累積起來，儲存起來，先確保家人安全後再找他算帳。」我火冒三丈，用拳頭敲了一下膝蓋，被刀子刺穿的傷口處傳來劇烈疼痛。好啊，這樣也不錯，不停刺激我啊，接下來應該也不缺讓我生氣的事。我的大拇指沒有停下來過，妹妹到現在還是聯絡不上，大姊也一直沒有接聽，最後甚至呈現關機狀態，現在這兩個人都成了生鏽的釘子釘在我的心臟上，就連骨盆也感到刺痛，使我坐立難安。「不能開快一點嗎？拜託用力踩油門啊，要付多少車資我都願意，真的拜託了！」於是計程車快速鑽進了一旁的小道，「客人，雖然我不該多嘴，」司機偷瞄了我一眼，「不過，你現在真的是和盧男勇牽扯在一起嗎？強姦多名女子的那個盧男勇？」我無奈地笑了一聲。在橫衝直撞的開車方式下，開始聽見周遭其他駕駛的謾罵聲不斷。遠處天空的顏色變得陰鬱幽暗。「是啊，已經和他糾纏不清了。」

「司機，你先收下這些錢，在這裡等我一下。」

我放下一把鈔票，連忙展開行動。濟仁醫院是一間規模較小的醫院，連個停車場都沒有的社區型醫院。整個醫院大廳空無一人，掛號櫃檯也不見護士蹤影。叮咚！我按下門鈴。叮咚，叮咚，叮咚！「裡面沒人嗎？」我大聲吼叫。一名護士嘴裡一邊咀嚼著食物一邊走了出來，她看見我愣了一會兒，然後咕嚕一口嚥下嘴巴裡的食物。「我們這裡無法替你治療那種傷口，你要去大一點的醫院才能接受治療喔！」

「劉明子患者在幾號病房？」

「您和她的關係是……？」

「我是她兒子。」

「怎麼從早到晚都有人要來看她。」

「之前有人來過嗎？」

「剛才一名戴著口罩和帽子的男子也有來過。」

「幹，所以妳就直接告訴他幾號病房？」我忍不住對護士咆哮。「他就是有問啊，我能不回答嗎？」護士嚇得有點退縮。「幾號房，到底我媽在幾號病房！」我露出了牙齒。「二〇三號。」護士好不容易擠出回答。「他媽的，我操他媽的。」我跑上階梯，「在哪裡？二〇三號房到底在哪裡？」那間醫院設施非常老舊，我看見走廊底端角落有著一扇木門。明明是白天，醫院裡的燈光卻十分昏暗，充滿濕氣。自從數十年前設立之後，就再也沒有重新裝潢過的感覺。媽！我卯足全力跑了過去，「媽，媽！」我打開那扇門，濃濃的藥味迎面撲鼻而來，門旁的病床上有人用棉被蒙住頭、蓋裹著全身，臉部周遭的棉被還被染成深色，濕濕的。

「媽……」

我的手不自覺顫抖。

「媽，不是妳吧？媽？」

「為什麼棉被會濕濕的。」我的腦袋瞬間變成一片白。「這是，紅色？」我走近確認。蜷縮在病床上的身影不停刺激著我的神經。「媽，我來了。」我動作緩慢地伸出手臂，「怎麼了？發生了什麼事？」我抓到了棉被，小心翼翼地準備掀開，卻怎麼拉都拉不下來。「來，妳看是誰來了，是妳的寶貝兒子啊。」她緊緊抓住棉被，在那瞬間，警戒感從腳尖一路延伸到全身，假如躺在這裡的人是盧男勇，我腦中馬上閃過他一掀開棉被就拿刀往我臉上劃的畫面，與此同時，病床上的身影也像癲癇發作似地朝我突襲。

「啊！呃啊！啊——！」

我出於本能，直接舉起手臂試圖阻擋。臼齒直接咬在我的手臂上。「咦？這是怎樣？」對方的臉就在我面前，「放開！放開我！」她的眼神不太尋常，一名素未謀面的老奶奶咬著我的手臂不放，她那骨瘦如柴的身軀飄散著長年未洗的排泄物氣味，枕頭旁還有番茄汁包裝袋灑落在那裡。「啊！」老奶奶故意模仿我剛才的尖叫聲，她就像個原始人躲進山洞裡似地，用棉被把頭蒙住。「什麼？怎麼回事？」我甩了甩被咬過留下牙痕的那隻手臂，就在這時，位於窗戶邊的病床處有人一把將隔間簾拉開。

「你在那裡幹嘛？」

是大姊。

母親也在那裡。

「兒子，你怎麼會來這裡？」

她們看上去都很正常，大姊正在削蘋果，母親則是躺在病床上，高舉著綁有繃帶的腳。兩人彷彿都對於我的來訪感到驚訝好奇。「你是怎麼知道我們在這裡的？」大姊問道。

「手機！」我不自覺放聲大喊，好不容易才冷靜下來，放低音量。

「手機……怎麼了？」

「手機怎樣？」

「電話，我打了好幾通電話給妳們，都不接，也關機。」

「我早上有會議，組長對手機有夠敏感，連震動都無法容忍，一定要轉靜音才行。後來我發現媽有來電話，所以開完會我就回電給她，她說需要去一趟醫院，接下來我們有多忙你都不知道。」

「你幹嘛打二十幾通電話給我啊？」大姊事後才確認了手機，而且是過了好一陣子才發現我臉部和膝蓋上的傷。「你受傷了？這些傷都是怎麼弄的啊？還好嗎？」

「還好。」

「需要治療嗎？」

「不用了。」

「什麼不用，看起來很嚴重耶。」

「我會自己看著辦。那個奶奶是有什麼問題？」

「聽說是老人痴呆，剛才對我們也很誇張。」

「身體還好嗎？」我終於鬆了一口氣，「醫生說扭到了。只要打一半的石膏固定住，休息幾天就會好。」母親一派輕鬆地說著。「真是的，怎麼這麼不小心。」我語帶擔憂。「兒子你才是，身體怎麼會弄成這樣。過來這邊，讓我看看你的膝蓋。」母親坐起上半身。「沒有啦，只是看起來很嚴重而已。」我揮手拒絕。

「那幹嘛把臥房上鎖？」

「上什麼鎖？我從來都沒鎖過那間房啊。」

「我剛才有回家一趟，發現臥房門是鎖著的。」

「看來是門太老舊，有時候會怪怪的。」

「那您和小妹有聯絡嗎？」

「我們昨晚就通過電話了，她今天開始休假。」

「休假？」我感受到太陽穴位置隱隱作痛。我用手指用力按壓，她不是會因為休假而把手機關機的人，我很了解小妹，她是個平時都會隨身攜帶備用電池的人，因為怕家人有急事要找她。所以手機關機一定是另有原因。我詢問母親和大姊，關於護士剛才提及的那位訪客。

「這裡是不是有奇怪的人來過？」

「誰？」

「戴著帽子和口罩的人。」

「沒有啊。」

「所以除了大姊妳以外，都沒有其他人來過？」

「還有誰會來，我們沒對任何人說。」

「預計在這裡待多久？」

「會一直待著吧。真是受不了，又來鬧了。」病房門被打開，幾名男子闖了進來，包括中年男子和身強體壯的年輕人。「媽，妳起來一下，孫子也來看妳了。」他看起來已經非常熟悉動線，朝老奶奶的病床方向走去，幫忙整理了一下打翻番茄汁的被單，以及任意擺放的拖鞋。「抱歉，打擾了。」中年男子一見到我，就低頭道歉。「不會。」我簡短回答。

「你打架了？」年輕人打量了一下我的身體。

中年男子嚴厲制止。「你對人說話要有禮貌。」

「喔，因為我是刑警，所以說話比較直，職業病。」

「這裡不是審訊室，是醫院。」

「知道了，知道了。」

「所以到底有沒有打架？」年輕人問道。

「朋友們喝了酒就會打打鬧鬧。」我說了謊。

「哎呀，現在的年輕人就是這樣。」年輕人嘲笑我。

「你難道不是年輕人？」中年男子調侃他。

「你們會在這裡很久嗎？」我確認了一下時間。

「應該會看媽媽吃完晚餐再離開。」

「兩位都是嗎？」

「你別看我們這樣，其實都很會照顧老人。」

「好吧。」我感到安心不少。這裡有兩名男子，其中一名還是刑警，會在這裡待上一陣子，就算盧男勇要來突襲，應該也沒那麼容易。「那我先走了。」我向家人道別，「身體不適就別出去了，好好休息。大姊妳也要小心注意安全。」我急忙離開了醫院，再重新嘗試撥打電話給小妹，卻依然聯繫不上。這時，盧男勇又再度厚顏無恥地打來。

「見過母親和大姊了嗎？」

「見過啦，我連你的影子都沒見著。」

「確認過她們沒事就好啦。」

「你倒是跟長相一樣狡猾內向。」

「所以我打算改變一下懦弱的自己。其實你從我犯過的案子來看就知道……，我還沒動過已婚婦女，但是處女的話就不一樣了。」

「我奉勸你最好適可而止喔。」

「你妹不是即將要結婚嗎？所以還不算是已婚婦女嘍？雖然有男朋友了，但是如果連那種事都要考慮進去，我可是做賠本生意啊，又不能挖地討生活。」

「我可以讓你從此以後只靠挖地討生活。」

「操你媽的。」我掛斷他的電話。手機還剩百分之七十的電力。盧男勇要是沒幫我充電，手機應該早就掛點了，但是感覺自己一直被那傢伙玩弄於股掌之間，心情簡直糟透了。等等，等一下，我突然想起秋瑛，昨晚這傢伙有說過，我的周遭都是女生，說不定只是想把我的注意力轉移到家人身上，實際上卻是打算去動秋瑛，這傢伙是絕對有可能做這種事的人，愛玩這種把戲的類型。「怪物。」我急忙打電話給秋瑛，電話那頭只有傳來冰冷的信號聲，無人接聽。「拜託不要啊。」我用雙手來回搓揉臉龐，「不要連姊也這樣。今天已經夠我累的了。」我打開手機螢幕，打算重新撥打電話。「不出發嗎？」抽完菸的司機向我喊道。他腳邊已經累積了三根菸蒂。「走吧，去我妹的家。」我一坐上後座，手機就開始震動，是盧男勇，我沒接起電話，選擇直接按掉。我看他又再度打來，我也繼續重複了同樣的動作，按掉他的電話。「你又知道我會說什麼？」「不接電話嗎？」「不焦慮嗎？」「你知道我現在人在哪裡嗎？」一連串簡訊傳來，我連那些簡訊都忽視，搭車快速穿梭在馬路上。「客人，」司機語重心長地說道，「坦白說，我不能完全相信您現在到底是什麼情況，不過，如果是和盧男勇有牽扯，會不會報警處理比較好呢？」我重新打給秋瑛，然後隨意應付了一下司機，「能做的事情我都有做了。」

「也是……不這樣才奇怪。」

「麻煩您盡量開快一點。」

「好，我會閉上嘴巴專心開車。」

「姊？」車子駛出隧道時，我的手機畫面上顯示了秋瑛的名字，我急忙接起電話，懇切盼望著接下來聽到的聲音絕對不是盧男勇，並對於窗外閃過的風景如此緩慢發出嘆息。「嗯，什麼事……？」呼，幸好是秋瑛的聲音。但是正當我準備要問候她的時候，她的電話突然掛斷了。「這又是怎樣？」我直接回撥給她，卻怎麼打都打不通。「幹！我操！」我瘋狂吶喊，氣到怒火中燒，燒到連呼吸都能聞到焦味，感覺臟器都要熟透。我握緊拳頭，繼續嘗試撥打，一樣無人接聽，過了好一會兒，才終於收到一封簡訊。

「抱歉，我現在人在爸爸的療養院。」

看來大家今天都不方便接電話嘛。我粗魯地關掉手機畫面。不方便的理由還真多。幸好還有回個簡訊給我。「口好渴。」我口乾舌燥，喉嚨刺痛。「給你喝。」司機把放在副駕駛座上的水瓶遞給我。「謝謝。」我打開蓋子，一飲而下，但仍不解渴，想要抽菸的欲望排山倒海而來。「壓力一個接一個，真是的。」當車子轉進住宅區的巷子裡時，一輛轎車從附近停車場開了出來。「這人幹嘛不讓開？」司機按下喇叭，叭！轎車同樣按喇叭回應。「不是吧，這邊應該是他要進去讓我過才對啊。」司機感到莫名其妙，再次按下喇叭，叭！結果對方又同樣按喇叭回應，最後司機只好連按了好幾下，叭叭叭叭！

「幹！趁我砸爛你的車之前，把車子倒退進去啦！操你媽的，好玩嗎？」我搖下車窗朝對方咆哮，「看屁啊！最好趕快把你這輛爛車移開，免得我下車撕爛你的臉。」轎車猶豫了一會兒，慢慢向後退。當車子擦身而過時，我朝他的前擋風玻璃丟擲水瓶，「媽的，被這種傢伙浪費我時間。」我的手腕很燙，後頸和耳垂也像被火灼傷似地隱隱作痛。「小妹，我的妹妹俞弦。」血液在體內燃燒，「拜託妳要好好的。」妹妹雖然年紀最小，卻是家中最成熟的孩子。小時候我一直很羨慕同學們的家裡都有電腦，我一直搭不上他們聊的電玩遊戲話題，經常顯得格格不入，於是有一天，妹妹拿紙剪剪貼貼，做了一台遊戲機給我，只要我說「往左、往右、跳！」的話，妹妹就會按照我的指令移動角色人物。雖然這在當時也是很寒酸的東西，但我還是很喜歡，妹妹就是如此貼心懂事，所以自然而然會被歸類在好人的範疇裡，絕對不能讓她被盧男勇這種垃圾玷污。

她為了不要讓母親有壓力，從大學時期就開始默默存自己將來的結婚費用。「哥馬上就到。」我緊咬下唇，嗒，一滴血滴了下來，我卻沒有察覺，因為我發現有一輛罕見的進口轎車停在妹妹的租屋處。

「不會吧。」

那是一輛在這個社區很難見著的車款，因為當地居民住的房子都比這輛車便宜。我跳下計程車，不祥的預感籠罩全身上下的神經。我緊貼在那輛車的前擋風玻璃上，查看駕駛人的聯絡方式。我掏出手機，按下數字鍵，一〇一……，然後在還沒按完所有數字之前，手機便自動顯示儲存在聯絡簿裡的電話號碼人名。

盧男勇。

這傢伙人在這裡。最終還是被他找上我妹的家門。我抬頭仰望妹妹住處拉起窗簾和緊閉的那扇窗，隨即踹了地面一腳。電梯雖然就停在二樓，我卻沒那個耐心等待。我抓著欄杆連忙走上階梯，小妹住在五樓，我每一次腳趾用力，小腿都會變得硬邦邦，完全忘記膝蓋上的傷口，也感受不到任何疼痛。「我會殺了你，」殺意麻痺了所有感覺，「我一定要扒了你的皮，去掉你的骨。」我抵達五樓，與此同時，還看見滾落在地板上的螺絲起子。「盧男勇。」我握緊拳頭，小妹的家門是微開的狀態，從門縫中可以聽見呻吟聲。

「你他媽的王八蛋！」

我敞開大門，直衝屋內。妹妹躺在位於角落的床上，被一個全身打著赤膊的男子壓在下面。「終於被我逮到了吧，你死定了！」我用爆著青筋的拳頭朝男子揮拳，壓住妹妹的男子痛到大喊。「你、你誰啊？」我一把抓住他的頭髮，將他從床上拉了下來，扔在地板上，狂踹他的腰部。「你竟敢碰我妹！神經病，腦子有洞吧！」我朝他的腰間出拳，再抓住他的後腦勺。「今天一整天很歡樂喔？」桌上放著吃完的杯麵碗，我拿起碗裡的免洗筷，「你先把一邊的耳朵交出來。」我瞄準耳洞，把手舉高，就在那時，小妹在後方大聲喝斥。

「幹嘛突然跑來這裡鬧事啊！他是我男朋友啦！」小妹喊道，「是我要結婚的對象！哥你也認識啊，之前見過面啊！」

驚險萬分的那一剎那，我停止了動作。筷子尖端就剛好停在男子的耳朵洞口。「大、大哥，冷靜。」男子不停喘氣，「是我啊，是我。」我凝視著他的臉，然後再把視線轉移至小妹。「哥，你是不是瘋了？」小妹緊緊拉住棉被，想盡辦法遮住滿身是汗的身體。「你是怎麼開門進來的？又不是流氓，這到底是在做什麼？」我立刻前往廁所，打開燈查看內部，卻不見任何人的蹤影。小陽台和洗衣機也都確認過，空無一人。「盧男勇啊，你這該死的畜生。」這傢伙的確有來過，在這裡停好車，用螺絲起子撬開門鎖，便離開了現場，一切只是為了要戲弄我、使我感到不安。我長嘆一口氣，把肺裡剩餘的空氣統統吐了出來。我從已經憔悴乾癟的聽覺中，彷彿聽見了盧男勇的嘲笑聲。

「你還好嗎？」

小妹滿心擔憂地察看男朋友的傷勢。

被毆打拉扯得亂七八糟的男子勉強擠出了一抹微笑。

「大哥，原來您的拳頭這麼重啊。」

我真心向他致歉。

「真的很抱歉，實在沒臉說什麼。」

「看來您是把我誤想成……強姦犯，是吧？」

「因為我看到從未見過的車輛停在樓下，我妹家的門又壞掉，所以……」

「門壞了？」男子起身穿好褲子，他走到大門前，探頭察看門鎖裝置。「真的欸，它怎麼不會動了？」他刻意對著依然怒視著我的妹妹大聲說道。

「這個，的確是很危險的情況耶，我們連門開著都不知道，反而要感謝大哥發現呢，他為了保護即將結婚的新娘真的是奮不顧身。」

小妹把頭套進T恤衣領。

「所以他就差點把即將結婚的新郎給活活打死了。」

我沒有多作理會，開始翻找桌上吃完的杯麵容器。

我找出小妹的手機，把螢幕拿給她看。

「為什麼關機？」

「凌晨去上廁所時不小心掉進馬桶裡了。」

「大家今天真的理由很多喔！」

「幹嘛？怎樣啦？」

「媽住院了，腳扭傷。」

「濟仁醫院二〇三號室。」我從口袋裡掏出了母親的手機，「去探望她的時候記得把這個也交給她。好好認真過日子啊。」我拿了幾張鈔票，放在她床上。「先去把家裡的門鎖修好，等我離開就馬上叫人來修理，然後再跟妳未婚夫去好好吃頓飯。」全身上下的緊張感頓時解除，可能也是因為如此，我感覺到膝蓋一陣劇痛。我一跛一跛走到玄關，小妹連忙追了上來。「怎麼回事？受傷了？」男友見狀也連忙上前關心，「來，讓我看看，大哥。」我對他們揮了揮手，「別忘了叫人來修理，記得換個好一點的門鎖。」瞬間，強烈的疲勞感席捲而來。我走出小妹的家，把她家的門關好帶上。喞——關門的聲音聽起來格外寒酸。

「你家是開徵信社的嗎？」我一接起電話便對他嗆聲。

盧男勇咯咯笑著，暗自竊喜。

「的確是有認識一間家族歷代都是請他們家辦事的事務所。」

「寄生在你們這種有錢人家，然後製造受害者，還真幸福，一群共犯。等哪天我也要去處理一下那些傢伙。」

「這是個好主意，但是你現在應該很忙吧？還有其他地方要去啊。該不會認為就這樣結束吧？」

「我還需要去哪裡？」

「少來，別裝蒜了。」

「去你所在的地方如何？」

「比起來找我，先去一趟療養院如何？」

「你今天不是白跑了好幾趟嗎？」盧男勇說道，「不妨離開街道，去找尋身心安定也不錯啊。」

「你在哪裡？」

「我已經先抵達在等你嘍！」

「別騙我了。」

「你聽得到這個聲音嗎？要不要聽聽看？」

噗，詭譎的聲音從電話那頭傳來，噗，噗，那是在用刀刺某種東西的聲音，而且只要我的狀態正常，這聲音一聽就是在刺人體，當刀刃穿過肌膚進到肉裡被血水浸濕時，就會因黏膩油脂而出現這種特有的摩擦音。「搞什麼？」我問道，「是誰？」我更改了提問方式，「你現在在刺誰？」噗噗噗噗，這聲音讓我想起那天在廁所裡殺死藥物成癮的那個傢伙，我變成第三人稱視角，開始觀看那天的自己，漲紅著臉，嘴角還微微揚起，將刀子刺進他的體內，然後被我刺殺的人是……秋瑛。

「才不是！」

「停止。」我瞪大雙眼，「別犯傻了，打起精神來。」回想的畫面重新變成了原本的記憶，藥物成癮的那個人已經奄奄一息。秋瑛的面孔雖然已經消失，卻仍有她的感覺。這是最糟糕的。視神經緊繃到感覺隨時會斷裂。「我在問你話呢！你到底在拿刀刺誰！」我眼眶泛淚，彷彿成了海市蜃樓般，嗓音不斷在迴盪。好熱，要是一切都是沙漠中的幻影該有多好。

「天生的殺人犯應該不會聽不出這是什麼聲音吧，多麼甜蜜啊，就像用舌頭舔一樣刺激。比起跟女人上床，我更喜歡這樣。」

「所以你到底在刺誰？」

「幹嘛這麼嚴肅？你該不會以為自己生氣時很帥吧？千萬別喔！你早就被我看破了，坦白說你剛才不是還有感到安心嗎？因為確認過家人都平安啦。當你去找母親的時候，在你腦海裡有出現過一次咸秋瑛小姐嗎？」

「……」

「你其實已經定了順序，把喜歡的女人拋諸腦後，等最後再來找也不遲，因為家人才是最重要、最珍貴的，世界上沒有第二個家人，但是女伴隨時都能換。所以最終，你其實是對生命做了排序，也就是這個人要先救、那個人可以等等再來救，像這樣。可是你有什麼資格？這種行為看了還真令人討厭，有夠難看，實在太傲慢了。你明明就是這種傢伙，少在那邊裝正義、動不動發火了，所有人都會被你搞得很累，不是嗎？我有說錯什麼嗎？」

我走到外面來，喘息變得冰冷。計程車早已離開，可能是不想再和我有任何瓜葛。我不發一語，靜靜看著這個社區，十分寧靜，還帶有一點悲傷。對面的工地揚起一片灰塵，我走過去撿起一顆大石頭。「喂？幹嘛不說話呢？打擊太大嗎？」盧男勇語帶嘲諷。砰！我直接把手裡的那顆石頭砸在這傢伙的汽車前擋風玻璃上，宛如蜘蛛網的白色裂痕瞬間擴散開來，還出現一個大洞。

「那你應該也聽得見這個聲音吧？」

呸！我吐了一口口水。

「很快也會在你身上出現同樣的裂痕。」

我掛上電話，發現運動鞋的鞋帶已經鬆脫，我重新綁好，綁得非常用力，連腳背都覺得痛。

這半天顯得格外漫長，過去一直支配著我的那股無力感突然捲土重來，我的動作十分緩慢，而目的地總是位在遙遠處。我用拳頭敲了一下膝蓋上的傷口，疼痛感瞬間擴散到鼠蹊部，繃帶裡滲出血滴，我開始拔腿狂奔。

狩獵者

1

「拿開啦，臭小子。」

「為什麼，大哥？」

「要往好處想啊，不能一開始就去想那些恐怖的東西，人會變得疲憊消極。人生就像一段漫長的運動，運動中最重要的是什麼？」

「認真。」

「不，是休息。你這狠毒的傢伙，人要休息才會成長，第五天左右要能吃好吃的東西，才有辦法只吃地瓜撐四天，懂嗎？真是的。你賺了錢以後打算做什麼？」

「讓家人有好生活。」

「那你想為自己做什麼？」

「結婚。」

「神經病。」

「怎麼？結婚不好嗎？」

「那才不是獎勵，是懲罰，直通地獄的電動步道。這麼沒其他事情可做了嗎？」

「可是大哥您有結婚啊。」

「所以我每天早上都會後悔莫及。」

「我有一個想讓她幸福的人，只要她幸福，我就會幸福。」

「你要怎麼讓她幸福？」

「和她一起吃飯、逛賣場，偶爾一起去旅行，要是有賺到很多錢，就買一套好房子，也買名車來載她，大概就是這些吧。」

「哎唷……純純的愛喔。」

「那邊那棟就是公司嗎？」

「是啊，怎麼樣？」

「樸實無華，滿好的。」

「你就老實說看起來很不起眼也無所謂。」

「只要公司發達就好啦。」

「至少是業界第一品牌，這方面是可以放心的。等等從我們踏進公司的那一刻起，就要把稱謂喊清楚嘍，知道嗎？」

「是，金理燦次長。」

「他媽的，到底什麼時候才能變成理事？」

2

我回想起當初第一天到職的情景，那已經是多年前的往事了。入社測驗時我身負重傷，所以有接受過治療一段時期，但我不是住在一般的醫院，而是住進屬於公司的一間隱密設施裡；金理燦還不停炫耀，那可不是阿貓阿狗都能進去接受治療的地方。「我們公司的醫療部門實在是好到沒話說。」這句話聽到我耳朵都長繭了。「你自己去體驗看看他們的實力，就算是一條爛爛的抹布也能被修復成全新乾淨無瑕的毛巾。」後來我體驗到他們的技術，的確十分精湛，我快速復原，在裡面度過了幾個季節以後，便搭著金理燦的豪華車出院。當時的我還只是個小毛頭，金理燦也只是次長，雖然不如現在老練沉穩，但是絕對比現在熱血凶猛。「回憶總是有它的用處。」我默默笑了，「不論是獨自飲酒時，還是被嚴刑拷問時，都有其用處……」

「次長。」

「怎麼樣，次長？」

一支吊鉤刺穿我的肌膚。

「看得見洞嗎？」他從我的手背上刺進去，再往手肘方向橫著穿了出來。蘭博萬朝我吐了一口噁心的氣息。「你看，都沒有流血喔！可是還是會痛，對吧？這就是，技術。」我全盤接受著他所吐出的濕黏氣息，根本無力閃躲。其實我的意識早已模糊，我卻努力隱藏，假裝若無其事地張動著眼睛。「愚鈍的傢伙，使用串籤的技術倒是學得不錯。」我看著自己的右手臂，被他穿得亂七八糟，掛滿著吊鉤，宛如魚鱗般銀光閃閃。好噁心。好像一條魚。蘭博萬從工具中取出白線，瞬間，我差點沒口出惡言，他似乎是想把我的左手臂也弄成像右手臂一樣。

「我幫你……吊起來。」

上午，蘭博萬在地上安裝了奇怪的滑輪，他似乎已經在這間地下室操作過多次，天花板和牆壁上都早已安裝好所需裝置。「次長，次長。」這傢伙一邊組合零件，一邊像個孩子一樣哼歌，彷彿一心想向我展現他所學的技術。「快點稱讚我，次長，快啊。稱讚我蘭博萬！」他在我的右手臂上插了數以萬計的串籤，他抓著痛苦受傷的我不放，繼續不斷地用工具戳我。他先在我的神經和關節處插針，接下來則從手指到肩膀穿了好幾個孔洞，感覺是藉由這樣的行為得到虐人的快感，甚至連性方面也能得到滿足。「好戲現在才要上演喔！」他將每一支串籤綁上白線，然後把線集中在一起，掛在天花板的掛鉤上。「次長。」他傻笑了一聲，便抓住滑輪開始旋轉。

「快，求我啊，叫我停手，嗯？」

穿過肌膚的那些吊鉤被一字拉起，皮肉瞬間繃緊，感覺隨時會被活剝皮。「王八蛋。」我咬緊牙關，但是刻意不讓他察覺，因為不能被他發現我感到疼痛，也不想讓他知道我其實因為這些惡毒、變態又下流的疼痛感而髮根直豎。因此，我沒有喊叫，甚至連疼痛呻吟都沒有。我用極度平淡的表情，看著蘭博萬的臉上逐漸失去笑容。我持續用一臉鄙視的眼神凝視著他，他一下子拴緊滑輪，一下子又鬆開滑輪的動作變得愈漸粗魯。「次長！」他對我怒吼咆哮，整個上午我都要忍受皮膚快被剝掉又重新黏回肌肉的嚴刑拷問。然後現如今另一隻手臂也即將遭受同樣的折磨。

「究竟被折磨了多久？」

我偷偷嘆息。插在胸口上的吊鉤在搖晃，腹部和大腿也佈滿著不潔的鐵塊，全身上下都是異物。寄生蟲在啃食我。我看著覆蓋在右手臂上的白線，努力讓自己回憶往事。這次要回想什麼好呢？要把理性專注在哪一段記憶，讓自己忘卻疼痛？屈辱會落在自尊心離開的位子上，假如不想屈服，就不能忘記自己是誰。所以要想盡辦法回想，自己究竟是如何達到今天的位置，闖過多少難關，那是我撐過拷問的方法。

「次長，你果然是個男子漢。」

蘭博萬的嘴巴散發著濃濃口臭。

我用下巴指向他的鼠蹊部。

「可惜你已經不是了。」

我的右手臂被無情高舉。

喀啦、喀啦，滑輪又再度轉動。

3

「你怎麼到現在還杵在這裡？」

「我的拳頭老是不聽使喚。」

「要是能現學現賣，那還叫技術嗎？別操之過急，否則連本來會的都不會了。現在的情況沒有不好，你是在同期進來的人當中最出色的。」

「同期當中最出色有什麼用，要所有人當中最優秀才行啊。我一點也不開心，召集來的新人都很一般。」

「你這小子。」

「對不起。」

「我是怎麼跟你說的？要尊重同事，有沒有？你要是沒有那種心態，就別想在這裡工作，也不可以讓你在這裡工作。你喔，要是再讓我失望一次，小心我當場揍扁你。」

「是我的錯，我失言了。」

「好，態度重新給我調整好。」

……

「嗯，很快就會掛掉的傢伙。」

「他們這樣稱呼我？」

「你很有名啊！聽說你一天只睡三小時，學習到凌晨三點，睡一會兒就起身去運動，不是嗎？這樣生活是會死人的啊，一般來說啦。」

「就因為我不是什麼一般人，所以才會無論如何都能活下來吧？」

「很好！欣賞你這種自信，真應該向你看齊。不過，你還是顧一下身體吧，金理燦次長也說過，身體是要趁年輕時保養才有效，好不容易進到這間公司，要是哪天變成白骨抬出去還有什麼用呢。」

「我要趕快變強大。」

「你的情形我都明白，所以才更不捨，要是能做事的人不幸離開怎麼辦。同期進來的好同事啊，我也是事到如今才提醒你，你要不要吃吃看補藥？」

「補藥？」

「我家是開中藥房的，我之所以永遠都很有精神就是靠這個秘訣。怎麼樣？我可以免費提供給你喔！前提是有個交換條件，你一對一教我卡利好不好？我知道你有另外在跟金理燦學習。」

「要是有個能力相當的對手自然是好事。」

「那接下來就請我們的王牌多多指教嘍！」

「我才要請你多指教，桂洪九。」

……

「第一項委託案完美達成喔！」

「多虧有大哥您傑出的指導。」

「你這傢伙臉皮變厚，實力也變強，真是太讓我欣慰。」

「顧客有滿意嗎？」

「超級滿意。他們很滿意你的處事方式，將來要是有其他案件，也會指定你來處理。」

「將來……應該不能有其他案件吧。」

「就是啊，真是個荒謬無語的人。算了，一起去喝一杯吧！既然小老弟已經有過初體驗了，當然要請你好好喝一杯！給你來一杯大哥私藏的波本威士忌！」

「可是今晚有柔術課……」

「什麼？」

「沒事。走吧，我現在就去！」

……

「這麼快就當上主任了？」

「對啊，莫名其妙就變成這樣了。」

「你不是才剛進公司沒多久嗎？」

「不過實際感受的時間倒是覺得很長，因為我也滿努力的，把一天過得像一年一樣。坦白說，嗯，的確很難說這段期間是快樂的。」

「我知道你過去付出多少努力和犧牲。」

「就只是做我該做的事情而已。」

「所以你包下了整間餐廳？」

「一方面是為了慶祝升官，另一方面也是為了……」

「什麼？怎麼突然肩膀用力？」

「我……其實會殺人。」

「嗯？」

「殺一些壞人，不然就是把他們弄成半死不活的狀態。我任職的公司就是這種公司，聚集著一群暴力天才的地方。我們會持續不斷地研發殺人方法，也會收取高額堅守秘密。抱歉一直沒對妳說。我本來就有打算等當上主任之後一定要親口向妳解釋。」

「這是在說某部電影嗎？」

「宛如電影情節的橋段還在後頭。」

「說來聽聽。」

「妳要是願意接納這樣的我……，我們就……」

……

「哇，超屌的耶！」

「大哥，是不是很棒？」

「簡直就是一處秘密基地啊！」

「我打算在這裡蓋建地下室，作為提供恐懼的手段，尤其是對未知的恐懼，從外部是絕對無從得知這裡面在發生什麼事情。」

「一座位於人煙稀少森林裡的奇異設施……」

「很浪漫吧？」

「很酷，也很美麗。董事長很關注你喔！還問我為什麼你要那麼執著於恐懼，我請他最好親自聽你說明。」

「我要獨自面對董事長？」

「也好該被他誇一下了啊。」

「洛夫克拉夫特說過，人類最古老的情感是恐懼，而最強烈的恐懼是未知。我在過去已經體驗過這句話，所以很清楚這件事多麼有效。」

「你學到很不錯的一課。」

「這堂課的學費可貴了。」

……

「你在這裡啊？」

「您來了啊。」

「這裡景致真不錯。」

「是永恆不變的風景。」

「吹來的風也好舒服。」

「要抽根菸嗎？」

「我戒菸了。」

「啊，那就……」

「你可以抽啊，沒關係。」

「這是類似最後的禮物嗎？」

「臭小子，說那什麼話。」

「那我就來一根好了，抱歉失禮了。」

「慢慢抽吧，細細品味。」

「這麼香的菸還真是第一次。」

「我想也是，你這該死的傢伙。」

「抱歉，給您添麻煩了，次長。」

「變成這樣之前難道都不能找我先商量一下嗎？」

「我知道次長您也很忙啊，您有很多壓力、有成山成堆的問題等著您解決。您不像我只是純粹因為工作而辛苦，您是帶著多年宿怨。您的痛苦我都能一眼看穿，怎麼還好意思找您。」

「我的問題用不著你來擔心，你也無權判斷，所以瞧瞧你現在這副德性，變成什麼樣子了。」

「實在沒有臉見您，我覺得自己已經遇到了瓶頸。」

「沒出息的傢伙，該死的東西。」

「對不起，讓您承擔了棘手的事情。」

「你先過去吧。」

4

「抱歉……次長。」

蘭博萬停止轉動滑輪。

「我看您都不出聲，所以才會惱羞成怒，不自覺轉得太用力了。這個，本來不是這樣用的，對不起。」

智障。我冷冷鼻笑。所以你才會是這副德性。一切只是不折不扣的虛張聲勢。穿破全身皮膚的痛苦之上，有著難以言喻的東西附加在上頭。蘭博萬把滑輪亂轉一通。串籤用力拉起我的皮膚，導致皮膚破裂，在我紅腫的右手臂上形成一個又一個圓坑。滴答、滴答，地上很快就積了一濺血。儘管如此，我仍試圖保持平靜，卻老是碰上極限。我努力強忍，但還是一直徘徊在極限的邊緣。我感到疲憊厭倦，瞬間，我的唇緣出現細微顫抖。「次長！次長！」蘭博萬一看見，便馬上發了瘋似地朝我飛奔而來。

「你是不是覺得痛？是不是！嗯？」

「閉嘴。」

「你可以喊出來啊，那我就住手。」

「你就和這間地下室一樣，一輩子什麼咖都不是。」我嘲諷他，「你這菜鳥。」

「只有色情行業需要菜鳥，因為有些人就是會看著那些不熟練的動作勃起，但是其餘行業根本沒門，就算給我一卡車的菜鳥，我也絕對不會用。」

「我是蘭博萬，別瞧不起人。」

「好好接納你自己吧，正視一下現實，不要逃避。你應該也心知肚明，不論多麼掙扎也改變不了你就是比男明星鄭雨盛長得醜的事實，這是你已經接受的部分；實力也是同樣的道理，就算再怎麼拚了命辯駁，你也依然是個遜咖，就直接承認，然後選個良辰吉日自殺吧。」

「這輩子至少也該盡一次孝道吧。」我對著被剝下一層皮的右手臂「呼」吹了一下，「你不是沒做過任何為別人好的事情嗎？試試看吧，心情其實滿好的喔！」於是蘭博萬用一副要宰了我的氣勢直接一把抓住我的臉，厚實的手掌對著我的雙頰施壓。「不准瞧不起我，次長。」鐵鏽聲從他的喉嚨裡傳了出來。粗糙的大拇指放在我的兩眼上。

「還沒給你看完，我的技術的精髓……」

「按壓我的眼球，使我失明，這就是你的精髓？」

「不，是把串籤插在眼珠上。」

「然後再用鐵鍊將兩顆眼珠連起來。」蘭博萬拿起尖銳的吊鉤，「應該會很漂亮吧？會閃閃發亮喔！我可以特別為次長您選用比較可愛的鍊條。」也許是光想就覺得幸福，這傢伙不自覺張開嘴巴。「真是要瘋了。」我的嘴巴也同樣微張成一條細縫，維持著冷血微笑。我一直都有心理準備，從事這份工作遲早有一天會付出代價，不論或大或小，被切斷手臂還是取出內臟都有可能，所以並不想醜態百出地埋怨著自己的業障。只不過……

有一定要現在嗎？

我好不容易才把盧男勇關進那裡。

「幹，盧男勇這傢伙現在在幹嘛呢？」串籤距離我的瞳孔愈來愈近，「他會照我的話乖乖待在房間裡嗎？還是敵不過本能又闖禍了呢？」蘭博萬用左手固定住我的下巴。宛如魚叉般尖銳的串籤頭開始鑽進我的眼皮，滋——刮到角膜的聲音令人豎起寒毛。「插完眼珠換鼻孔，插完鼻孔換舌頭。」蘭博萬說道，「然後你的臉上就會有一條又一條漂亮的鍊子。」串籤用力壓在我的左眼，過不久就會「噗」一聲穿破我的眼皮。我擺動肩膀，試圖擺脫，卻因為插著針而難以控制。「次長，次長。」他像個神魂不在的人一樣不停喃喃自語，「次長，次長，次長。」他暫時停手，將串籤從我眼睛上拔了出來，並改變了手握串籤的姿勢。「我啊，突然覺得好奇。」

「眼睛、舌頭和耳朵。」

他的視線在我這些部位掃視了一輪。

「要是把它們統統連起來，然後一把同時拉起！」

他發自內心純粹好奇。

「哪個部位會先被我拽落呢……？」

「我們來試試看吧！次長。」他抓住我左邊的耳朵，噗，與此同時，串籤已經穿破了我的耳垂。接下來另一邊的耳垂也被他穿破。「手藝不錯喔！」我語帶調侃。「謝啦。」這傢伙把手伸進了我的嘴巴裡，為了徒手抓我的舌頭而開始胡亂翻找，食物腐爛的腥味加上鹹味，讓我反胃作嘔。「別亂動。」他在我的舌頭上插了一根串籤。「舌頭中央，不是有一條線嗎？要避開那條線來插，因為一不小心，舌頭會捲進喉嚨裡。」劇烈的疼痛感排山倒海而來，我可以明顯感受到有異物插在舌頭上。「你看，次長，是不是很美麗？」他對著我低聲耳語。舌頭上突出的鐵塊十分明顯，令人恐懼的冰涼感有點過分鮮明。

「接下來，換左眼。」

蘭博萬拿著串籤靠近我的眼睛，他用手掌牢牢固定住我的下巴，並緩緩用尖尖的地方對著我的眼睛。「竟然不抵抗耶。」他喃喃自語。我轉動眼珠，看向地下室的門。於是他也隨著我的視線看了過去，用力吸了一下鼻子。「看我啊，次長，你在看哪裡，要看我才對啊。」一瞬間，我卯足全力，狠狠咬住他的手指，牙齒隨即咬進了他的皮肉，卡在骨頭處。血液開始四處噴濺，我則是笑到快要失聲。「放開我！放開！」他拚命掙扎，朝我的臉部揮拳，並撿起那些鬆開的串籤朝我的臉頰、頸部亂刺一通，最後終於從他的指節處傳出了類似斷裂的聲響。「呃啊——！」他用另一隻手包住受傷的那根手指，連忙後退了好幾步。我渾身上下都是血，一口一口咀嚼著被我咬斷的手指。

「看來已經縫不回去了，對吧？」

「我要把你的肝、膽、心臟統統挖出來！」

「都是一些被壓力搞壞的東西，你要拿去做什麼？」

「砰！」這時，地下室的門片傳來巨響，「砰砰！」接二連三地傳來劇烈震動。「幹嘛！怎樣！幹嘛妨礙我！」蘭博萬提起沉重的屁股，走過去轉開門把。他一開門就出現大暴牙，「欸！」他一臉蒼白、毫無血色，帶著哀怨的眼神望向了我這邊。「蘭博萬，你這腦殘智障！」他好不容易開口出聲，「我……我不是有對你千交代萬交代，有什麼話要對我說的話最好事先說嗎？我早就有預感覺得不妙了。」

嘔！瞬間，鮮紅色的血液從他口中吐了出來。

「你應該告訴我……他是公司裡的人啊……」

砰！大暴牙直接往前應聲倒地。這傢伙埋在地板上，後頸處插著冰鎬，流淌著鮮紅色的血液。「我應該有說過，不要再欠我人情了喔！」緊接著白部長帥氣地走了進來，用穿著皮鞋的腳踩著大暴牙的背。「真是……沒一個地方令人滿意。」他拔出冰鎬，從衣領到襪子，總是身穿一席白色裝扮的他，被染得一身通紅。「您該不會是……本來就穿紅色衣服來的吧？」我噗哧一笑。「哇，這味道。」白部長走了進來，被臭氣沖天的地下室熏得皺起眉頭。「你這身東西又是什麼風格？」接下來他看著我殘破不堪的身軀，又將眉頭鎖得更緊。

「我想聽聽看理由。」

「因為他說喊出來就輸了。」

「所以本來也可以直接認輸，提早結束的意思嘍？」

「但是那樣的話這傢伙會很開心，我就是不想讓他得逞。」

「啊，光想就頭痛。話說回來……」

「好吵。」白部長冷冷脫口而出這句話，「呼吸聲怎麼這麼大聲？」蜷縮在一旁的蘭博萬驚了一下，他扶著那隻被我咬斷手指的手，故意抬起下巴。「我是蘭博萬。」說出這句宛如在播放錄音帶的台詞。「他在說什麼？」含糊不清的發音惹得部長更加煩躁。

「我是……蘭博萬。」

「你有口臭。」

「我是蘭博萬，蘭博萬！」

「我沒興趣，也不知道你在說什麼。」

「趕快起來處理一下這個傢伙。」白部長轉過身去，感覺該做的事情已經做完，可以準備離開。「我是蘭博萬！」也許是認為自己被人瞧不起，蘭博萬突然放聲大喊。白部長連正眼都沒瞧他一眼，就邁開了腳步。我默默開口補了一句，「No.1，他在說自己是No.1。」原本一直維持緊張的全身，突然一鬆懈下來，反而變得沉重。「那是因為他口齒不清，所以才會一直說自己是蘭博萬。」白部長走到一半突然停下了腳步，彷彿被捕鼠器夾到似地。「你說什麼？」緩緩轉移的側臉瀰漫著一股殺氣，「No.1？你說你是No.1？」他用每條皺紋都呈紅色的血手緊握冰鎬，一臉不可置信地走向蘭博萬。他的眼神充滿鄙視，看待他連害蟲都不如。

「就憑你……是No.1？」

「嗯，頭髮是滿短的。」冰鎬立刻插進了蘭博萬肥胖臃腫的臉頰，穿過皮肉、舌頭，毀掉牙齦，然後在他發出哀號之前，白部長就抓住了他的手腕。「指甲也不長。」接下來用冰鎬輪流朝手背、手腕、肩膀插去，再將其拔出來。「那就該準備好來幹架了啊！」冰鎬的把手不偏不倚頂著蘭博萬的喉結，整根冰鎬插進了他的喉嚨，精準又冷血。嗚，我彷彿聽見蘭博萬斷氣的聲音，他連遺言的第一個字都來不及說，便迎來死亡。伴隨暴力結局而來的沉默十分濃厚。「垃圾。」留下一句感想的白部長，頭也不回地消失在現場。過不久，走廊上出現聲響，徐文吉和韓智碩急忙忙跑了進來。

「次長，您還好嗎？」

「你們看我這樣覺得好嗎？」

「金理燦理事已經把上面整理乾淨了，白部長則是負責地下室，我看兩位都寶刀未老，光是在一旁觀看就已經被徹底震懾。外頭有醫療部門的人在待命，所以您要加油再撐一下。」

我冷笑了一聲。

「那你們倆都做了什麼事？」

「我們……我們有擔心您啊！」

「做了這麼了不起的事情啊？」

「非常、非常擔心您喔！」

「好吧，真是聖恩浩蕩啊。」

「幹，你在這裡被關了多久啊？」插在關節上的針被拔了出來，後來發現原來我的腰附近有通電流，難怪整條大腿肌肉發麻。「死變態，從哪裡學來的爛招。」由於膝蓋以下部位早已失去知覺，所以我是被徐文吉攙扶出去的。我一步一步穿過走廊，空氣也愈漸清新。我度過了一段不在預定行程裡的休假。「果然……沒有什麼事情是容易的。」我不禁喃喃自語。「世上哪有簡單的事情呢？」徐文吉附和著。「真的，人生沒有容易的事情。」韓智碩也點頭附和。走上階梯的期間，我沒有再開口說話，腦子裡只想著妻子和盧男勇的事情，我把他們倆放在了同等重要的位置。

戰鬥者

1

「謝謝。」

「謝什麼？」

「那天，你幫我阻擋那個神經病，還叫我躲進去廚房裡。他叫我摘下口罩時，我還記得你當時說過的話，你叫他別動我，你為了我發脾氣。那是我這輩子第一次有人為我這麼做，其實你當下應該也很害怕吧。」

「喔，那個啊，我還在想是什麼事情呢。對啊，嚇都嚇死了，差點沒嚇到漏屎漏尿呢！妳應該知道我不是對任何人都這樣挺身而出的吧？這可是妳的榮幸喔！請我喝杯燒酒吧。」

「好啊，我請客，當然要請你喝一杯。你想吃什麼下酒菜？」

「我說說的啦，不需要請客。」

「不會啊，真心想和你喝一杯，走吧！」

「可是，和男生單獨，妳可以嗎？」

「你比較……不一樣啊。」

2

「哪裡不一樣？」我很想這樣問她，但又怕自己操之過急，得到的回答不如預期，所以努力閉緊嘴巴，沒有繼續追問。「嗯……」秋瑛接著說，「確實不一樣。」她說這句話的聲音使我內心找回平靜。「身為男人的你，會使我感到害怕，可是身為你自己的你，會讓我感到安心。」多麼浪漫的一句話。「你可能很難理解，但事實就是如此。而且身為你自己的你，比身為男人的你還要強大。」這時，秋瑛忘了警戒周圍，她對我完全依賴，我亦是如此，認為只要是為了這個人，我什麼事都能辦到；可以帶著一把生鏽的刀子赴湯蹈火，也可以揮舞一把早已鈍掉、滿是油污的刀子和一群惡魔奮戰到底。過去就算有和其他男人拍過性愛影片，就算那支影片至今還在網路上流傳，都無所謂，我就是喜歡她。也許是第一天遇見她，整個人緊貼在牆壁上，用懼怕的眼神對我點頭示意時；也或者是趁我在用抹布擦拭湯匙，她拉開我身旁的椅子坐下時；抑或是她第一次摘下口罩給我看她的長相時，雖然我不曉得自己究竟是在何時喜歡上她的，但就在不知不覺間，我已經偷走了她的感官，只要當她把手浸泡在冰水裡，我就會不自覺地在自己的手背上哈氣取暖。

的確如白色面具所言，我的人生一直以來都很悲慘，尤其是在餐廳裡值大夜班的日子，更是寒酸落魄。我當時一邊工作，一邊看著那些絕對是社會失敗者的客人暗自慶幸，我擦拭他們囫圇吞棗完離開的骯髒桌面，暗自慶幸，因為這些客人讓我明白，不是只有我一個人被困在鐵窗裡，我也是不得已活成了那種人。很窮酸，也意識到自己的窮酸樣，所以很想要徹底改頭換面，但是當自己痛苦時，反而抓著自己的醜態來取暖，希望這個世界除了我以外還有其他悲慘人士，愈多愈好，期待他們可以愈來愈多。因此，我討厭自己，每次取暖完就會換來更大的厭惡感，為了承受那股更大的厭惡感，就又需要取暖。

儘管如此，我仍希望至少秋瑛可以離開，離開那該死的廚房，還有餐廳，甚至是這惡毒的世界。每每看她戴口罩遮住臉，好不容易有機會休息一下痠痛的雙腳，卻又因為有男客人突然內用而倉皇逃進廚房的樣子，都讓我十分不捨。我從她身上得不到任何安慰。出去，快出去，可以的話，我甚至願意成為她的腳踏板，讓她可以踩著我離開那間店，或者當個牛奶罐裡的起司，送走她之後沉入牛奶。

但是現實中的我，只不過是一台沒電的卡帶錄音機，放入卡帶後按下按鈕，就會出現一連串怪異旋律的錄音機。我就是這副德性，還不如好好將一首美妙歌曲播放出來，把力氣集中到最後一刻，再毫無懸念地中止播放，何必讓自己呈現奄奄一息的狀態，看了就討厭，還流露出四不像的噪音而非音樂。

另一方面，我其實也在為自己辯解，要是能有機會讓我產出絕佳結果，我也會奮不顧身投入，心滿意足地離開人世。不論這是為了逃避現實而想出的純粹狡辯，還是發自內心這樣認為，事實就是打從一開始我連拚命的機會都沒有。我們只是在店裡熬煮河豚湯、販賣河豚湯的平凡小卒，過分安逸又齷齪，導致想要產出淒美的結果都難。「你也趕快找其他工作，離開這裡。」「姊，妳也是啊。」「我已經沒希望了。」「別說這種氣餒的話。」我像個採礦工人被困在坍塌的礦場裡，雙眼朝上緊盯著天花板上的細微光芒。

然而，現在……

「我快到了。」

許多事情都變了。

「撐一下，等我，我馬上就快到了。」

我對於療養院的位置早已有所掌握，所以竭盡所能地拚命奔跑，不遺餘力地拔腿狂奔。比起待在塞車的馬路上束手無策地坐在車內乾等，用這種方式還比較快。「讓開。」腳底下有人行道磚翹起，「讓開，讓一讓！」我轉過無數個街角，大腿上的疼痛感像毒素一樣擴散全身，使我卯足全力狂奔。「最終，你其實是對生命做了排序。」盧男勇說的這句話不停刺在我的大腦和心臟上，「去找母親的時候，在你腦海裡有出現過一次咸秋瑛小姐嗎？」我闔上雙眼，彷彿眼皮足以碾碎眼球似地使勁闔上。「沒有。」我在心裡回答，「沒有想起她……」當然，我知道不論做哪種選擇，盧男勇都會攻擊我；假如我是先去確認秋瑛再去確認家人的安危，他也會說我是忘恩負義、六親不認的不孝子，使我面對自己的內在痛苦不已。「這就是你的目的吧？」他擺明是在火上加油，想看我崩潰的慘樣。我輸了。這傢伙贏了。這是一場他絕對能穩操勝算的遊戲，我得到的只有滿滿的罪惡感，甚至還可能多一個已經被殺害的秋瑛。「對不起。」我不斷道歉，「我太晚想起姊姊了。」然而，真正讓我崩潰的是，就算時光可以倒流，我可能依然會做出同樣的選擇。「拜託一定要平安。」我誠心誠意祈禱。一口氣就卡在我的喉嚨處，感覺快要窒息。不知不覺間，我已經在燃燒心中的罪惡感，將其作為燃料，使自己全力奔馳。「難道是這個？」我全身起雞皮疙瘩，「為了把我變成你，所以才搞出這些事？為了把我拉到你所身處的地方？」我突然一陣頭暈目眩，唧——一輛汽車迎面而來，我驚險閃避，趴倒在地。眼前出現一片類似白色濃霧的濕氣，然後又消失不見，反覆不定。「你還好嗎？」駕駛人從後方喊道，可我卻沒有回答的餘力，就連頭都是好不容易抬起的。率先映入我眼簾的是療養院的招牌……接下來是……

「姊？」

一個人影出現在我面前，路人紛紛聚集在一旁，從無數條腿之間看見一隻女子的手臂攤放在地，手腕纖細又蒼白。「該不會是……」我在地上爬行，用四肢行走一段路之後再勉強撐起身走過去。「不會吧？」我步履蹣跚，「不會的，不可能。」我移動著沉重搖晃的步伐。這時，我聽見從對面過來好奇查看的路人說：「好可怕，這到底發生什麼事？怎麼會在療養院……看起來是年輕女子……好可憐。」我穿過人群，伸出癱軟無力的手。「姊，姊！」我嘴裡唸唸有詞，其他人聽見也紛紛讓出走道。「好像是她的家人……天啊，怎麼辦？」我早已忘記自己氣喘吁吁，倒臥在地的女子戴著口罩，是足以遮住所有表情的大口罩，只露出兩隻無法感知的眼睛注視著天空，帶著一股哀怨逐漸冷卻。「嗚唔……」我雙膝下跪，直到近距離面對女子，我才緩緩低下頭，對著她鞠躬。「不好意思……打擾了。」音色在舌尖處散了開來，「為故人的冥福祈禱，盼能在無痛的地方安息。」我默默轉身離開。「聽說是跳下來的，太可怕了。怎麼不再試著多活幾天看看，人生還很長呢……」一旁看熱鬧的人竊竊私語。我沒有和他們多作交談，直接離開現場，然後發現在療養院前的小空地幫父親推著輪椅、難得露出罕見微笑的秋瑛。口罩上露出的彎彎笑眼顯得格外親切。

「我說你啊。」

我掏出手機，主動打電話給盧男勇。

「你到底在殺誰呢？」

3

「還能殺誰呢，這不是可想而知嗎？」

「哎呀，這種事情還要我親口說嗎？這樣顯得我很壞耶，就是深埋在你心中的那個……」

「不，我真心不知道。」

「才不是。」

「你現在是對我要招數嗎？」

「我在療養院，姊就在我面前。」

「不是欸，她現在和我在一起。」

「別這樣，太丟臉了，何必呢。」

「什麼？這麼快就到那裡了？腳程滿快的嘛，給你一個讚，啪啪啪！你是為了向我道謝沒動你女朋友所以特地打給我嗎？好開心喔，你竟然會主動聯絡我，害我好心動。」

「你到底在用刀刺誰？」

「幹嘛執著於這個問題呢，應該感到開心才對啊，不是都確認過想守護的人都平安無事了嗎？還是什麼？對跳樓自殺的女子感到不好意思？你不是很開心，死者不是咸秋瑛小姐嗎？難道是對此感到羞愧所以才要一直問其他事情？」

「我只是好奇，你現在究竟對誰在做什麼事，因為在我的人生裡已經沒什麼親友了，不像你備受眾人愛戴啊。在哪？你在哪裡？是不是在暗中觀察我？」

「我的確知道你目前在用哪一隻手握著手機、站在哪個地點，並不是因為我在現場，而是因為有雇用的人在監視你。就這樣吧，反正這種事對你來說也不重要，只是在浪費時間而已。」

「不殺我家人的理由是什麼？」

「時機未到，還太早，等你被逼到極限時，才會一個一個處理掉。畢竟家人對於每個人來說都有滿大意義，不論是正面還是負面，所以現在就用掉這張牌實在太浪費了，對於初嚐滋味的人來說是濃度太強的罪惡感，要讓你反覆想像這番滋味之後再實際吞下才行。」

「那秋瑛姊呢？」

「咸秋瑛小姐自然是排在最後一位嘍，精采好戲往往都是最後出場嘛！過去不慎留下性愛影片的女子，因而對男性留下恐懼陰影的女子，再加上是你喜歡的女子，她完全具備了所有會令我興奮的元素。如果蹂躪咸秋瑛小姐，那份罪惡感究竟會有多龐大？你能想像嗎？」

「……」

「你要比現在更討厭自己才行，還早了，明明在家人和愛人之間那麼痛苦，也面對了醜陋不堪的自己，到現在卻還是那副德性。我看你現在是根本忘記了吧，有夠沒出息。」

「你在說誰呢？」

「話說回來，我啊，其實一直很想嘗試強姦男性，心情應該會奇差無比，不論是被插還是去插別人，應該都會很幹，那我能獲得的快感又會有多少呢？」

「這又是在說什麼屁話。」

「結果你知道嗎？我竟然找到了剛好可以拿來練習用的對象，女同性戀！對於被姦的人來說是被同性相姦，但我侵犯的身體卻是女兒身，哪裡還能找到這麼一舉兩得的事情！你說是不是啊？哇，不管我怎麼弄都不會軟掉，超爽的。」

「動物醫院。」

「賓果！答對了。來救她吧，把這根本沒被你排在順序裡、不被你放在眼裡的可憐女人救走。難道是認為自己給不了什麼，所以才忘了她嗎？總之，幸好她還活著，我把她前後都插過了，但是生命應該完全不受影響。不過你猜猜看，究竟是用性器官插過，還是用刃具插過呢？也許是兩者兼用？」

「中有晶醫師。」

「快來吧，你應該待在自己合適的領域才對啊，你可是野獸呢。身體還剛好負傷，太好了。你說你現在人在療養院？野獸怎麼能跑去人類的場域呢？來吧，快來阻止我。你聽得見這個聲音嗎？回答我啊，有聽見嗎？是不是很熟悉又懷念呢？我在問你聽不聽得見啊，有聽見吧？哇，她還會抖動耶！」

4

白色面具說過，盧男勇應該不好處理，當時我回答，總不可能一直都只做簡單的事。當時白色面具背後的真實表情是什麼樣子呢？在那副沒有任何圖樣的蒼白面具後方，一定是一張嘲笑我的面孔吧。我瞇著眼睛，不顧一切拔腿狂奔。我對於這樣的結果並不意外，因為早有耳聞，失敗的話不會輕易結束，盧男勇會繼續折磨我身邊的人，白色面具是這樣警告過我的，只是當時我不曉得會是這種程度的折磨。隨著體力愈漸透支、愈接近動物醫院，白色面具的存在感也愈漸強烈。我甚至想要立刻打電話給他，告訴他事情發展得不如我的預期，問他我該怎麼做？那麼白色面具應該會淡定地回答我，「不用擔心，一切都早有準備。」真是癡心妄想，我對於自己如此懦弱的樣子感到噁心至極。當初還信誓旦旦一副自己很行的樣子，如今卻因為害怕而想要找人依賴。我邊跑邊用手腕擦臉，滑滑的觸感，盧男勇幫我塗抹的藥膏簡直像極了他的體液，感覺很糟，似乎是用來標示獵物的手法，就如同他那有名的刀疤記號一樣。「幹。」我拆掉繃帶。我竟然害周圍的人身陷危險。他們都是因為我而被無端牽連，所以我一定要有所作為，不論如何都要阻止。我抵達那片塗鴉牆，毫不猶豫地走進大門玄關，踩上階梯。當我腳掌用力，褲子裡便滲出了血水。「盧男勇！」我迅速敞開室內門，隨即，一陣不悅的熱風迎面而來，在濃烈的消毒藥水和飼料味之間飄散著一股濃濃腥味。現場凌亂不堪，我注視著前方，通往廁所的角落有某個東西側倒在地。

「醫生？」

明顯是人的形體。我從染著鮮血的白袍往上看去，發現有頭髮散落在地，再從白袍往下看去，則是彎曲的雙腿和一雙赤腳。她是光著身體的。白袍衣角隱約露出來的部分都是膚色。「醫生。」我極度警戒，緩緩朝她走過去。籠子裡的寵物一聲不響地默默趴在地上，似乎是才剛親眼目睹完一場強大又血腥的殘暴場面。「是妳嗎？醫生？」室內圍繞著過分的寂靜，本該有的回應卻始終沒有聽見。我默默伸出手，抓住那件衣角浸濕的白袍——不久前應該還是白色的醫師袍。鮮紅色的血水直接滲進我的指紋裡。「醫生！」我一把將白袍掀開，瞬間，被刀子劃傷的臉龐直接赤裸呈現在我面前。

「……」

垂死掙扎的痛苦在她臉上一覽無遺，睜大的雙眼和猙獰的眼珠還留有餘溫，彷彿一心想去抓某樣東西的虎口已經僵掉變得乾硬。我小聲開口，嘴裡一邊唸著「醫生，醫生」一邊呆呆地凝視著她全身上下的傷，全都是皮開肉綻的傷口和瘀青，是被虐待過的痕跡。上半身的骨頭被折斷，所以胸部已經坍塌失去平衡。「呼。」我嘆了一口氣，隨即聽見後方治療室裡傳出動靜。我趁自己轉頭查看之前，先用手掌替死者闔上雙眼，然後再拿起那件白袍幫她遮住了臉。雖然我和嚴夏珠沒到很熟，甚至還有點生疏尷尬……但至少是可以為她盡最後這點力的。

「天啊，看看你那表情！」

盧男勇欣喜若狂地邊喊邊跑了出來。

「心裡想著幸好不是申有晶的那個表情！」

「但這女的明明是在你擔心家人和愛人的期間壓根沒想過的人，不是嗎？」他用刀挾持著申有晶，把刀子架在她的脖子上。「你一路上應該是帶著抱歉的心，還有對自己感到失望、厭惡、憎恨的心趕來的，對吧？」刀子在日光燈的照射下閃閃發光。「可是來到現場以後，竟然又做出了同樣的事情。你這人真的好糟糕！」盧男勇在一旁竊笑，「還是你要乾脆代替我去坐牢？這些就當作是你幹的。」他的兩隻手臂也滿是血跡，活像一具屍體。「我看你也是個不折不扣的垃圾，還是進去坐牢吧，我會按時去探望你，當你的牢獄生活好友。」

「放開醫生。」

「怎麼不再多欣賞一會兒呢？她可是因為你而死的人，這輩子應該鮮少經歷過這種事才對。不過，接下來還會讓你再多經歷幾次。喔！我就是想看見你這種表情！」

「我叫你放開醫生了喔。」

「地上那個女的啊，我看她應該是女同性戀當中扮演男性的角色，一舉一動完全就是個男人，你覺得我的感受如何？超越想像的噁心又美妙，大頭超想死，小頭卻很爽，有機會的話你也來試試看啊！要找我來試嗎？那應該也會很好玩喔！」

「勸你最好別再惹我。」

「什麼？你說什麼？」盧男勇暗自竊喜。他把自己的臉頰緊貼在飽受驚嚇的申有晶臉頰上粗魯磨蹭。「醫生，有英雄來救妳了耶！」他把嘴唇也緊貼在申有晶的耳邊，對她竊竊私語。「這男的不錯吧？雖然不是什麼美男，也不是處男，卻有著惻隱之心，還懂得照顧可憐小動物。」他兩眼直瞪著我。「但是妳有沒有想過，那隻小狗原來的主人，現在被埋在哪裡腐爛呢？」

「沒想到吧？他可是殺人犯喔！殺過的人還不止一兩個，也就是大家所說的瘋子，毫無罪惡感，還認為自己的理由是正當的。妳應該聽說過『笑著殺人』吧？他就是那種人。所以醫生妳其實到現在一直都是在面對一個稀世殺人魔，在這狹小的空間裡，和他單獨兩個人。所以看來被關在籠子裡的不只有動物。」盧男勇咧嘴大笑。「也是，我們每個人其實都被關在某處。」

「醫生，抬頭看看站在妳面前的這個人，殺人犯是長這樣的，是不是和一般人沒兩樣？所以現在一定要仔細看清楚了，以後要是再看到這種長相的人，記得要閃遠一點。嗯～話說回來，醫生妳好香喔，屁股是故意一直往我的下半身靠近嗎？」

我敲了一下大腿上的傷口。

「我們的恩怨就由我們兩個人解決吧。」

盧男勇一聽見我說這句話，便舔嘴吐舌。

「兩個人，聽起來是個很有吸引力的提議。」

「怎麼辦，」架在申有晶脖子上的刀刃變得更緊貼肌膚，「我應該再多指導他一下，告訴他刺人的時候會根據對方是死人還是活人，而傳出不同聲音的事實。」盧男勇輕咬申有晶的耳垂。

「坦白說我有點失望，你殺了那麼多人，卻完全沒有學到任何事情。」他動作露骨地直接用手揉捏申有晶的胸部。「好軟，好舒服。噗、噗的聲音自然會不一樣。」

「噗、噗。」

「夠了。」

「噗、噗、噗。」

「盧男勇。」

「噗、噗。要不要來試試看？」

「都叫你適可而止了！」

我衝了出去，與此同時，盧男勇也鬆開手臂，將申有晶扔在一旁。直視我的那個眼神，似乎透露著打從一開始就沒把我放在眼裡的訊息。我又掉進了他的圈套，這次又打算怎麼玩我？正當我憤怒的那一剎那，這傢伙的腳尖正好踹在我的大腿上，接著再轉動他的腳踝，朝我的膝蓋和腰間快速連續出腳，最後再把我的下巴往上一踹，視野裡呈現一片混亂，最後是停留在天花板上，然後蒙上了一層濃霧。正當全身上下的神經短暫停止運作的期間，我感受到身體各部位在用力晃動，原來是盧男勇遊走在我身邊，一腳接著一腳，往我另一隻小腿、腹部、喊了一整天的聲帶、難得分擔了一些重擔的肩膀上踹踢。當我能重新看見周遭時，雙膝早已跪地不起，低著頭，唾液直流。盧男勇原地踏了一下地板，再用腳掌踩著我的額頭，讓我緩緩抬起頭來。

「你知道為什麼我要這麼做嗎？」

「……」

「因為這樣的話，以後每當我想要攻擊你的家人時，你都會產生期待，『這次應該是騙我的』『這次應該也是在騙我』，你會產生這樣的希望，變得六神無主，盡你所能發了瘋似地去期待。想想那副德性，會有多麼精采？」

「我要……把你……」

「從現在起，我要真的開始了喔！」

砰！後腦勺直接重摔在地。意識頓時變得朦朧，盧男勇的說話聲聽起來也很慈祥，回音繚繞。「你可以一邊擔心一邊期待，絕對不會讓你失望的。」我必須起身行動，抓住這個傢伙的後頸。然而，事實上就連一根小指都動彈不得。不行！不可以！我發出了無聲的哀號。盧男勇放聲大笑。「我最喜歡的台詞要登場了，猜猜看，醒來之後會發生什麼事啊？」砰！後腦勺再次重擊地板，眼皮強制蓋住了瞳孔。

5

輸了。

徹底完敗。

我沒辦法贏過盧男勇。

接下來應該會被他吃掉吧。

包括我周遭的人也是，全部，

一個都不剩地，被他吃個精光。

然後再讓我親眼目睹這一切，

或者讓我親耳聽見，不停地刺激我。

只要還活著，就無可避免；

不論是我還是他活著，

都會難逃那樣的痛苦——

恐懼，

而且是我前所未知的。

6

由於失去意識時也是處於充滿恐懼的狀態，所以醒來時身體同樣是冰冷的。永無止境的夜幕低垂，而我則有一種獨自身處在黑暗中央的感覺，像一棵乾枯歪斜的樹木，全身無力地勉強站著，來自四方的凜冽寒風，不停攻擊著我的樹枝。好冷。當我張開眼皮時，跪坐在地的申有晶馬上映入我眼簾。她的胸口上插著一把刀，淒涼地冷卻中。那個模樣過度模糊，導致我皺起眉頭。接著，我聞到了一股詭異的氣味，視野和腸胃都感到暈眩想吐。我回過神來，搖晃頭部，感受到一陣強烈頭痛。在頭暈目眩的情況下，我好不容易扶著牆壁站起身。嘻嘻，嘻嘻嘻。盧男勇正在對著申有晶撒尿，深黃色的尿液將蒼白的臉弄得亂七八糟。「你他媽的！」我立刻朝他撲了過去，把他壓倒在地，朝他用力出拳。「找死！」我不停毆打他的臉龐，很快就感到呼吸急促，但是我沒有停止，繼續出拳。一拳又一拳，再換左手出拳。他的肌膚就像麵團一樣被我揍扁，然而，不太熟悉又有些陌生的嗓音有氣無力地傳出。

「幹得好，兄弟。」

原來這人不是盧男勇。

「我為你感到驕傲，你竟然把這些骯髒的東西都殺死了。我只是在她們周遭徘徊而已，你則是直接走進這噁心的洞窟裡，給她們最嚴厲的懲罰。要是我也有這樣的氣魄該有多好。」

是一名身穿帽T的男子，曾在建築物外牆上塗鴉的那名男子。

「最後收尾就由我來代勞吧，兄弟。」

鏘！從他手中傳出了一聲清脆聲響。

打火機露出了打火石。

「這些東西都要被燒掉才行，要放火燒了她們，用神聖的火焰淨化罪惡。我要把她們統統燒毀，變成灰燼，徹底消除她們存在過的痕跡，重新變成乾淨的灰燼。」

瞬間，我背脊發涼，全身上下寒毛直豎。我終於明白，自己為什麼這麼快就變得呼吸急促、感到頭痛，原來室內有瓦斯外洩，這神經病竟然剪斷了瓦斯管線。「他媽的。」我反射性地站起身，直接躍身往窗外跳，因為沒有時間開門走樓梯。當我用手臂捂住臉部墜落在地時，便聽見一聲轟隆巨響，冒出一團巨大火焰。我的耳膜瞬間像游泳進水般聽不清楚聲音，所有感官系統也彷彿頓時停止。宛如暴雨般的玻璃碎片朝著斜躺在汽車頂蓋上蜷著身體的我而來。快走，撐著，一定要撐住。我努力移動身體。趁人潮聚集前快逃！滿身是血地逃離了現場。因為一名瘋子，盧男勇的罪行也就此掩埋。我逃到一座四下無人的建物停車場，打開水龍頭，大概清洗了一下脖子，再用水漱口。當我用水沖臉時，不禁悲從中來，淚流滿面。「對不起，都是因為我，真的非常對不起。」我不停抽噎。一走出停車場，便看見對面早有人潮聚集。看熱鬧的路人一邊交頭接耳一邊朝我迎面而來，他們對我毫無興趣，我默默走在角落，穿梭在巷弄之間。

必須聯絡。

我掏出手機。

要打給家人和秋瑛。

先確認她們是否平安、人在哪裡，並告訴她們現在的情況十分危險，詳細內容等之後會再做說明，先見面再說，叮嚀她們務必小心再小心。正當我試圖要撥打電話時，突然停下手指。不對，不是這樣。我不知該如何是好，空氣裡瀰漫著一股不安感，有一種做錯決定的不祥預感。雖然不想承認，但其實盧男勇的確佔上風，他完全清楚我的下一步。我本來打算怎麼做？

我努力不用情緒思考。體內的血已冷卻。我本來……一定是打算將家人和秋瑛聚集在一處，向她們解釋自己究竟發生了什麼事，然後在這樣的過程中對自己感到失望、後悔，變得失魂落魄、孤立無助，最終則是氣急敗壞地走向自暴自棄，只有平白無故地蹉跎時間而已。不行，我不能這麼做。我擦除手機螢幕上顯示的母親電話。

我一定是錯過了什麼。那會是什麼呢？我不能繼續被盧男勇牽著鼻子走，反之，我要先預測才行。現在這傢伙正處於何種狀態？哪種心情？接下來他會打算怎麼做？我身心俱疲，將身體倚靠在牆上。圍牆上的貓咪捲起了牠的尾巴。「對，」我變得平靜許多，「這傢伙一定是……」

「短期內不會有任何動作。」

這傢伙是複雜多面的，將這一切定義為遊戲，把快樂視為第一，且難以控制對快樂的渴望，但本性不惡，他所感受到的罪惡意識、埋怨、厭惡、後悔，都是未經加工的真實，只是他會將那些情感置換成喜悅，有著一顆偏差的濾心，所以才會變成完整的惡。

他曾是囚犯，吃牢飯多年後如今才重獲自由，然後久違地體驗到罪惡感，而且還是一次吞下兩人份的食量，他絕對需要經歷一段過程——徹底陶醉並消化自身罪惡。可以想見他獨自一人躲在房間裡，必然是一下痛苦一下有趣，不斷反覆；也絕對會哭得一把鼻涕一把眼淚，一手抓住自己的臉一手在自慰。

那應該就是你的消化方式。我光想到那模樣就不禁蹙眉，與此同時，嘴角也上揚，露出了邪惡的笑容。這傢伙已經把我的家人和秋瑛當成是非常美味的獵物，所以趁他現在還很飽，尚未感受飢餓前，應該都不會想吃掉這些人，因為現在就吃掉會覺得太可惜。我想起夜裡他說過的那句話，「反正都會被逮捕，不如好好大玩一場。」他不想留下遺憾，所以，他一定會需要一段消化時間。

我把濕掉的頭髮向後撩。在他重新採取行動之前，就是到那時為止，是屬於我的機會，也就是換我上場。我必須盡快找到相對應的方法，既能保護周遭的人，讓她們脫離危險，又能狠將他一軍、對他展開攻擊。我發現自己身處在非常珍貴的時間點上，突然心急如焚。我得趕快採取行動。我拿起手機，撥打電話給白色面具。哈哈，軟爛的笑聲從肺裡鑽了出來。哈哈，啊哈哈，我笑出聲音。一群瘋子。清一色都是神經病。我有預感，這將會是一場漫長的遊戲。

狩獵者

1

「看來不能再幹這行了。」我話一說完，金理燦就鼻笑了一聲。「你還需要多休養，怎麼盡說些灰心喪志的話。」我把纏繞著繃帶的右手臂塞進了襯衫裡，「謝謝您的安排，至少有了一晚好眠。」金理燦遞了一條領帶給我，「少來，你明明因為失眠問題整晚只盯著天花板看。」我用雙手穿起褲子，然而，就連如此簡單的動作，都會使全身上下的關節感到無比痠痛，這是因為被亂針刺過、被串籤插過導致。「感覺還要再接受治療一陣子。」金理燦撇過頭去，一副漫不經心的樣子，彷彿在說著與我傷勢無關的事情。「等之後再一口氣治療就好啦。」由於肌膚上到處塗抹著藥膏，所以一直飄散著一股奇怪味道。我照了一下鏡子，臉部狀況也很糟。「我看你那張帥氣的臉蛋應該會留疤了。」金理燦說道，我聽完淺淺微笑。「要是覺得太嚴重，我再請醫療部幫忙消除那些傷疤好了，畢竟他們可是這方面的專家啊，不是嗎？」我彎下腰，穿好皮鞋，全身上下無一處是不痠痛的，喀啦喀啦的聲響，彷彿是在勉強操縱一具屍體。我自嘲著：「沒有一處是堪用的。」我回頭看了看昨晚躺過的那張床，配上凌亂的棉被，簡直像極了一具棺材。

2

早上的公園十分悠閒，空無人坐的長椅上，難得有一對情侶坐在那裡。陰鬱的天空下，鳥兒成群飛舞；一邊有販售棉花糖的攤販，角落有幫人算鳥卦的奶奶在等待客人上門。我經過一群正在下象棋的老人身邊，繼續移動腳步，後腦勺剛好掠過有人下指導棋的嗓音，以及對此表示不滿的聲音。「看這邊！這邊！」帶著小朋友出來散步的年輕夫婦正在為孩子拍照，「噢！不可以去那邊喔！」我瞄了那個方向一眼，一群流浪漢一大清早就聚在一起開始喝著燒酒、吞雲吐霧，說著滿口不雅字眼，統統滯留在虛空中，凝聚不散。盧男勇獨自坐在兩三步距離的後方處，像一座銅像一樣坐在長椅上，默默觀看著這一切，也順便餵食鴿子。他頭戴棒球帽，臉戴口罩，只有露出兩隻眼睛。

「兩者之中只選一個戴，如何？」

「能遮就應該盡量遮，不是嗎？」

「這樣看起來更令人起疑。」

「那也好，等於立了一個警告牌的概念。」

「這些日子過得好嗎？」

「你在忙什麼事，怎麼連個人影都沒見著？」盧男勇說道，「不是說一天會來看我一次嗎？」

他的視線固定在那群鴿子身上。「抱歉。」我低頭道歉。與此同時，也隨著盧男勇的視線望去，觀看那些張動著翅膀搶食的鴿子。看著看著，我突然有了一個念頭，那些忘記怎麼飛的胖鳥很像人類，我猜盧男勇一定也在想著同一件事。他手上拿著的那袋飼料看起來有點陰森。

「你受傷了。」

「不小心變成這樣了。」

「看起來有點嚴重。」

「被人綁著用串籤刺穿身體各處。」

「雖然不知道是誰，不過，看來是個有怪癖的人。」

「他還不到閣下您說的那種程度。」

「你看那邊那個孩子。」

盧男勇輕抬下巴。

小女孩天真無邪地在練習走路。

「我一直在心中默唸，『千萬別走來這裡。』但同時也在反覆默唸，『快走來我這裡，進來我的領域。我不會去妳那邊，所以請妳來我這邊吧，提供我們可以在一起的名分』這樣。」

我默不作聲。

「……」

盧男勇的瞳孔緊追著小女孩。

他的眼神和平凡男子沒有不同。

只是把女孩當成風景中的一部分，看起來格外平靜。

「我開玩笑的。」

盧男勇把頭轉向我。

「只是說說而已，開個玩笑，不需要那麼神色凝重。我都能聞到你緊張僵硬的肌肉味。在你沒來看我的那段日子，我都有乖乖待著。」

「您不是有出來嗎？」

「今天是我第一次出門。」

「然後您一直盯著小女孩看。」

「其實我從昨天就開始出來了。僅此而已，絕無戲言。」盧男勇丟擲飼料，「在昨天之前我連門檻都沒跨出過一步，獨自躲在那間該死的房間裡，努力壓抑內心衝動。左右鄰居簡直太我行我素。」

「是嗎？」

「精力充沛到甚至讓人覺得是故意的。」

「我再為您改善環境。」

「再麻煩你了。最好趁我親自去抗議之前。」

「那您這幾天都做了哪些事呢？」我問道。

他回答：

「一些興趣。」

「興趣？」

「是啊，興趣。」

「原來如此。」

「就是如此。」

「那您接下來打算做什麼事呢？」

「嗯……不外乎應該還是做自己有興趣的事吧。」

「怎麼聽起來好像在耍我。」盧男勇笑了出來，「你猜對了！」我也面帶微笑。「要一起煮飯嗎？」盧男勇向我提議。「好啊，沒問題。」我接受了他的提議。「要吃點什麼菜，消息傳出去才會被說是吃很好呢？」盧男勇把飼料袋收進口袋裡。我先從長椅上起身，對他伸出手。「謝謝。」盧男勇抓著我的手起身，「你明明身體還沒好，卻還是這麼風度翩翩。」我感覺到手肘承受的重量沉甸甸的，我們邊走邊欣賞公園景色。「怎麼覺得空氣有點混濁？」我揮了揮手。「比起我，可能你更需要這個。」盧男勇脫下口罩遞給我。「謝謝。」我把口罩戴上，白色那面沾附著牙膏氣味。

洞

戰鬥者

1

「我先說結論吧。」

「有話快說自然是好事。」

「盧男勇還活著。」

「是嗎？」

「但我沒有失敗。」

「怎麼聽起來有點矛盾。」

「就只是和他大戰了幾個回合而已，雖然每一回合都輸了，但你也知道，只要沒被KO，輸幾次都無所謂。」

「比賽時的確不算輸。」

「這是一場連裁判都不在的遊戲。」

「我們也不打算扔白毛巾以示投降。謝謝你告訴我，最近鮮少能找到如此有恆心毅力的年輕人……你有讓我刮目相看。我們要不要見個面，潤潤喉，聊聊天。」

「我去你那裡吧。」

「你又知道我在哪裡？」

「哪裡都可以，我都願意去。」

2

「……你下了計程車以後，就從那邊開始走路過去，要是有開車會比較方便，但是既然沒有，就只能這樣了。沿途周遭的景致應該是一片死寂，連一條魚都沒有的乾涸小河，稀稀落落的樹木，還有滿街的流浪漢，整個小區一看就覺得比較荒涼落後，甚至有點恐怖。然後你要在裡面找一棟五層樓高的商場，外觀一眼看去就像數十年前關門倒閉的那種，每層樓外牆上都掛著各式各樣的老舊招牌，一片凌亂，也都熄燈已久；如果二樓是鋼琴補習班、算命、國資律師事務所，那麼就表示你找對地方了。接下來你往地下室走，就算敲門應該也不會有人應門，所以這時你只要把我的名片插進門縫即可。應該會滿有趣的，你會很驚訝在那種地方居然會有那種角落。回來之後再見吧。」

白色面具的說話速度非常快，但還是條理分明，讓人聽完就印象深刻。「司機大哥，辛苦了。」我付完錢便下了計程車。河流早已乾到見底，飄散著濃濃的泥土味；草葉上也有一股往往只有晚上才會聞到的濕氣。「他叫我從這裡開始用走的，對吧？」我一邊觀察周遭，一邊向前邁步。一名胖胖的小學生辛苦踩著腳踏車；乞丐們宛如巨石般一顆顆坐立在街頭，每當我經過時，各個都會睜開原本闔著的雙眼，目不轉睛地盯著我看。隨著天色愈漸黑暗，路燈也更顯橘黃。走進商場前，我先站在外頭抽了一根菸，邊抽邊仰頭欣賞著那些老舊招牌，那是一棟假如走廊上有鬼出沒也不奇怪的建築。

叩叩，我走到地下室敲門。因為來之前就有聽說應該不會有人應門，所以我立刻掏出了口袋裡的名片，往門縫間塞了進去，然後緩緩抬起頭，觀察門的上方，看見了一顆攝影鏡頭，藏在天花板上漆黑的龜裂縫隙中，呈現著與這棟商場一點也不般配的活力。接下來過沒多久，門開了。哐啷，笨重的門栓被解開，憂鬱的爵士樂旋律傳了出來。我小心翼翼走進宛如月光般灰藍色調的內部。

「竟然有這種地方……」

我自動張開嘴巴。

「就說會有這種地方，讓你感到驚訝了吧。」

提早一步抵達的白色面具穩重地笑著。「來，這邊坐。」他坐在一張桌子前面，手裡在把玩一根火柴。「好酷喔。」我像個鄉巴佬一樣邁開腳步。地下室是一間高級酒吧，牆壁上的陳列架擺滿著陌生酒瓶，冰箱裡則有各式各樣不同品牌的啤酒，兩側還有撞球檯和飛鏢靶，十分華麗。我走了過去，拉出椅子，白色面具身後還有點唱機在閃爍燈光。「太完美了。」我一邊坐下一邊喃喃自語。「辛苦你大老遠跑來。」白色面具說道。他身穿背心，打著一條領帶，那身極有品味的服裝也簡直堪稱完美。

「任職於公司會樹立許多敵人，自然是沒有一處可以放心喝酒的地方，要是喝到爛醉卻被人拿刀砍殺，豈不是小命不保。因此，公司為了鼓勵員工放鬆心情，所以開了這間酒吧。誰都不准在這裡面鬧事，而且在這裡發生的所有事和說過的話……也都不存在。」

「喝酒？抽菸？」白色面具向我問道。

真的可以喝嗎？我察言觀色。

「怎麼？覺得不可以嗎？」

「因為還在處理盧男勇……」

「這次要是沒能成功殺死盧男勇，你就會沒命，等於連一杯酒都沒喝到就命喪黃泉，世上還有什麼事情比這更糟的呢？要喝的話就趁現在吧。」

「那就來一杯啤酒吧。」

「我的北鼻，」白色面具敲了敲桌面，「有聽到吧？這裡一杯啤酒和威士忌，兩杯都要喝起來順口的。要好一點的喔！」於是，身穿晚宴服的老闆開始忙著準備。老闆有著寬敞厚實的肩膀和開闊的胸膛，滿是肌肉的手臂看起來十分可靠。「那個人——」當我一開口，白色面具便立刻制止了我。

「如果是想談論那個主題，小心小命不保喔。」

「喔……」

「每個人追求的世界都不同，想要抵達的目的地也不同，他也不外乎是如此。雖然一出生就擁有男性的外皮，但是骨子裡是小姐，他也正在努力讓自己表裡如一。」

「我們次長是喝這杯比較烈的酒。」老闆端來了我們點的酒，「然後這位新面孔是喝這杯清爽的。」一放在我面前的那杯啤酒泡沫量恰到好處。「都說從一個人點什麼酒，就能看出是什麼樣的人，果然次長您的性格比較剛烈，那麼新面孔難道是個爽朗的人？」老闆用深情款款的眼神打量著我，充滿魅惑，他的睫毛濃密纖長。

「哪有，這位先生也是個剛烈的生物喔！」

「看不出來呢。」

「他還跟盧男勇玩了一整天呢！」

「哇，那看來最好不要有任何交集。我開玩笑的啦。」老闆把手放在了我的肩膀上，「你們慢慢喝，慢慢聊喔！」他用手指甲搔了一下我的後頸，便轉身離開。

雖然是沒什麼大不了的舉動，但是感受到的重量滿不一樣的。我轉過身，看著老闆離去的背影。「他曾是我們公司想要挖角的對象。」白色面具說道，「過去我的主管還有親自去面試他。」他抓著面具的下巴位置，往上掀開到露出嘴唇。

「他的實戰成績很好，心態也很健全，卻有著唯一的缺點，所以最終得到了不合格的判決，他自己也認同這樣的結果。只不過，他還是想要在這個圈子裡餬口飯吃，不論如何都想要和我們公司有關係，所以才會把這間店交由他來經營管理。」

「缺點是指？」

「一旦挑起他的敏感神經，就會無法控制自己，搞出非常可怕的場面，就連我這種人都會用『恐怖』來形容的現場，而且事後他還會完全不記得，反問我們『這些真的是我弄的？』然後再懊悔不已。然而，在這個圈子裡工作，面臨到的人有百分之九十九都是講話粗俗又無腦的，那你想想看結果會如何？」

「應該會很失控吧。」

「最主要是他會先被徹底毀掉。話說回來，你怎麼樣，看外表感覺傷得滿嚴重，內在呢？還好嗎？看起來是還有辦法虛張聲勢，揚言要繼續和盧男勇奮戰到底。」

「那可不是虛張聲勢，是發自真心。」

「哇，聽起來真開心。」

「你要抽嗎？」白色面具拿出一包香菸。「進來之前才剛抽過。」我搖搖頭。「那我就失禮一下了。」白色面具用火柴點燃火苗，飄出了火柴特有的味道。也許就是喜歡那股味道，他細細品味。從那張只有露出嘴巴的臉上，飄出陣陣白煙。

「手握刀子的人要有心理準備，遲早有一天也會被刀子刺傷。從你握刀的那一刻起，就表示你也允許對方用刀。只有自己能刺別人是臭流氓才會有的想法，所以你當時有抱著『不是你死就是我死』的決心嗎？」

「輸給盧男勇的時候我有說過，叫他直接殺了我。」

「很好，我們公司高層也在關注這項面試，畢竟是連同業其他公司都拒絕受理的盧男勇，區區一個菜鳥卻自告奮勇說他願意處理。這絕對不是瞧不起你的意思，客觀來說事實就是如此。」

「算了，無所謂，我本來就是菜鳥沒有錯。」

「蜷縮在地的確是失敗的狗兒該有的態度，但是你會主動聯絡我一定是有其他理由吧？就像你說的，只是幾個回合結束罷了，比賽尚未結束。所以你想要什麼？」

「我想要……」我沉默了一會兒，用大拇指摸了摸啤酒杯的把手，然後拿起來一飲而盡。

咕嚕，咕嚕，我喝掉一半以上的啤酒，剩餘的啤酒也直接倒進喉嚨吞進肚子裡，宛如吞下圖釘似地，食道和胃腸傳來陣陣刺痛。「啪！」我動作粗魯地把酒杯放在桌上。「呼～」長嘆了一口氣。「嗝～」低頭打了一個長嗝，再抬起漲紅的臉。「簽約……」正當我要說話時，突然又想打嗝，我連忙用手捂住嘴巴，白色面具見狀，從容不迫地對我說：「慢慢來，沒關係。」他笑了，彷彿在想怎麼會有我這種傢伙。

「在黑色電影或冷硬派電影裡，不是會出現關係非常糟的兩名男子，競爭對手那種，然後兩人在這種高級酒吧或破舊的烤五花肉店裡喝酒的場面嗎？我每次看著那種場景，都會好奇一件事情。」白色面具吐了一口白煙，「到底那種場面是怎麼出現的？是經過哪些事情兩人才會在那裡相聚？畢竟兩個人都很酷啊，都沉默寡言，超級愛耍帥。兩人當中一定是有一人主動先提出『欸，要不要一起去喝一杯，好好聊聊？』但是那個人究竟會是誰呢？在兩個都很帥的人當中，是誰先提議的呢？儘管走進餐酒館也是，老闆娘應該會上前詢問：『今天要點什麼菜？』然後兩人當中一定又會有一人回答：『豬五花五人份，還要一瓶燒酒。』像這樣，但是同樣的問題來了，這句話是誰說的？兩人當中的誰？」

「坦白說我覺得這樣看起來很遜。」我回答。白色面具的嘴角微微扭曲，「在整部電影裡拚命裝酷，卻扮演那樣的角色，也難怪都說人活著不能偶包太重。」

白色面具繼續說道：「所以如果一一細究那些場景——一群毫無社會性、社交性的傢伙坐在餐酒館裡——就會發現都是不合理的，不僅沒有誰主動提議去喝一杯，就算真有人提議也不可能有人願意跟隨。一切就只是為了畫面演出而安排，和角色人物完全不符。但是假如兩人當中有一人是像我這樣的人物呢？是不是不管怎麼做都可以？適當的幽默、適當的輕浮、適當的溫柔，豬五花是什麼，早就帶去吃了。『欸，聽說釜田洞有一位很會烤盲鰻的奶奶，一起去好好吃一頓吧！不僅盲鰻好吃，吃完後用剩餘醬汁拌炒的炒飯更是一絕！』像這樣直說不就好了。我就像周遭給予的評價一樣的確是個討厭鬼，但是另一方面也有著這種游刃有餘的一面。不用想得太複雜，你可能覺得自己和盧男勇只有在幾個夜裡交手過，但是在這個圈子，夜晚是比白晝還要漫長的。你大可放鬆下來，不必那麼緊張，把你想要的說出來。」

白色面具說完話，便彈了彈手指。在他說話的期間，威士忌早已喝到見底，香菸也抽了三根，其中一根是我抽的。「啤酒就喝到這裡吧。也別想趁我們對話途中去上廁所。」白色面具幫我點了一杯威士忌，再摻了另一種威士忌的酒。「就當作是安慰酒，喝下吧！」我的視線愈漸模糊，「有人安慰你、你能接受別人安慰，都是好事，其實每個人都需要安慰。」白色面具的說話嗓音傳達進我隨意向後仰的頭部。

我問他：

「你喜歡看電影？」

「非常喜歡。」

「為什麼？為什麼喜歡？」

「因為我從電影裡學到了禮儀，比方說，像《教父》、《驚天爆》、《角頭風雲》等這些作品。沒辦法，因為我從小周遭就沒有人教我這些事情。」

「我不喜歡看電影。」

「理由是？」

「每一部電影都有主角和壞蛋，為了賦予主角正當性，會刻意呈現壞蛋幹的好事。假設一部九十分鐘長的電影，就會有三十分鐘都在上演這些內容，然後剩餘的五十分鐘呢？都在演主角做白工、瞎忙的戲碼。最後主角再對著壞蛋隨意亂開一槍，整部戲就結束了。明明收尾收得很沒誠意、讓人無語，卻硬要配上感人音效，彷彿做了多麼了不起又偉大的事情一樣，再上個十分鐘長的工作人員名單。搞什麼嘛，我不喜歡，應該要殘忍報仇才對啊，讓惡人付出確實的代價，不是應該要長時間鋪陳這些部分才對嗎？所以每一部電影我都覺得很無聊，從此以後就再也不看了。自然而然對電影築起了高牆。」

「你說得也有道理。」白色面具點頭同意。「那我可以理解為什麼你是現在這個模樣了。」不同於我，他喝了那麼多酒，姿態還是非常端正。「我可以想見你將來進公司之後會如何處理事情。」

「一切都爛透了。」

「是嗎？」

「世界上有人會因為喝酒鬧事拿刀砍死人，卻沒有人會因為抽菸發瘋拿刀殺人，但是你看菸盒上都會貼上那些警示圖，諸如爛掉的肺部、躺臥病床的家人、氣切插管等照片，但是燒酒瓶上卻是用女演員和偶像明星身穿美麗衣服的照片來宣傳。」

「這樣說來好像的確如此。」

「你不覺得這很不合理嗎？我的意思並不是要撤掉菸盒上的警示圖，而是認為燒酒瓶上也應該要張貼酒後發生的那些事來當作警示，例如，酒精成癮爛掉的大腦、血跡斑斑的家裡、被毆打的受害者容貌，還有肝癌手術畫面等。有時候這種事情會讓我忍無可忍，也許這世上沒有一件事情能使我消除憤怒，其實每一件事情都能惹怒我；不是我對每件事情感到憤怒，而是每件事情都能激怒我。」

「幹。」我整個人癱軟，趴躺在桌上。「真是個有趣的人。」白色面具再度取出一根香菸點燃，「你繼續這樣抽，肺遲早會出問題。」我舉起手指說道。「我的肺反而沒事，有事的是其他部位。」白色面具竊笑。「哪裡？」當我一問，他就用手敲了敲下巴附近位置。「醫生是告訴我，比起手術，戒菸可能會更容易，所以我回答醫生，我早已習慣痛苦。」

「盧男勇現在應該在他家裡。」

「何以見得如此有把握？」

「他以為我會和家人黏在一起，整天提心吊膽害怕著盧男勇何時會來找我們，因為對他來說，我就是個被玩弄多次的蠢蛋、失敗者，所以不覺得有必要搬移住處。我希望你可以幫我一個忙。」

「所以你才會約我見面的吧。」

「畢竟是入社測驗不是嗎？我不打算請你支援處理，我會靠自己的力量殺了他，要怎麼做也早已想好了，你只要幫我安排醫療部門在附近隨時待命就好，讓我結束後可以立即接受治療。你不是一直誇你們公司的醫療部門很優秀？我需要他們的實力。」

「我們公司的醫療部門的確優秀，就連死人都能被救活。那我知道了，會再幫你安排。你的要求只有這個？沒有別的？」

「我還需要一些關於盧男勇父母的資料，只有和他一起住過才知道的事情，外人絕對不可能知道的那種。我只要你幫忙安排這兩件事，其他我也不該多作要求。」

「那你有設定好事情處理完後要領取的簽約金嗎？」

「喔，那個啊。」我吸了一口菸。

「是啊，那個。」白色面具咬著冰塊。

「設定好了。」我把菸灰彈在菸灰缸裡。

「你想要什麼？」

「我想變成一名全新的人，讓我徹底改頭換面，脫胎換骨。你只要協助我達成這件事情就好，這就是我要的簽約金。」

「怎麼樣？做得到嗎？」

「想變成一名全新的人……」

「你具體想改變的部分有哪些？想變成什麼樣子？」

「全部，所有，我想要讓懦弱的自己在這世上從此消失，把我的真實面貌銷毀，太醜陋了，現在的我，坦白說，就是這樣。等我以後照鏡子時，我希望鏡子裡的自己是你，不是我。」

「這句話倒是聽很多人說過。」

「真討厭。」

「我們兩個，這是什麼對話。」我用手搓揉著臉。

「我接受你的要求。」白色面具舉起酒杯，「我相信你。」鏘！再和我碰杯。
「那就拜託你嘍！不對，再多拜託您了。」
「既然都拜託我了，那就不要讓我失望喔！」
「還有一件事情！您可以告訴我嗎？」
「可以的話，我都能告訴你。」
「我想知道就算被刀刺也不致死的身體部位。」
「原來你在思考這麼惡毒的事情。」
「應該會超乎你的想像。」

3

「是真的。」
「誰會想像得到呢。」

4

「你是一名戰鬥者。」白色面具說道，「所以你才會輸給他。像盧男勇這種怪物，你要變成狩獵者才有辦法逮到他。」醉倒睡著期間，我也一直在反覆咀嚼這句話，思考著戰鬥者和狩獵者的差異，戰鬥與狩獵的格局差別。因此，即便醒來之後我也不斷在想著這個問題，回到我的房間時、完全擺脫宿醉睡醒在床上時也是。也許兩者之間的差異是來自於時間、經驗和技術，我還有許多不足之處。照著鏡子，我嘗試說出「狩獵者」三個字，想像著自己身穿西裝而非T恤的樣子，然後再操著一口濃濃的慶尚道口音，「欸，幹嘛呢？」彆扭又好笑。

5

河豚湯餐廳代表主動打電話給我，對我說了一些奇怪的話，他覺得怎麼想都不應該是這樣，想要和我改善關係，於是我告訴他實在聽不懂這番話是什麼意思，並反問是不是想要營造出類似「大家庭的氛圍」，他承認就是這個意思，所以我就開始對他述說自己對於故人的想法。「在我看來，對死者至少要抱持最基本的禮儀，因為他們比我提早經歷了死亡。死亡是生來就注定會抵達的最後一扇門，無可避免，所以當你對此感到茫然又或是對此有所覺悟時，就會迎來一發不可收拾的強烈恐懼。死者已經體驗了我所不知的恐懼，因此，從這方面來看，是需要受到最基本尊重的，這是我的想法。那你呢？」於是代表猶豫了一會兒，開口向我問道：「所以如果想要和你相處融洽，我就必須先死的意思嘍？」他沒有聽到回答，我就單方面掛斷了電話。我默默看著手機畫面顯示通話結束，「其實也不一定是這個意思。」

6

醒酒期間，我沒有吃任何東西，只有喝水，之後連水分攝取都暫停。我感受著飢餓與口渴，默默暖身。這一點也不關乎討厭沉重、想維持輕盈這種問題，就只是純粹不想讓任何東西裝在我肚子裡，說得更精準一些，是不希望有任何東西從肚子裡吐出來。

7

我打了一通電話給大姊，與她閒話家常；她問我有沒有接受治療，我回答她已經治療好了。我打了一通電話給小妹，雖然她說話有些叛逆，但還是有和她閒聊日常；她問我有沒有接受治療，我叫她別擔心。母親打了一通電話給我，我聽她話家常，她問我有沒有好好接受治療，我回答她有好好接受治療。她問我有沒有好好接受治療，我回答她有好好接受治療。她問我有沒有好好接受治療，我回答她有好好接受治療，我回答她有好好接受治療。

8

就算是閒聊日常，「我」也是被徹底排除的。不知不覺間，我已經不屬於正常，而是不正常，因此，我的日常也再也不屬於日常。閒聊日常話題時，我是待在影子裡的，最終當我領悟到這項事實時，體重早已少了五公斤左右。也許，這五公斤就是靈魂的重量。

9

我接到秋瑛的來電，問她為什麼打給我，她欲言又止，只說原本有事想問我，但現在已經解決。秋瑛回想起在療養院裡看到的樹木，她說那棵樹太稀疏，看起來很淒涼，要是有花葉的話就好了。「等春天來臨，我一定要去賞花。」秋瑛說道，還順便小聲補了一句：「如果可以的話。」我點點頭，「一定可以的。」於是秋瑛又找了一個常用的藉口，「不，還是不要好了，到時候外面空氣一定很糟。」我淺淺微笑，「戴著口罩就好了啊，妳現在不也有戴，早已做好準備了呢。」

10

入伍前我買了一包紅萬寶路，因為實在找不到方法能安定煩躁的心，所以只好一股腦兒選了個濃烈的來抽，尼古丁和焦油也都是高含量，光從菸味就能聞得出來很刺鼻。我撕開玻璃紙，打開菸盒，取出一根香菸，用嘴唇輕含褐色濾嘴，再點燃香菸。好嗆。我含在嘴裡一會兒，吸進了肺部。要不是特殊日子，實在沒辦法抽。我抽完一根以後，剩餘的全部交給了小妹。「幫我收進抽屜裡，剩下的我之後再抽。」後來在我第一次休假時抽了半包，下一次休假時抽了三根，後期則是連碰都沒碰。不知不覺間，甚至遺忘了它的存在。後來重新想起那包紅萬寶路，是在盧男勇的家門前。我重回便利商店，買了一包香菸。「我要一包萬寶路，紅色的。」乾燥的喉嚨嚥著一口又一口的白煙，感覺像是把沼澤地的白霧統統吸入體內。我心想，「要再抽一根嗎？」最後還是決定將打火機收進口袋，「不，等辦完事以後再抽吧。」我蓋上菸盒，少了一根菸的菸盒顯得有些奇怪。「您有帶傘嗎？」店員從後方向我問道。原來是下了好久的綿綿細雨突然變成了暴雨。「沒關係，你好親切。」我向他道謝，然後邁開腳步，最終，全身都被雨淋濕了，我身上的菸味也在雨中擴散開來。我走進玄關，踩上階梯，地上留著我的腳印。我站在盧男勇的家門口。「哈囉。」說了一聲傳遞不到的問候。我伸手按下門鈴，沒有人應門。再按了一次，一次又一次，繼續不停地按，裡面依然沒有動靜。「是我，開門。」我把嘴唇貼近門縫，「我剛從你爸媽那邊過來，你自己躲在裡面幹嘛呢？你爸的異位性皮膚炎又發作了喔！」我深吸一口氣，接下來直接大聲呼喊：「是因為害怕身上飄散著犯罪者的氣味嗎？有什麼好擔心的，反正你媽有鼻炎啊！」然後我掏出手機，輸入訊息，一字一句，認真打字。寫好後我按下了傳送鍵。嗶嗶，門鎖被打開了。面容憔悴的盧男勇帶著紅腫的雙眼站在我面前。

11

「你說你剛才去哪裡？」

「你看吧，我就知道你在裡面。」

「你剛才說，你去了哪裡？」

「幹嘛假裝不在，看起來很遜耶。」

「你有去找我父母？」

「去了啊，然後現在跑來找你。」

「那你的家人呢？」

「她們應該都活得好好的吧。」

「你頭殼沒壞掉？不用去保護她們？」

「我好餓喔，給我點東西吃吧。」

「沒有，你沒有去找我父母。」

「你不是說要請我吃炸醬麵和糖醋肉？」

「你才沒那個膽，不可能。」

「我看你爸有接受椎間盤突出手術治療。」

「騙人，才不是，謊話連篇。」

「你們家不是很有錢？你媽幹嘛要找密醫來動雙眼皮手術啊？」

「快告訴我你是在說謊。」

「你以為我會一直被你牽著鼻子走嗎？」

「快承認你在說謊！快啊！」

「對，騙你的……」

「也有可能不是。」我用腳底朝盧男勇的心窩踹去，使盡渾身力氣。我感覺到腳後跟麻麻的，體溫也隨之升高。「呃！」瞬間的窒息感使得盧男勇連喊叫的機會都沒有，就地彎腰縮成一團。「你覺得呢？猜猜看我說的是真的還是假的？」我沒有關上玄關大門，反而刻意推開，完全敞開。「這不是很好猜的題目嗎？選項只有兩個啊。」盧男勇一隻手撐住地板，一隻手用力按住胸口。正當他準備用手掌揉壓心窩時，我一腳踹向他頭部。「感覺很爽，對吧？」他整個人縮在地上，我繼續追上前去，往他的腰間使勁踹踢，接連朝他膝蓋後方踢了幾腳之後，便一把抓起他的後衣領。「喂！」我不停用拳頭砸他的臉，「笑啊，你不是很愛笑？」一拳擊中他的嘴唇，再迅速往他的鼻梁出拳。「你對那些女孩子也有這樣嗎？」我連環出拳，像午後雷陣雨一樣快狠準，「砰砰砰！」他骨頭搖晃的聲音在我耳邊迴盪，這時，外面雷聲巨響，轟！我的拳頭正好埋在他的臉中央，一副要讓整隻手臂穿過他臉部的氣勢。「呃！」盧男勇被我打得像個撿破爛的一樣，全身凌亂，口吐鮮血。我立刻一把抓住他的後腦勺，抬起膝蓋去撞擊他的臉，他整個人像滑倒似地癱軟在地，我再用雙手環抱住他的腰，將他抬起。轟！伴隨著下一個雷聲響起，與此同時，他也被我往地板方向重摔落地。

「你……做了……」

盧男勇痛苦呻吟。

「滿多……研究嘛……」

「的確是有演練過幾次。」我拿起桌上的檯燈，用力拽掉電線，「練到都尿出血尿了。」我沒給他喘息的機會，直接拿起檯燈往他的背上砸。原本像個駝子一樣拱著背的他，痛到瞬間挺直了腰桿。「你可以喊出來啊，幹嘛裝酷。」我把手上的檯燈隨意扔在一旁，彎下腰，用雙手緊緊抓住他的腳踝。「你打算繼續忍嗎？」瞬間，我集中力氣，將他的腳踝向外掰開。「呃啊！」他就像個在水中憋氣憋很久的人，上氣不接下氣。「啊！嗚嗚，啊哈哈哈哈哈！」他一下驚訝，一下哭臉，最終則是笑了出來。「啊，哎呀，太痛了，這是在幹嘛啦。」他笑個不停。我從口袋裡緩緩掏出刀子，故意讓這傢伙看見我的動作，好讓他臉上每一處都出現恐懼。「這次倒是做了萬全準備嘛。」癱軟在地的盧男勇被痛苦和快樂搞得四肢不停顫抖。

「水果刀我家有很多啊，怎麼沒買水果帶過來，現在不是蘋果正紅的時候嗎？你有釀過水果酒嗎？我媽每年都會自己釀，聽說不加糖是秘訣。」

「我知道，因為我媽也是每年自己釀，她有說過，好喝的秘訣是直接嚴選甜分夠高的水果來釀。不過，其實比起蘋果酒，她更擅長釀棗子酒，你上次去醫院看她的時候怎麼沒問她？」

「你是怎麼知道我媽有鼻炎的？我爸有異位性皮膚炎又是如何得知的？我勸你最好別讓我發瘋，不要把我逼到死角。你到底哪一句話是假的？」

「有什麼要求要看著對方的眼睛說啊，對方要是不給你，就親自來取走。我今天不論如何都要和你有個結論，反正外面在下雨，你還活著，又是夜晚，錯過實在太可惜。」

「是不是啊，盧男勇？」我把刀子刺進他的肩膀，緩緩施力，把刀尖往他的皮肉裡推。

「啊。」他的額頭出現皺紋。我抓起盧男勇的手，強迫放在我的手腕上。「我一直都對一件事情深感好奇。」

「明明是享受疼痛的人，為什麼身上卻找不到任何傷疤，怎麼會沒有傷口？但是後來看你幹的好事我才發現，你是不是無法自己來？要別人幫你，對吧？」

「拜託你……不要刺我。」

「不要把我扔在荊棘裡~少來，你這混蛋，我看你期待的心情都寫在臉上，自己來吧，體驗看看親手讓自己痛苦的那種屈辱，這頭殼壞掉的傢伙，可見多麼惹人厭，連個幫你留下刀疤的人都沒有。」

「閉嘴。」

「那你就插進去，我再告訴你；告訴你我是怎麼知道你父母的事情。」我咧嘴而笑，「幹嘛？時間很多嗎？」我笑著催促。

「幹你娘。」盧男勇飆罵髒話，眼眶還泛著淚水，「我操他媽的！」他怒吼咆哮，奮力將我的手腕拉了過去。「嚓。」他刺穿自己身體的一股涼意沿著刀柄傳到了我手中，「下地獄吧你。去吃屎，現在可以告訴我你是怎麼知道的了吧？」他兩眼直瞪著我，眼神裡充滿怨恨。「辛苦了。」我從後方的口袋掏出手機，故意在他面前搖晃，「打打看啊。」

「要是有接就表示還活著。」

「沒接的話我會宰了你。」

「怎麼，也有可能在忙著啪啪啪沒接到啊。」

「請你講話慎選一下用詞，不要那麼粗俗。畢竟你這是在說我父母。」

盧男勇按下電話號碼，〇一〇，二六……當他一輸入到這裡，手機畫面便自動顯示出我所儲存的聯絡人——盧永琦，當他一看見父親的名字，便憤怒地咬牙切齒。

「你打算怎麼承擔後果啊……」

「有什麼後果好要承擔的，過了今晚，我們兩人當中自然會有一人每回想起今夜，心情就會像今晚一樣黑暗。」

「你這電話怎麼回事？」

手機裡傳出了女子的聲音，音量不大。

那是一段語音訊息，「您撥的電話未開機，請稍後再撥。」

當盧男勇聽清楚內容以後，便大聲咆哮。

「是你把它關機的嗎？是嗎？」

「今天天氣很浪漫啊，他們說不定吃著煎餅或炒馬麵，再配上一杯燒酒也不一定。別打去煩他們了。喔！也說不定是在吃烤肉呢，不然就是變成烤肉。」

「你這王八蛋！」

「他們真的很偉大，一般來說，孩子闖下這麼多大禍，應該早就受不了、無臉見人而選擇上吊自殺了，父母當中至少都會有一人這麼做，但是他媽的，你們家的人到底是怎樣，想盡辦法動員所有能耍的手段把新聞壓下來、幫你緩刑、操控輿論風向，我還看了你父母以前受訪的影片。」

「夠了。」

「他們說：『男人嘛，本來就有可能犯錯。女人要是一直引誘犯罪，哪個男人受得了。』哼，吃屎吧，一群狗娘養的東西，都是一樣的敗類。聽說你們家祖先還是個賣國賊，真是家族代代有夠噁爛啊。」

「別再說了！」

「那你在幹嘛呢，怎麼不繼續打給你媽，也要再打給你爸確認一下啊，現在可是寶貴的通話時間喔！慢慢拔出這把刀吧，既然是你插的，就要親自抽出來歸還給我。記得要帶著誠意好好弄喔，細細體會刀子割肉的滋味。」

「把人逼到死角的手法還滿厲害的嘛。」盧男勇吐著鼻息。「我也只不過跟你玩了一下，怎麼這麼快就示弱。」我拍了盧男勇的臉頰一下。「人啊，突然做自己不曾做過的事是會暴斃的喔！」他不懷好意地笑了。「所以你才會一直那樣過日子啊？害怕要是突然改邪歸正會暴斃嗎？」我也咯咯竊笑。「會死人，真的會死人，我都說會死人了！」一瞬間，他坐起上半身，用額頭狠狠撞擊我的下巴。我的腦袋響起砰一聲，剎那間，某些記憶片段消失不見了。眼前變成白茫茫的一片，反射性揮動的手臂碰觸到了某個東西，幾秒或是幾分鐘後，我才意識到原來那個東西是地板。喀啦、喀啦，盧男勇倚靠在牆上，把被掰彎的腳踝往另一邊重新掰直，然後跛著腳走到我面前。「別以為我會那麼容易被你耍。」他的嗓音充滿憤怒，並用狂氣十足的眼神向下俯瞰著我，在我面前撥打電話。

「你最好祈禱電話會被接通。」

「……」

「回答我啊，我在跟你說話呢！」

「……」

「別只會躺在那裡，說說話啊！」

「……」

「有什麼好笑的？嗯？」

「……」

「回答我啊！你這紋碎喝下肚也難解我心頭之恨的傢伙！」

「你在對誰說那種話啊？」此時，電話正好接通。「你難得打電話給我們，卻讓我聽你說這種話，真是太讓人失望了。」女子正在用嚴肅的嗓音責備盧男勇。「還是？你該不會又在做什麼可怕的事情吧？我之前已經明確警告過你了，不會再幫你收拾爛攤子，光想到之前那些事我就頭皮發麻，已經是極限……」當「極限」這兩個字出現時，盧男勇便掛上了電話，握著手機的那隻手無力地垂了下來。「怎麼？和媽媽吵架了？」我調侃他，「不需要感到丟臉，兒子本來就是年過六十還是會和媽媽吵架。」他用腳底踩著我的喉結，用力壓迫到我的下巴。他深呼吸，砰的一聲用虎口捏毀了手機。

「首先，我先對你說聲謝謝吧。」

「冷靜啊，幹嘛這麼激動。」

「有些事可以做，有些事不能做。」

「我就只是跟你開個玩笑嘛。」

「你怎麼老是喜歡……把情況帶往無可挽回的方向！」

盧男勇終於惱羞成怒，正當我看見他轉動他的腳背時，瞬間就朝我這邊踹來，我趁他還沒踹到我的腹部前，驚險萬分地用兩隻手臂緊緊抱住他那條腿，再連忙撿起掉落在地的刀子，朝他大腿用力刺去。和我打算要刺的是同一個部位。「到最後，到最後！」他開始暴跳如雷，用拳頭朝我臉部一陣猛打，打了又打，彷彿從今以後不再使用手臂似地瘋狂揮拳，最後甚至十指緊扣，卯足全力地在我身上拚命敲打，我感覺自己彷彿是被鐵鎚砸中，很痛，一邊眼睛的視野突然轉黑。我跌倒在地，努力緊抓他的腿不放。「等等，等我一下。」我央求著，「救救我，對不起，是我錯了。」我胡亂撫摸他的身體，「我知道你很享受疼痛，可我不是，拜託你放我一馬吧。」與此同時，我拔出了插在他大腿上的那把刀，然後又再度插進同一個位置。「嗯？都是我的錯，還請你大人不計小人過啊，蠢蛋。」我踉蹌起身，稍微往後退了幾步，與他拉開距離，然後開始彈跳步。「來啊！」我搖晃著滿是傷痕的臉部，「一起決戰到最後啊！」我用食指和中指勾了兩下，挑釁意味甚濃，「你連個屁都不是，卑鄙無恥的傢伙。」然而，我突然一個重心不穩，整個人跌倒在地，臀部直接重摔地面。「幹！搞什麼，他媽的，現在是怎樣！」竟然是因為我的左腳絆住了右腳所以不慎跌倒。這傢伙見狀立刻衝了上來，一屁股坐在我的胸膛上。

「沒想到你這麼搞笑。」

「滾開，不，你現在給我立刻下來。」

「你用力也沒有用喔，還是放輕鬆承認吧。人生在世，總有一天還是得接受現實，知道自己在哪個位置。我想，現在就正是時候。」

「盧男勇！」

我扭動全身，好不容易抽出一隻手臂，迅速朝插在盧男勇腿上的那把刀伸去。手指驚險擦過刀柄，盧男勇搶先一步將刀子拔了出來，眉頭深鎖。「不，不能再給你了。」他嘖嘖嘲笑，「所以機會到手時應該要好好把握才對啊。」他一把按住我的腹部，身體向後，把臀部卡在我的骨盆上。「要不要把你剖成兩半？」他不懷好意地笑了。「真想親眼看看心臟跳動的樣子。」

「那就動手啊，我的心臟借你看，這點小事我還是能幫得上忙。」

「到底是什麼事情讓你變得如此莽撞？」

「因為我死了你就能進監獄了。」

「那麼你的家人和愛人也就會平安無事。」

「這場噁心的遊戲也會結束。」

「哇，好棒喔，你變聰明了耶，給你一個讚。不過……」

「如此聰明的人怎麼會這麼莽撞呢？」盧男勇噗哧一笑，「你真以為我會在這裡把你一刀斃命？」他一臉鄙視，啪啪，用刀面拍了我的腹部兩下。「才不會，還不是時候，接下來你會失去一切，除此之外，也會讓你親眼目睹這一切過程。」他冷冷地說著，啪啪啪，不停地用刀面拍打我的肌膚。「你先回去休息，我們明天見。」令人不悅的悄悄話傳進了我的耳裡。他手裡的刀子緩緩移動到上面來，刀柄正對著我的下巴，這傢伙的舌頭在牙齒間不停伸縮。「又到了對你說這句經典台詞的時候了，猜猜看，醒來之後會發生什麼事呢？」他準備用刀柄敲我的下巴。就是現在！為了這一刻，我前面才會咬牙苦撐了那麼久。我笑了。嘲笑從唇齒間竄出。我用雙手緊緊抓住他的手腕，用刀刃猛刺。

「你這是在……做什麼？」

盧男勇驚愕到連話都說不清楚。

我沒有回答，又再補了一刀。

「你到底在做什麼，這是在幹嘛！」

在腹部，以及過去一點點的位置。

刺了又拔出來，刺了再拔出來，連續不間斷地，朝我的身體猛刺。

「停！停止！我叫你停止！」

「還太早了！」盧男勇不停吼叫，「還不到時候！為什麼你要擅自加快我的遊戲進度？」向上盯著我看的那張臉至今還讓我印象深刻，那是一張徹底垮掉的臉，感覺眼睛、鼻子、嘴巴都快要顛倒移位。噗、噗，然後再噗。我雙眼直瞪著他，不停將刀子刺進我的身體各處，自己刺著自己。到底該怎麼做，才能徹底保護我的家人和秋瑛，讓她們免於被這傢伙欺負，與此同時，還能對這傢伙造成致命傷害？在我絞盡腦汁後想到的答案是：藉由「殺」我來讓他重新坐牢。來這裡之前，我已經傳了簡訊給警察，也許現在警方已經抵達現場。砰砰，踩上階梯的腳步聲從遠處傳來。他似乎也有聽見，嚇得臉色蒼白。他轉頭看向敞開的玄關大門，想從那邊逃出去，我在渾身是洞、鮮血直流的狀態下緊抓他不放，並用力抓住他手中的刀子，開始往我自己的臉上劃下印記。

「夠了喔，你他媽的瘋子！」

「……你，不會，明白……」

「唱歌？你現在還給我唱歌？」

「這裡！門是開著的！」警察從走廊另一頭跑來。「幹！搞什麼！快住手！」警察跨過門檻，走進滿地鮮血的室內。「真的耶！這傢伙是盧男勇！」一群警察十分激動，「把刀放下！放下！我警告你把刀放下！快！少在那邊給我動歪腦筋！動作慢一點，讓我們都能清楚看見。」當警察進行現場逮捕時，盧男勇一直目不轉睛地盯著我看。「不是我，真的不是我弄的！」他一邊看著我，一邊重複說著這句話。「什麼不是你弄的，神經病。這傢伙分明是個瘋子！」兩名警察分別壓制住盧男勇的左右手臂，被拖走的模樣顯得十分淒涼。「你他媽的活該。」原本想好好嘲諷他一番，嘴唇卻無力張動。睜開的雙眼早已喪失視野的功能，一片漆黑，我只能聽見耳邊不停迴盪著盧男勇的咒罵聲。

「是啊，去死！我先去死！看看你那副德性，你也會不得好死！明明就是個殺人魔，竟敢陷害我！下地獄吧你！畜生都不如的東西，該死的東西，皮包骨……」

狩獵者

1

「別笑了，別再笑了！」

「您應該親自看看盧男勇當時那張臉。」

「你是打從一開始就這樣策畫的？」

「我不是有問您哪些部位就算用刀刺也不致死嘛。」

「你這瘋子，真是的。」

「您覺得他這次會被判多久？」

「一出獄就又闖禍，所以……」

「二十年？」

「應該不至於。」

「十年？」

「嗯，應該至少十年。怎麼？」

「我賺到了時間。」

「別再說話了，傷口會裂開。」

「我說我賺到了時間，時間！」

「你都已經用刀子把臉劃成這樣了。」

「請答應我，把我變成狩獵者，讓我從戰鬥者成長蛻變成狩獵者。我需要經驗和技術，直到盧男勇出獄為止，我要徹底脫胎換骨，然後等這傢伙出獄之後……」

「你這狠毒的東西。」

「等他出獄，我一定會把他收拾掉的，所以請您答應我，把剩餘的簽約金付給我，也就是幫我做整形，讓那傢伙徹底認不出我來。對了，既然要整，就請順便幫我整帥一點，我需要一個全新的身分。」

「知道了，我會幫你處理好。」

「一言為定喔！不要到時候出爾反爾。」

「別瞎操心了，閉上嘴巴！」

「醫生，身上的疤不一定要消除，我想要留著日後回想自己做了什麼事。對了，還要學習釜山口音。好痛，太痛了，要是能更痛就好了。幹，這是我出生以來第一次覺得自己活著！」

2

「你竟敢陷害我！下地獄吧！」

極度憤怒的盧男勇不停吐口水。

「你這狗東西，該死的東西，豬八戒！」

「放開我，先放開我！」他不停扭動被上銬的雙手。「你們真的誤會了，我沒做任何需要被抓去關的事情。」他指向倒臥在地的男子，「是這個傢伙突然闖進來的，闖進我家，進到我的領域！帶著藥物進來突襲我！」

「我只是做好正當防衛而已，要保護我自己，哪有人不會這麼做？他突然跑來按我家的門鈴，一開始我還假裝不在，反正也沒人會來找我，不對，有個人會來找我，是一名次長，但他也不會在沒有事先聯絡的情況下這麼晚跑來找我，但是這傢伙一直煩我，門鈴按個不停，瘋狂地按，最後我實在不得已幫他開門，他卻一進門就拿著針筒對著我……對著我……」

「你們是，誰？」原本說得滔滔不絕的盧男勇突然安靜下來，默默問道。「你們看起來不像警察，身上穿的不是制服，是便服。」他似乎現在才察覺不對勁。「不是警察難道是……刑警？嗯？」他輪流望向位於兩側摟著他手臂的男子，不停拋出問題，催促對方回答。然而，不論是身穿皮衣外套的粗壯男，還是一身西裝筆挺的時尚男，這些男人只是明目張膽地無視他。「你們到底是誰？做什麼的？你們！」盧男勇心急如焚，腦筋轉個不停，於是他發現了站在門檻外、倚靠在走廊牆壁上的我。「次長！」他滿心歡喜對著我喊道，「次長！次長！這到底怎麼回事？」

「……」

我低頭不語，面無表情。「噗。」後來我笑了，從口袋裡緩緩伸出雙手，掏出早已壓扁的菸盒，掀開蓋子。由於只有抽掉其中一根，所以其餘的都仍完好如初。紅萬寶路，我取出第二根叼在嘴上。一轉眼，十年了。嚓，燧石摩擦生火，濃烈，極度嗆辣的白煙圍繞著我的嗅覺，接下來沿著氣管向下流進肺部，殘害我的健康。味道沒有想像中那麼好。我感覺到頭暈，一邊吞雲吐霧，一邊低頭看著菸盒。多年前沾滿血跡的菸盒，如今已呈褐色，宛如生鏽般老舊。我把抽到一半的菸彈飛在地，走了進去。

「抱歉太晚向您介紹。」

「穿皮衣的這位叫徐文吉，穿西裝的這位是韓智碩，他們都是公司裡的新生代王牌。」我經過盧男勇身邊，彷彿看見浮木般的表情顯得十分戲劇化，「從現在起，我會把閣下弄成殘廢。」也十分可笑、礙眼。窗外的閃電照亮了雨滴，就和十年前的那天一樣下著猛烈豪雨。

「把我……弄成殘廢？」

盧男勇的面容頓時變得詭譎僵硬。

我走到死在地上的男子附近。

「雖然情況看似複雜，其實非常簡單。我在十年前收到了尊敬的金理燦理事邀約，請我加入公司，當時我通過了面試，也完成了入社測驗。測驗內容是處理閣下您。但是您也知道，我當時根本不是您的對手，甚至還讓身邊最珍貴的那些人暴露在危險當中，徹底被您玩弄。在那段過程中——」

「你這是在說什麼？」

「在那段過程中，兩名無辜的女人被您殘忍殺害。於是我開始思考，不能再這樣下去，一定要想個法子，想出一個既能守護我心愛的人，又能處理掉盧男勇這王八蛋的方法，不論如何都一定要想出來。」

「你就是當年那個傢伙？」

「所以我下定決心，要把閣下您重新關進監獄，的確是個好主意，不僅能讓閣下您痛苦，也能讓我的人不用再備受威脅，最重要的是還能藉此爭取到時間，畢竟要從戰鬥者蛻變成狩獵者，光靠一兩年的時間是絕對不夠的，因此，我給了您一個罪名，拿刀殺我的罪。」

「這是在說什麼……」

「全都是我想好的劇本，我的左腳絆住了右腳，還跌倒了，不是嗎？我當時必須用刀刺我自己，總共刺了十六刀有，雖然我有事先問過哪些部位就算挨刀也不致死，但是身體被刺了那麼多刀，生命自然垂危，我那次還真的差點沒命，就連公司的醫療部門也都驚愕不已，甚至事後問我：『究竟是什麼讓你活了下來？』於是我回答他們：『我在等著和一個傢伙一決勝負。』」

我雙眼直瞪著盧男勇，「在那之前，我絕對、絕對不能死。」

「那天的我死了，也辦了葬禮和告別式。為了講求逼真，我連家人也沒說，因為她們要是假哭，你一定會馬上察覺。母親因為難以接受兒子被亂刀砍死的事實而暈厥了三次，大姊和小妹也哭到眼睛流血，我默默看著那些畫面，用力抓揉自己親手弄毀的臉。最後在傷口都尚未復原的情況下，開始接受公司訓練。我是同期進公司的新人當中表現最優秀的。」

「是啊。」我回想著，「當然是最優秀的。」

「這十年來，您已經在監獄裡慢慢變老，也變得軟弱無力；反之，我開拓了思想，習得了技術。在我消除臉上的刀疤、改變容貌的期間，身上原有的戰鬥者習性也愈漸模糊，反而飄散出一股其他類型的腥味，那是狩獵者的氣味。我開始每天研究什麼事物會使我感到害怕，因為我認為自己會害怕的東西才是使敵人害怕的手段。最後我下了決定，恐懼，尤其是對未知的恐懼，那正是因您而經歷的恐懼；換言之，是您完整了我。」

盧男勇張開口乾舌燥的嘴巴說道：

「不，我不信，我不會相信你就是那個傢伙。你是我親眼判斷的人，你是個有信念、純真、傻憨的人，絕對不可能和那個傢伙一樣是一隻禽獸。」

「正因為閣下您有著閱讀人的能力，所以我特地演成另一個人來被您閱讀。從領帶的品牌、領結樣式、領帶夾、袖釦，到視線高度、張口說話時的角度等，甚至就連眼鏡也是我刻意去配的，為了營造出透過鏡片看到的臉頰肉出現高低不同，還在鏡片上加了度數。閣下您無時無刻都在用眼睛吃掉我，而我則是為了被你吃掉而用盡全力、費盡心思。」

「騙人，你說謊。」

「那我拚了命練習的慶尚道口音說得如何？畢竟我對語言實在是沒什麼天分，為了模仿別人的口音真是下足了苦功，光是要運用當地人用的單字就已經很難了，釜山和大邱的口音竟然還有所不同。所以我學到差點翻桌你知道嗎？哇，怎麼這麼不相信別人說的話。（此句使用釜山口音）換言之，十年前被你壓在地上不停用刀子猛刺自己的傢伙，就是我。」我轉換成首爾口音，「就是我喔，是我本人！」

「我的目的就是把出獄的你關進房間裡，然後再讓你殺人，但是問題來了，我發現你吃了這麼久的牢飯以後徹底被嚇壞了，不是犯罪的念頭消失了，而是想犯罪卻不敢再犯，所以我只好想盡辦法刺激你，讓你心神不寧，所以我怎麼做呢？有沒有想起哪個人？」

「……太秀。」

「沒錯！」

「太秀，朴太秀，那個人生沒救的愛哭鬼。」

「謝謝你幫他加上這麼有特色的綽號，可我比較想用另一種方式稱呼他，他是你以前強姦後害她自殺的那名可憐女孩的哥哥，他一直想加入我們公司，想把你這種社會敗類趕盡殺絕，所以我就同意他這麼做了。他的確是個人才，入社測驗選擇的題目就是要使你沉淪，為了做這件事而自願申請坐牢，最終他也得到了同期最高分，順利獲取合格通知書。接下來他會以代理的職稱成為公司一員，很快就要出獄了。

「話說回來，要給這傢伙一個讚吧。」我推了一下遺體，「這嗑藥的胖子，如此認真盡責，扮演好自己的角色。」他已經是趴倒在地、心跳停止的狀態。我把腳放進他的腹部底下，將其翻身。挨刀的部位臟器外露，一隻眼睛還睜著。我默默凝視了一會兒，四白眼，特殊又讓人感覺不舒服的眼睛，黑眼球異常的小，所以眼白佔整個眼睛較多面積。「安息吧，『老師』。」我幫他把眼睛闔上，「先下去地獄裡吧。」

「盧男勇，你又殺人了耶。有先想好後果再做嗎？」我咯咯竊笑。

「這人真是沒救了。」徐文吉朝地上吐了一口口水。

「是啊，也才出獄沒多久。」韓智碩搖頭。

「你們這幾個，王八蛋！」

盧男勇頸部漲紅，還爆著青筋。

瞬間，我衝了出去，朝他腹部一拳打去。

「十年，我等了你十年。」

「你以為這樣還能……」

「我每天作惡夢，飽受該死的幻聽折磨。你知道我的臉動過多少次手術嗎？一天只睡了幾個小時？我可是認真大著血便過日子，你這豬狗不如的東西。」

「看見了，是啊，我現在終於看見當年那個傢伙了。」

「我說過你不會察覺了吧？」

我用手掌向上拍了一下盧男勇的下巴，他身體抖動，吐出汁液。「別抓他，放開。」我說道。徐文吉和韓智碩合力將盧男勇摔向了前方。「我可不想變成你們的玩物。」盧男勇呼吸急促，「要是我贏你，就讓我從這裡走出去，OK？」他像當年那樣舔嘴吐舌。「OK，操他媽的。」我也像當年那樣伸出中指和食指，對著他彎曲兩下。「我會交代他們，不准動你一根寒毛。」

「盡耍一些賤招！」

盧男勇的腿像鞭子一樣朝我揮舞，我簡單伸出腳底，踹了他的膝蓋內側一腳，阻斷他的動作，緊接著再往他的鼻梁揍了一拳。「在幹嘛呢？」我語帶挑釁，他緊咬下唇。由於他痛到瞬間壓低上半身，我便朝他腹部出拳，再用手肘往他頭頂砸，最後再來一記上勾拳，使他臉部朝上。「我操。」他連忙後退，擦拭著鼻血。「少在那邊給我得意！」他發瘋似地怒吼，並朝我這裡撲了過來，雖然面目猙獰，像個不折不扣的惡魔，但至少對我來說不是，如今已經不再是我的惡魔。「肩膀。」我用手指著他的身體部位，然後徒手朝他的腋下砍去，當場摧毀該部位。接下來，我依序指向他的手腕、虎口，一拳揍過去之後，將他的手掌往手背方向折疊，皮肉當場炸裂。然後骨盆、膝蓋、腳踝也依序被我折斷。肌肉扭曲，軟骨斷裂。我說道：「以後你再也無法毆打別人，也不可能把人撲倒在地，要騎在某人身上更是門都沒有。」

他渾身無力，癱軟在地，抬頭看著我，竟然還面帶笑容。「我看你八成是忘了，」卑鄙的嗓音試圖刺激我的神經，「我啊，面對痛苦的心態有點特別。」我點點頭，「我知道啊，你會很爽，我也一樣。」這次，我用手指向他的鼠蹊部，與此同時，這傢伙的表情也瞬間扭曲變形。我直擊他的胯下，無情地對著他那裡連環踹踢，推了一把再繼續踢，最後用後腳跟由上往下重擊，再將腳底板踩在他的心窩上。「呃啊。」他被我踹到整個人埋在牆上，直直滑落下來，變得全身沒有一處能使得上力氣。「有進步喔！」他好不容易張口說道，「對你來說，這十年，應該也很漫長。」

我走過去，賞了他一記耳光。「我的一天宛如十年。」再用左手抓住了他的後頸，將其固定住之後，就開始朝他猛力揮拳，一下、兩下、三下，繼續不停。漆黑的房間裡接連響起混濁的噪音，只有噪音連續不斷。「我贏了。」我沒脫掉上衣，也沒拆掉手錶，就連袖子都沒挽起。我抓到了一頭怪物，不是和他戰鬥，而是獵捕到他。我抓住他的後腦勺，用膝蓋撞擊了他的臉部之後，後退了一步。我看著像一團垃圾癱軟在地的他。

「看來要給他兩種單字了。」徐文吉語帶諷刺地說著，「如果是鹽酸和電鑽的話當然能給他。」我抓住盧男勇的頭部將他立直，隨即把他拖去撞鏡子，鏡子被撞得四分五裂，「張開眼睛，你也看看，你的臉就在眼前。」我維持著那樣的姿勢，抓住他的臉，然後用碎掉的鏡子在他臉上劃下類似刀疤的傷口。「殺了他。」瞬間，幻聽變得極其大聲，大聲到失控的程度。「弄死他，讓他絕望。該死的傢伙，不要對這種人仁慈，絕對不要原諒他。拜託打死他。」我咬牙接收著這些平日經常聽見的嗓音，屬於我的，我所創造出來的嗓音；我的強迫、憂鬱、隱憂、罪惡感，同時也是我的分身。我抓住盧男勇的衣領，無情地往地上拋擲，韓智碩見狀立刻上前扶起，將盧男勇立在一扇大窗戶前。「殺了我！」他好不容易張開撕裂的雙唇，拋出了這句話。他被我搞得遍體鱗傷，一隻腳早已斷落在另一處。

「不想重回監獄吧？」

我站在盧男勇正前方。

「因為沒有自由，裡面也很悶，所以連那麼喜歡的犯罪也盡量不去做，只為了能在監獄外過自由生活，在沒有門鎖、沒有監視眼神的世界裡。」

我把雙手插進口袋。

「我看你是徹底搞錯了，對於像你這樣的傢伙來說，根本不存在那種場所，只有洞而已，非常深暗的洞，深不見底、不停墜落的萬丈深淵。」

我抬起穿著皮鞋的腳，

「也就是俗稱的無底洞。」

狠狠往他的胸膛踹去。我的腳底觸碰到沉甸甸的重量，與此同時，窗戶也應聲碎裂。瞬間碎成好幾百片的玻璃映照著盧男勇的臉龐。因疼痛而皺起的眉頭、被突如其來的墜落嚇到瞪大的眼睛、終於從我手中逃離的解放感等，都在虛空中各自閃爍；也能看見憤怒和報仇之心夾雜在其中。砰！他跌落窗框下的垃圾堆裡，無數片玻璃碎屑朝他傾洩而下。「呃！」呻吟聲軟弱無力地在傍晚的街道上傳出。「嗯？有人掉下來了！」正在工作的幾名清道夫伸長脖子探頭望去。「這是怎麼回事？先生，你還好嗎？」一名清道夫連忙跑過去查看，「天啊！渾身是血，他身受重傷啊！」清道夫嚇得驚慌失措，「幹嘛呢，還不快點報警，不對，應該要先叫救護車，欸！我在跟你說話呢，幹嘛杵在那裡不動啊？」

「這人……」另一名清道夫說。

「這人怎麼了？」

「好像是……盧男勇。」

「盧男勇？」「盧男勇。」「那個強姦犯？」「對，那個王八蛋。」他們你一言我一語，突然現場一片靜默，圍繞著一股對犯罪者不太友好的氣息。「幹，他媽的。」盧男勇一把推開那群清道夫，開始移動身體。然而，交通號誌燈下有好幾對情侶在注視著他，一群上班族也聚集在人行步道磚上。「那個人是盧男勇吧？」「是盧男勇沒錯啊！」「哇，那個垃圾竟然在這裡，真想揍他一拳。」「我看他那個樣子，應該已經被人毒打過。」對面的路人開始拿出手機對著他拍照，旁邊的路人則開始用手機錄影。現場人聲鼎沸，最重要的是許多人都在拿著手機敲打螢幕。「嘻，嘻嘻。」盧男勇辛苦地拖著他受傷的腳，驚魂未定地四處張望，渴求著路人會對他釋出善意。「他這是急著去哪裡呢？」觀看這一切的徐文吉取出一根菸叼在嘴上，「應該不論去哪裡都是地獄吧。」嚓一聲，韓智碩幫他點火。「次長，現在還會覺得吵嗎？」徐文吉咬著濾嘴，吸吐著白煙。我緩緩抬起頭，闔上雙眼，靜靜聆聽窗外的人群對盧男勇下的嚴厲詛咒，彷彿快使我耳膜撕裂般殘暴。「不，」我慢慢吸氣，「已經沒事了。」輕輕睜開眼睛。

「……終於安靜了。」

3

記得走路時要注意避開那些洞，因為它們無處不在，也一直都在，甚至就在你身旁，充斥著大大小小的黑洞。因此，如果沒有小心跨出每一步，就很可能馬上陷進去，像沼澤地一樣，不小心滑倒，就會萬劫不復，因為這些該死的黑洞，會使你被骯髒齷齪的本性或瞬間的誘惑所支配。

接下來最好把我說的話聽清楚了，如果你想要把自己變成你所期待的樣子、喜歡的樣子，就千萬不能掉進洞裡。基本上，它們會先粉碎他人，再來毀掉你，甚至讓你墮落到無從察覺自己早已被摧毀。怎麼可以這樣呢？你絕對能當個更好的人，不是嗎？

尾聲

1

這就是狩獵者的方式。

我叼著菸，從褲子口袋裡掏出了打火機。正當我打算點火時，瞧見了亂七八糟的書桌。桌上堆著一疊信封袋，那些是我從車上拿回來的，本來打算等有空時再來整理分類。來看看，喜帖，我一封封拿起確認。這傢伙，前年的時候不是才再婚過？到底是要結幾次婚？我在心中發著牢騷，將那張喜帖隨手往旁邊扔。接下來是一些聚會通知，以及為了從事社會活動而不得不加入的一些無用的俱樂部。這些人，明明見了面也只有滿臉尷尬，到底為什麼要這麼常聚會。我帶著無奈的心情進行確認。然後還有這個，Hand&Hand，我拿起摺成一半的信封，這是志工團體寄給妻子的郵件，一看到就被我搶先一步拿走，內容雖然是極其平凡又沒營養的問卷調查，但問題不在於內容，而是信封上寫著的姓名。「一群智障。」我口出惡言，「人家都已經改名也整形了，幹嘛提起以前的姓名。」嚓！我點燃打火機，信封袋開始燃燒。咸秋瑛。妻子丟掉的名字變成了灰燼。我用信封袋上的火苗點菸。「好累。」隨手把菸灰缸放在一旁，暫時對著空中吞雲吐霧。

盧男勇再度被警方逮捕。關進監獄時整個人嚎啕大哭，哭到醜態百出，我還特地把那畫面錄起來收藏，總覺得鬱鬱寡歡時拿出來看會不錯。「應該找一天去探望他一下，畢竟也沒有人會去看他。」我深吸了一口菸，雖然金理燦有勸我戒菸，我也有答應他會戒掉，但還不是時候。既然都忍了十年，當然要趁還留有勝利的餘溫時多抽幾根。「是啊，抽到舌頭失去知覺為止。」我緊接著取出第二根菸，用原本在抽的第一根菸來點火。「老師。」我把菸頭壓在燒焦的信封袋上，將火熄滅。「那個嗑藥的傢伙的確幫了個大忙。神經病，整天躲在家裡用感冒藥製造廉價藥水，那是足以毀掉一個人的危險物品。」當白部長給我他的資料時，我全身起雞皮疙瘩，對於世界上竟然有這等敗類的事實感到震驚。在家裡製造毒品，小流氓再搶去轉賣，整天在副駕駛座上載著一隻小狗到處跑，然後去突襲那些獨居人士。我感到荒謬至極，無奈地笑了。他用棍棒毆打那些被害人，壓制住他們之後，再強行注射藥物。對他來說這些過程是偉大的善舉，因為他認為自己是在替那些本來就想死的人執行安樂死，徹底活在自己的幻想裡，幹出那些瘋狂事。雖然最後我是把他拿來當作誘餌使用，但是我對他沒有絲毫的罪惡感，初次面對這傢伙時的噁心感到現在還殘留在我的腳踝上。

2

砰砰！我敲打著大門。敲門聲在雨中顯得格外陰鬱。「誰啊？」屋內傳來凶狠嗓音。「在問你話呢，到底是誰？」緊接著又傳出另一個人的聲音，光從音色就能聽出既粗俗又卑劣。「開門喔！王八蛋。」我對著地上吐口水。「所以才要問你是誰嘛，死王八。」氣氛變得更為緊張肅殺。「不開門我就自己闖進去嘍！那你們也會不得好死喔！」屋內突然變得十分寧靜，似乎是在交頭接耳。「他媽的一群智障。」我抬起腳，用力往下踹，整片門應聲倒下。「操你媽的，這是想臭死誰啊。」我捏著鼻子走了進去，「原來是毒品工廠啊，做完再拿去販毒，是吧？」

「大叔，你是做什麼的？」大暴牙上下打量著我。「刑警？看起來倒不像菜鳥巡警。」光頭黨不懷好意地緊盯著我。「汪汪！」位在角落的褐色毛髮吉娃娃不停對我咆哮。「噓，噓——！」坐在椅子上搓揉著感冒藥的男子喊道，「他媽的在說什麼屁話？」我確認了男子的長相，的確是白部長給我的文件上呈現的那個傢伙。「幹！」大暴牙握著刀子，卻握反了。「老子今天心情已經有夠差的了，我問你到底是誰！」光頭黨朝我衝了過來，我一把抓住他，將他的頭塞進門片裡。木門應聲碎裂，剛好插進了他的喉嚨。「你他媽的找死？」大暴牙的臉色瞬間轉變。我從褲腰裡掏出一把刀朝他身體推了進去。「帶著這傢伙先出去。」我的刀子比這傢伙手上的玩具刀更專業、更大把、更骯髒。

「欸，你就是那個神經病吧？」我坐在男子的正對面。餐桌上滿是令人不悅的白色粉末。「你是怎麼找到這裡的？」男子突然用嚴肅的嗓音問我。「什麼？」我擠出了扭曲的笑容，「這小子還真是個瘋子，完全和文件上寫的一模一樣。你現在是不是把我說的話自行解讀成你想像的樣子？」男子發出咀嚼聲響，咂嘴弄舌。他身穿一件破爛T恤和三角內褲，彷彿已經穿了百年之久，從未換過，整件泛黃發黑，根本看不出來原本是什麼顏色，骯髒凌亂。我望向男子佈滿針孔的手臂。「看看你這副德性，整天躲在家裡製毒。」我轉過身，指向空無一人的大門口。「剛才那個大暴牙和刺青光頭就是專門販賣你做的毒品，是嗎？」我用鄙視的眼神看著眼神失焦的男子，「蠢豬，幹嘛這樣過日子？這又是從哪裡撿來的小狗。」

男子慢吞吞地拿起湯匙，開始壓碎餐桌上的藥丸。喀、喀，粉末在他骯髒的指尖處四散。

「我希望你不要認為我是在嚇唬你。」他沒頭沒尾脫口而出一句讓人摸不著頭緒的話。「我是今天早上才看到您的故事，也就是您剛到不久前，我甚至深感痛心，認為怎麼會有如此窘迫的情形，進而重新調整了我的行程，還打算等清點完今天送來的物品之後，就要馬上出發去您那裡。」於是他把藥粉放在湯匙上，和原本做好的其他粉末混合在一起，再用火加熱，晃動著下垂的雙頰。「在你投稿的故事之前還有好多則別人投稿的故事要看，畢竟您應該也很清楚，這個國家有多少人想死……」

「別瞎忙了，去做你該做的事情吧。」我把身子向前傾，一把拉住了男子的手腕。「我不管你的幻想到底是呈現著什麼樣子，總之，我知道你會按照旁人的指示行動，所以才來找你。」我從他身上的惡臭味嗅到了本能上的害怕，從他毀掉的理性背後感覺到這傢伙的恐懼。「你知道盧男勇吧？他很快就要被釋放出獄了。那個傢伙也對人生感到活得很累、很不耐煩，所以你要去幫幫他才行啊。」我從男子的手中搶過打火機，「你是老師啊，老師本來就要行善布施才對，你不是最帥嗎？等盧男勇出獄以後，我再告訴你地點，好好去幫他一把吧。」

「我答應你，從今以後，不會再有任何一位家人受苦。」這瘋子又在睜眼說瞎話了。「今晚你會提著雨傘等待，練完芭蕾舞的女兒走出來會發現爸爸在等她。」他盡可能壓低音量，「女兒好奇晚餐吃什麼，可你卻不打算告訴她。一家人坐在餐桌上分享著今天發生了哪些趣事。」雖然我不確定男子的腦海裡究竟在展開什麼樣的劇情，但是感覺應該是在上演一段有爸爸和女兒登場的新派劇。「是啊，他娘的。」我把打火機還給他，「所以你答應我了喔？會幫我弄死盧男勇，對吧？」我想聽到的只有這個問題的回答，「你就拿著針筒去幫他一把，然後挨一刀死掉吧。」

於是，那隻吉娃娃又開始對著我狂吠。男子回過頭去，目不轉睛地盯著那隻狗看。「跟我來。」

我把男子拉起身，「我會幫你安排一間宿舍，你乖乖躲在裡面製毒，別到處閒晃惹麻煩。那隻狗你也可以一起帶走，趕快收拾收拾，起身行動吧，這沒出息的傢伙。」

3

「被判死刑的人應該心情很糟吧，因為他一心求死，事實上卻等於是被判無期徒刑。」我含著李施德霖漱口水，要是不消除口臭，面具裡的味道會很難聞。「然後那些律師現在應該都很害怕，要是被人發現自己竟然是替盧男勇這種怪物運用多年所學的知識可就慘了。相關人士應該都忐忑不安吧，畢竟已經幫那傢伙放回社會好幾次了。他們或許早有耳聞一些傳言，」我吐掉漱口水，牙齦涼涼辣辣的。我拉下面具，蓋住嘴巴。「關於森林裡的地下室，以及在裡面經歷過的事情，並對於不如實際上來得殘酷的故事感到戒慎恐懼。抑或是其中一人現在早已行蹤不明。」我邁開腳步。被綁在椅子上全身無力的傢伙正在嚎啕大哭，他渾身是傷，赤裸的身上滿是傷口、瘀青、乾掉的血跡。我舉起手朝這傢伙的臉一拳揮去，再抓住頭髮讓他抬起頭，重擊他的臉部。

「技術藏在我的刮鬍刀裡，地下室的血腥味就是我的經驗，電流和榔頭的藝術，用指甲刀能挖出多少真相？」我向下俯瞰著他。他看不見面具背後的我。「為什麼要這樣對我？拜託告訴我吧。」他流露出常見的絕望。「那可不是我該回答的問題。」我彎下身體觀察他。「今晚要開口回答的人是你，不是我。」當我把臉湊過去時，他嚇得全身發抖。看著他飽受驚嚇的樣子，讓我感到滿心歡喜。我把嘴巴靠近他耳邊，嗅了一下腥味，那是來自恐懼中尤其對未知的恐懼所飄散出來的腥味。我對著他竊竊私語，在他的耳膜裡緩緩放入嗓音低沉的字句：

「說出你的罪行。」

Storytella 136

無底洞
무저갱

無底洞 /潘市連作 ; 尹嘉玄譯. -- 初版. -- 臺北市 : 春天出版國際文化有限公司, 2022.09
面； 公分. -- (Storytella ; 136)
譯自 : 무저갱
ISBN 978-957-741-575-2(平裝)

862.57 111012114

ISBN 978-957-741-575-2
Printed in Taiwan

作　者　潘市連
譯　者　尹嘉玄
總編輯　莊宜勳
主　編　鍾靈

出版者　春天出版國際文化有限公司
地　址　台北市大安區忠孝東路四段303號4樓之1
電　話　02-7733-4070
傳　眞　02-7733-4069
E－mail　bookspring@bookspring.com.tw
網　址　http://www.bookspring.com.tw
部落格　http://blog.pixnet.net/bookspring
郵政帳號　19705538
戶　名　春天出版國際文化有限公司
法律顧問　蕭顯忠律師事務所
出版日期　二〇二二年九月初版

定　價　460元

總經銷　楨德圖書事業有限公司
地　址　新北市新店區中興路二段196號8樓
電　話　02-8919-3186
傳　眞　02-8914-5524
香港總代理　一代匯集
地　址　九龍旺角塘尾道64號 龍駒企業大廈10 B&D室
電　話　852-2783-8102
傳　眞　852-2396-0050